STAMMBAUM

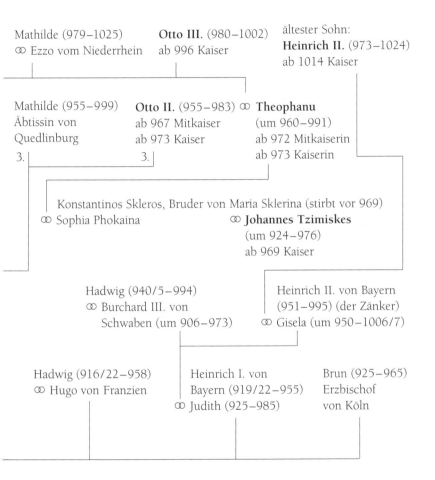

Mathilde (979–1025)
∞ Ezzo vom Niederrhein

Otto III. (980–1002)
ab 996 Kaiser

ältester Sohn:
Heinrich II. (973–1024)
ab 1014 Kaiser

Mathilde (955–999)
Äbtissin von
Quedlinburg
3.

Otto II. (955–983)
ab 967 Mitkaiser
ab 973 Kaiser
3.

∞ **Theophanu**
(um 960–991)
ab 972 Mitkaiserin
ab 973 Kaiserin

Konstantinos Skleros, Bruder von Maria Sklerina (stirbt vor 969)
∞ Sophia Phokaina   ∞ **Johannes Tzimiskes**
(um 924–976)
ab 969 Kaiser

Hadwig (940/5–994)
∞ Burchard III. von
Schwaben (um 906–973)

Heinrich II. von Bayern
(951–995) (der Zänker)
∞ Gisela (um 950–1006/7)

Hadwig (916/22–958)
∞ Hugo von Franzien

Heinrich I. von
Bayern (919/22–955)
∞ Judith (925–985)

Brun (925–965)
Erzbischof
von Köln

N&K

Gabrielle Alioth

Die Braut
aus Byzanz

Roman

Nagel & Kimche

Der Verlag dankt dem
Fachausschuss Literatur BS/BL

für seine freundliche Unterstützung

1 2 3 4 5   12 11 10 09 08

© 2008 Nagel & Kimche
im Carl Hanser Verlag München
Herstellung: Andrea Mogwitz und Rainald Schwarz
Satz: Filmsatz Schröter, München
Druck und Bindung: Friedrich Pustet
ISBN 978-3-312-00415-7
Printed in Germany

Phol ende uuodan
uuorun zi holza.
du uuart demo balderes uolon
sin uuoz birenkit.
thu biguol en sinthgunt,
sunna era suister;
thu biguol en friia,
uolla era suister;
thu biguol en uuodan,
so he uuola conda:

sose benrenki,
sose bluotrenki,
sose lidirenki:
ben zi bena,
bluot zi bluoda,
lid zi geliden,
sose gelimida sin.

Merseburger Zauberspruch

Hundert Jahre nach dem Tod jenes Karls, den sie im Westen den Großen nennen, weil es ihm gelungen war, ihre zankenden Stämme zu einen, wurde im Zeichen des Schützen ein neuer Herrscher geboren, der es ihm gleichtun wollte: Otto, aus dem Hause der Sachsen. Mit der den «Kindern des Feuers» eigenen Zielstrebigkeit befriedete er das Reich im Innern, behauptete es gegen außen, gegen die Slawen, die Ungarn, und als in der Mitte unseres Jahrhunderts, dem zehnten nach Christi Geburt, der italienische Thron einer jungen Witwe zufiel, eroberte Otto auch sie mit seiner Entschlossenheit. Karls Vorbild folgend, zog er ins Alte Rom, wo der Papst ihn zum Kaiser des Westens salbte.

Die Sehnsucht aber, die Otto nach dem Stand der Gestirne von Geburt an erfüllte, war damit nicht gestillt, und wenn er Karl an Weisheit unterlegen war, übertraf er ihn doch an Ehrgeiz. Das Reich, das der Heilige Konstantin vor sechshundert Jahren geteilt hatte, wollte Otto – dessen Vorväter mit dem Schwert erst zum Christentum bekehrt werden mussten – wieder zusammenfügen. Er schickte Gesandtschaften an unseren Hof, um eine kaiserliche Tochter für seinen Sohn zu werben, auf dass im Blut seiner Nachkommen Ost und West wieder vereint werde.

Über die mangelnde Ehrerbietung der ersten Delegation empört, forderte Kaiser Nikephoros Rom und Ravenna im Austausch für eine purpurgeborene Prinzessin, wohl wissend, dass ihm die Perlen unter den italienischen Städten nicht überlassen würden, und schickte die Bittsteller, gedemütigt und der Spionage bezichtigt, nach Hause zurück. Nikephoros' Nachfolger aber, unser Kai-

7

ser Johannes, noch neu auf dem Thron, erkannte mit der Zweigesichtigkeit des Zwillings in Ottos Begehr die Möglichkeit, den Streit um die Gebiete im Süden Italiens aufzuschieben, bis er ihn zu seinen Gunsten entscheiden konnte, und einigte sich mit den erneut Entsandten.

So geschah es, dass im neunhundertzweiundsiebzigsten Jahr nach Erscheinen des Herrn ein kleiner Zug von Hofleuten Konstantinopel verließ, um die Nichte des Kaisers Johannes in den Westen zu begleiten. Otto, den sie nun gleichfalls den Großen nennen, sollte seinen Sohn mit einer Prinzessin unseres Hofes verheiraten, sein kühnster Pfeil ins Schwarze treffen. Die Sonne schien dem kaiserlichen Schützen ins Gesicht, und er sah die Schatten nicht, die sich in seinem Rücken sammelten.

Am Ufer

«Sie ist noch ein Kind.»

«Sie wird tun, was wir von ihr erwarten.»

Der See spült leise gegen das Ufer.

«Ein langsames Gift?»

«Besser als ein offener Kampf.»

Die beiden Männer in den Kutten sind zwischen den Pappeln, die das Ufer säumen, stehen geblieben. Eine Möwe fliegt übers Wasser.

«Der Herzog würde eine raschere Lösung vorziehen», meint der eine und schiebt die Kapuze zurück, so dass die roten Narben auf seinem kahlen Schädel sichtbar werden. «Er hat eine ungeduldige Natur.»

«Wie sein Vater», meint der andere und betrachtet seine Hände.

«Erinnere ihn daran, wohin die Hast seinen Vater gebracht hat», fährt er fort. An den Fingern seiner rechten Hand sind die hellen Abdrücke der Ringe zu sehen, die er gewöhnlich trägt. Der See liegt glatt und grau in der Morgendämmerung.

«Und wenn die Gesinnungen am Hof sich ändern?», fragt der Narbige, nachdem sie einige Schritte gegangen sind.

«Die Menschen können nicht aus ihrer Haut.»

«Aber der große Otto kann noch Jahre leben.»

«Das wird er nicht.»

«Wird sich Adelheid nach seinem Tod nicht erst recht für ihren Sohn einsetzen? Versuchen, den Thron für den kleinen Otto zu sichern?»

«Doch, aber genau das wird zu unserem Vorteil sein. Die Kaiserin wird sich auf ihre alten Verbündeten besinnen, auf den Herzog.»

«Er wird bereit sein.» Der Narbige steckt seine Hände in die Kuttentaschen.

«Einzig der dritte Otto, der schwäbische, könnte Widerstand leisten; er steht dem kleinen sehr nahe.»

«Der beste Freund kann sich als der schlimmste Feind entpuppen.»

«Er könnte auch versuchen, selbst an die Krone zu gelangen. Er ist der Großsohn des Kaisers.»

«Er wird uns nicht im Weg stehen.» Der Narbige tastet nach dem Stück Bernstein, das er in seiner Kuttentasche trägt.

«Warum bist du so sicher?»

«Ich hab ihn schon als Kind gekannt. Und er hat Adelheid gegen sich; sie sieht seinen Vater in ihm.»

«So wie im Herzog.»

«Die Söhne tragen ihre Väter auf den Schultern.»

Eine Weile ist nur das Plätschern des Sees auf den weißen Kieseln zu hören.

«Was ist mit Hermann Billung?», will der Narbige wissen.

«Billung ...» Der Gefragte zögert.

«Er ist dem Kaiser ergeben. Er wird dessen Wünsche zu erfüllen suchen», meint der Narbige nachdenklich, «auch nach dessen Tod.»

«Besser wäre es, wenn es noch zu Lebzeiten des Kaisers zum Bruch käme.»

«Wie soll das geschehen?»

«Billung ist schon sehr lange Statthalter in Sachsen. Ich habe gehört, es gebe Unruhen dort. Man könnte versuchen ...», er verstummt.

Der Narbige schweigt. Sein Blick ruht auf den Rebbergen an den Hängen jenseits des Sees.

«Du hast doch Vertrauensleute in Magdeburg. Wenn man den Keil am richtigen Ort ansetzt, braucht es oft nur einen einzigen Schlag.»

In der Ferne beginnt eine Glocke zu läuten.

«Die Mönche werden uns vermissen, wenn wir nicht zum Morgengebet erscheinen.» Der Narbige wendet sich um.

«Wann kehrst du nach Bayern zurück?», fragt sein Begleiter, während sie den Pfad hinaufsteigen.

«Ich verlasse die Insel heute Mittag. Und du?»

«Morgen.»

«Reist du nach Rom?»

«Der Kaiser ist noch in Ravenna. Die Gesandtschaft wird nicht vor dem Frühjahr mit der Prinzessin aus Konstantinopel zurück sein. Ich werde warten, bis die Pässe schneefrei sind.»

«Wann werden wir beide uns wiedersehen?»

«Ich weiß es nicht.»

Die Männer schauen sich an.

«Die Ankunft der Prinzessin wird alles verändern.»

«Die Unsicherheit wird uns nützen. Es wird aussehen, als wäre es Gottes Fügung gewesen.»

«Ich werde mich Billungs annehmen», sagt der Narbige mit einem Seufzen.

«Ich werde dir über die Veränderungen am Hof berichten», versichert der andere, während er seine Hände in die Ärmel seiner Kutte schiebt. «Ich werde dir schreiben.»

«Keine Namen!»

«Nein, keine Namen, Bruder.»

Abschiede

Konstantinopel, Januar 972

«Kaiserin.» Thea wischt die Buchstaben weg und schreibt das Wort nochmals auf die kleine Schiefertafel, die sie von den Gesandten ihres zukünftigen Ehemanns bekommen hat. «Kaiserin Theophano.»

«Es ist Zeit.» Eine Zofe streckt den Kopf durch den Türvorhang. Thea legt die Tafel auf das Messingtischchen am Fenster. Das Zimmer ist voller Kisten und Körbe. Seit Tagen ist alles verpackt, Kleider, Pelze, Schmuck, Seidenstoffe, Geschirr, Geschenke; seit Tagen warten sie auf günstigen Wind. Letzte Nacht schlugen die Wellen lauter gegen die Mauern des Palastes. Am Morgen kam Gero, der Anführer der Gesandten, und erklärte in seinem umständlichen Griechisch, sie würden am Mittag segeln. Thea nimmt den Pelz, der auf ihrem Bett liegt, und zieht ihn über ihre Reisekleider. Es ist Zeit, Abschied zu nehmen.

Zwischen den beiden Zofen geht Thea die Allee zu den kaiserlichen Hallen hinauf. In den Bäumen des Parks hängen noch die Reste der Girlanden, die für die Hochzeit ihres Onkels Johannes aufgehängt wurden. Fast einen Monat dauerten die Feierlichkeiten. Am Morgen der Trauung geleiteten der Senat und die Würdenträger das in Purpur gekleidete Kaiserpaar von seinen Gemächern in die Sophienkirche. Entlang des Weges warfen sich die Notablen, in ihren Ehrenkleidern, mit ihren Orden, auf Anweisung des Zeremonienmeisters an mehreren Stellen zu Boden, jubelten dem Herrscher «Für zahlreiche und gute Jahre» zu. Thea saß mit den anderen Frauen des Hofes auf der Empore der Sophienkirche und lauschte der Litanei der Gelöbnisse, mit denen ihr Onkel die Tochter des früheren Kaisers zur Frau nahm. Dann legte der Patriarch die Hände des Paars ineinander und segnete sie. Die Sonne schien durch die Alabasterfenster. «Zahlreich, zahlreich, zahlreich», hallte es aus dem Rund der Kirche. Die Frischvermählten tauschten die Hochzeitskränze. Für eine Weile verlor sich der Glanz der Mosaiken in Weihrauchschwaden. Nach der Messe erklangen die Wasserorgeln der beiden Parteien vor der Kirche. Die Grünen und die Blauen, die sich bei den Pferderennen im Hippodrom bis aufs Blut bekämpften, standen vereint, und die Schar der Würdenträger sang: «Dass der himmlische Gott Eure Ehe segne, Euch purpurgeborene Kinder beschere.»

«Die nächsten Girlanden werden für Euch aufgehängt», meint eine der Zofen.

«Es wird anders sein dort drüben ...», Thea verstummt. Wie oft hat sie diesen Satz in den letzten Monaten gehört?

Der Wind, der in den Bäumen des Parks rauscht, ist kalt, und Thea zieht ihren Pelz enger um sich. Vor der Magnaura, der kaiserlichen Empfangshalle, steht eine Gruppe vermummter Leute: Bittsteller. Sie lassen Thea vorbei, ohne sie anzusprechen. Sie wissen nicht, wer sie ist und was sie bei ihrem Onkel für sie erreichen könnte. Die Wachen am Portal salutieren, doch Thea winkt ab, als sie die eisenbeschlagene Tür für sie öffnen wollen. Es ist das letzte Mal, dass sie die Magnaura betritt, und sie wird wie immer durch die kleine Seitentür gehen. Drinnen bleibt sie einen Augenblick hinter den Säulen stehen, betrachtet die leuchtenden Kandelaber, die in allen Farben glänzenden Gewänder der Versammelten. Über den Kohlenbecken zittert die heiße Luft. Thea streift den Pelz ab und reicht ihn den Zofen, bevor sie aus dem Schatten der Säulen tritt.

Der Zeremonienmeister bemerkt Thea sofort und weist ihr einen Platz in der Reihe der Leute an, die sich langsam auf den

Thron zubewegen. Johannes steht auf den Stufen davor und redet mit einigen Männern in russischen Trachten. Ein Jahr ist seit dem Sieg über die Russen vergangen, doch es heißt, sie lehnten sich noch immer gegen die kaiserlichen Verwalter auf. Johannes ist kleiner als die Männer, aber er trägt den Purpurmantel des Kaisers. Sein rötlicher Bart scheint blass auf dem leuchtenden Stoff. Thea erinnert sich, wie sie als kleines Mädchen auf seinem Schoß saß und mit den Fingern durch den krausen Bart fuhr. Sie konnte nicht fassen, wie weich er war. Damals war Johannes noch General, mit der Schwester von Theas Vater verheiratet; nun ist er Kaiser, hat eine neue Frau. Thea glaubt den säuerlichen Geruch des Klosters, in dem die Tochter von Romanos II. die letzten zehn Jahre verbrachte, an ihren Kleidern zu riechen. Während der ganzen Festlichkeiten zu ihrer Vermählung lächelte sie kein einziges Mal, auch nicht, als das mit goldenen Tressen behängte Kamel, das einer der Kalifen ihr schenkte, sich vor ihr verneigte. Und ihre Zofen erzählen, sie stehe jede Nacht viermal auf, um zu beten …

«Prinzessin!»

Thea fährt zusammen.

«Verneigung», ruft der Zeremonienmeister mahnend und Thea rafft ihr Kleid.

Doch Johannes nimmt sie am Arm, zieht sie die Stufen zum Thron hinauf. Über der Treppe rankt sich ein goldener Baum, auf dessen Ästen Vögel aus Edelsteinen sitzen, die jedes Mal, wenn der Kaiser vorbeigeht, zu singen beginnen. Unter dem Baum hält Johannes inne; die Diener, die den Mechanismus bedienen sollten, scheinen zu schlafen.

«Gesang!», zischt der Zeremonienmeister im Saal hinter ihnen, und mit einem leisen Schnarren beginnen die Vögel ihre Flügel zu schlagen. Dann ertönt ein vielstimmiges Pfeifen, Johannes zwinkert Thea zu. Während sie weitergehen, öffnen die goldenen Löwen, die den Thron bewachen, ihre Mäuler, schlagen ihre

Schwänze auf den Boden, und aus ihren Rachen dringt ein schepperndes Röhren. Auf der obersten Stufe vor dem Thron sieht Thea die goldenen Zungen in den Löwenmäulern zittern. Als sie sich umdreht, packt sie ein Schwindel.

«Nun wirst du die Welt aus der Höhe sehen.» Johannes legt ihr die Hand auf die Schulter.

Die Gesichter im Saal blicken wie Masken zu ihnen empor.

«Es wird anders sein dort drüben», fährt er fort.

Da ist der Satz wieder. «Ich weiß.» Theas Stimme schwankt.

«Du wirst unsere Botschafterin sein.» Johannes lächelt, aber seine Worte klingen ernst. «Wir brauchen Frieden im Westen, die Lage im Osten des Reiches ist gefährlich, und auch der Norden –», er blickt zu den Männern in den russischen Trachten. «Wir können nicht an allen Grenzen des Reiches kämpfen.»

Thea sucht nach einer Antwort, aber die Sätze, die ihr einfallen, kommen ihr kindisch vor.

«Vergiss nie, woher du kommst und wer du bist.» Johannes lächelt nicht mehr.

Theas Kehle ist zugeschnürt.

«Du wirst es gut machen, Prinzessin», sagt Johannes leise. Die Tränen steigen ihr in die Augen; schon als sie auf seinem Schoß saß, nannte er sie Prinzessin.

«Ja.» Thea versucht zu lächeln.

«Der Allmächtige beschütze dich.» Johannes legt seine rechte Hand auf ihren Kopf, ohne ihre Schulter loszulassen. Mit dem Daumen zeichnet er ein Kreuz auf ihre Stirn. «Gute Reise, Prinzessin.»

Die Zofen warten hinter den Säulen. Johannes spricht längst mit anderen Leuten. Thea nimmt ihren Pelz. Da ist Anna.

«Du reist ab.» Die blauen Augen des Mädchens bohren sich in Theas.

«Ja, wir segeln heute.»

«*Ich* sollte abreisen, *ich* sollte an deiner Stelle –», die Stimme des Kindes überschlägt sich. Es trägt ein weißes Seidenkleid mit goldenen Borten, Halsketten, Ohrringe, einen goldenen Reif im Haar.

«Es ist nicht meine Entscheidung», Thea versucht ruhig zu bleiben. Wie oft haben sie das schon besprochen? «Johannes, der Kaiser –»

«Aber ich bin die Tochter eines Kaisers, ich wurde in der Porphyra geboren.» Anna spitzt die Lippen bei dem Wort, als könne nur sie es richtig aussprechen. Die Leute in ihrer Nähe drehen die Köpfe. «Schon das letzte Mal wollten sie *mich*.» Annas Züge sind zornverzerrt. «Da warst du noch gar nicht am Hof.»

Annas Gesicht scheint Thea plötzlich sehr alt. «Ich kann nichts dafür», sagt sie entschuldigend.

«Es ist nicht recht –», Annas Stimme wird lauter, und einige der Silentarios, die im Empfangssaal für Ruhe sorgen, nähern sich.

«Ich muss gehen.» Thea wendet sich zum Ausgang hinter den Säulen. Die Zofen verharren, begierig darauf, dem Streit noch länger zuzuhören.

«Wir gehen», sagt Thea bestimmt und öffnet die Tür selbst.

Während sie unter den Bäumen mit den zerfetzten Girlanden zurückgehen, denkt Thea an Anna. Die Gesandten aus dem Westen haben eine Kaisertochter für den Sohn ihres Herrn verlangt, eine Purpurgeborene. Thea ist bloß die Nichte eines Kaisers. Sie ist nicht in dem mit Porphyr ausgelegten Saal zur Welt gekommen, in dem die Kaiserinnen ihre Kinder gebären, sondern in einem Haus auf dem Land, an das sie sich nicht erinnern kann.

Da ist noch ein Abschied. «Geht und schaut, dass die Träger vorsichtig sind mit meinen Kisten. Und dass alle geladen werden.»

Die Zofen verbeugen sich flüchtig und laufen davon. Gewiss werden sie die Kisten nochmals öffnen, über die Seidenstoffe streichen, die Ikonen herausnehmen, den Schmuck. Thea biegt in einen Seitenpfad, der an den Ställen vorbeiführt. Das Einzige, was sie wirklich mitnehmen wollte, war Artemis, ihre graue Stute. Aber für die, sagte Gero, gebe es keinen Platz auf dem Schiff. Thea überlegt, ob sie nochmals in den Stall gehen soll, stellt sich die verlegenen Gesichter der Pferdeknechte vor, mit denen sie früher auf dem Polofeld um die Wette geritten ist.

«Himmlischer Herrscher, kröne unsern Kaiser mit Siegen», klingt es aus der Ferne. Ihr Onkel muss auf dem Weg zum Triconchos sein. Unter den drei muschelförmigen Kuppeln des Eingangs werden Diener mit Schüsseln und Tüchern ihn erwarten, ihm Füße und Hände waschen, seinen Purpurmantel gegen einen seidenen Umhang tauschen, bevor er durch die mittlere der drei Türen – die silberne – die Sigma betritt, um die Huldigungen seiner Gäste entgegenzunehmen. Bei großen Empfängen ist die Brunnenschale im Säulengang der halbrunden Marmorhalle mit Früchten gefüllt, und aus dem tannzapfenförmigen Ausguss fließt gewürzter Wein. «Gottes Sohn herrsche durch ihn», tönt es von jenseits der Ställe. Johannes wurde auch nicht im Purpursaal geboren.

Die Soldaten, die aus dem Eingang des schmucklosen, grauen Gebäudes an der Rückseite des Hippodroms kommen, betrachten Thea misstrauisch. Kohlgeruch schlägt ihr entgegen, als sie die schwere Tür aufstößt. Sie geht an den durch Vorhänge voneinander getrennten Abteilen vorbei, in denen Männer schlafen, reden, Karten spielen. Das Quartier ihres Vaters ist im vorletzten auf der rechten Seite. Der Vorhang ist zugezogen. Dahinter rührt sich nichts. Thea hustet. Als sie den Vorhang öffnen will, brüllt eine Stimme von nebenan: «Der Patrikios ist nicht da.»

Ein Kopf erscheint aus dem Nebenabteil. «Ach, du bist es – Ihr seid es», verbessert sich der Mann. Thea kennt seinen Namen nicht, aber er ist einer der Waffenträger ihres Vaters.

17

«Wann kommt er wieder?»

«Er hat nicht gesagt, wann er zurück ist.»

Thea spürt einen Druck im Magen.

«Er ist heute Morgen nach Galata hinüber, um dort nach den Truppen zu sehen. In zwei, drei Tagen ist er sicher zurück», fügt der Mann hinzu.

«Sag ihm –» Was soll er ihrem Vater sagen? «Nichts.»

Sie wendet sich um und eilt den Flur zwischen den Abteilen zurück. Ihr Vater wusste, dass die Schiffe der Franken nur auf günstigen Wind warteten, und er kennt jede Brise, die über die Stadt weht. Er wusste, dass sie heute abreisen würden. Sie stößt die Tür auf und läuft ins Freie. Hinter den Ställen bleibt sie stehen und atmet die kalte Winterluft ein.

Theas Zimmer ist leer, als sie zurückkommt, Kisten und Körbe sind verschwunden. Gero steht am Fenster.

«Wir müssen gehen ...» Während er spricht, kommt er auf Thea zu. Sie blickt sich um: ihr Bett ohne Decken, leere Regale ...

«Kommt.» Er hebt die Arme, als wolle er ihre Flucht verhindern. «Es ist alles geladen, Herrin.» Er hat sie noch nie so genannt.

Ohne ihn anzublicken, dreht Thea sich um und geht vor ihm aus dem Zimmer hinaus.

Die Gesandten stehen auf Deck und lächeln, als Erzbischof Gero mit Thea die Stufen des Bukoleon-Palasts zur Anlegestelle der Schiffe hinunterkommt. Sogar der übellaunige Liutprand verzieht den Mund, und während Thea den Laufsteg hinaufgeht, begreift sie, dass die Männer erleichtert sind. Haben sie gemeint, sie werde im letzten Moment verschwinden? Haben sie gedacht, der Kaiser von Konstantinopel werde sie hintergehen?

Kaum hat Thea das Schiff betreten, ertönt ein Schwall unverständlicher Rufe. Der Laufsteg wird hochgezogen, Taue werden gelöst, ein Segel entfaltet sich knatternd. Die Leute auf der Hafenmauer heben die Hände. Die Gesandten nicken sich zu; einer nach dem andern verschwindet gebückt in der Luke, die unter Deck führt. Thea entlässt die Zofe, die neben dem Einstieg auf sie wartet, mit einer Geste, und wendet sich zur Reling.

Das Wasser zwischen Schiffsrumpf und Hafenmauer ist schon so breit wie ein Fluss. Die steinernen Löwen neben der Treppe des Bukoleon-Palasts, an denen sie eben vorbeigegangen ist, sind auf Katzengröße geschrumpft. Das Meer ist dunkel, von kleinen Wellen zerfurcht. Eine Weile werden die Möwen dem Schiff noch folgen, dann werden sie umkehren. Thea erinnert sich, wie sie Konstantinopel zum ersten Mal sah, ein paar Wochen nach dem Tod ihrer Mutter. Der Vater hatte sein Land und das Gutshaus verpachtet. Er war selten bei ihnen gewesen.

«Der Dienst für den Kaiser ist wichtiger als unsere Wünsche», sagte ihre Mutter, wenn er nach ein paar Tagen wieder abreiste. Nachts hörte Thea die Mutter in ihrem Zimmer auf und ab gehen.

Nach ihrer Beerdigung ließ der Vater Theas Kleider packen und brachte sie auf das Schiff. Dann folgte er seinen Truppen, die auf dem Weg nach Norden waren. Thea bestaunte das Zelt auf Deck, in dem sie schlafen würde. Die Männer zeigten ihr, wie man Taue verknüpfte, Segel faltete und die Fische, die sie an Leinen aus dem Wasser zogen, über einem Kohlenbecken briet. In einer der Nächte erklärte ihr der Steuermann eine Metallscheibe mit verschiebbaren Zeigern und Ringen, mit der die Position des Schiffes anhand der Sterne bestimmt werden konnte. «Sternfasser» nannte er das Instrument. Eines Morgens tauchte Konstantinopel vor ihnen auf.

Nun werden die Kuppeln der kaiserlichen Paläste kleiner, die rot-weiß gestreifte Stadtmauer ist nur noch ein schmales Band, der große Leuchtturm ein brennender Strohhalm. Das Schiff rollt. Thea denkt an ihr ausgeräumtes Zimmer. Seit ihrer Ankunft am

Hof wohnte sie im Bukoleon-Palast. Es ist unfassbar, dass sie die Wellen, die unter ihrem Fenster gegen die Felsen schlagen, nie mehr hören wird.

Jenseits der Gemüsefelder, die sich im Westen der rot-weißen Stadtmauer entlangziehen, wird das Land öd. Manche Hügel sind von dunklen Flecken bedeckt, Olivenbäume vielleicht. Thea versucht sich an die Farbe der Marmorplatte auf dem Grab ihrer Mutter zu erinnern. «Sophia Phokaina» war darin eingemeißelt. Von allem, was Thea bisher gekannt hat, werden nur ein paar Namen bleiben.

Die Zofe kauert vor Theas Kajüte. Verlegen rappelt sie sich auf. Es ist eng unter Deck, und das Schiff scheint stärker zu schwanken.

«Ich … wir … Verzeihung …», das Mädchen verhaspelt sich.

Thea sieht ihr an, dass etwas nicht stimmt. «Wo sind die andern?»

«Zena und Dina sind auf dem anderen Schiff.»

Thea nickt, so war es vereinbart.

«Und Maria», das Mädchen bekommt einen roten Kopf, «Maria ist nicht da.»

Thea blickt sie verständnislos an, dann begreift sie. Die Befürchtungen der fränkischen Gesandten waren nicht ganz unbegründet gewesen. Thea fasst nach dem Knauf der Kajütentür.

«Und …», das Mädchen zögert wieder.

«Ja?», fragt Thea lauter, als sie möchte.

«Er ist da drin», flüstert die Zofe.

«Wer?»

«Der Alte mit der großen Nase.»

Thea betrachtet sie fragend.

«Ihr Anführer», erklärt das Mädchen.

Thea muss ein Lachen unterdrücken, als sie die Kajüte betritt. Der großnasige Gero sitzt auf der Bank neben der Fensterluke. Als er Thea sieht, klappt er das Buch auf seinen Knien zu und erhebt sich umständlich.

«Herrin, ich hoffe, es ist Euch hier –» der richtige Ausdruck fällt ihm nicht ein und nach kurzem Bedenken wählt er einen lateinischen: «Angenehm.»

«Ich danke Euch.» Die Silben der neu gelernten, lateinischen Wörter fühlen sich wie Kiesel an auf Theas Zunge.

Gero lächelt erfreut. «Dieses Buch –», er wechselt wieder ins Griechische, und einen Augenblick lang ärgert sich Thea, dass er ihr nicht zutraut, mehr als ein Wort zu verstehen. Das Buch ist ein Psalter, in grünes Leder gebunden. Der Erzbischof öffnet es. Auf jeder Seite sind drei Texte nebeneinander geschrieben. Der erste ist auf Griechisch, der zweite soll auch Griechisch sein – Thea versteht den alten Mann nicht: Es sind lateinische Kringel. Er beginnt vorzulesen, und da begreift sie, dass der griechische Text hier in lateinischer Schrift geschrieben ist. Der dritte ist in lateinischer Sprache und lateinisch geschrieben.

«Durch den Vergleich mit dem Bekannten lässt sich das Fremde besser verstehen», erklärt Gero.

Thea beginnt die lateinischen Buchstaben im mittleren Text aneinanderzureihen: «Herr, neige Deinen Himmel und steige herab.» Sie kennt die Worte. Noch bevor sie lesen und schreiben konnte, wusste sie die Psalmen auswendig. Sie liest ein Stück im dritten Text: «… et descende tange montes …» – «montes» muss Berge heißen, «fulgora» Blitze. «… reiß mich heraus aus gewaltigen Wassern, aus der Hand der Fremden.» Es ist wirklich nicht schwer.

«Ich danke Euch», sagt sie in ihrer eigenen Sprache.

«Wir sollten die Zeit auf dem Schiff nutzen.» Gero hüstelt. «Wir könnten zusammen –», er sucht nach dem Wort.

«Übersetzen?», fragt Thea.

«Ja?» Es klingt nicht wie eine Antwort, sondern wie eine Frage,

21

und Thea begreift, dass sie nein sagen könnte. Sie könnte das Angebot des Erzbischofs ablehnen, obwohl er älter ist als sie, ein Priester, ein Mann. Sie ist die Herrin, und bald wird sie Kaiserin sein.

Nachdem sie vereinbart haben, jeden Morgen zusammen zu übersetzen, verabschiedet sich Gero. Das Schiff rollt stärker, und Thea fühlt ein Schwappen in ihrem Magen. Sie blickt sich in der Kajüte um: Das Bett sieht aus wie ein Schrank, ihre Kissen und Decken liegen darin. Da ist die Kiste mit den Kleidern, die sie auf der Reise braucht, der Korb mit den Mandeln, den eingezuckerten Früchten, der kleine Reisealtar aus Elfenbein mit dem Bildnis der Heiligen Jungfrau. Und da steht auch das Messingtischchen, das ihr gar nicht gehört. Die Männer müssen es aus Versehen mitgenommen haben; darauf liegt die Schiefertafel. Thea betrachtet die Buchstaben, die sie an diesem Morgen geschrieben hat. Mit ihrem Ärmel wischt sie die beiden Wörter aus und schreibt nochmals: «Kaiserin Theophano» – in lateinischer Schrift.

Über uns leuchteten die Plejaden auf der Schulter des Stiers, der nach der Sage die schöne Europa in den Westen entführte, während die Boote der fränkischen Gesandten den Küsten entlang nach Italien zurücksegelten. Wie Flößer hielten die Steuermänner ihren Blick ängstlich auf das Ufer gerichtet, zu unwissend, um dem Lauf der Sterne zu folgen, und wir ließen es geschehen. Niemand verlässt Konstantinopel, wenn er nicht muss. Keiner von uns befand sich freiwillig im Gefolge von Johannes' Nichte, und wir verbargen die Not und die Schuld voreinander, die uns zu dieser Reise gezwungen hatten. Wir hatten es nicht eilig, an den Hof des Frankenkaisers zu kommen.

In mein Schicksal ergeben, hatte ich mir vorgestellt, ich würde die Zeit der Überfahrt verwenden, um mich mit den Gestirnen der fränkischen Kaiserfamilie vertraut zu machen. «Wie oben, so unten», lehrt der dreimal mächtige Hermes, der Berechner der Welt, und wohin sollen wir unseren Blick wenden, um unser irdisches Dasein zu verstehen, wenn nicht zum Himmel? Doch die Franken kannten Stunde und Ort der Geburt ihrer Herrscher nicht, und meine Fragen hätten mir den Ruf eines Eingeweideschauers eingetragen, hätte ich sie nicht bald unterlassen. Zirkel, Tabellen und Himmelskarten blieben in meinem Reisesack. Mit Misstrauen beobachtete man uns Fremde, und wir misstrauten der Fremde, in die man uns brachte.

Johannes' Nichte aber, ihre Beute, hielten sie von Anfang an von uns getrennt. Wie eine Gefangene hatten sie das Mädchen an Bord geführt, kein Willkommensgesang, keine segnende Geste, und die wenigen, die auf der Treppe des Bukoleon-Palasts unsere Abfahrt verfolgten, wandten uns rasch den Rücken zu. Mehr als den Tod haben unsere römischen Vorfahren die Verbannung gefürchtet, und ich verstand, warum.

Die Nichte des Kaisers reiste auf dem Boot der Bischöfe. Bei Tag hielten sie sie unter Deck, als könnte das Sonnenlicht ihr die Unschuld rauben. Nur nachts sah ich sie manchmal an der Reling stehen, die Sterne betrachtend, so wie ich wohl nach einer Antwort darauf suchend, warum der Himmel uns in die Ferne schickte. In ein paar Wochen würde sie den Sohn des Frankenkaisers heiraten, einen bedeutungslosen Jüngling, hieß es, von knapp siebzehn Jahren, der gleich seinem Vater Otto hieß. Ich kann nicht sagen, dass ich Mitleid mit ihr empfand, zu sehr schmerzte mich in jener ersten Zeit der Verlust meines Lebens am Hof der Cäsaren, aber ich verstand, dass auch sie unglücklich war, auf die dumpfe Art der Kinder, die noch nicht wissen, dass die Menschen ihr Los auf unterschiedliche Weise erfüllen können.

Das Bildnis
Ravenna, Februar 972

Otto betrachtet das Gesicht in dem kleinen, goldenen Rahmen, das helle Haar, die spitze Nase. Hässlich ist sie nicht.

«Das kommt überhaupt nicht in Frage!» Die Stimme des Vaters dröhnt durchs Haus. Otto hat den Boten gehört, der letzte Nacht ankam.

«Nicht in Magdeburg!»

Otto grinst. Er hätte es wissen müssen. Über nichts kann sich sein Vater so aufregen wie über das, was in Magdeburg geschieht.

«Holt meinen Sohn!»

Otto seufzt, er will jagen gehen an diesem Morgen. Der Diener steht schon im Zimmer. «Euer Vater verlangt nach Euch.»

Otto schält sich aus den Decken. «Ich weiß.» Er legt den kleinen goldenen Rahmen mit dem Bildnis auf den Fenstersims. Die Sonne ist noch nicht aufgegangen, aber der Himmel ist klar; es wäre ein guter Tag, um auszureiten. «Sag den andern, sie sollen ohne mich gehen.» Otto greift nach seinen Kleidern. «Das wird dauern», murmelt er zu sich selbst.

Die Schreiber sitzen bereits mit Wachstafeln und Griffeln an dem langen Tisch, als Otto hereinkommt. Sein Vater marschiert im Saal auf und ab.

«Da bist du ja.» Es klingt vorwurfsvoll. «Sie wollen einen Hoftag abhalten.» Das Gesicht des Vaters glüht rot unter dem grauen Bart. Otto streicht über die paar Stoppeln an seinem Kinn. «In Magdeburg!»

Otto schweigt.

«Schreibt!», befiehlt der Vater, die Schreiber greifen nach ihren Griffeln. «‹An unseren Statthalter, Hermann Billung, Herzog von Sachsen› – nein, ohne ‹Herzog›, lasst den Titel weg …»

«Hermann?», fragt Otto überrascht. «Hermann will einen Hoftag abhalten?»

«Wer sonst!»

Als der Vater vor fünf Jahren nach Italien zog, ernannte er Hermann Billung, seinen alten Kampfgefährten, zu seinem Stellvertreter in Sachsen.

«Warum?»

Der Vater hört nicht zu. «Wie ein König führt er sich auf.»

Die Schreiber am Tisch haben ihre Schreibgriffel wieder hingelegt. Der Vater steht vor Otto, die Augen zusammengekniffen. «Als wäre er … *ich*!»

Otto merkt, wie er rot wird, während er in das zornverzerrte Gesicht schaut.

Der Vater wendet sich ab. «Und Adalbert wird ihn in den Dom geleiten.» Adalbert war auf der Synode von Ravenna vor einigen Jahren zum Erzbischof des neugegründeten Bistums Magdeburg ernannt worden. «In *meinen* Dom.» Die Stimme des Vaters krächzt. «Dieser hergelaufene Bastard.»

«Adalbert?»

«Nein, Hermann!»

Otto betrachtet den Vater neugierig. Manche Leute am Hof empörten sich, dass der Vater Hermann zu seinem Statthalter ernannte, obwohl man nicht genau wisse, woher die Billungern kommen. Aber es ist nicht der Moment, Fragen zu stellen.

«Vielleicht hat er Gründe», überlegt Otto laut. Mit einem Ruck dreht der Vater sich um und marschiert durch den Saal. Otto wartet. Er hätte schweigen sollen, gleich wird der Vater ihn anschreien.

Der Vater hat das andere Ende des Saals erreicht und marschiert zurück. «Schreibt!», beginnt er nochmals, ohne Otto zu beachten. «‹An den von uns, dem Römischen Kaiser und König der Sachsen, bestellten Statthalter Hermann Billung› ...»

Otto schaut zum Fenster hinaus. Die Sonne ist aufgegangen; die anderen sind längst unterwegs.

«‹... unter Androhung folgender Strafen›», der Vater hält inne. «Was schlägst du vor?»

Schuldbewusst dreht Otto der sonnigen Aussicht den Rücken zu. Er hasst diese Fragen. Er hat keine Ahnung, welche Strafen in einem solchen Fall angemessen sind; und was er auch sagt, der Vater wird sich anders entscheiden.

«Wann soll der Hoftag denn sein?», versucht Otto abzulenken.

«Ich weiß es nicht.» Nun blickt der Vater zum Fenster hinaus.

«Ich dachte, der Bote hätte –»

«Der Bote hat Abrechnungen gebracht.»

«Und der Hoftag?»

«Der Bote hat einem der Diener erzählt, Hermann wolle –»

«Das heißt, es ist nur ein Gerücht?» Otto betrachtet den Vater ungläubig.

«Gerüchte haben Ursachen», poltert der Vater. «Du bist zu jung, um das einschätzen zu können, zu unerfahren, zu verhätschelt.»

«Guten Morgen.»

Erleichtert wendet Otto sich um. Seine Mutter steht hinter ihm, in einer braunen Kutte, das Haar unter einer Haube verborgen, eine Kette mit einem Holzkreuz um den Hals. Sie muss vom Morgengebet kommen.

Das Gesicht des Vaters verzieht sich zu einem Lächeln.

«Meine Liebe.» Er geht auf sie zu, nimmt ihre Hand und küsst sie.

«Ihr arbeitet schon?» Die Miene der Mutter bleibt ungerührt, ihr Blick wandert zu Otto.

«Ja –»

«Ich muss Hermann schreiben», fällt ihm der Vater ins Wort. Seine Stimme wird wieder lauter: «Er will in Magdeburg einen Hoftag abhalten, und …» Die Erklärungen wehen an Otto vorbei.

«Wolltest du heute nicht auf die Jagd gehen?», erkundigt sich seine Mutter, während der Vater spricht. Otto zuckt die Schultern.

«Hast du etwas gegessen?», fragt die Mutter weiter. Otto schüttelt den Kopf. Sie wendet sich nach der Hofdame um, die ein paar Schritte hinter ihr steht.

«Da, da ist was zu essen», unterbricht sich der Vater und deutet auf einen Teller mit Brotresten und einem Stück Trockenfleisch. «Und wenn wir zurück sind», fährt er fort, «werden wir selbst durch die Stadt ziehen, mit allen Bischöfen, Äbten. Dann werden die Menschen wieder wissen, wer ihr König ist.»

«Dann?», fragt die Mutter abschätzig.

«Ja, wenn …», der Vater verstummt.

Otto unterdrückt ein Seufzen, er weiß, was kommt.

«Hast du etwas aus Konstantinopel gehört?» Die Stimme der Mutter ist kalt.

«Nein», antwortet der Vater gereizt und beginnt wieder durch den Saal zu gehen. «Ich kann nicht jeden Tag schreiben. Ich weiß nicht mal, ob die Briefe dort drüben ankommen.»

Otto versucht sich «dort drüben» vorzustellen. Die Stadt am Goldenen Horn soll die schönste der Welt sein.

«Gero wird seine Sache schon recht machen», meint der Vater. «Und Kaiser Johannes ist mit der Heirat einverstanden. Mit dem umständlichen Hofzeremoniell geht alles länger dort.»

«Oder gar nicht», entgegnet die Mutter. Einer der Schreiber am Tisch hüstelt.

«Macht den Brief fertig», der Vater zögert einen Moment, «ohne Strafen. Und signiert in meinem Namen.»

Otto grinst verstohlen. Sein Vater unterzeichnet seine Briefe ungern selbst. Der Federkiel liegt ungelenk in seiner Hand, und er kann nicht mehr als seinen Namen schreiben. Die Notare packen ihre Sachen zusammen.

«Wir werden nicht ewig auf diese griechische Prinzessin warten», beginnt seine Mutter erneut. «Es gibt genügend Frauen hier. Eine engere Verbindung mit Frankreich wäre nützlich, oder mit Russland, dann hätten wir dort endlich Frieden.»

«Darum geht es nicht, Adelheid.» Der Vater nennt seine zweite Frau nur selten beim Vornamen. «Es geht darum, das Reich wieder zu vereinen.»

«Ich weiß», Ottos Mutter lächelt, «der große Traum vom großen Reich. Glaubst du wirklich, dass sich Osten und Westen nach all den Jahrhunderten wieder verbinden lassen? Mit einer Heirat?»

«Mit der Heirat selbst vielleicht nicht», entgegnet der Vater, als habe er den Hohn nicht gehört, «aber ein Sohn aus dieser Ehe …»

Otto schluckt.

«Geh etwas essen», die Hand der Mutter liegt auf seinem Arm, und bevor der Vater etwas einwenden kann, macht Otto sich davon.

Die Küche ist auf der anderen Seite des Gutshofs, in dem die kaiserliche Familie seit einigen Wochen untergebracht ist. Er gehört den Mönchen von Sant' Apollinaris in Classe. Als Otto ins Freie tritt, blendet ihn die Februarsonne. Die Tage werden schon wieder milder. Aus den Ställen weht der Duft von Heu, ein paar Stallburschen sind daran auszumisten; sie lachen. Otto spürt den vertrauten Neid: Warum kann er nicht einer von ihnen sein, oder einer seiner Gefährten, die nun auf der Jagd sind? «Otto den Großen» nennen sie seinen Vater, er selbst wird sein Leben lang Otto der Kleine sein.

Die Mägde in der Küche sind am Gemüseputzen und bemerken Otto nicht.

«Und als ich in den Garten kam, stand er neben dem Feigenbaum», erzählt eine von ihnen. Die anderen kichern.

«Und hat deine Feige gepflückt», beendet eine andere den Satz.

«Oder dir seine gezeigt?», fragt eine Dritte.

Die Frauen lachen. Otto schießt die Hitze ins Gesicht; kann er ungesehen wieder verschwinden?

Da entdeckt ihn eine der Mägde. «Oh, der junge Herr.» Das Gelächter der Frauen überschlägt sich, dann verstummen sie. Otto weiß nicht, was er sagen soll. Line, die seit Jahren zum Hofstaat des Vaters gehört, kommt ihm zu Hilfe. «Mögt Ihr etwas essen, junger Herr?» Sie blickt sich um: «Wir haben –»

«Kohl und Rüben.» Eine der Frauen deutet auf den Tisch. «Brot», meint Line. «Käse», sagt eine andere. «Feigen!», wirft eine Dritte ein, und wieder bricht das Gelächter los.

«Brot und Käse», meint Otto verlegen, als die Heiterkeit abflaut. Aus dem Hof dringen Stimmen. Sein Vater wird ins Heerlager aufbrechen, um sich mit seinen Beratern zu besprechen. Die Mägde arbeiten schweigend, während Otto isst. Er hat das Gefühl, sein Kauen sei noch nie so laut zu hören gewesen.

«Ihr könnt ruhig weiter –», er verschluckt sich, hustet.

«Wasser?» Eine der Mägde taucht eine Schöpfkelle in einen Eimer und hält sie ihm hin. «Ein Becher», befiehlt Line und sieht das Mädchen strafend an. Aber Otto hat bereits aus der Kelle getrunken. Das Mädchen hat schwarzes Haar und einen breiten, geschwungenen Mund.

«Ihr seid nicht mit den anderen auf die Jagd gegangen?», erkundigt sich Line.

«Nein ... mein Vater ... es gab Nachrichten.»

«Aus Konstantinopel?», fragt das schwarzhaarige Mädchen neugierig.

«Nein», antwortet Otto verstimmt; der ganze Hof wartet auf seine griechische Braut.

«Es wird ein großes Fest geben», meint Line. «In Rom.»

Otto erinnert sich an Weihnachten vor vier Jahren. Schon damals hieß es, er solle eine Braut aus Konstantinopel bekommen, und damit er ihr ebenbürtig sei, ließ sein Vater ihn vom Papst in der Peterskirche zum Mitkaiser krönen.

«Größer als das letzte Mal», sagt Line, als habe sie seine Gedanken erraten.

Otto sieht sich wieder auf dem weißen, mit goldbestickten Decken behängten Pferd neben dem Vater zur Peterskirche reiten. Nach der Krönung erfuhr er, dass er den Hengst behalten durfte; er nannte ihn Wodan.

«Da wart Ihr noch ein Kind», sagt Line mehr zu sich selbst.

Otto war zwölf in jenem Jahr.

«Nun seid Ihr ein Mann.»

Ein Wagen steht im Hof, als Otto aus der Küche kommt. Die Seiten sind aus poliertem Holz, mit Messingbeschlägen verziert, das Verdeck ist aus Leder. Otto hat noch nie ein Gefährt mit so schmalen Rädern gesehen. Er geht um den Wagen herum. Im Innern liegen Kissen, ein Pelz. Einen Augenblick denkt Otto an die griechische Prinzessin, doch dann hört er, dass die beiden Diener, die sich an den Reisetruhen zu schaffen machen, Französisch reden. Das elegante Fahrzeug muss Dietrich, dem Bischof von Metz, gehören. War der schon wieder hier, um für den Neubau seines Doms um Geld zu betteln?

«Es entspricht nicht unseren Abmachungen.» Die Stimme des Bischofs kommt aus dem Saal, er spricht offenbar mit der Kaiserin. Otto bleibt in der Eingangshalle stehen. Kann er sich an der Saaltür vorbeischleichen, ohne gesehen zu werden?

«Wir müssen so rasch wie möglich handeln», entgegnet seine Mutter. Vorsichtig geht Otto den Gang entlang.

«Noch ist nichts verloren», wirft Dietrich ein.

«Wir müssen unsere Verbindungen im Westen enger knüpfen, mit Frankreich, Burgund, Italien.» Die Mutter stammt aus Burgund, ist in Italien aufgewachsen. «Wir müssen die Gegner vor unseren Grenzen zu unseren Freunden machen», fährt sie fort. «Die fallen uns in den Rücken, wenn wir Schwäche zeigen, versuchen uns zu vernichten in Zeiten der Not. Ich habe es zweimal erlebt. Als Kind schon haben sie mich aus meiner Heimat verschleppt, und dann wollten sie mir auch Italien nehmen.» Ottos Stiefel knirschen, er hätte sie ausziehen sollen. «Ich werde nicht zulassen, dass mein Sohn seine Herrschaft durch diese unsinnige Heirat schwächt.»

«Es heißt, sie sei hübsch», gibt der Bischof zu bedenken.

«Ich weiß», entgegnet die Mutter barsch. Otto steht direkt hinter dem Türpfeiler. Mit zwei Schritten ist er am Saaleingang vorbei.

«Wenn der Kaiser sie sieht …»

«Es darf nicht so weit kommen», bestimmt die Mutter. Otto duckt sich. «Sie muss zurückgeschickt werden», er macht den ersten Schritt, «bevor Otto» – er zuckt zusammen. «Da bist du ja!», unterbricht sich seine Mutter überrascht. «Wir haben gerade von dir gesprochen», fügt sie nach einem Augenblick hinzu, «komm herein.»

Widerwillig betritt Otto den Saal. Dietrichs Mund hat sich zu einem herablassenden Lächeln verzogen. «Der junge Kaiser.» Der Bischof neigt den Kopf ein wenig und streckt seine Hand aus.

Otto betrachtet die mit Edelsteinen besetzten Ringe an den Fingern. Er hat keine Lust, die Hand des Bischofs zu küssen, und wenn er wirklich Kaiser wäre, müsste er das auch nicht tun. Seine Mutter hüstelt. Kleinmütig beugt Otto sich über die ausgestreckte Hand, ohne sie mit seinen Lippen zu berühren.

«Wir haben eben beschlossen …», beginnt Dietrich, doch die Mutter unterbricht ihn. «Hast du etwas gegessen?»

Otto nickt. Sie steht so nahe, dass er den Veilchenduft ihrer Kleider riechen kann.

«Ist dir nicht gut?» Sie mustert ihn.

«Doch.»

Sie hebt die Hand, als wolle sie Otto über den Kopf streichen. Der Bischof räuspert sich. «Wir sprechen uns später», die Mutter wendet sich ab. «Ich werde dir dann erklären, was der Bischof und ich beschlossen haben.»

Otto rührt sich nicht.

«Du kannst gehen», befiehlt die Mutter.

In seinem Zimmer legt sich Otto aufs Bett. Die anderen werden erst am Abend von der Jagd zurück sein. Nach einer Weile hört er den Wagen des Bischofs aus dem Hof fahren. Seine Mutter und Dietrich sprachen nicht über den Dombau in Metz, sondern über seine Heirat. Er schlägt mit der Faust gegen die Wand; das Bildnis in dem goldenen Rahmen rutscht vom Fenstersims. Otto hebt es auf. Sie ist hübsch mit dem Blütenkranz in ihrem blonden Haar, ihren blauen Augen, aber sie ist noch ein Kind. Als er ans Fenster tritt, sieht er das schwarzhaarige Mädchen aus der Küche über den Hof gehen. Er überlegt, wie es sich anfühlen würde, ihren breiten, geschwungenen Mund zu küssen. Wenn er diese Prinzessin vor der Heirat wenigstens einmal zu Gesicht bekäme.

Die Begegnung

Benevent, März 972

Das Bett schwankt, die Kajüte hebt und senkt sich, draußen klatschen die Wellen gegen die Planken; und da ist das Stöhnen im Innern des Schiffes, ein endloses, elendes Klagen …

Thea fährt aus dem Schlaf. Die Morgensonne scheint ins Zimmer, vor dem Fenster zwitschern Vögel. Sie ist im Gästehaus des kleinen, weißgetünchten Klosters. Thea schließt die Augen wieder. Die Seereise dauerte länger, als man ihr gesagt hatte. Das Wetter sei schuld, erklärte Gero, die Jahreszeit, die Strömungen. Jeden Tag hatte er einen anderen Grund. Sie fuhren die Küste entlang, es sei zu gefährlich im Winter auf offener See. Die Zofe erzählte, die Franken seien überzeugt, das Meer sei voller Ungeheuer, langschwänzigen, vielköpfigen Wesen, die sie verschlingen würden, lange bevor sie ihr Ziel erreichten. Eines Morgens berichtete Gero, Liutprand sei erkrankt, und in der Nacht darauf begann das Stöhnen.

Draußen ertönt ein Lachen. Thea schlägt die Augen auf. Das Lachen klingt übermütig, doch bis sie das Fenster erreicht, ist es verstummt. Im Garten hinter dem Gästehaus ist niemand zu sehen. Sie beugt sich hinaus und schreckt zurück: Genau unter ihrem Fenster steht ein junger Mann. Vorsichtig späht sie über den Rand des Simses. Er hat dichtes, schwarzes Haar, trägt eine Tunika ohne Hemd, wie die meisten Männer hier. Ob er zu den Stallburschen gehört? Er scheint mit jemandem im Haus unter ihr zu reden. Da lacht er wieder, wirft den Schopf zurück; rasch zieht Thea ihren Kopf ein.

Hinter Thea klappert es. Einer der Klosterdiener hat eine Schüssel und einen Krug mit Wasser neben das Bett gestellt.

«Guten Morgen», sagt Thea auf Lateinisch, aber sie weiß, dass der Junge sie nicht versteht. Nur die Mönche und einige der Leute am Hof sprechen Lateinisch. Der Junge nickt verlegen und verschwindet. Das Lager der Zofe neben der Tür ist leer. Thea wartet eine Weile, dann beginnt sie sich allein anzukleiden.

Als Thea in den Garten kommt, steht die Sonne hoch am Himmel. Den ganzen Morgen hat sie mit Gero verbracht. Dietrich von Metz, der Bischof, der sie von hier nach Rom begleiten soll, ist angekommen. Doch er will sie nicht sehen, Thea begreift nicht, warum. Gero redet nun Lateinisch mit ihr, aber er merkt jedes Mal, wenn sie etwas nicht versteht, und dann beginnt er in seiner langfädigen Art zu erklären. Thea geht zwischen den Rosenbüschen hindurch. Sie hat das zimtbraune Kleid angezogen und den passenden Mantel. In Konstantinopel gab es Vorschriften, welche Kleider und Farben man tragen durfte, Anlass, Stand und Wohlstand, aber auch der Gunst entsprechend, die man bei der Kaiserin genoss; nun wird sie ihre eigenen Regeln machen können. Die Blätter der Rosenbüsche sind klein und hellgrün; es wird noch Monate dauern, bis sie blühen. Der junge Mann muss längst woanders sein.

«Pfiit.»

Thea zuckt zusammen. Auf dem Weg vor ihr sitzt ein kleines Tier, dunkelbraun, mit einem buschigen Schwanz, runden Öhrchen, und auf seiner Brust ist ein weißer Fleck.

Thea hält den Atem an. Das Tier ist etwas kleiner als eine Katze, schlanker. Es könnte ein Hermelin sein, ein Zobel. Gibt es Zobel in Italien? Die braunen Augen des Tieres glänzen. Dann beginnt es sich zu putzen. Thea steht keine zwei Schritte von ihm entfernt, und es beachtet sie nicht.

«Pfiit.» Das Tier spitzt die Ohren, wendet den Kopf und springt auf einen ausgestreckten Arm. Erst jetzt merkt Thea, dass das Pfeifen nicht von dem Tier kam.

Vor ihr steht der junge Mann, dessen Lachen sie am Morgen aus dem Bett gelockt hat. Er sagt etwas, das sie nicht versteht. Das Tier sitzt auf seiner Schulter.

«Entschuldigung.» Seine Stimme ist dunkel.

Thea starrt ihn an.

«Ich entschuldige mich», wiederholt er und streicht sich mit einer ungelenken Geste das Haar aus der Stirn. Der buschige Schwanz des Tieres hat sich um seinen nackten Oberarm gelegt.

«Ich wollte Euch nicht erschrecken», fährt der junge Mann in holprigem Lateinisch fort.

«Ich bin nicht erschrocken», behauptet Thea. «Das …», sie deutet auf das Tier.

«Mustela.»

Thea kennt das Wort nicht. «Ist sie zahm?»

«Er», verbessert der junge Mann. «Ziemlich.»

Thea würde das Tier gern streicheln, aber sie traut sich nicht, näher an den jungen Mann heranzugehen. «Ist er ein guter Jäger?»

«Besser als ich», meint der junge Mann nach kurzer Überlegung. «Konstantin», fügt er hinzu.

Thea schaut von ihm zu dem kleinen pelzigen Kopf.

«Sein Name ist Konstantin.»

Thea lacht. «Wie Konstantin der Große?»

«Ja.» Der junge Mann grinst. «Kleines Tier, großer Name.» Seine Augen sind vom gleichen Braun wie die des Tiers.

Thea überlegt, ob sie weitergehen muss. Kann sie allein in einem Garten mit einem Unbekannten sprechen?

«Und du bist, Ihr seid –», der junge Mann schaut sie fragend an.

«Thea. Theophano.»

«Theophanu», wiederholt er, und sie korrigiert ihn nicht. «Das ist ein seltener Name.» Ein Rieseln läuft über ihre Haut, wenn er spricht.

«Meine Patin hieß so», erklärt Thea. «Sie war Basileia, Kaiserin. Früher.»

«Früher?»

«Jetzt ist sie im Kloster.»

Seine Augen ruhen unverwandt auf ihr. «Ist ihr Mann gestorben?»

Thea denkt an die Nacht vor zwei Jahren, das Geschrei, die Soldaten, die durch den verschneiten Park liefen, die angstvollen Mienen der Frauen im Palast. Am Morgen hieß es, Kaiser Nikephoros sei tot, ihr Onkel regiere nun an seiner Stelle. «Johannes, Augustus und Kaiser der Römer», riefen die Leute in den Straßen. Kurz darauf wurde ihre Patin Theophano in ein Kloster geschickt. Es hieß, sie sei schuld am Tod ihres Mannes.

«Wie war Eure Reise?», erkundigt sich der junge Mann unvermittelt.

«Lang und …», Thea sucht nach einem passenden Wort, «nicht angenehm.»

Liutprands Stöhnen war Tag und Nacht zu hören, und nach einiger Zeit begann sich der Gestank seiner Krankheit im Schiff auszubreiten. Thea sah die Schüsseln mit blut- und kotverschmierten Tüchern, die man aus seiner Kajüte trug.

«Dann wart Ihr froh, als Ihr in Italien ankamt?», fragt der junge Mann weiter.

Thea stand jede Nacht auf dem Deck des Schiffes, um dem Stöhnen und dem Geruch des Sterbenden zu entkommen. Als ihr Ziel endlich auftauchte, war sie enttäuscht; es war nur ein Fischerdorf. Die Leute, die sie am Strand erwarteten, sprachen Griechisch – nicht so wie in Konstantinopel, aber ähnlich –, und Thea überlegte, ob das Gebiet zu denen gehörte, die ihr Onkel wegen ihrer Heirat an die Franken abgetreten hatte. Wussten diese Menschen

wohl, dass sie Theas wegen nicht mehr dem Kaiser in Konstantinopel unterstanden? Sie begegneten keinen vielköpfigen Meeres-
ungeheuern auf ihrer Reise, aber Liutprand war tot, als sie ihn vom
Schiff trugen, und es roch nach Verwesung. Ihre Wagen standen
auf der Hafenmauer bereit; Thea war erleichtert, als sie aus dem
Dorf hinausfuhren.

«Ja.»

Der junge Mann betrachtet Thea aufmerksam. «Und gefällt es
Euch hier?»

Sie blickt sich um: die Rosenbüsche, der Garten, irgendwo plätschert Wasser. «Ja.»

Der junge Mann lächelt erfreut.

«Und Ihr seid ...?» Thea wüsste gerne, wie er heißt.

«Rom wird Euch noch besser gefallen. Die Peterskirche wird
mit Fahnen geschmückt sein, Teppichen, Leuchtern.» Er scheint
genau zu wissen, was ihr bevorsteht. «Und wenn Ihr dann nach
Norden reist, werdet Ihr die Berge sehen, die Seen.»

«Euer Name –» beginnt Thea nochmals.

«Otto!», ruft eine Frauenstimme aus dem Haus.

«Ich muss gehen.» Der junge Mann nimmt Konstantin von seiner Schulter und läuft davon.

Otto? Thea schlägt das Herz bis zum Hals. Ist es möglich, dass
der junge Mann der Sohn des fränkischen Kaisers ist?

Zwei Kinder in einem Garten; ich sah sie – zufällig. Es hinderte
uns niemand daran, in den Garten zu gehen, während wir in dem
kleinen, weißen Kloster rasteten. Es gab keine Vorschriften, keine
Ordnung. Jeder tat, was er wollte, und einige von uns hatten sich
bereits davongemacht. Zwei Kinder, die mit einem Frettchen spiel-
ten, so kamen sie mir vor, obwohl er älter war als sie, ein junger

37

Mann. Aber da war etwas Knabenhaftes in seinen Gesten, ein Anflug von Trotz in dem vorgeschobenen Kinn. Die Prinzessin lächelte. Es muss das erste Mal gewesen sein, dass ich sie lächeln sah, das erste Mal, dass sie mich an ihre Patin erinnerte.

Während ich das junge Paar in dem Garten beobachtete, wanderten meine Gedanken zu der Frau zurück, die an Schönheit und Verschlagenheit alle andern übertraf, Basileia Theophano, und ich wunderte mich wieder, warum sie einem Mann wie Johannes Tzimiskes verfallen war, einem anatolischen Soldaten von untersetzter Statur, umgänglich gewiss, aber ohne einen Funken der Fürstlichkeit von Kaiser Romanos, ihrem ersten, ohne eine Spur der Willenskraft von Kaiser Nikephoros, ihrem zweiten Gatten. Ich dachte an die Nacht, in der Johannes und seine als Frauen verkleideten Schergen in den Palast eindrangen, um Nikephoros zu töten. Danach versank die Stadt für Tage in Stille, Nebel hing über dem Meer. Die geschundene Leiche lag eine Weile im Schnee unter dem Fenster, aus dem die Mörder sie geworfen hatten, dann wurde sie in eine Kirche getragen. Der Kopf mit dem zerschnittenen Gesicht blieb verschwunden.

Jeder wusste, dass die schöne Theophano am Tod ihres Gatten nicht unbeteiligt war. Sie würde nicht mehr auf dem Thron sitzen. Noch vor seiner Krönung ließ Johannes sie in ein Kloster bringen. Nach einigen Monaten entfloh sie, kehrte nach Konstantinopel zurück. Sie suchte Schutz in der Hagia Sophia, doch die kaiserlichen Soldaten holten sie. Johannes hatte kein Erbarmen mit ihr, obwohl oder weil er ihr Geliebter gewesen war. In ihrer Verzweiflung stürzte die Basileia sich auf ihn, zerkratzte ihm das Gesicht, bevor die Wachen sie überwältigten. Johannes ließ sie in ein anderes Kloster schaffen, zu weit von Konstantinopel entfernt, um zurückzukehren, und als die Hetzer nicht verstummten, heiratete er eine der alternden Töchter von Romanos II., die Theophano selbst einst zu den Nonnen geschickt hatte. Die bezaubernde Wirtstochter, die zur Herrscherin des glänzenden Konstantinopel aufgestiegen war, hatte jeden überlistet, jeden ausgenutzt, außer dem unscheinbaren Johannes; für ihn gab sie alles her. Ich verstand es nicht. Aber vielleicht, so dachte ich damals, lag es in meiner Natur, dass mir die Macht der Liebe ein Rätsel blieb.

An jenem Nachmittag beobachtete ich die beiden jungen Menschen in dem Klostergarten und fragte mich, was aus ihnen würde. Ich brauchte weder Zirkel noch Tabellen, um zu erkennen, dass sie sich mochten, und als ich später ihre Konstellationen verglich, lief es mir kalt über den Rücken. Nie zuvor waren mir zwei Menschen begegnet, die sich so entsprachen, und deren Bestimmungen doch so auseinanderstrebten.

Als Thea ins Haus zurückkommt, hört sie Stimmen aus dem Schreibzimmer: Gero und ein Unbekannter. Sie bleibt stehen.

«Es entspricht nicht unseren Abmachungen», sagt der Fremde in näselndem Tonfall. Es muss Bischof Dietrich von Metz sein. Gero wendet etwas ein, das Thea nicht versteht.

«Aber sie ist nicht die Prinzessin, die unser Kaiser für seinen Sohn will.» Dietrichs Stimme wird lauter. «Die Kaiserin verlangt, dass sie zurückgeschickt wird.» Thea schießt das Blut in die Wangen. Gero antwortet leise, beschwichtigend. Thea zögert einen Moment, dann geht sie näher. «… zudem ist sie hübsch und gar nicht dumm.» Sie hört nur noch das Ende von Geros Satz. «Aber sie ist keine Purpurgeborene», wendet Dietrich ein. Thea sieht Annas triumphierendes Gesicht vor sich. Die Stimmen der Männer werden heftiger. Sie reden zu schnell, Thea kann ihnen nicht folgen. Dann ist es plötzlich still.

«Es ist am Kaiser, das zu entscheiden», sagt Gero nach einem

Augenblick, seine Stimme bebt vor Zorn. Langsam wendet Thea sich ab und geht die Treppe hinauf.

Als sie die Tür ihres Zimmers öffnet, fahren die drei Zofen auseinander. Auf dem Bett liegt der Schmuck aus ihrer Reisekiste. Das übrige Gepäck steht in den Scheunen des Klosters. Einzig die eiserne Truhe mit den Gebeinen des Heiligen Pantaleon, die Gero in Griechenland für sein Erzbistum erworben hat, wurde in die Klosterkirche gebracht. Die Zofen machen betretene Gesichter.

«Wo wart ihr heute Morgen?», fragt Thea.

«Ihr wart schon fort», antwortet die eine weinerlich.

«Mir war schlecht», murmelt die andere.

«Räumt den Schmuck zusammen», befiehlt Thea, ohne auf die Ausreden der Mädchen zu achten. Was wird ihr Onkel tun, wenn die Franken sie nach Konstantinopel zurückschicken? Sie in ein Kloster sperren?

«Ihr könnt gehen», sagt Thea, noch bevor der Schmuck wieder in der Kiste versorgt ist.

Als die Zofen draußen sind, steht Thea am Fenster und blickt auf den Garten hinunter. Das Wasser plätschert in ein steinernes Becken zwischen den Rosensträuchern. Jenseits der Hecke liegen Felder, Wiesen. Dahinter müssen die Berge sein, die Seen, von denen der junge Mann sprach. Sie spürt das Rieseln wieder auf ihrer Haut. Sie wird tun, was ihr Onkel ihr befohlen hat: nach Rom reisen und dort den Sohn des Frankenkaisers heiraten. Der Bischof von Metz kann sie nicht daran hindern, er ist nur ein Unterhändler. Sie versorgt das Gehänge, das noch auf ihrem Bett liegt. Das wird sie am Tag ihrer Krönung tragen. Und da sind die Ohrringe mit den Pfauen. Thea will sie zu dem Gehänge legen, doch dann besinnt sie sich anders.

Die Zofen sitzen auf der Treppe vor ihrem Zimmer.

«Ich werde diese hier tragen.» Thea streckt ihnen die Ohrringe hin, und die Mädchen machen sich daran, die Goldhaken durch die kleinen Löcher in Theas Ohrläppchen zu stecken.

«Das ist sehr schön», sagt eins der Mädchen und streicht Theas Haar über die Schulter zurück, damit man den Schmuck besser sieht.

Im Heerlager

Vor Rom, Anfang April 972

Thea sitzt neben Erzbischof Gero auf der Bank des holpernden Wagens. Es war einfacher gewesen, als sie gedacht hatte: Sie sagte Gero, sie wolle nach Rom weiterreisen, ins Heerlager vor der Stadt, um den Kaiser der Franken und seinen Sohn zu treffen. Am gleichen Tag begann man das Gepäck zu laden. Thea merkte, dass Gero die Leute antrieb. Auch er schien es eilig zu haben. Am Morgen vor der Abreise ging Thea noch einmal in den Rosengarten. Es war niemand da, und das steinerne Wasserbecken war leer, aber an einem der Büsche entdeckte sie Knospen mit rosaroten Spitzen.

Nun sind sie seit zwei Tagen unterwegs. Die erste Nacht verbrachten sie in einem Gasthof, einer Ansammlung von Hütten, Ställen, in denen Tiere und Menschen schliefen. Der Wirt trug eine fleckige Kappe und verbeugte sich bei jedem Wort. Er jagte andere Gäste aus der Kammer hinter der Trinkstube, damit Thea und ihre Begleiter darin schlafen konnten. Die Vertriebenen standen mit Kleiderbündeln und Säcken im Hof. Die Kammer war schmutzig, und eine der Zofen begann zu kreischen, als sie eine Spinne über eins der Betten kriechen sah. Sie beruhigte sich erst wieder, als man ihr einen Becher unverdünnten Wein zu trinken gab. Thea versuchte nicht an die Spinne zu denken, während sie nachts im Bett lag. Aus dem Kissen strömte ein süßlicher Geruch. Gero riet ihr, Mantel und Schuhe anzubehalten. Er schnarchte im Bett nebenan zwischen zweien seiner Kapläne.

In dem Gasthof trafen sie Dietrich von Metz. Thea hatte ihn am Abend nach seiner Ankunft im Kloster noch einmal mit Gero streiten hören, am nächsten Morgen war er verschwunden. Er war ein großer, dünner Mann, dessen Gesicht aus Marmor gehauen schien. Unter seinem Pelz trug er einen kurzen, mit Borten besetzten Mantel, enge Beinkleider, wie ein Höfling. Er lächelte, während Gero ihn Thea vorstellte, ohne sie anzuschauen, als erinnere er sich an etwas.

«Der Bischof von Metz …», beginnt Thea, als der Wagen etwas weniger holpert. Sie wüsste gern, warum Dietrich sich in dem Gasthof aufhielt.

«Die Ersten werden die Letzten sein», meint Gero ernst.

Thea blickt ihn fragend an.

«Er wollte uns nach Rom vorausfahren», erklärt Gero, «doch unterwegs brach ein Rad seines Wagens. Seine Diener zogen ihn mit seinem Gepäck auf einer ausgeliehenen Karre bis zum Gasthof. Nun muss er warten, bis das Rad geflickt ist.»

Thea betrachtet Gero von der Seite und merkt mit einem Mal, dass sie den alten Mann mit der großen Nase mag.

«Hätten wir den Bischof nicht in unserem Wagen mitnehmen sollen?» Es hat nichts genützt, die Kleider anzubehalten, etwas hat sie gestochen; Thea versucht sich unauffällig zu kratzen.

«Ja», um Geros Mund zuckt es, «aber leider haben wir keinen Platz.» Er deutet auf die eiserne Truhe mit den Reliquien des Heiligen Pantaleon auf der Sitzbank ihnen gegenüber. «Die Heiligen haben Vorrang.» Sein Mund verzieht sich zu einem Schmunzeln.

«Dann werden wir vor dem Bischof in Rom sein?» Thea verschränkt die Arme über dem Jucken.

«Genau.»

Dank der eisernen Truhe mit den Gebeinen des heiligen Arztes wird Thea den Kaiser der Franken sehen, bevor Dietrich von Metz ihn überreden kann, sie zurückzuschicken. Nun verzieht sich auch ihr Mund. So viel List hätte sie dem Erzbischof von Köln nicht zugetraut.

Otto geht in seinem Zelt auf und ab. Seit Tagen sitzt er im Heerlager fest, und jedes Mal, wenn er den Kopf aus dem Zelt streckt, beginnt jemand von seiner Heirat zu reden. Seine Eltern zanken sich. Sein Vater ist daran, jeden Schritt der Hochzeitsfeier zu planen. Seine Mutter will, dass die griechische Prinzessin nicht empfangen wird, bevor Dietrich von Metz zurückgekehrt ist.

«Die Griechin, die Griechin!» Otto fährt zusammen. Die Rufe schallen durchs Lager. Irgendwo zerbrechen Töpfe, ein Feuer zischt. Otto stürzt aus seinem Zelt, dann besinnt er sich, dreht wieder um. Er trägt nur seine gewöhnliche Tunika. Er öffnet die Truhe mit seinen Festtagskleidern – nein, das geht auch nicht, er kann nicht in einem bestickten Mantel durch das Heerlager laufen. Er schlägt die Kiste wieder zu, rennt hinaus. Er wird aussehen wie einer der Soldaten; sie wird ihn nicht erkennen.

Die Männer rufen etwas, das Thea nicht versteht. Dicht gedrängt stehen sie am Eingang des Heerlagers. Gero hat den Vorhang vor das Wagenfenster gezogen, und Thea sieht nur durch einen schmalen Spalt hinaus. Die Männer haben grobe Gesichter, ihre Tuniken sind fleckig, vor den Zelten liegt Unrat. Es riecht nach Latrinen und etwas Verbranntem. Wohnt hier der Kaiser der Franken? Wie eine Rotte bellender Hunde laufen die Soldaten neben dem Wagen her, Thea lehnt sich zurück.

Nach einem Augenblick schaut Thea wieder durch den Vorhangspalt hinaus. Die Stimmen sind leiser geworden, und sie rufen etwas anderes. Thea merkt, dass sie in der Menge der Köpfe nach dem dunklen Schopf sucht.

«Salve!», rufen die Männer nun: Willkommen.

Der Wagen hat keine Messingbeschläge, kein Verdeck aus Leder, er sieht aus wie alle Wagen. Sitzt darin die griechische Prinzessin? Die Männer schreien in einem fort. Otto glaubt die Stimme seines

Vetters unter ihnen zu hören, aber er kann ihn nicht sehen. «Salve!», ruft die Stimme, und das Wort breitet sich in der Menge aus.

Otto drängt sich durch die Männer, und die, die ihn erkennen, weichen zurück. Er folgt dem Wagen, bis er auf dem Platz vor den kaiserlichen Zelten hält. Diener und Mägde hasten umher. Niemand hat die Prinzessin jetzt schon erwartet. Nach einer Weile kommt der Kämmerer aus dem Zelt des Vaters und geht zum Wagen. Otto kann nicht hören, was der kleine, dicke Mann sagt, aber sein Gesicht ist rot angelaufen. In dem verhängten Wagenfenster rührt sich nichts.

Allmählich verziehen sich die Soldaten. Otto beobachtet das Treiben um das Zelt, in dem die Prinzessin wohnen soll. Bündel und Säcke werden herausgetragen, Fußmatten gebracht, Bretter für eine Bettstatt, ein Strohsack. Otto entdeckt das Mädchen mit dem breiten Mund unter den Mägden. Es bringt Kissen aus dem Zelt von Ottos Mutter. Ein Ruf aus dem Innern lässt es innehalten, umkehren und einen Augenblick später kommt es mit leeren Händen zurück. Der Kämmerer gibt ihm einen neuen Befehl, und es verschwindet im Zelt des Kaisers. Der Wagen der Prinzessin steht immer noch da. Die meisten der Neugierigen sind gegangen, auch Otto kommt sich mit einem Mal fehl am Platz vor. Man wird über ihn lachen: der Sohn des Kaisers, der wie ein Stallbursche glotzt. Einen Moment wartet er noch ab, ob das schwarzhaarige Mädchen wieder aus dem Zelt seines Vaters kommt, dann geht er davon.

Wie oft hat Thea sich ihre Ankunft am Hof des fränkischen Kaisers ausgemalt? Tamburin- und Zimbelklänge empfingen die Verlobte des Herrschers in Konstantinopel, die versammelten Würdenträger jubelten der neuen Basileia Glück und Gesundheit zu, das Volk sang: «Gebe Gott ihr zahlreiche Jahre», und wenn die

Braut, in Schleier gehüllt, aus dem Wagen stieg, begann die goldene Orgel in der Magnaura zu spielen.

Die Neugierigen auf dem Platz vor den Zelten haben sich verlaufen. Endlich eilt der kleine, dicke Mann wieder auf den Wagen zu.

Der aufgewirbelte Staub hängt noch in der Luft, als Thea ihr Zelt betritt: eine Fußmatte, ein Lager. Die Zofen kommen herein und beginnen zu husten.

«Werdet Ihr hier schlafen?», fragt eine von ihnen ungläubig.

Bevor Thea antworten kann, stürmt ein Mädchen herein. Es trägt Kissen. Als es Thea und die Zofen erblickt, erstarrt es. Thea betrachtet sein Gesicht: Es ist überrascht, aber nicht erschrocken.

«Da.» Thea deutet auf das Lager, und das Mädchen legt die zerdrückten Kissen darauf. Es hat schwarzes Haar und einen breiten, etwas geschwungenen Mund. Ohne sich zu verbeugen, verlässt es das Zelt. Die Zofen werfen sich entsetzte Blicke zu.

«Macht euch an die Arbeit», befiehlt Thea und spürt, wie die Plättchen mit den emaillierten Pfauen an ihren Ohren baumeln. Die Zofen flüstern miteinander. Als sie das Bett fertig hergerichtet haben, schickt Thea sie weg. Sie fühlt sich mit einem Mal sehr müde. In ihren Reisekleidern legt sie sich auf den Strohsack.

Als Otto in sein Zelt zurückkommt, sitzt Konstantin auf seinem Bett.

«Wo kommst du denn her?» Otto wirft einen Blick auf den Teller mit seinem Frühstück, aber der zahme Iltis hat sich bereits selbst bedient. Von dem Apfel ist nur noch ein angefressenes Stück Schale übrig. Das Tier blickt ihn erwartungsvoll an.

«Ich kann nicht weg», meint Otto mehr zu sich selbst, «sie werden mich gleich holen, um die Prinzessin zu begrüßen.» Er setzt sich auf die Truhe mit den Festtagskleidern.

Der Iltis rollt sich auf Ottos Kopfkissen zusammen. Otto überlegt, was er zu der Prinzessin sagen soll. Seine Worte müssen seinem Rang als Mitkaiser entsprechen. Konstantin legt seinen Schwanz über seinen Kopf.

«Es freut mich … es freut uns.» Otto betrachtet das schlafende Tier. «Es ist uns eine Freude.»

Er denkt an das Bild des blonden Kindes. Ein Zittern läuft durch Konstantins Körper, und Otto wünscht sich, er wüsste, wovon das Tier träumt.

Thea spürt den feinen Pelz an ihrer Wange. Das Tier liegt direkt neben ihrem Kopf auf dem abgewetzten Kissen. Der Pelz kitzelt – und da ist eine dunkle Stimme …

Thea schlägt die Augen auf und blickt in ein rotes Gesicht. Der Mann hat einen langen, spitz zulaufenden Bart. Sein Haar ist grau, schütter, und auch seine Augen sind gerötet. Thea erinnert sich an das Kitzeln aus dem Traum. Hat der Mann sie angefasst?

«Was fällt dir ein!», sie greift nach ihrer Wange, der Mann zuckt zurück, als wolle sie nach ihm schlagen.

«Verschwinde!» Thea richtet sich auf. Da steht Gero, er will etwas sagen. Doch der Unbekannte dreht sich um und stapft an ihm vorbei zum Zelt hinaus.

Thea blickt ihm verdattert nach. «Wer war das?»

«Otto der Große», sagt Gero leise. «Der Kaiser.»

Ottos Kehle schmerzt vor Ärger. Seit Stunden sitzt er in seinem Zelt und wartet darauf, dass man ihn holt, um die Prinzessin zu begrüßen. Vor einiger Zeit ist auch Dietrich von Metz im Lager eingetroffen. Otto hört die Rufe der Soldaten, die vor dem Küchenzelt für ihr Essen anstehen. Sie reden bestimmt über die Prinzessin, über ihn. Otto steht auf. Konstantin auf dem Kissen erwacht. Doch als Otto das Zelt verlässt, räkelt sich das Tier und schläft weiter.

Otto hört die erregten Stimmen aus dem Zelt seines Vaters: die Mutter, Dietrich von Metz, der alte Gero.

«Es entspricht nicht unseren Abmachungen», sagt Dietrich von Metz wieder.

«Sie ist eine Nichte des Kaisers, seine nächste weibliche Verwandte», wendet Gero ein.

«Aber keine Purpurgeborene», zischt die Mutter.

«Weil es keine Purpurgeborene gibt, die dem Kaiser so nahe steht. Johannes hat keine Kinder», erklärt Gero.

«Deshalb hätte er uns die Tochter des verstorbenen Kaisers Romanus schicken sollen, die Nikephorus damals Liutprand versprochen hat», wendet Dietrich ein.

«Aber durch seine eigene Nichte sind wir Johannes enger verbunden. Er herrscht jetzt.»

«Ich will diese Griechin nicht», fällt ihm die Mutter ins Wort.

Otto wartet, ob sein Vater etwas entgegnet. Doch die Bischöfe streiten sich weiter. Nach einer Weile wendet Otto sich ab. Wenn seine Mutter die Prinzessin nicht will, wird die Hochzeit nicht stattfinden. Otto kann sich nicht erinnern, dass sein Vater je etwas gegen ihren Willen getan hätte.

Wie Zigeuner lagerten die Franken vor der Ewigen Stadt. Auch ich muss bestürzt gewesen sein, als ich die zerschlissenen Zelte sah, die von Ratten zerwühlten Abfallhaufen, die schmutzigen, über Zweige und Lanzen gespannten Tücher, unter denen die Soldaten in Erdmulden schliefen. Aber ich erinnere mich nicht; vielleicht weil ich mich über die Jahre daran gewöhnt habe – die Düfte und Klänge von Konstantinopel scheinen mir nur noch ein Traum heute –, oder weil es in jenen ersten Wochen nach unserer Ankunft im Westen so viel Wichtigeres zu bedenken gab.

Als wir auf den Ochsenkarren, die man uns überlassen hatte, das Heerlager der Franken auf dem Monte Mario endlich erreichten, empfingen uns Hohn und Verachtung. Unter Tränen erzählten die Zofen, man werde uns nach Konstantinopel zurückschicken, weil der Frankenkaiser seinen Sohn nicht mit Johannes' Nichte verheiraten wolle. Manche von uns schöpften Hoffnung, sahen sich in ihr altes Leben zurückkehren, andere redeten von Strafen, die uns auferlegt würden, weil wir den Auftrag des Kaisers Johannes nicht erfüllt hatten. In der ersten Nacht schlich ich an den dösenden Wachen vorbei aus dem Lager, um abseits ihrer qualmenden Feuer den Himmel zu betrachten. Ich studierte die Sterne über Rom, verglich die Winkel, die Gradienten und zweifelte selbst an dem, was ich sah.

«Die Griechin», wie die Franken Johannes' Nichte nannten, war in einem Zelt gleich neben dem des Kaisers untergebracht, und die Zofen erzählten, sie habe es seit ihrer Ankunft nicht mehr verlassen. Als wir im Lager ankamen, schickte sie nach ihrem Arzt, aber der war schon bei der Landung in Italien verschwunden, wohl wissend, wie begehrt seine Kenntnisse im Westen sein würden. Ich ging an seiner Statt.

Längst suchen wir nicht mehr, wie unsere chaldäischen Vorgänger, in den Lebern geschlachteter Tiere zu lesen, was nur der Allmächtige weiß. Aber so wie der Arzt schließt der Astrologe aus der Betrachtung von Symptomen auf Kommendes, den Regeln seiner Kunst entsprechend, und ich bin vertraut mit den Verbindungen zwischen Galle und Mars, Mond und Magen, Venus und Hals. Allein, mein medizinisches Wissen war nicht gefragt, jeder Bader hätte der Prinzessin helfen können: Sie war von Wanzen zerbissen. Das Ungeziefer, das sich bei uns nicht aus den Hütten der Ärmsten traut, zog in Italien mit dem kaiserlichen Hof durchs Land. In Linien liefen die blutig gekratzten Stiche der Prinzessin über den Bauch. Ich strich von der Wundsalbe, die unsere Soldaten in ihren Ranzen tragen, auf ihre weiße Mädchenhaut, riet ihr, nachts eine Kerze neben ihrem Bett brennen zu lassen, weil die Blutsauger das Licht scheuen.

Später dachte ich an die unerwünschte Braut in ihrem schäbigen Zelt. Ich hatte sie nach ihrem Mond gefragt, denn manches heilt langsamer während der Blutung, aber sie verstand mich nicht, nicht sogleich, und ich fragte nicht weiter. Vielleicht war sie noch Kind genug, um dem unseligen Handel der beiden Kaiser unversehrt zu entrinnen, in das Nest zurückzukehren, aus dem man sie gestoßen hatte. Ich studierte die Stellung der Planeten in ihrem vierten Haus, wog Geborgenheit gegen Erfüllung, Freiheit gegen Pflicht, verglich die Möglichkeiten, die ihr blieben – und uns. Denn jeder von uns dachte an Flucht.

Vier Tage nach ihrer Ankunft im Heerlager der Franken kommt Gero in Theas Zelt. «Der Kaiser wünscht Euch zu sehen.»

«Der Kaiser?» Sie hat damit gerechnet, dass man sie in einen Wagen setzt und nach Konstantinopel zurückschickt. Geros Gesicht ist ernst. Will man sie erniedrigen, bevor man sie wegschickt, beschimpfen? Thea überlegt, ob sie ein einfacheres Kleid anziehen, die Pfauenohrringe abnehmen soll. Soll sie sich demütig zeigen? Aber auch der Kaiser der Franken wird einen Entschluss, den er einmal gefasst hat, nicht widerrufen.

«Ich komme.» Thea streicht das grüne Seidenkleid glatt und fährt sich mit dem Elfenbeinkamm durchs Haar. Hinter Gero geht sie über den Platz zum Zelt des Kaisers, vor dem zwei Wachen stehen. Während Gero die Plane zurückschlägt, atmet Thea ein und hebt den Kopf. «Vergiss nie, woher du kommst und wer du bist», hat ihr Onkel beim Abschied gesagt.

Otto steht neben seinem Vater. Auf dessen Geheiß trägt er sächsische Kleidung: Hemd und Wams, Beinbinden und einen Umhang, der auf der rechten Schulter mit einer silbernen Spange geschlossen ist. Otto hat sich geschnitten, als er die Stoppeln an seinem Kinn mit seinem Messer abzurasieren versuchte; wenn er das Gesicht verzieht, spürt er die Wunde. Hinter ihm haben sich die Leute des Hofes aufgestellt, der Kanzler, der Marschall, der Kämmerer, Kapläne, Notare, Schreiber.

Gero hält die Plane auf, und Thea betritt das Zelt. Es ist mit braunen Teppichen ausgelegt, Waffen liegen herum, auf einem Tisch sind Landkarten ausgebreitet. In der Mitte zwischen den Zeltpfosten steht der rotgesichtige Kaiser vor einer Gruppe von Leuten. Es muss sein Hofstaat sein, sie tragen kurze Mäntel, haben Stoffstreifen um ihre Beine gewickelt, wie Landarbeiter. Gero neben ihr sagt etwas, das sie nicht versteht. Unwillkürlich wandert Theas Blick über die Gesichter der Wartenden – da: der schwarze Schopf.

Otto starrt auf das Mädchen, das im Zelteingang steht. Es trägt ein glänzendes, grünes Kleid, und es hat schwarze Haare – das ist nicht das blonde Kind in dem Goldrahmen …

Thea geht auf die Wartenden zu. Der Kaiser sagt etwas in einer gurgelnden Sprache. Warum steht sein Sohn nicht an seiner Seite, sondern zwischen den anderen Hofleuten hinter ihm?
    «Der Kaiser der Franken heißt Euch willkommen», übersetzt Gero. Thea verbeugt sich dreimal, wie sie es gewohnt ist. «Auch im Namen seines Sohnes Otto», fährt Gero fort, und der Junge neben dem Kaiser neigt den Kopf. Sein Kinn ist blutverschmiert. Ist dieser bleiche, rothaarige Knabe der Sohn des Kaisers? Thea sucht nach dem dunklen Schopf in der Menge, doch da wird die Zeltplane hinter ihr wieder aufgeschlagen.

«Die Kaiserin», flüstert Gero und tritt zur Seite. Thea dreht sich um. Vor ihr steht eine hochgewachsene Frau. Ihr blondes Haar wird von einem einfachen Netz zusammengehalten, auch ihr Kleid ist schmucklos, aber ihre Haltung ist die einer Herrscherin – und sie hat die blauesten Augen, die Thea jemals gesehen hat. Unwillkürlich verneigt sich Thea vor ihr. Die Frau geht wortlos an ihr vorbei und stellt sich neben den rothaarigen Jungen, legt den Arm um seine Schulter, zieht ihn an sich.

Otto spürt die Hitze in seinen Wangen. Der Arm der Mutter liegt wie ein eiserner Ring um seine Schultern. Sein Vater spricht, Gero übersetzt. Die Prinzessin antwortet auf Lateinisch. Ihr Mund ist schmal, nicht geschwungen. Seine Mutter flüstert ihm etwas ins Ohr.

Thea spürt die blauen Augen auf sich, während sie dem Kaiser antwortet. Sie hat sich nie überlegt, dass ihr Bräutigam auch eine Mutter hat. Die Frau ist schön, aber die Art, wie sie den rothaarigen Jungen umschlungen hält, weckt ein unangenehmes Gefühl in Thea, als schaue sie etwas Unanständigem zu.

Nachdem der Kaiser fertiggesprochen hat, beginnt Gero, Thea die Mitglieder des Hofstaats vorzustellen, den Kanzler, den Marschall, den dicken Kämmerer. Einer nach dem andern tritt vor und verneigt sich vor Thea. Und da ist auch der dunkle Schopf.

«Prinz Otto», sagt Gero. Der junge Mann aus dem Rosengarten lächelt sie an. «Ein Vetter Eures Bräutigams.»

«Überstanden!» Otto wirft sich aufs Bett.

«Und gefällt sie dir?» Sein Vetter setzt sich auf die Kleidertruhe neben ihn.

«Nun ja», der Sohn des Kaisers betastet sein Kinn. «Sie ist besser als erwartet.» Er denkt an das Kindergesicht in dem goldenen Rahmen.

Konstantin schlüpft zum Zelt herein und springt auf den ausgestreckten Arm von Ottos Vetter.

«Wann bist du eigentlich nach Italien zurückgekommen?», erkundigt sich Otto.

«Deinem Vater scheint sie auf jeden Fall zu gefallen», meint sein Vetter, ohne die Frage zu beantworten.

«Und ob.» Otto grinst. «Meine Mutter wollte sie ja gleich wieder wegschicken, weil sie die Falsche ist. Und sie hat ihn angeschrien», fügt er hinzu.

«Wer? Deine Mutter?»

«Nein, die Prinzessin», erklärt Otto. «Sie hat meinen Vater angeschrien und ihn aus ihrem Zelt gejagt.»

«Ehrlich?» Nun grinst auch der Vetter.

«Sie kann kein Deutsch», meint Otto nach einer Weile besorgt.

«Sie wird Deutsch lernen.» Der Vetter streicht sich das Haar aus der Stirn.

«Ich hoffe es.» Otto seufzt.

Wieder herrscht eine Weile Schweigen. Konstantin hat sich auf der Schulter seines Meisters niedergelassen.

«Wie heißt sie?», fragt Otto auf dem Bett.

«Theophanu.»

«Theophanu», wiederholt er.

«Thea», meint der andere Otto leise.

Thea kann nicht schlafen. Der Kaiser der Franken hat sie nicht nach Konstantinopel zurückgeschickt, am Sonntag nach Ostern wird sie gekrönt und seinen Sohn heiraten – obwohl sie keine Purpurgeborene ist. Sie sollte sich freuen. Doch sie wird nicht die einzige Kaiserin sein. Keinen Blick wechselte ihre zukünftige Schwiegermutter mit ihr. Sie hielt nur immer ihren Sohn, den bleichen Jungen mit dem zerschnittenen Kinn, und flüsterte ihm ins Ohr. Ein Wort davon verstand Thea, es war dasselbe, das die Soldaten bei ihrer Ankunft im Heerlager riefen: «Die Griechin.» So nennt man sie hier. Ob auch der junge Mann aus dem Rosengarten sie so nennt? Thea schließt die Augen und versucht sich sein Gesicht vorzustellen, die braunen Augen.

Monte Mario, im kaiserlichen Lager,
sechs Tage nach Ostern

Bruder, die Ereignisse eilen unseren Wünschen voraus. Sie drängen mich, zu nächtlicher Stunde zur Feder zu greifen, um Dir zu berichten, wie das Schicksal uns in die Hände spielt.

Doch lass mich zuerst unseres verstorbenen Gefährten gedenken. Nach all den Qualen, die er auf den Reisen in den ihm verhassten Orient ertragen musste, war ihm nicht vergönnt, auf heimatlichem Boden zu sterben. Dank der Ergebenheit seiner Diener (die er sich in seiner Voraussicht wohl etwas kosten ließ) konnte sein Tod allerdings bis zur Rückkehr der Schiffe nach Italien verheimlicht werden, und anstatt seine sterblichen Reste dem Meer zu überlassen, können wir Liutprand, seinem Verdienst und Rang entsprechend, in Cremona zur letzten Ruhe betten. Gewiss wird der Ruf seiner Frömmigkeit schon bald Pilger aus aller Welt anziehen, und sein Name wird auf alle Zeit mit unserem Vorhaben verbunden bleiben. Sein Bericht über seinen Aufenthalt am Hof des arglistigen Nikephorus hat uns die Augen für die Verworfenheit des Ostens geöffnet, die Sittenlosigkeit, die wir durch eine Verbindung mit ihm in unser gottesfürchtiges Herrscherhaus holen, und wir werden uns in Liutprands Namen dagegen wehren. Über seinen Tod hinaus aber, ja mit seinem Tod, hat er uns in unserem Kampf einen unschätzbaren Dienst erwiesen.

Denn (die Nachricht wird Dich lange vor diesem Brief erreicht haben) der gutgläubige Gero hat, durch die zunehmende Schwäche Liutprands auf sich allein gestellt, eine falsche Braut aus Konstantinopel zurückgebracht, keine Purpurgeborene, sondern nur eine Nichte des Thronräubers im Osten.

Natürlich empörte sich unsere Kaiserin, verlangte, dass man die Hochstaplerin zurückschicke, und ich entschloss mich, unsere Herrin in ihrem Begehren zu unterstützen. In manchen Situationen erreicht man sein Ziel am besten, wenn man dem Igel gleich sein wahres Gesicht verbirgt, an Ort verharrt, anstatt mit den Hasen um die Wette zu laufen. Denn tatsächlich ist die untergeschobene Braut ein Gottesgeschenk für uns. Sie ist hübsch genug, um unseren Kaiser an seinen Plänen festhalten zu lassen, aber noch unbedeutender als die Tochter des toten Romanus. Welcher unserer Fürsten wird zu einem Thronfolger halten, der mit einer Fremden verheiratet ist, die unsere Sprache nicht spricht, weder über Macht noch Einfluss verfügt, nicht mehr als das wertlose Pfand eines feindseligen Emporkömmlings ist?

Wundere Dich also nicht, wenn Du mich (in den Berichten, die Dich vom Hof ereichen) unten denen findest, die sich gegen diese Heirat auflehnen, obwohl sie uns in unverhoffter Weise entgegenkommt. Bedenke vielmehr, wie mir das Vertrauen, das ich mir heute bei der Kaiserin erwerbe, morgen zugute kommen wird, wenn es darum geht, die Verhältnisse nach dem Tod des Kaisers zu unseren Gunsten neu zu ordnen.

Voller Zuversicht blicke ich auf den morgigen Tag der

Vermählung, der uns unserem Ziel näher bringt, als wir zu träumen wagten.

Dein Bruder im Geist

Post Scriptum: Aus Magdeburg dringen Gerüchte zu uns, aber es wird mehr als das brauchen, um die zwei alten Kampfgenossen zu entzweien. Ich baue auf Dich.

Die Hochzeit
Rom, 14. April 972

«Herrin.» Thea rührt sich nicht, es kann nicht schon Morgen sein.

«Herrin, Ihr müsst aufstehen», flüstert die Zofe.

Thea öffnet die Augen. Da liegt alles bereit: die Unterkleider, das seidene Hemd, das Hochzeitsgewand, der Mantel, die Haarspangen, die großen, halbmondförmigen Ohrringe, das Gehänge. Es ist nicht so prächtig, wie die juwelenbesetzten Goldschärpen, die von den Kaiserinnen von Konstantinopel über Brust und Schultern getragen werden. Aber die Goldschmiede haben die neunzig Edelsteine, Gemmen und Perlen, die Johannes ihnen geben ließ, mit goldenen Ketten zu einem Netz verbunden, das Thea vom Hals bis zur Taille reicht; und in seiner Mitte sitzt ein mondsichelförmiger Anhänger mit einem Bergkristall.

«Autsch!» Die Zofe hat Thea mit dem Ohrring gestochen. Das Mädchen beginnt zu weinen.

Thea fasst sich ans Ohrläppchen: Blut – ein schlechtes Omen.

Das Mädchen greift nach der Waschschüssel neben dem Bett.

«Nein!» Thea kann gerade noch zupacken, bevor das Wasser über den Hochzeitsmantel schwappt.

«Was ist denn los heute?», fährt Thea die Zofe an.

«Verzeihung.» Das Mädchen zittert am ganzen Leib. Es wissen alle, was los ist heute.

«Sieh nach, ob der Wagen bereit ist», lenkt Thea ein.

Erleichtert schlüpft die Zofe aus dem Zelt.

Thea fühlt die warme Nässe ihren Hals hinunterlaufen. Sie drückt das Handtuch gegen das Ohr. Wo ist die Salbe des Astrologen? Wenn das Blut nur nicht schon auf ihr Kleid getropft ist. Sie findet den Spiegel. Auf ihrer Schulter ist ein münzengroßer Fleck; aus der Wunde am Ohr sickert immer noch Blut. Thea merkt, wie auch ihr die Tränen kommen.

«Guten Morgen, Kaiserin der Franken.» Gero steht lächelnd im Eingang des Zeltes, und beim Anblick des freundlichen Gesichts laufen Thea die Tränen über die Wangen.

«Guten Morgen», schnupft sie. «Ich habe mich an dem Ohrring gestochen …»

«Wartet!» Gero verschwindet und kommt kurz darauf mit einem kleinen grauen Stein zurück.

«Es wird ein wenig brennen.» Er nimmt Thea das blutige Tuch aus der Hand und reibt den kalten Stein gegen ihr Ohr. Thea schluchzt.

«Es ist gleich vorbei», tröstet Gero.

«Es ist nicht …», Thea verstummt. Es ist nicht das Surren in ihrem Ohr, sondern der Geruch nach Pergament und Kerzenwachs, der aus den Kleidern des alten Mannes strömt. Sie möchte sich an ihn drücken, von ihm gehalten werden.

«Da.» Gero tritt zurück und Thea tastet nach ihrem Ohr. Auf dem Einstich hat sich eine kleine Kruste gebildet. Der Stein in Geros Hand sieht aus wie ein Stück Schiefer.

«Ein Apotheker an der Mese hat ihn mir verkauft», erklärt der alte Mann. «Nützlich, wenn man sich beim Rasieren schneidet.»

Die Mese ist die Hauptstraße, die von der Sophienkirche ins Zentrum von Konstantinopel führt. Thea denkt an das zerschnittene Kinn ihres Bräutigams. Dann fällt ihr der Fleck auf ihrer Schulter ein.

«Und das?» Sie deutet darauf.

«Der Mantel?», schlägt Gero vor.

Thea schüttelt den Kopf. «Ich muss ihn ausziehen in der Kirche, bevor ich mich vor dem Altar niederwerfe.» Man hat ihr den

Ablauf der Zeremonie in den letzten Tagen unzählige Male erklärt.

«Hmm», Gero wiegt den Kopf, «Ihr könntet Euer Haar …»

«Wenn ich es offen lasse …» Thea kommt es vor, als planten sie eine Verschwörung. «Wenn ich das Haar offen lasse, fällt es auf meine Schultern», meint sie fast fröhlich. «Aber dann kann ich die großen Ohrringe nicht anziehen, die verfangen sich in den Haaren.»

«Ist das schlimm?»

«Nein. Ich trage die Pfauen. Die bringen mir Glück.»

Die Sonne ist noch nicht aufgegangen, als der kaiserliche Zug das Heerlager verlässt. Im Dunst vor ihnen liegt Rom, die Stadt auf den sieben Hügeln, die Unbesiegbare. Wodan tänzelt übermütig. Wochenlang war er auf der Weide hinter dem Heerlager eingesperrt gewesen.

«Schhh …» Otto zügelt den Schimmel. Er würde auch lieber losgaloppieren als in dem trägen Zug hinter seinem Vater herreiten. Am vergangenen Abend kam Dietrich von Metz in Ottos Zelt, um seine Beichte zu hören. Seine Mutter hatte den Bischof geschickt, und Otto zählte die Sünden auf, die er immer nennt: vergessene Gebete, Unmäßigkeit, Neid, ein paar Lügen. Dietrich lauschte mit geschlossenen Augen. Er hatte sich von seinen Dienern einen Sessel in das Zelt tragen lassen, bevor Ottos Bursche die Kleider von den anderen Sitzmöglichkeiten räumen konnte.

«Und wie haltet Ihr es mit der Keuschheit?», fragte Dietrich, als Otto mit seiner Aufzählung fertig war, und faltete die Hände. «Gab es da Blicke, Berührungen?»

Otto stieg die Röte ins Gesicht. «Nein.» Er dachte an das Mädchen mit dem breiten Mund.

«Oder habt Ihr unkeusche Gedanken gehabt?», forschte der Bischof weiter.

59

«Nein!», wiederholte Otto und wurde mit einem Mal ärgerlich.

«Ihr wisst, was ich meine?» Otto spürte Dietrichs Blick über sich gleiten.

«Ja.»

«Ihr wisst, dass Ihr nach Eurer Heirat ...», der Bischof stockte, als sei ihm etwas entfallen.

Otto wartete.

«Ihr werdet als Ehemann neue Pflichten haben. Mit Eurer Frau», begann Dietrich aufs Neue. «Ihr wisst, dass zwischen Mann und Frau, so wie auch zwischen den Tieren ...» Er erhob sich und wandte sich ab.

Otto versuchte zu schlucken, doch dann brach das Lachen aus ihm heraus. «Ich weiß, was Ihr meint.» Darum hatte ihm die Mutter diesen eitlen Pfauen geschickt.

«Das Beilager ...», begann der Bischof wieder.

Das Lachen erstarb auf Ottos Lippen.

«Das Beilager wird drei Tage nach der Hochzeit stattfinden», erklärte der Bischof.

Thea sitzt neben Dietrich von Metz in dem geschmückten Hochzeitswagen. Eine Weile beobachtete sie noch, wie die Morgensonne über die Hügel im Osten glitt und ihr Licht auf die Landschaft breitete. Kurz bevor sie den Stadtrand von Rom erreichten, zog der Bischof den Vorhang vor ihrem Fenster zu. Nun sieht sie nur noch an seinem Marmorgesicht vorbei durch eine Ecke seines Fensters: Hütten, Verschläge, zerlumpte Gestalten, Mütter mit nackten Kindern – das müssen die Vorstädte sein. Zwischen den schäbigen Behausungen ragen Ruinen empor, Fassaden mit mächtigen Fenstern, eingestürzte Kolonnaden, Säulenstümpfe. Vor ihnen fährt Adelheid, die Mutter des Bräutigams. Ihr Wagen ist nicht mit Tüchern und Blumen geschmückt, er ist elegant genug mit seinen Messingbeschlägen auf dem polierten Holz, dem Lederdach. Thea überlegt, ob Dietrich lieber in seinem eigenen Wagen sitzen würde. Er hat kein Wort mit ihr gesprochen, seit sie abgefahren sind. Oder ist es an ihr, eine Unterhaltung zu beginnen?

«Die Menschen sehen ärmlich aus hier.» Noch während sie spricht, weiß Thea, dass sie das Falsche sagt.

«Gesindel, Flüchtlinge, entlaufene Sklaven, Schmarotzer und Schwachsinnige.» Die Worte prasseln wie Hagelkörner auf Thea. «Die meisten verstehen nicht mal die Sprache der Einheimischen, obwohl sie seit Jahren hier hausen», fügt der Bischof in seinem näselnden Lateinisch hinzu. Eine Gruppe von Kindern läuft neben dem Wagen her. «Da – Schwarzhäutige», der Bischof deutet mit seinen ringbesetzten Fingern aus dem Fenster. «Fremde! Lügner und Diebe.»

Thea presst die Lippen zusammen. «Griechen», denkt sie, gleich wird er «Griechen» sagen. Die Kinder springen nach den Blumen, die den Wagen schmücken. Die Leute, die ihnen vom Straßenrand aus zuschauen, grölen. Vor Adelheids Wagen reitet der Tross der Männer, Wachen, Fahnenträger, die Geistlichen und Beamten des Hofs, ihr Bräutigam und sein Vater. «Regina!» Ein kleines, schmutziges Gesicht drückt sich einen Moment lang gegen die Wagenscheibe, und Dietrich fährt zurück. Thea unterdrückt ein Lachen. Wird das Kind glauben, es habe die Königin erblickt, als es das Gesicht des erschrockenen Dietrich sah?

«Regina – Königin!», murmelt der Bischof abschätzig. «Hat man dem Pöbel nicht mal gesagt, dass die Kaiserin heute in Rom Einzug hält?»

Thea schweigt; sie weiß, dass Dietrich nicht sie meint.

Otto kann sich nicht erinnern, dass die Vorstädte so schmutzig waren, als sie vor vier Jahren zu seiner Krönung ritten. Es war Winter, und an den Straßenecken brannten kleine Feuer, an denen die Schaulustigen sich wärmten. Es duftete nach gebratenen Kastanien, süßem Gebäck.

Wodan schüttelt unwillig den Kopf, eine Schar von Kindern rennt neben ihnen her. Sie tragen Lumpen, alte Mehlsäcke, durch deren Löcher ihre braune Haut zu sehen ist. Einer der Buben hebt den Arm, und Otto duckt sich unwillkürlich. Ein Fischkopf prallt gegen Wodans Halsdecke, der Hengst wiehert, die Kinder lachen.

Trompeten ertönen. Der Zug wird langsamer, kommt zum Stehen; sie haben die Stadtmauer erreicht. Die Fahnenträger bilden eine Gasse. Langsam reitet der Vater hindurch, Otto folgt ihm. Wodan ist vollkommen versammelt. Er hält den Kopf senkrecht, sein Kinn dicht an der Kehle, und sein Hals wölbt sich in einem anmutigen Bogen. Seine Mähne ist mit goldenen Bändern zu Zöpfchen geflochten, die wie eine Stickerei über die Halsdecke fallen. Graziös setzt der Hengst einen Huf vor den andern, und seine Ohren zucken ein wenig, wenn ein bewunderndes «Oh» erklingt. Otto schmunzelt; wenigstens sein Pferd freut sich über seine Hochzeit.

Der Vater hält an; auf dem Boden vor ihm liegt ein Teppich. Der Hofmarschall hilft dem Kaiser aus dem Sattel. Otto erinnert sich, wie er bei seiner Krönung auf dem Teppich vor dem Papst niederkniete. Diesmal bleibt er hinter seinem Vater stehen, bis es an ihm ist, mit dem Papst den Friedenskuss zu tauschen. Ringsum sind die Herren von Rom versammelt, die sie zur Peterskirche geleiten werden. Während Jahrzehnten haben sie seinen Vater bekämpft. Jedes Mal, wenn er die Stadt verließ, widerriefen sie seine Anordnungen, griffen seine Soldaten an, setzten seine Verwalter ab. Vor einigen Jahren nahmen sie Papst Johannes XIII. gefangen. Er entfloh und fand Unterschlupf beim Markgrafen Pandulf. Erst als der Kaiser zurückkehrte, ließen die Römer Johannes wieder in die Stadt. Sein Vater verbannte die Anführer der Aufständischen, andere wurden gehängt, geblendet. Der Papst ließ den Stadtpräfekten auf einem Esel, nackt und verkehrt herum, durch Rom reiten – den mit Schellen behängten Eselsschwanz als Zügel in der Hand –, bevor er ihn ins Exil schickte.

Der Papst und sein Vater unterhalten sich auf Italienisch. Otto versteht nur, dass es um Magdeburg geht. Johannes XIII. hat die sächsische Stadt auf Bitte des Vaters zum Erzbistum erhoben. Otto betrachtet die umstehenden Adligen. Da ist der rechteckige Schädel von Pandulf, den man nicht nur, weil er seine Gebiete zu verteidigen weiß, «den Eisenkopf» nennt. Die meisten der anderen kennt Otto nicht. Manche werden seinem Vater und dem Papst immer noch feindselig gesinnt sein, aber heute sind sie alle in ihren kostbarsten Gewändern erschienen, mit pelz- und federbesetzten Hüten.

«Otto minor», der Papst steht vor ihm und ein Schwall von Worten ergießt sich über Otto. Sein Vater lächelt, nickt ihm zu. Widerwillig lässt Otto sich von dem Papst auf den Mund küssen. «Otto der kleinere», nennt man ihn – auch an seinem Hochzeitstag.

Thea hört das Klappern der Hufe auf Pflastersteinen, sie müssen innerhalb der Stadt sein.

«Die Engelsburg», Dietrich von Metz deutet auf ein Stück Mauer vor dem Fenster. «Hier ist unserem ehrwürdigen Papst Gregor vor vierhundert Jahren der Erzengel Michael erschienen und hat die Stadt von der Pest befreit.»

«Ich weiß. Bevor Gregor Papst wurde, ist er als Gesandter in Konstantinopel gewesen», ergänzt Thea und merkt sofort, dass sie wieder etwas Falsches gesagt hat. Das Gesicht des Bischofs verzieht sich, und einen Augenblick meint Thea, er werde sie anschreien. Aber er schließt nur die Augen.

«Sie weiß gar vieles», sagt Dietrich von Metz nach einer Weile, und es klingt wie ein Tadel.

«Im Namen Christi verspreche ich, Kaiser Otto, gelobe ich und versichere …»

Die Stimme des Vaters hallt über den Platz. Er steht auf der Freitreppe, die zum Eingang der Peterskirche führt. Die Sonne bescheint die mächtigen Säulen, die das Vordach tragen. Vor vier Jahren wiederholte Otto, in die neuen kaiserlichen Gewänder gehüllt, die Sätze des Vaters: «So wahr mir Gott helfe und nach meinem ganzen Wissen und Können.» Er dachte, sein Leben würde sich ändern, wenn der Papst ihm die mit Edelsteinen, Perlen und emaillierten Bildern geschmückte Krone aufsetze. Wie einfältig er war. Jeder Stallbursche am Hof hat mehr zu sagen als er.

Das Gesicht des Vaters strahlt vor Zufriedenheit, während die Wagen der Frauen vorfahren. Otto steht an der Spitze der Hofleute auf dem Platz. Er spürt die Sonne in seinem Nacken. Dietrichs eleganter Wagen hält vor den Stufen der Freitreppe. Die Mutter steigt aus, in einem weißen Kleid. Ein Raunen geht durch die Menge: Sie trägt die italienische Krone.

«Unsere Herrscherin», ruft jemand. Otto sieht, wie sich das Gesicht des Vaters für einen Augenblick verdüstert. Die Mutter erwidert den Ruf mit einer leichten Neigung des Kopfes. Der zweite Wagen fährt vor. Die Tücher, die ihn schmücken, sind verrutscht, eins schleift über den Boden, von den Blumen sind nur noch Stengel und Blätter übrig. Der Wagen hält genau vor Otto und versperrt ihm die Sicht. Dietrich von Metz wird zuerst aussteigen, dann die Prinzessin. Otto versucht aus den Gesichtern der Zuschauer zu lesen, was auf der anderen Seite des Wagens geschieht. Die Wärme ist mit einem Mal unerträglich. Er sieht erstaunte Mienen, ein Raunen geht durch die Menge. Trägt die Prinzessin wieder das schillernde, grüne Kleid? Das Raunen wird lauter. Endlich setzt sich der Wagen in Bewegung, da steht die Prinzessin auf den Stufen der Freitreppe. Sie trägt einen roten Mantel, und – das Raunen ist zu einem Grollen geworden – ihr schwarzes Haar fällt lose über ihre Schultern. Otto spürt, wie ihm der Schweiß den Rücken hinunterläuft.

«Ein Straßenmädchen», murmelt jemand in seinem Rücken.

Der Papst sieht aus wie ein Zirkuskünstler. Er trägt eine spitze Haube, und seine Robe ist abgewetzt. Das Murren der Menge in Theas Rücken klingt so feindlich wie das Grölen der Zerlumpten in den Vorstädten. Sie versteht kein Wort von dem, was der Papst zu ihr sagt.

Während Thea zwischen den Kardinälen und Bischöfen die letzten Stufen zur Vorhalle der Peterskirche hinaufsteigt, fühlt sie die Wärme der Sonne auf ihrem Rücken wie eine Erinnerung. Die weißen Säulen vor dem Eingang sind schlicht, aber wohlgeformt. Aus dem Schatten der Vorhalle sieht sie die silberne Pforte der Peterskirche, die Gero ihr beschrieben hat, gleißend wie das mittlere Portal des Triconchos. Im Atrium strömt Wasser aus vier Röhren in ein steinernes Becken, die vier Flüsse des Paradieses; die Luft ist vom Gesang der Kerzenträger erfüllt. Die Kühle der Marmorplatten dringt durch die Sohlen von Theas bestickten Schuhen. So fühlte sich der Boden der Sophienkirche an.

«Gott, der das Künftige erschaffen hat und das nennt, was noch nicht ist.» Man hat der Prinzessin den roten, mit goldenen Kreisen verzierten Mantel abgenommen. Sie scheint schmal und zerbrechlich zwischen den Männern. Otto beobachtet, wie sie sich mit ausgestreckten Armen unter dem von kunstvoll gedrehten Marmorsäulen getragenen Baldachin vor dem Petrusgrab auf den Boden legt, sich wieder aufrichtet, wie der Papst ihr die Stirn salbt, ihr die Krone aufs offene Haar setzt. Otto hört die Gebete und Segnungen, riecht den Weihrauch, in seinen Schläfen pocht ein dumpfer Schmerz. Sein ganzes Leben soll er mit dieser Unbekannten verbringen.

«Diesseits der Alpen in Italien die Provinz Istrien mit der Grafschaft Pescara, nördlich der Alpen die Provinzen Walcheren, Wichelen mit der Abtei Nivelles und 14000 dazugehörigen Hufen, ferner auch unsere kaiserlichen Höfe, nämlich: Boppard, Thiel, Herford, Tilleda und Nordhausen...» Der Kanzler verliest die Heiratsurkunde. Thea hat keine Ahnung, wo Walcheren und Wichelen sind und was sie sonst noch von ihrem Schwiegervater zu ihrer Hochzeit bekommen hat. Sie muss Gero fragen, wo die Gebiete und Gutshöfe liegen, die nun ihr gehören.

Die Trauung fand gleich nach der Krönung statt und dauerte nur einen Augenblick. Sie tauschten keine Blumenkränze wie bei den Hochzeiten in der Sophienkirche, sie zündeten keine Kerzen an, tranken nicht aus demselben Kelch, teilten nicht das Brot. Der Papst mit der Spitzhaube sprach ein paar Sätze, und das immer gleiche «Lobet den Herrn» der Sänger erklang. Dann begann der Kanzler des Kaisers die Heiratsurkunde zu verlesen: Weil Gott nicht wollte, dass der Mensch allein bleibe und er sich fortpflanzen und vermehren solle – der rothaarige Junge sitzt im Sessel neben ihr –, habe Gott dem Menschen einen ehelichen Beistand gegeben, aus einer Rippe seines Körpers geschaffen, dass sie beide fortwährend ein Leib seien. Thea betrachtet die Hand des Jungen, die auf der Lehne des Sessels liegt. Seine Finger sind stumpf, die Nägel haben schwarze Ränder. Sie kann sich nicht vorstellen, dass diese Hände über ihr Gesicht, ihren Körper streichen.

«Es ist alles gutgegangen.»

Otto nickt.

«Und jetzt ist es vorüber», fährt der Vetter fort.

Die beiden jungen Männer sitzen auf Marmorblöcken, Teile eines Pferds, eines Reiters mit lorbeerbekränztem Kopf.

«Noch nicht ganz. In drei Tagen ...», Otto stockt.

«Das Beilager?»

«Ja.»

«Aber das sind nur ein paar Gebete, Segnungen, du und die Prinzessin ...»

Otto seufzt.

«Du musst dich auf das Bett neben sie legen, das ist alles. Hat Willigis dir das nicht erklärt?»

«Doch.» Willigis war Ottos Lehrer gewesen, bis er vor einem Jahr von seinem Vater zum Kanzler berufen wurde.

«Zudem heißt es, sie sei noch nicht –» Nun sucht der Vetter nach einem Wort. Die Ausdrücke, die ihm einfallen, passen nur für Stuten, Hündinnen. «Es heißt, sie sei noch keine Frau.»

Otto braucht einen Augenblick, bis er versteht, was sein Vetter meint. «Wie alt ist sie eigentlich?»

«Jünger, als sie scheint», vermutet der Vetter.

«Mathilde, meine Schwester, war elf, als man sie zur Äbtissin von Quedlinburg weihte.»

«Äbtissin ist nicht das Gleiche wie Ehefrau.»

«Ich weiß», entgegnet Otto unwirsch.

«Lass uns wieder hineingehen», schlägt der Vetter vor.

Otto betrachtet die erleuchteten Fenster im ersten Stock. «Ah!», er schlägt sich an den Hals. Die Mücken von Rom haben es auf ihn abgesehen, schon im letzten Jahr waren seine Arme und Beine voller Stiche.

«Der Sommer kommt», konstatiert sein Vetter. Aus den Fenstern des Saals dringt Musik.

«Zeit, um nach Hause zurückzukehren», gähnt Otto. In seinem Kopf ist noch immer das dumpfe Pochen.

Die Luft im Saal ist stickig. Thea war erleichtert, als sie feststellte, dass der rothaarige Junge vor der Peterskirche nicht zu ihr in den Wagen, sondern wieder auf sein Pferd stieg, einen stattlichen, wachsamen Schimmel. Die Schaulustigen vor der Kirche waren zu einer kleinen Gruppe geschrumpft. Ein anzüglicher Pfiff erklang, und Thea wusste, dass er ihr galt. Ohne sich umzublicken stieg sie in den wartenden Wagen.

Dietrich von Metz zog auch den Vorhang vor seinem Fenster, und Thea sah nichts von der Stadt, bis sie im Hof eines Hauses wieder ausstiegen. Teile einer zerschlagenen Reiterstatue lagen herum. Während man Thea in den Saal im ersten Stock geleitete, bemerkte sie verblassende Fresken an den Wänden: Apollo, Athene, Dionysos und Aphrodite.

Beim Essen saß Thea neben dem rothaarigen Jungen; er schien ihr Lateinisch nicht zu verstehen. Sie begrüßten keine Gesandten, nahmen keine Geschenke entgegen. Die Leute hockten nur einfach an ihren Tischen, aßen und tranken. Als die Teller abgeräumt wurden, stand der rothaarige Junge ohne ein Wort auf und verschwand.

Nicht weit von Theas Platz, auf einem mit Teppichen belegten Podest, sitzt der Kaiser mit seiner Frau. Das weiße Kleid der Schwiegermutter ist aus Seide, und Thea fragt sich, woher der Stoff kommt. Seit Kaiser Justinian vor vierhundert Jahren persische Mönche dazu verleitete, die Seidenraupe in ihren Wanderstäben aus China nach Konstantinopel zu schmuggeln, ist die Herstellung des Stoffes ein strenggehütetes Geheimnis, und er darf nur mit kaiserlicher Erlaubnis über die Grenzen des Reichs verkauft werden. Die Augen der Schwiegermutter sind noch blauer im Kerzenlicht.

Die Musiker spielen einen Tanz, doch es gibt keine Tänzerinnen, keine Akrobaten. Auch der Stuhl des anderen Ottos am unteren Ende des Tisches ist leer. Nach einer Weile sieht Thea die beiden jungen Männer zusammen in den Saal zurückkommen, und ihr Herz zieht sich zusammen.

Nachdem der Kaiser und die Kaiserin sich von den Gästen verabschiedet haben, steht auch Thea von der Tafel auf. Ihr neuer

Ehemann unterhält sich mit dem Kanzler, der in der Peterskirche die Heiratsurkunde verlesen hat. Eine unbekannte Zofe erwartet sie auf dem Flur und führt sie in ihr Zimmer. Thea ist zu müde, um zu fragen, wo ihre eigenen Mädchen sind. Während sie das Kleid auszieht, fällt ihr Blick auf den Fleck auf der Schulter. Nur ein Tag ist vergangen, seit sie sich um das blutige Ohr Sorgen machte.

Die Urkunde

Rom, in den Tagen nach der Hochzeit, April 972

«Da, diese Insel in der Mündung der Schelde ist Walcheren, und Wichelen ist hier.» Der Zeigefinger des Kanzlers fährt auf der Landkarte um ein Gebiet im Nordwesten des Reiches. «Die Abtei Nivelles ist südlicher, nicht weit davon. Sie hat unserer Großmutter Mathilde gehört …»

Thea betrachtet ihn erstaunt.

«Der Großmutter Eures Gemahls», erklärt Willigis. «Der Hof Boppard liegt am Rhein. Die Gegend liefert uns vor allem Wein, und hier in Herford», er deutet auf einen Punkt im Osten der Karte, «ist ein angesehenes Stift adliger Damen, dem wir in Freundschaft verbunden sind.» Der Kanzler spricht, als gehöre er zur Familie des Kaisers. «Die beiden letzten Höfe, die Ihr bekommen habt, Tilleda und Nordhausen, sind am Harz und seit alters her in unserem Besitz.» Willigis rollt das Pergament zusammen.

«Kann ich …?» Thea würde die Landkarte gern noch genauer anschauen. Drei Tage dauerte es, bis der Kanzler ihrer Bitte, ihr die Gebiete zu zeigen, die sie von ihrem Schwiegervater zur Hochzeit bekommen hat, nachkam.

«Wir müssen aufbrechen.» Dietrich von Metz steht in der Tür. Willigis greift nach dem Pergament und verabschiedet sich mit einer knappen Verbeugung.

Wieder fährt Thea in einem Wagen mit geschlossenen Vorhängen durch Rom. Sie weiß nicht, wo das Beilager stattfinden wird, in einem Kloster, einem Palast? Vor ihrer Abreise las sie im Buch der Zeremonien, in dem Kaiser Konstantin VII. alle Feste, die am Hof von Konstantinopel gefeiert wurden, aufgezeichnet hat, wie die frischvermählte Kaiserin von ihren Frauen ins Bad geleitet, gewaschen, parfümiert, in neue Kleider gehüllt und unter Lobpreisungen zum Kaiser ins Hochzeitsgemach geführt wird. Die erste Hofdame trägt einen purpurnen, edelsteinbesetzten Granatapfel hinter ihr her.

Der Wagen hält in einer Seitenstraße, und Thea wird eine schmale Treppe hinauf in ein enges, von Kerzen erleuchtetes Zimmer geführt. Da sind ihre Schwiegermutter, der Kaiser, Diener, Priester in dunklen Roben – und Otto. Thea kann sein Gesicht im Schein der Kerzen nicht richtig sehen, aber es scheint gerötet, fleckig.

Einer der Priester beginnt ein Gebet zu sprechen. Die Fenster sind mit Tüchern verhängt, an einer Seite steht ein Bett, auch mit Tüchern bedeckt. Der alte Kaiser kniet auf einem Betstuhl, die anderen am Boden. Theas Blick wandert zu Otto. Seine Gestalt scheint zu zittern; es muss das Kerzenlicht sein. Der Priester spricht die Gebete achtlos, als verstünde er sie nicht. Thea lässt den Hochzeitsmantel von ihren Schultern zu Boden gleiten, es ist heiß in dem Zimmer. Otto starrt sie an. Der Priester redet von Christus, der sich als Bräutigam mit der Kirche vermählt. Ottos Gestalt zittert immer mehr, es sind nicht die Kerzen. Er öffnet den Mund, ein röchelnder Laut erklingt, und er fällt vornüber.

Thea beobachtet die folgende Aufregung aus einer Ecke des Zimmers. Adelheid stürzt zu ihrem Sohn, ihre Stimme überschlägt sich. Der Kaiser erhebt sich schwerfällig von seinem Betstuhl. Otto wird auf das Bett gelegt, jemand reißt die Tücher von den Fenstern. Grelles Nachmittagslicht fällt in den Raum, Thea sieht die vergilbten Wandbehänge, den Gips, der von der Decke bröckelt.

Otto liegt reglos auf dem Lager.

«Er hat Fieber», sagt jemand.

«Das Sumpffieber», sagt einer, und das Wort lässt alle verstummen.

Sie war nicht mehr das ahnungslose Kind, als sie das zweite Mal nach mir schickte. Bloß ein paar Tage waren vergangen, aber sie war gekrönt, verheiratet, Kaiserin, und ich sah sogleich, dass sie mehr als ein Mittel gegen das Sumpffieber von mir wollte. Wer die Gesichter der Nacht so lange studiert hat, durchschaut auch die Dunkelheit in denen der Menschen, und ich setzte mich in den Sessel, den sie mir wies, als wollte ich nie wieder aufstehen.

Es hieß, der Kaiser habe Gefallen an der Griechin gefunden, sie habe ihn mit ihrem Aussehen geblendet, und deshalb habe er sie nicht nach Konstantinopel zurückgeschickt, obwohl sie die Falsche war. Tatsächlich trug Johannes' Nichte den Namen ihrer Patin nicht zu Unrecht. Sie war nicht hässlich, schon gar nicht im Vergleich mit den Frauen hier, die meinen, die Sünde mit Hauben und Kutten von sich fernhalten zu können. Aber die mädchenhafte Anmut der Prinzessin hätte nicht ausgereicht, um den alten Otto zu blenden, und wenn er sie behielt, mit seinem Sohn vermählte, dann nicht wegen ihres Aussehens, sondern aus der Einsicht heraus, dass es keine Bessere gab. Wen hätte Johannes ihm auch schicken sollen? Anna, die einzige Purpurgeborene, die in Frage kam, war nicht nur das Kind seiner verstoßenen Geliebten, sie war auch die Tochter einer Mörderin. Denn dafür hielt man meine Basileia Theophano am Hof von Konstantinopel jetzt, und das war den fränkischen Spionen dort nicht verborgen geblieben.

So übersah der Schütze, was ihn von seinem Ziel hätte ablenken können. Eher als seinen Wunsch aufzugeben, war Otto der

Große bereit, sich selbst zu täuschen, und die kleine Thea machte es ihm leicht. Sie spielte ihre Rolle – wissend oder nicht, ich kann es nicht sagen, und es tut nichts zur Sache. Von all den Wegen, die uns die Sterne weisen, zählt nur der, den wir gehen, und es kümmert den Himmel nicht, warum wir ihn wählen.

Als im Zeichen der Jungfrau Geborener war ich meiner Neigung gefolgt, die Umstände für mich zu nutzen. Es hatte sich herumgesprochen, dass ich mich auf die Deutung der Gestirne verstand, und die Vertrautheit mit der fränkischen Sprache, die ich notgedrungen vor Jahren beim ersten Besuch des gehässigen Liutprands in Konstantinopel erworben hatte, kam mir zugute. Vor allem jene, die um die Macht der Zeichen wissen, Schreiber und Geistliche, suchten in dieser ersten Zeit meinen Rat, und aus dem, was sie mir erzählten – und wie sie es erzählten –, war ihr Schicksal leicht zu erschließen. Sie glaubten mir nicht, höhnten hinter meinem Rücken. Was hatte der heidnisch funkelnde Mantel der Nacht mit ihrem Aufstieg am Hof eines christlichen Kaisers zu tun? Aber meine Worte folgten ihnen, und so wurden sie wahr. Mein Wissen um ihre heimlichen Wünsche machte mich zu ihrem Vertrauten; ich musste nie fragen, was in der Kanzlei über die junge Kaiserin geredet wurde.

Sie sollte einen Thronfolger gebären. Dafür hatte man die leidenschaftliche Löwin mit dem grüblerischen, ängstlichen Steinbock vermählt, und damit man dem Enkel Ottos des Großen nicht nachsagen könnte, seine Mutter sei eine mittellose Fremde gewesen, stattete man sie mit Gütern aus, Höfen, Rechten. Die Griechin wüsste nichts anzufangen damit, deshalb konnte man ihr geben, ohne das Reich zu schmälern, und wenn der Thronfolger erst geboren wäre, würde sich ein Ort finden – ein Stift, eine Burg –, wo die Ausländerin ohne Aufhebens leben könnte. Die Schreiberlinge und Vikare maßen die Prinzessin an ihren eigenen Ellen, und ihre blinde Überheblichkeit ließ meinen Zorn quellen.

Noch während die junge Kaiserin mir die Namen ihrer verstreuten Besitzungen aufzählte, formte sich ein Gedanke in meinem Kopf. Sie war nicht die Erste, die in eine anmaßende Familie hineinheiratete, und auch im Westen gab es Mittel für eine Ehefrau, ihre Ansprüche einzufordern. Ich hatte gehört, die alte Kaiserin trage die Heiratsurkunde, in der ihr früherer Gatte, der König von Italien, ihr einst als Grundstock ihrer Besitzungen vier Klöster und einundzwanzig Gutshöfe verbrieft hatte, noch immer mit sich herum; und ich wusste schon einiges über die Bräuche der Franken. Man musste die Versprechungen sichtbar machen, unübersehbar. Mein Blick fiel auf den Hochzeitsmantel, der auf einer der Truhen lag, die Kreise mit den kaiserlichen Tieren, und sie mahnten mich an meine Weissagung von der Vereinigung der beiden Reiche, die Liutprand in seinem Bericht so heimtückisch verdreht hatte. Jeder Federspitzer in Ottos Kanzlei kannte die Hetzschrift des gedemütigten Gesandten gegen den Hof von Konstantinopel. Warum sollten die alten Lügen des Bischofs uns heute nicht von Nutzen sein?

Thea betrachtet das schmale Gesicht auf dem Kissen. Otto schläft, seine Wangen sind rot, Schweißperlen glänzen auf seiner Stirn. Sie hat den Mönch, der am Bett des Kranken wachte, weggeschickt, bevor sie dem Fiebernden den schwarzen Saft einflößte.

Ein Geräusch in ihrem Rücken lässt Thea herumfahren, und im ersten Moment meint sie, der Mönch stehe wieder in der Tür. Dann erkennt sie den schwarzen Schopf.

«Wie geht es ihm?»

«Ich weiß es nicht.» Thea schlägt das Herz bis zum Hals. Seit der Begegnung im Rosengarten hat sie nicht mehr mit dem anderen Otto gesprochen.

«Es ist schon der zweite Anfall, der erste war vor drei Tagen.» Der Schwarzhaarige nimmt das Tuch, das auf dem Bett liegt, und tupft die Schweißtropfen von der Stirn des Kranken. Deshalb war der Kaisersohn beim Besuch im Palast des Papstes am Tag nach der Hochzeit nicht dabei gewesen.

«Die Leute nennen das Fieber mala aria, weil es von der schlechten Luft kommt, die aus den Sümpfen vor der Stadt steigt.» Der junge Mann steht so nahe, dass Thea die Wärme seines Körpers spürt. «Manche erholen sich nach einiger Zeit – andere sterben daran.» Thea hört die Besorgnis in seiner Stimme, und für einen Augenblick beneidet sie den Kranken.

«Er ist dein Vetter?», fragt sie, während sie in ihrer Tasche nach dem leeren Fläschchen greift. Sie hat sich genau an die Anweisungen des Astrologen gehalten.

«Nein, die Leute sagen das nur so. Eigentlich ist er mein Stiefonkel.» Der andere Otto setzt sich neben Thea auf die Bank vor dem Bett. «Mein Vater war ein Sohn des Kaisers, aus dessen erster Ehe, ein Stiefbruder von Otto, der somit mein Stiefonkel ist.»

«Aber du bist älter als er?» Thea hat in den letzten Wochen so oft an den jungen Mann mit dem schwarzen Schopf gedacht, dass er ihr vertraut erscheint.

«Nur ein Jahr.»

Der Altersunterschied scheint Thea größer. «Und dein Vater ist gestorben?», forscht sie weiter.

«Ja.»

«Aber wenn er noch leben würde, wäre er der Nachfolger von Otto dem Großen, der nächste Kaiser der Franken?»

«Er ist tot.»

«Und wenn Otto stirbt», Thea deutet mit dem Kopf auf den Kranken, «dann bist du sein Nachfolger?»

«Otto wird nicht sterben.» Die Stimme des jungen Mannes ist mit einem Mal hart.

Thea schweigt betreten.

«Verzeih mir», sagt er nach einiger Zeit, «Otto ist auch mein Freund.»

Thea nickt. «Otto –»

«Ja?» Der junge Mann blickt sie an.

«Ich wollte sagen, der kranke Otto, ist auch mein …»

«Ich weiß, verzeih.»

Thea lächelt. «Ich kann euch nicht beide Otto nennen.»

«Wie möchtest du mich denn nennen?»

Er ist der erste Otto, den sie kennengelernt hat, der lachende, der übermütige. Der richtige, zuckt es durch Theas Kopf. In diesem Moment regt sich der Kranke in seinem Bett.

«Otto», flüstert der ältere Otto leise. Der Jüngere schlägt die Augen auf, versucht den Mund zu öffnen. Der Ältere beugt sich über ihn, er scheint den bitteren Geruch des schwarzen Saftes nicht zu bemerken. Der Fiebernde gibt einen schmatzenden Laut von sich.

«Ich hole frisches Wasser», meint der schwarzhaarige Otto.

Als er draußen ist, greift Thea selbst nach dem Tuch und trocknet den Schweiß auf der Stirn des Kranken. Er hat die Augen wieder geschlossen, an seinem Kinn ist noch die Narbe des Schnittes zu sehen. Thea denkt an den Vorschlag des Astrologen. Die Gebiete, die der Kanzler ihr auf der Landkarte gezeigt hat, sind nur Linien. Sie hat nichts, ist niemand, sogar die Krone, mit der man sie zur Kaiserin gekrönt hat, hat man ihr wieder weggenommen, und wenn dieser Junge stirbt …

«Wo sind meine eigenen Zofen?» Thea hat die ganze Nacht am Bett des Kranken verbracht; sie fühlt sich schmutzig, müde. Das Mädchen, das in ihrem Zimmer wartet, versteht sie nicht. Thea dreht sich um und geht wieder hinaus. Die Sonne ist noch nicht aufgegangen, aber als Thea sich bei ihrer Schwiegermutter anmelden lässt, kniet diese bereits vor einem Bild der Heiligen Jungfrau.

«Wo sind meine Zofen?», fragt Thea, nachdem Adelheid ihr Gebet beendet hat.

«Ist dies das Einzige, was sie beschäftigt? Jetzt, da unser Sohn erkrankt ist?» Die eisblauen Augen sind voller Verachtung.

«Es geht ihm besser.» Als Thea den kleinen Otto verließ, waren die roten Flecken auf seinen Wangen verschwunden, er schlief ruhig.

«Woher weiß sie das?» Adelheid spricht ein elegantes Lateinisch.

«Ich habe diese Nacht bei ihm gewacht.»

«Ich habe bestimmt, dass einer der Mönche bei ihm wacht.»

«Den habe ich weggeschickt», entgegnet Thea.

«Was erlaubt Sie sich, meine Befehle zu widerrufen! Eine Hergelaufene, die ihr Haar offen trägt! Ohne Anstand, ohne Scham.»

In dem Moment öffnet sich die Tür, und der Kaiser betritt den Raum. Sein Blick wandert von seiner Frau zu seiner Schwiegertochter. Adelheid überschüttet ihn mit einem Schwall von Worten, die Thea nicht versteht. Sie hätte Deutsch lernen sollen mit Gero, nicht Lateinisch.

Der Kaiser unterbricht seine Frau, stellt eine Frage. Während sie antwortet, wendet er sich zu Thea, winkt einen der Kapläne herbei, die hinter ihm hereingekommen sind. Der übersetzt stockend: «Der Kaiser – wissen will – sein Sohn besser?»

Thea nickt: «Das Fieber ist gesunken.»

Der Kaplan wiederholt ihre Antwort auf Deutsch.

Das Gesicht des Kaisers hellt sich auf, und wieder empfindet Thea Neid. Wie sehr der rothaarige Junge geliebt wird.

Thea hört Geros vorsichtiges Klopfen an ihrer Tür. Nach der Auseinandersetzung in Adelheids Zimmer hat sie der fremden Zofe zu erklären versucht, dass sie ein Bad nehmen will. Doch die Frau hat nur eine Schüssel mit kaltem Wasser gebracht.

«Kommt herein», ruft Thea.

Gero hüstelt, als er sieht, dass Thea im Bett sitzt, und wendet sich zum Fenster. «Der Kämmerer hat mir mitgeteilt, dass Eure Schwiegermutter bereit ist, eine ihrer Hofdamen an Euch abzutreten, die für Eure angemessene Bedienung sorgen wird.»

«Wo sind meine eigenen Mädchen?», fragt Thea verwundert.

«Sie sind nicht mit dem Gesinde aus dem Heerlager nach Rom gekommen.»

«Ja aber –»

«Es heißt, einer der Händler habe sie mitgenommen.»

«Mitgenommen?» Thea steht auf und zieht den roten Hochzeitsmantel über ihr Hemd.

«Nach Konstantinopel zurück», erklärt Gero, noch immer zum Fenster.

Thea erinnert sich an den Morgen vor der Hochzeit, die Ungeschicklichkeit des Mädchens, sein Zittern. Es war nicht die Aufregung über ihre Hochzeit gewesen, sondern die Aufregung über die eigene Flucht.

«Es tut mir leid, dass dem so ist», sagt Gero in seinem umständlichen Griechisch.

Thea setzt sich wieder aufs Bett. Sie denkt an die Gattinnen der Würdenträger, die der Kaiserin von Konstantinopel dienen, den «Hof der Frauen» nennt man sie.

Gero wendet sich zu ihr. «Eure Schwiegermutter sagte, sie habe verschiedene Zofen, die sie Euch geben könne.»

«Ich will keine Zofe von meiner Schwiegermutter.»

«Ihr könnt auch ein anderes Mädchen haben. Ich werde mit dem Kämmerer reden.»

Thea überlegt, warum der Kämmerer nicht selbst zu ihr gekommen ist. Spricht er auch kein Lateinisch, oder fürchtet er sich
vor Frauen, die ihre Haare offen tragen?

«Wisst Ihr jemanden, der in Frage käme?», erkundigt sich
Gero.

Thea zuckt die Schultern. Die Zofen am Hof sind ihr alle fremd.
Für einen Moment hört sie nur das Rauschen der Müdigkeit in
ihrem Kopf. Wie wäre es, auf einem Schiff nach Konstantinopel
zurückzureisen? Keine einzige Nachricht hat sie von dort bekommen, seit sie die Stadt verlassen hat.

«Ihr könnt es Euch ja noch überlegen», meint Gero geduldig.

«Ich weiß eine», sagt Thea plötzlich. «Als ich im Heerlager ankam, hat sie Kissen gebracht.» Thea beginnt das Mädchen zu beschreiben, das schwarze Haar, den geschwungenen Mund.

«Line wird wissen, wer sie ist», meint Gero.

«Und wegen meiner Heiratsurkunde», beginnt Thea, als der
Erzbischof schon in der Tür steht. Der alte Mann dreht sich um,
und Thea ist überrascht, wie selbstverständlich die Worte des
Astrologen über ihre Lippen fließen.

«Ich möchte …», Thea zögert. Sie stehen in der Schreibstube, und
Willigis blickt gelangweilt auf seine gefalteten Hände. Gero nickt
ihr zu. «Ich will eine Liste meiner Güter, eine Abschrift der Heiratsurkunde», sagt Thea.

«Die Urkunde wird in der Kanzlei des Kaisers aufbewahrt», entgegnet Willigis überrascht. «Ihr könnt sie jederzeit einsehen.»

«Ich brauche eine eigene Kopie.» Theas Stimme schwankt. Es
war einfacher gewesen, Erzbischof Gero ihren Wunsch zu erklären.

«Eine eigene Kopie», die Überraschung in Willigis' Gesicht ist
einem Ausdruck von Ärger gewichen, «das könnte als Misstrauen
ausgelegt werden.»

Gero hüstelt. «Die Verheiratung des geliebten Sohnes unseres Kaisers mit der hochangesehenen Nichte des Kaisers Johannes ist zweifellos ein besonderer Anlass, und diesem Umstand sollte auch mit einer besonderen Urkunde Rechnung getragen werden.»

Willigis' Miene bleibt ablehnend.

«Und es wäre», fährt der Erzbischof fort, «eine Gelegenheit zu zeigen, dass unsere Kanzlei keiner anderen Kanzlei nachsteht.»

Die Urkunden aus den Schreibstuben von Konstantinopel sind auf der ganzen Welt berühmt; wieder staunt Thea über die List des alten Mannes.

Willigis überlegt. «Eine Schmuckurkunde?»

«Genau.»

«In der wir die unübertreffliche Kunstfertigkeit unserer kaiserlichen Schreiber zur Schau stellen?» Willigis lächelt.

Gero nickt ernst.

«Noch prächtiger als jene, die für die Krönung des Kaisers vor zehn Jahren angefertigt wurde?»

«Prächtiger als alle anderen Urkunden, und größer, damit sie an festlichen Anlässen in Anwesenheit der jungen Kaiserin gezeigt werden kann», fährt Gero fort, «um die Großzügigkeit, mit der unser verehrter Kaiser die Frau seines Sohnes beschenkt hat, allen vor Augen zu führen.»

Während die beiden Männer über die Gestaltung der Urkunde zu diskutieren beginnen, betrachtet Thea das glatte Gesicht des Kanzlers. Ob auch er zu denen gehört hat, die sie nach Konstantinopel zurückschicken wollten?

«In Gold geschrieben», schlägt Gero vor.

«Auf einem purpurroten Hintergrund», fügt Willigis hinzu.

«Ave Maria, gratia plena.» Nicht weit von Thea kniet ihre Schwiegermutter in einem Kleid aus grobem Tuch, das Haar unter einer ihrer Hauben verborgen. Jeden Morgen wird Thea von Adelheids

Hofdamen abgeholt, und dann fahren sie in einem geschlossenen Wagen in eine der Kirchen der Stadt, um zu beten. Adelheids Körper schwankt im Rhythmus der Sätze.

Thea betrachtet die zerschlissenen Vorhänge hinter dem Altar. Ihre Knie schmerzen. In Konstantinopel wurden die Gebete stehend gesprochen, im Gedenken an die Auferstehung, und der Gesang von Priester und Diakon klang wie ein Gespräch. Die Gläubigen bekreuzigten sich, wenn die Dreifaltigkeit oder ein Heiliger erwähnt wurde, wenn das Kreuz gezeigt wurde oder wenn sie es wünschten, nicht nur wenn der Priester es befahl; und beim Kreuzzeichen berührte man zuerst die rechte, dann die linke Schulter, nicht umgekehrt.

«Benedicamus Dominum.» Endlich erhebt der Priester seine Hände zum Segen. Er trägt mit Sporen besetzte Stiefel unter seinem Messgewand, als werde er gleich zur Jagd reiten. «Deo gratias.» Adelheids Körper schwankt weiter. Thea wirft einen Blick zu Gero, der heute an den Morgengebeten teilgenommen hat. Er steht auf, und Thea folgt ihm aus der Kirche.

«Es ist wärmer heute», stellt Thea fest, als sie zwischen den Säulen des Portals in der Sonne stehen.

«Der Frühling», Gero räuspert sich. «Der Frühling kommt und alles, was er mit sich bringt.»

Thea betrachtet ihn belustigt, doch sein Gesicht bleibt ernst.

«Herrin.» Er hat sie schon lange nicht mehr so genannt. «Ich bin gekommen, um Abschied zu nehmen.» In Theas Brust zieht sich etwas zusammen. «In ein paar Wochen wird der Schnee schmelzen, die Wege über die Alpen werden wieder offen sein, und ich muss nach Köln zurück.» Thea kann kaum atmen. «Die Gebeine des Heiligen Pantaleon müssen ihre letzte Ruhestätte finden, und da sind andere Pflichten.»

Thea nickt langsam. «Wann?»

«Heute.» Gero blickt über den Platz vor der Kirche.

«Dann sehen wir uns nicht wieder?» Theas Augen füllen sich mit Tränen.

«Auch der Kaiser wird bald nach Norden ziehen.»

Die Tränen laufen Thea über die Wangen. Hinter ihnen kommt Adelheid mit ihren Hofdamen aus der Kirche.

«Ist das Eurer?» Thea deutet auf einen einfachen, von einem Maultier gezogenen Wagen.

«Ja», antwortet Gero.

«Ich fahre mit Euch.» Bevor der Kutscher des Bischofs ihr die Tür öffnen kann, sitzt Thea auf der harten Bank. Sie versucht die Tränen abzuwischen, während Gero einsteigt. Thea sieht noch die entsetzten Gesichter von Adelheids Hofstaat, dann setzt sich der Wagen in Bewegung.

Eine Weile fahren sie schweigend. Thea blickt aus dem Fenster.

«Ich habe nur Kirchen gesehen in Rom», sagt sie, als sie wieder sprechen kann.

«Es gibt nichts anderes mehr zu sehen», meint Gero bekümmert. «Seit Jahrhunderten wird die Stadt geplündert, zerstört.» Die Häuser, an denen sie vorbeifahren, sehen verlassen aus. Durch manche Fenster sieht Thea Unkraut im Innern wuchern.

«Aber das Forum, das Colosseum, die alten Paläste der Cäsaren», wendet sie ein. In Konstantinopel sprach man von Roms unvergänglichem Glanz. «Nicht einmal den Tiber habe ich richtig gesehen.»

«Es wird andere Gelegenheiten geben», tröstet Gero.

Thea schweigt.

«Ihr seid Kaiserin nun», versucht er sie aufzumuntern.

«Das ist nur ein Wort.»

«Es ist das, was Ihr daraus macht», erklärt Gero bestimmt. «Ich denke, Willigis hat Gefallen an dem Gedanken gefunden, für Euch eine Abschrift der Heiratsurkunde anzufertigen, und der Kaiser wird nichts dagegen haben, wenn sein Kanzler es ihm vorschlägt.»

Geros Stimme wird nachdenklich. «Es wäre gut, wenn die Urkunde möglichst rasch fertig wäre; die Kaiserin …»

Thea ballt die Fäuste in ihrem Schoß: Da ist immer die Kaiserin, mit ihren Hauben, ihren Mönchen, ihrem Arm um den Schultern ihres Sohnes.

«Liutprand, der gelehrte Bischof von Cremona, verglich die beiden Kaiser des Westens nach einer alten Weissagung mit zwei Löwen, den alten Löwen mit Otto dem Großen, sein Junges mit Otto dem Sohn.» Thea hat ihren Hochzeitsmantel vor dem Kanzler ausgebreitet, er betrachtet die goldenen Tiere in den Kreisen. «Seide», murmelt er.

«Ich dachte, es könnte als Vorlage für die Schmuckurkunde dienen», erklärt Thea. «In den Schreibstuben von Konstantinopel werden oft solche Muster verwendet.»

Willigis befühlt den Stoff. «Und da ist der Greif», er deutet auf einen anderen Kreis, «mit einem edelsteinbesetzten Kragen, wie der Kaiser von Konstantinopel ihn trägt. Auch das beschrieb der gelehrte Liutprand in seiner Legatio.»

Thea denkt an den Gestank des Sterbenden auf dem Schiff. Willigis scheint den Bericht, den Liutprand über seinen ersten Besuch in Konstantinopel schrieb, tatsächlich genau zu kennen.

«Bei uns», Thea unterbricht sich und beginnt nochmals. «Im Osten gilt der Greif als ein Zeichen der Vollkommenheit, und er ist unsterblich.»

«Die zwei Kaiser, die zwei Reiche in Frieden verbinden», sinniert der Kanzler. «‹Im Zeichen Ottos des großen und friedenbringenden› – so steht es in der Heiratsurkunde. Das wird dem Kaiser gefallen.»

«Ich kann Euch den Mantel hier lassen, bis Euer Schreiber das Muster kopiert hat.»

Willigis' Blick hängt unverwandt an den Kreisen mit den Tieren.

«Aber es muss schnell gehen, weil ich den Mantel wieder brauche.»

Willigis nickt. «Ich werde Daniel beauftragen, das Muster zu kopieren. Er kennt die östliche Art, und er arbeitete in der Malschule von Tours. Zuerst müssen wir das Pergament einfärben.» Thea hört die wachsende Begeisterung in Willigis' Stimme.

«Es muss eine große Urkunde werden», wirft sie ein, sich an die Erklärungen des Astrologen erinnernd, «deren Schönheit schon von fern zu erkennen ist.»

«Wir können zwei oder drei Pergamente zusammennähen. Aber woher nehmen wir den Purpur?», überlegt Willigis laut.

«Verwendet Ihr nicht den Saft der Purpurschnecken?»

«Doch, aber wir haben in der Kanzlei nicht genug für ein so großes Stück.» Thea überlegt, wie viel Purpur sie in ihrem Gepäck hat. Doch dann verwirft sie den Gedanken. Der Buchmaler wird die Farbvorräte mitgenommen haben, als er vom fränkischen Hof floh.

«Wir müssen warten, bis wir jenseits der Alpen sind», meint der Kanzler. «Dann können wir die Mönche des Klosters Sankt Gallen bitten …»

«Und wenn wir etwas anderes nehmen, das ähnlich aussieht?» Thea kann nicht warten, bis sie die Alpen überquert haben.

«Wir könnten das Pergament mit Krapprot einfärben, darunter eine Schicht Mennig. Das haben wir auch schon gemacht.»

Vergnügt geht Thea durch die Gänge des römischen Hauses. Auch auf ihren Vorschlag, die Herstellung des prächtigen Pergaments vorerst geheim zu halten, um den Kaiser damit zu überraschen, ist der Kanzler eingegangen. Als sie an Ottos Zimmer vorbeikommt, zögert sie. Sie wüsste gern, ob das Fieber ganz verschwunden ist.

Vor ihrer eigenen Tür wartet das Mädchen mit dem breiten Mund. Theas Vergnügtheit verfliegt. Sie muss der Unbekannten auf irgendeine Weise ihre Aufgaben erklären. «Komm!» Sie winkt das Mädchen in ihr Zimmer hinein.

«Dein Name?», fragt Thea auf Lateinisch, ohne Hoffnung, verstanden zu werden. Das Mädchen betrachtet sie prüfend.

«Name?», wiederholt Thea langsam und überlegt, wen sie um Hilfe bitten könnte. Das Mädchen deutet auf sich selbst. Thea nickt.

«Klara, Bethe, Line.» Das Mädchen zuckt mit den Schultern.

«Sind das deine Namen?»

«Ja», sagt das Mädchen auf Deutsch und hebt gleichgültig die Hände. Thea begreift, dass jeder am Hof das Mädchen so nennt, wie er will.

«Aber du musst doch einen richtigen Namen haben. Wie nannte deine Mutter dich?» Thea wiederholt das Wort Mutter, vielleicht klingt es ähnlich auf Deutsch. Das Mädchen blickt zu Boden. Thea wartet.

«Irene», sagt das Mädchen endlich. Seine Wangen sind vor Verlegenheit gerötet, und Thea sieht, wie schön es ist, mit dem dunklen Haar, dem breiten Mund.

«Irene», wiederholt Thea ungläubig, «aber das ist ein griechischer Name! Warum heißt du so? Woher kommst du? Wer hat dich so getauft?»

Das Mädchen zieht entschuldigend die Schultern hoch, und Thea winkt ab. Sie lächelt, und langsam überzieht sich auch das Gesicht ihrer neuen Zofe mit einem Lächeln. Irene heißt Frieden auf Griechisch.

Ein Löwenkind, betörend und beherzt. Dass die Prinzessin den alten Gero für ihren Plan gewann, wunderte mich nicht. Aber wie rasch sie meinen Gedanken in die Tat umsetzte! Hatte auch ich sie unterschätzt? Mein Vorschlag war gut, aber ihn zu verwirklichen, brauchte Kraft, Geschick – oder den Glauben eines Kindes.

Der Arzt, die Zofen, die Schneider, die Schreiber, der Goldschmied, der Elfenbeinschnitzer, alle, die mit der jungen Braut aus Konstantinopel in den Westen gekommen waren, hatten sich davongemacht. Mehr als die Erdmulden in dem schmutzigen Heerlager hatte die Gleichgültigkeit, mit der wir behandelt wurden, unsere Gesinnung unterspült. Niemand fragte nach unserem Wissen, unseren Künsten, nach dem, was wir zu Ansehen und Glanz des fränkischen Hofes hätten beitragen können; und jene, die sich durch Geld oder Gunst eine Rückreise kaufen konnten, kehrten in die Stadt am Goldenen Horn zurück. Die Übrigen suchten hier einen Unterschlupf. Selbst von dem Gesindel in den Ruinen des Alten Roms, sagten sie, würden sie mehr geschätzt als am Hof des Frankenkaisers. Ich blieb.

Die Sterne sind zu fern, um das Los einfacher Leute aus ihnen zu lesen, nur das der Herrschenden zeigen sie klar genug, nur ihnen konnte ich dienen, so sagte ich mir, und neben den Schreibern und Vikaren kamen inzwischen auch der rotköpfige Kämmerer zu mir, der Marschall mit seinen dunklen Pferdeträumen. Bald würde der Kanzler nach mir schicken, der Kaiser, redete ich mir ein, während die andern ihre Bündel packten, die Wachen bestachen, damit die sie ziehen ließen.

Und ich konnte nicht nach Konstantinopel zurück; das stand fest. Das Gedächtnis meiner Gegner war so gut wie mein eigenes. Sie würden ihre Drohung wahr machen, würde ich je wieder einen Fuß in die Stadt setzen. Im Westen aber gab es keinen Ort, an dem ich meine Kenntnisse brauchen konnte, außer dem Hof des Kaisers, keinen Ort auch, an dem ich meines Lebens sicher war. Gewiss hätte ich mich eine Weile für einen anderen ausgeben können, wie viele von uns es taten, als Bader, Musikant oder Wahrsager mein Brot verdienen. Ich hätte mein Wissen verleugnen, vielleicht sogar vergessen können. Aber es wäre mir nie gelungen, meine Natur zu verbergen, nicht auf Dauer. Und wo hätte man einen wie mich geduldet, wenn das offene Haar einer Prinzessin die Menschen auf den Straßen Roms bereits mit Abscheu und Furcht erfüllte?

Ich blieb, musste bleiben, wie die junge Kaiserin, und sie tat, was ich ihr riet. Sie träufelte den schwarzen Alaunsaft auf die Lippen ihres fiebernden Gemahls, wiederholte dem Kanzler, was ich ihr vorgesagt hatte, und zwei Tage nach unserer Unterredung vernahm ich, man spreche in der Kanzlei davon, den Heiratsvertrag auf ein purpurnes Pergament kopieren zu lassen.

Der Verräter

Rom, Anfang Mai 972

Der Boden gibt nach, und Otto muss sich sofort wieder auf die Bettkante setzen. Er fährt mit den Füßen über die Steinplatten, spürt ihre Kälte durch seine Sohlen. Vorsichtig erhebt er sich nochmals, hält sich am Bettpfosten. Seine Waden zittern. Er lässt den Pfosten los und sackt gegen die Wand. Verzagt lässt er sich auf den Boden sinken.

«Euer Vater wünscht Euch zu sehen!» Der Diener steht vor der Tür; es ist schon der zweite.

«Otto?» Das ist Willigis, es muss dringend sein, wenn sein Vater den Kanzler schickt.

«Ich komme», ruft Otto mit gepresster Stimme. Er stützt sich mit den Händen ab und kriecht auf allen vieren zum Tisch.

«Otto!» Sein Vetter steht im Zimmer. «Wartet!», sagt er zu den anderen im Gang und schlägt die Tür hinter sich zu.

«Ich kann nicht mehr gehen», jammert Otto. Der Vetter packt ihn unter den Achseln. «Meine Beine …»

«Du warst krank.» Mühelos zieht der Vetter ihn in die Höhe, bis seine Füße auf dem Boden stehen.

«Halt dich an mir fest», befiehlt der Ältere.

Otto legt die Hände auf seine Schultern und versucht einen Schritt zu machen.

«Langsam.»

«Mein Vater will mich sehen», erklärt Otto.

«Willigis wird ihm sagen, dass du kommst.»

Der Vater sitzt in einem Sessel mitten im Saal. «Hier, mein Sohn», er deutet auf den Stuhl neben sich.

Mit kurzen Schritten geht Otto zu dem angewiesenen Platz. Der Hofstaat ist wie für einen Gerichtstag auf den Bänken rund um den Saal versammelt. Sobald Otto sitzt, nickt der Kaiser Willigis zu. «Bringt ihn herein!»

Eine Weile ist nur das Atmen des Vaters zu hören.

Als die Tür des Saals sich öffnet, glaubt Otto einen Boten zu sehen, einen Mann in einem weiten, von einem langen Ritt verschmutzten Mantel, die Kapuze noch über den Kopf gezogen.

«Alleruntertänigst und ehrerbietig flehe ich um Eure Gnade, Kaiser der Kaiser, König von Sachsen.» Der Unbekannte spricht geschwollen, aber mit einem gewöhnlichen Dialekt. Wie ein Pferdehändler, denkt Otto. Doch dass er den Kaiser mit «Ihr» anspricht, zu reden wagt, noch bevor der Kanzler ihn dazu aufgefordert hat? Otto versucht das Gesicht unter der Kapuze zu erkennen.

«Ich bitte Euch um Vergebung, um Schonung.» Ohne zu zögern nähert sich der Unbekannte dem Kaiser. «Mein Gut und mein Leben liegen in Euren Händen.» Er kniet nieder und umfasst die Beine des Vaters.

Widerstrebend legt der Kaiser die Hand auf den Kopf in der verspritzten Kapuze. «Er bringt uns Nachricht aus Magdeburg?»

Otto unterdrückt ein Seufzen: Magdeburg.

«Wenn Ihr mir erlauben würdet zu berichten, was sich dort vor meinen Augen und den Augen aller am helllichten Tag und von niemandem außer mir selbst – Eurem treuen, ergebenen Diener – beanstandet, zugetragen hat und was mich bewog …» Der Unbekannte kniet immer noch vor dem Kaiser. Otto ist mit einem Mal sicher, dass er ihn kennt, den unterwürfig geneigten Kopf, die gestelzten Sätze. «… ohne dass ich Gefahr laufe, Eurer Gunst verlustig zu gehen, Eurer unersetzbaren und unschätzbaren Gnade.»

«Er sei meiner Gnade versichert», unterbricht ihn der Kaiser mit einer unwilligen Geste, und da rutscht die Kapuze zurück und entblößt einen glatten Schädel. Heinrich von Stade – natürlich, wer sonst würde so früh im Jahr die lange Reise nach Rom auf sich nehmen, um von irgendwelchen Ereignissen in Magdeburg zu berichten? Otto lehnt sich in seinem Sessel zurück. Der Neid des Grafen ist im ganzen Reich bekannt. Seit der Kaiser Hermann Billung zu seinem Statthalter ernannt hat, versucht Heinrich von Stade, diesem Vergehen und Versagen nachzuweisen.

Während der kahle Graf mit immer lauterer Stimme berichtet, sieht Otto den festlichen Zug in den Straßen Magdeburgs vor sich, die staunenden Leute, Erzbischof Adalbert, der Hermann Billung an der Hand in den vom Glanz der brennenden Leuchter erfüllten Dom führt.

«Und alle Glocken hat der Erzbischof läuten lassen», ruft Heinrich von Stade durch den Saal, dann hält er inne. Das Atmen des Kaisers ist nicht mehr zu hören. Mit leiser, verschwörerischer Stimme spricht der Graf weiter: «Und dann begab der Billungern sich in die kaiserliche Pfalz und dort – vergebt mir, edler und mächtiger Kaiser – und dort …» Heinrich stockt.

«Was dort?», fragt der Vater heiser.

«Dort –»

«Redet!», befiehlt der Vater barsch.

Heinrich breitet die Arme aus. «Dort setzte er sich auf Euren Stuhl und legte sich in Euer Bett!»

Ein Stöhnen erklingt. Verstohlen blickt Otto sich um, die Züge der Anwesenden sind zu Fratzen verzerrt, Willigis' Mund steht ein wenig offen, nur Dietrich von Metz hat den Kopf gesenkt. Und plötzlich steigt ein Lachen in Ottos Kehle auf, er sieht Hermann mit Mantel und Rüstung im Bett seines Vaters liegen, wie ein Maikäfer auf dem Rücken, der entsetzte Hofstaat ringsum.

«Das wird er mir büßen», murmelt der Vater.

Ottos Mundwinkel zucken, er schluckt, aber das Lachen ist nicht aufzuhalten. Ein Gurgeln kommt aus seinem Mund, er würgt, dann packt ihn ein Husten. Durch einen Tränenschleier sieht Otto die besorgten Mienen der Hofleute. Willigis klopft ihm auf den Rücken, einer der Kapläne hält seine Hand.

«Verzeiht mir», keucht Otto zwischen zwei Hustenanfällen.

«Die lange Krankheit», meint Willigis entschuldigend zum Kaiser, doch der beachtet ihn nicht.

«Mit all meinen Kräften habe ich mich gegen den Übermut des Verräters gestellt.» Heinrich von Stades Stimme klingt beleidigt, als er wieder zu sprechen beginnt. «Mein verehrter, geliebter Kaiser, mein Leben hätte ich für Eure Ehre gegeben.»

Einer der Diener bringt Otto einen Becher mit Wein, und er trinkt in kleinen Schlucken, bis das Stechen in seinem Hals nachlässt. Der Graf berichtet, dass Hermann Billung ihn gefangen nehmen wollte.

«Aber mein grenzenloses Vertrauen in Eure gottgegebene Macht hat mich vor den tödlichen Absichten des frechen Verräters bewahrt.»

Verräter – zum zweiten Mal verwendet der Graf das Wort. Otto gibt den Becher dem Diener zurück.

«Und Ihr seid geflohen?», unterbricht sein Vater den Erzählenden ungeduldig.

«Ja – nein.» Heinrich sucht nach Worten.

«Ihr seid nicht geflohen?», fragt Otto. Der Wein hat seinen Kopf mit einer angenehmen Leichtigkeit gefüllt.

«Ich bin nicht geflohen, verehrter junger Herr», sagt Heinrich mit einer überraschten Verbeugung, als habe er Otto erst jetzt bemerkt.

«Dann hat Euch Hermann gehen lassen», erkundigt sich Willigis.

«Ja.»

«Und habt Ihr ihn entschädigt dafür?», fragt der Kanzler weiter.

«Nein.»

«Hat er Euch bestraft?» Auch der Kaiser klingt neugierig.

«Ja – nein.»

Der Kaiser wird ungeduldig. «Er möge reden!»

«Hermann von Billung hat mir zur Strafe aufgetragen, nach Rom zu reisen und Euch von seinem Vorgehen zu berichten.»

Der Kaiser macht ein erstauntes Gesicht. «Das hat Euch Hermann aufgetragen?»

«Eine passende Strafe», platzt Otto heraus. Sein Vater betrachtet ihn fragend. «Passend?»

Otto spürt, wie ihm das Blut in die Wangen steigt. «Für einen Verräter.»

Der kahle Graf schnappt hörbar nach Luft.

«Was meinst du damit?», erkundigt sich der Vater.

«Nun.» Otto stockt. Heinrich von Stade will zu einer Erklärung ansetzen, doch der Kaiser bringt ihn mit einer Geste zum Schweigen. Wieder ruhen alle Blicke auf Otto. Er zögert, doch dann kommen die Worte wie von allein über seine Lippen, und während er spricht, wird er seiner Sache immer sicherer. Was auch immer Hermann Billung tat, kann nicht aus Untreue geschehen sein, und dass er selbst dafür sorgte, dass der Kaiser davon erfährt, belegt seine Unschuld.

«Aber er hat sich wie ein König in den Dom führen lassen, ist an meinem Platz gesessen, in meinem Bett gelegen», donnert der Kaiser.

«Er wird seine Gründe gehabt haben», meint Otto kleinlaut.

Willigis hüstelt und der Kaiser wendet sich ihm zu. «Es könnte notwendig gewesen sein», beginnt der Kanzler vorsichtig.

«Notwendig?», fragt der Kaiser.

«Ihr seid schon sehr lange in Italien», fährt Willigis fort. «Sachsen ist fern. Hermann wird Mühe haben, die Aufgaben, die Ihr ihm übertragen habt, zu erfüllen. Der sächsische Adel ließ sich nie gern von einem Stellvertreter regieren.»

Der Kaiser seufzt. «Ich weiß.» Er streicht sich mit der Hand über den Bart. «Aber es kann nicht ohne Strafe abgehen», meint er nach einer Weile, «die Leute müssen sehen, dass die Macht des Kaisers unantastbar ist.»

«Dann müssen jene bestraft werden, die im Interesse ihrer eigenen Macht handeln», entgegnet Otto und blickt zu Heinrich, der stumm in der Mitte des Saals steht. Doch die Gedanken seines Vaters sind immer noch im Dom von Magdeburg.

«Adalbert», murmelt er. «Wie kommt er dazu, die Glocken zu läuten, die Kerzen anzuzünden?»

«Ohne ihn hätte es nie so weit kommen können.» Heinrich hat sich wieder gefangen und beginnt eine langfädige Erklärung über die Rolle des Erzbischofs von Magdeburg.

Die Leute des Hofstaats flüstern miteinander. Der Kaiser unterhält sich mit seinem Kanzler. Die Leichtigkeit in Ottos Kopf ist zu einem Schwindeln geworden.

«...und für jede Glocke, die unstatthaft geläutet, für jeden Kronleuchter, der unrechtmäßig entzündet wurde, wird er mir...», der Kaiser hält inne.

Der Schwindel in Ottos Kopf wird stärker.

«...ein Goldstück bezahlen», der Vater zögert, «nein, eine Messe lesen.» Er hebt die Hand, und das Flüstern im Saal verstummt.

«Wir brauchen Pferde», sagt Otto, ohne nachzudenken.

«Pferde!» Es stimmt, sie haben zu wenig Pferde. Der Marschall hat alle gekauft, die in Rom zu kaufen waren, doch es wird nicht reichen, um mit dem ganzen Hofstaat über die Alpen zu ziehen.

«Adalbert soll uns für jede geläutete Glocke, jeden angezündeten Kronleuchter ein Pferd nach Italien schicken.»

«Für jede Glocke und für jeden Leuchter ein Pferd», wiederholt der Vetter. Sie sitzen auf den Marmorblöcken im Innenhof ihrer römischen Unterkunft. «Und du hast das vorgeschlagen?»

«Ja.» Der jüngere Otto versucht zu nicken, aber sein Kopf schmerzt.

«Siehst du, dein Vater hört doch auf dich.»

Der Kaisersohn zuckt mit den Schultern. «Ich hätte den neidischen Heinrich bestraft, wenn die Anhörung vor mir stattgefunden hätte», erklärt er.

«Dein Vater wird den Grafen nicht bestrafen, solange ihm sein Neid nützt», entgegnet sein Freund.

«Mein Vater hat ihm sogar noch eine goldene Kette geschenkt für seine Petzerei.» Otto fährt mit der Hand über den Säulenrumpf, der neben ihm steht.

«Clementia», meint der Vetter.

Otto nickt. «Milde.»

«Die Tugend der Könige.»

«Aber wenn sie der Gerechtigkeit widerspricht?», wirft Otto ein.

«Wenigstens hat Heinrich von Stade nun was zum Prahlen», entgegnet der Vetter.

«Und Adalbert muss büßen.» Otto schlägt mit der Hand auf den lorbeerbekränzten Marmorkopf.

«Der Erzbischof ist abhängig vom Kaiser. Er wird die Pferde schicken.»

Otto sieht das schwarzhaarige Mädchen hinter dem Rücken seines Vetters durch den Hof gehen. Die Soldaten, die das Tor bewachen, blicken ihr nach.

«Immerhin werden wir nun zurückreisen», meint er nach einer Weile.

«Ist das sicher?»

«Ja, mein Vater hat beschlossen, er müsse selbst zum Rechten sehen, und in Sachsen können wir uns endlich wieder frei bewegen.» Er deutet mit dem Kopf zu den Soldaten, die nun neben dem Hoftor an der Mauer lehnen.

«Ich muss nach Schwaben zurück, meine Mutter …»

Otto betrachtet den Freund von der Seite. Sein Vater Liudolf hat einst über Schwaben geherrscht.

«Kannst du dich an deinen Vater erinnern?», fragt Otto.

«Ich war drei Jahre alt bei seinem Tod.»

«Er lehnte sich gegen den Kaiser auf?», forscht Otto weiter. Er wüsste gern mehr von seinem Stiefbruder.

«Deshalb verlor er das Herzogtum Schwaben», bestätigt der Vetter.

«Auch mein Onkel lehnte sich gegen meinen Vater auf, und nun streitet er sich mit dessen Sohn», überlegt Otto laut.

«Der rote Heinrich», sinniert der Vetter. «Meinst du, der könnte hinter …»

Vom Hoftor erklingt ein Pfiff, und die beiden Ottos drehen sich um. Das Mädchen mit den schwarzen Haaren geht an den Soldaten vorbei.

Der Vetter grinst. «Die können lange pfeifen, das wird ihr keinen Eindruck mehr machen.»

«Kennst du sie?», erkundigt sich Otto neugierig.

«Ich hab ein paar Mal mit ihr geredet, als sie noch bei Line in der Küche war.»

«Und ist sie – ich meine, gehört sie schon lange zu unserem Gesinde?» Das Mädchen verschwindet im Haus.

«Ich nehme an, seit ein paar Jahren. Sie muss fünfzehn oder sechzehn sein, und gewöhnlich kommen die Mädchen mit elf zu Line.»

«Weißt du, woher sie kommt?»

«Sie wird die Tochter einer Unfreien sein, einer Slawin vielleicht mit ihrem schwarzen Haar, ihrer hellen Haut.»

«Und was tut sie in der Küche?» Otto fällt keine andere Frage mehr ein.

«Sie ist nicht mehr in der Küche. Weißt du das nicht?»

«Wieso soll ich das wissen?»

«Sie ist die erste Zofe deiner Frau.»

Otto blickt den Vetter verständnislos an.

«Thea – die junge Kaiserin hat sie zu ihrer Zofe gemacht.»

«Die Prinzessin?» Otto hat die Prinzessin seit dem Nachmittag in dem verdunkelten Zimmer nicht mehr gesehen.

«Es ist mir zu Ohren gekommen, dass in unserer Kanzlei an einer Urkunde gearbeitet wird.» Die Mutter sitzt mit dem Rücken zum Fenster und hat die Hände gefaltet. «Dieser arabische Sklave, der den Mönchen in Tours so gefiel, dass sie ihn in ihre Werkstatt aufnahmen, schreibt daran.» Otto versucht den Ausdruck auf dem Gesicht der Mutter zu erkennen, doch das Licht des Fensters blendet ihn.

«Eine Schmuckurkunde», fährt sie fort und in dem Wort schwingt Ärger. «Eine Abschrift des Vertrags, der an deiner Hochzeit in der Peterskirche verlesen wurde.»

In Ottos Kopf pocht es. Ist es der Becher mit Wein – oder das Fieber?

«*Deine* Frau hat sie in Auftrag gegeben. Heimlich! Ich habe es nur erfahren, weil ein treuer Diener mir davon berichtet hat.» Die Hände der Mutter liegen noch immer in ihrem Schoß, als bete sie. «Sie muss Willigis dazu angestiftet haben, die Abschrift hinter dem Rücken des Kaisers zu erstellen.» Die Mutter hält inne, als wolle sie dem Sohn Zeit lassen, ihre Worte zu verstehen. Otto rührt sich nicht.

«Dein Vater hat dieser Griechin schon viel zu viel gegeben. Aber er hat seine Schwiegertöchter immer bevorzugt.»

Die Mutter muss von Ida sprechen, der Mutter seines Vetters.

«Wie eine Königin behandelte er sie, die Frau eines Verräters, bevor ich sie vom Hof wies. Ich habe schon als Kind gelernt, die falschen von den echten Getreuen zu unterscheiden, ich musste es lernen, und ich werde auch mit dieser griechischen Schlange noch fertig werden. Ich werde ihr verbieten, eigene Urkunden in Auftrag zu geben. *Du* wirst es ihr verbieten!»

Otto hebt die Hand, doch dann lässt er sie wieder sinken. Er steht vor der Tür der Prinzessin. Er braucht einen Übersetzer. Um mit seiner eigenen Frau zu reden. Otto denkt an das Gelächter in der Küche, wenn die Mägde davon erfahren.

«Soll ich Euch bei der Herrin melden?»

Das schwarzhaarige Mädchen steht hinter ihm.

«Ehm …» Ihre Augen sind blau. Oder eher grün? Aus dem Hof dringen die Rufe der Wachablösung am Tor; der Abend dämmert. «Es ist schon so spät.»

Das Mädchen lächelt. «Bevor ich in die Küche ging, hat die Herrin noch gelesen.» Es hält einen dampfenden Becher in der Hand.

«Aber –» Otto will die Prinzessin nicht sehen. «Es eilt nicht», lügt er.

Mit einer kleinen Verbeugung dreht sich das Mädchen zur Tür.

«Ich meine …» Otto will auch nicht, dass das Mädchen geht. «Ihr seid, ich meine …» Warum ist er nur so ungeschickt? «Ich meine, *du* bist die erste Zofe meiner –» Er bringt das Wort nicht über die Lippen. «Der Prinzessin.»

«Die junge Kaiserin hat mich in ihren Dienst genommen», antwortet das Mädchen nicht ohne Stolz und senkt den Blick.

Otto betrachtet das schwarze, etwas gewellte Haar. «Und …» Er würde das schwarze Haar gern berühren. «Ihr heißt?»

«Irene. Das bedeutet Frieden», sagt die Zofe und blickt ihm ins Gesicht.

Es klingt wie der Anfang eines Liedes.

Bruder, ein Augenblick nur bleibt mir nach der allnächtlichen
Gastlichkeit an der päpstlichen Tafel (an der ich unsere
Sache zu fördern suche), um Dir zu schreiben, bevor der
Bote nach Norden aufbricht. Meine Hoffnung ist der Vorsicht
gewichen, und war es die Zuversicht, die mich das letzte Mal
zur Feder greifen ließ, so ist es nun die Sorge.

Berge und Flüsse trennen uns, und es steht mir nicht an, Dein
Vorgehen zu bemängeln, aber wir müssen unsere Mittels-
männer mit größerer Sorgfalt wählen. Es entzieht sich meiner
Kenntnis, was in Magdeburg tatsächlich vorgefallen ist, doch
die Art, wie hier in Rom am Hof darüber berichtet wurde,
hat uns kaum genützt. In seiner Willfährigkeit war der
Überbringer der Nachricht wohl leicht für seine Aufgabe zu
gewinnen, aber sein Eifer war allzu leicht zu durchschauen.
Selbst der Kaisersohn, der das Sumpffieber überraschend
schnell überstanden hat (er mag in der Erscheinung seiner
feingliedrigen Mutter nachschlagen, doch seine Zähigkeit ist
an der seines Vaters zu messen), entdeckte die losen Fäden in
dem schlecht gesponnenen Lügennetz, und wenn er in seiner
Arglosigkeit auch nur den weiterum bekannten Eigennutz
des Berichtenden darin vermutete, so verfehlte dieser unsere
Absicht doch gänzlich. Er hat den Kaiser einzig darin
bestärkt, möglichst rasch nach Deutschland zurückzukehren
(was uns keinen Vorteil bringt), und anstatt Misstrauen gegen
den alten Kampfgefährten und Statthalter zu säen, werden die
Verfehlungen nun einem angelastet, den ich für unsere Sache
zu gewinnen hoffte. Zwar bedarf der Erzbischof von Magdeburg kaum unseres Bedauerns, aber wir hätten den Inhalt
seiner Geldbeutel auch für unsere Zwecke nutzen können.

Zudem gebärdet sich die kleine Griechin widerspenstiger als erwartet. Zwar ist es mir gelungen, sie von ihrem Rückhalt abzuschneiden. Die Briefe, die sie aus Konstantinopel bekommt, werden seit Beginn durch einen mir verbundenen Notar in der kaiserlichen Kanzlei beseitigt (man wird sie dort drüben rasch vergessen), und jene Mitglieder ihres vermessenen Hofstaats, die sich nicht bereits vor oder auf der Reise nach Italien eines Besseren besannen, waren mit ein paar Münzen zu überzeugen, ihr eigenes Schicksal nicht dem ihrer «Herrin» zu opfern, bis auf einen fettleibigen, sterndeutenden Scharlatan, der sich – von seinen eigenen Leuten geächtet – mit seinem heidnischen Hokuspokus selbst zugrunde richten wird.

Allein, so wie manche Pflanzen, bevor sie der Dürre erliegen, nochmals erblühen, scheint auch die griechische List aufzuflackern, bevor sie erlischt. Derselbe Vertraute, der für mich die Briefe aus dem Osten sichtet, hat mir vor einigen Tagen berichtet, in der Kanzlei werde an einer Urkunde gearbeitet, mit der die Griechin ihre Ansprüche aller Welt kundtun wolle. Es wird nicht mehr als Gefallsucht hinter diesem dreisten Bestreben stecken, aber ich gedenke es im Keim zu ersticken, habe erste Schritte dazu unternommen (die ich Dir hier in der Eile nicht ausführen kann), denen, wenn nötig, weitere folgen werden. Der Bote wartet, ich muss schließen. Empfehle mich Deinem Herzog und versichere ihm meine Ergebenheit.

Dein Bruder

Das Geschenk

Ravenna, Mai 972

«Also», Thea setzt sich in dem schaukelnden Wagen zurecht, «es heißt: Ich sehe grüne Felder, aber: Ich sehe die grünen Felder?»

«Genau.»

«Bist du sicher?»

«Ja», beteuert Irene.

«Aber es sind immer dieselben Felder. Warum heißen sie einmal grüne und einmal grünen?»

«Ich weiß nicht. Es ist einfach so.»

Seit sie Rom verlassen haben, versucht Thea Deutsch zu lernen.

«Und es heißt: das Haus – die Häuse?», fragt sie weiter.

Irene schüttelt den Kopf. «Nein, die Häuser.»

«Aber: die Laus – die Läuse?»

«Ja.»

Thea denkt an ihre Lateinischstunden mit Gero. Die Sprache der Römer war voller Regeln, die der Franken besteht aus Ausnahmen.

Kurz nachdem sie Rom verlassen hatten, wurde die Landschaft hügeliger. Thea hielt nach den Sümpfen Ausschau, aus denen das Fieber kam, aber sie waren weder zu sehen noch zu riechen. Nach einer Weile tauchten mächtige, braune Bergrücken am Horizont auf, doch der schwarzhaarige Otto lachte, als Thea fragte, ob dies die Alpen seien. Er ritt mit den anderen Männern neben den Wagen her, und wenn sie rasteten, konnte sie manchmal mit ihm reden. Es schien niemanden zu kümmern, mit wem sie sprach.

Die Tage wurden wärmer, und die Berge dufteten nach Pinien

und Harz. Thea war sicher, diesen Duft als Kind in den Wäldern ihres Vaters gerochen zu haben. Sie bewahrte Brotstücke und Nüsse für Konstantin auf, und mit der Zeit wurde der Iltis zutraulich. Sie konnte ihn streicheln, während Otto ihr den Reiseweg erklärte. Otto medius nannte sie ihn bei sich, den Mittleren, zwischen dem Großen und dem Kleinen, nicht Vater, nicht Sohn, nicht Kaiser, nicht Ehemann.

«Ich fahre, du fährst, er fährt», summt Thea vor sich hin.

Irene streckt alle paar Minuten den Kopf aus dem Fenster des Wagens.

«Und?», fragt Thea, «siehst du sie?»

«Nein, Herrin.»

Bei der letzten Rast hieß es, dass sie bald die Türme von Ravenna sehen würden. Thea war froh, Rom verlassen zu können. Nachdem Gero abgereist war, kam ihr die Unterkunft wie ein Gefängnis vor. Die Götter in den Hausfluren schienen sie höhnisch anzugrinsen, wenn sie in Schleier und Mantel gehüllt vorüberging, um in einer der düsteren Kirchen mit ihrer Schwiegermutter zu beten. Thea schiebt ihren Fuß unter die Bank des Wagens, bis sie das Lederfutteral spürt, in dem die Abschrift ihrer Heiratsurkunde steckt.

Wie Stephanos, der Astrologe, ihr geraten hatte, ging sie jeden Tag in aller Frühe, wenn die Flure noch leer waren, in die Kanzlei. Willigis schloss ihr die Tür in der Ecke des Raums auf, und sie stieg in den hohen, von Säulen getragenen Dachstock des römischen Hauses hinauf. Jedes Mal blendete sie das Licht, das durch die stoffbespannten Bögen fiel, und sie brauchte einen Augenblick, bis sie den Tisch mit dem Schreiber daran erkennen konnte. Willigis hatte erklärt, es sei besser, die Urkunde hier oben zu malen, wegen der Helligkeit und aus Sicherheit; die Materialien waren kostbar. Vorsichtig lehnte der Schreiber die Spitze seines Pinsels an eine der mit Farbe gefüllten Muscheln, bevor er auf-

stand und mit einer Verbeugung ein paar Schritte vom Tisch zu-
rücktrat.

Thea war überrascht, als sie Daniel zum ersten Mal sah, und
einen Augenblick lang hatte sie gehofft, er sei Grieche, mit seiner
glatten, bräunlichen Haut, der kantigen Nase. Doch der kahlge-
schorene Mönch verbeugte sich bedauernd. Nein, das Land seiner
Herkunft sei so fern, dass auch die frommen Missionare des Kaisers von Konstantinopel es noch nicht erreicht hätten, erklärte er
in geschliffenem Latein. Allein der Fügung Gottes, fuhr er fort,
habe er es zu verdanken, dass er in die christliche Welt gelangt sei,
und hier zum rechten Glauben gefunden habe. Etwas in seiner
Stimme erinnerte Thea an Dietrich von Metz, bis ihr einfiel, dass
der Schreiber in einer französischen Malschule gearbeitet hatte.

Das Pergament war fast drei Ellen lang. Nachdem Daniel es ein-
gefärbt hatte, maß er Ränder ab, teilte die innere Fläche in zwei
Reihen von Quadraten. Im oberen Rand würden die Apostel mit
Schriftrollen und Büchern zu sehen sein, Maria, Christus, Johannes der Täufer zwischen fruchtbehangenen Bäumen und Pfauen-
paaren, an den Seiten Akanthusblätter. Thea konnte die Nadelsti-
che im Leder kaum sehen, nach denen Daniel mit einem feinen
Metallgriffel Kreise in die vorgegebenen Quadrate einzukratzen
begann. Es dauerte ewig, bis die Tiere in den ersten zwei Ringen
fertiggemalt waren, aber sie waren das genaue Abbild von denen
auf Theas Hochzeitsmantel, und die Kreise darunter füllten sich
rasch, als könne die Hand des Schreibers das, was sie einmal ge-
malt hatte, beliebig oft in genau gleicher Weise wiederholen.

Eines Morgens trug Daniel einen Verband. Jemand hatte ihm in
der Küche kochendes Öl über die rechte Hand gegossen. «Ein Unfall», sagte er, als Thea nach dem Hergang fragte, und ein Lächeln
spielte um seine Lippen: Er schrieb mit der Linken. Er füllte die
Zwickel zwischen den Kreisen mit Rankenmotiven. Die Art, wie
sein Pinsel über das Pergament huschte, erinnerte Thea an einen

fremdländischen Tanz. Als die Ranken fertig waren, ließen sich Tiere und Ornamente kaum noch unterscheiden, und Daniel beschloss, die Ranken dunkler zu färben.

«Blau», erklärte er.

Thea nickte. «Lapislazuli.»

«Ultramarino», meinte Daniel nachdenklich, «‹von jenseits des Meeres›», übersetzte er und schüttelte den Kopf. «Das haben wir hier nicht.» Das aus dem zerriebenen Edelstein gemischte Blau war die kostbarste Farbe der Welt. «Wir müssen Indigo nehmen.»

Auch das war teuer, und Willigis machte ein besorgtes Gesicht, als er Daniel auf Theas Geheiß die verlangte Menge des blauen Pulvers aushändigte. Doch nachdem es aufgetragen war, traten die Tiere in ihren Kreisen wieder deutlich hervor.

Eine Woche vor der Abreise erklärte Willigis Thea, der Schreiber sei erkrankt. Sie verlangte den Kranken zu sehen, doch der Kanzler sagte, das sei nicht möglich. Nach zwei Tagen saß Daniel wieder im Dachstock, sein Gesicht noch kantiger, auf den Wangen dunkle Flecke. Er habe etwas Schlechtes gegessen, erklärte er. Daniel begann Gänsekiele zurechtzuschneiden. Die Schrift konnte nicht mit einem Pinsel aufgetragen werden. Er zerstieß Goldkörner, mischte sie in seinen Muschelschalen mit Eigelb und Wasser, probierte dickere und dünnere Lösungen aus. Er schrieb Buchstaben auf kleine Pergamentfetzchen.

«In ein paar Tagen fahren wir ab», sagte Thea ungeduldig.

«Wenn das Gold zu dünn ist, wird die Schrift verblassen, wenn es zu dick ist, wird es abbröckeln», entgegnete Daniel, ohne aufzublicken. Wie gestutzte Flügel ragten seine Schulterknochen unter der Kutte aus seinem Rücken, wenn er sich über seine Arbeit beugte. Als er mit dem Kopieren des Textes begann, standen die Reisekisten in den Gängen.

«Ihr habt die Grafschaft Pescara vergessen!», sagte Thea entsetzt, als sie die neu geschriebenen Zeilen eines Morgens durchlas. «Hier, nach der Provinz Istrien, bevor meine Güter nördlich der Alpen aufgezählt werden.»

Daniels Gänsekiel knackte auf dem Pergament. Der Blick seiner eingesunkenen Augen glitt zwischen Vorlage und Abschrift hin und her. Er schwieg.

«Tatsächlich», sagte er endlich. Er begann die Zeilen zu zählen, die er seit der Auslassung geschrieben hatte.

«Ich muss sie auskratzen, dann die Tierkreise darunter –»

«Wir haben keine Zeit», unterbrach ihn Thea. «Ihr müsst die Grafschaft einfügen, hineinschreiben.»

Bekümmert betrachtete der Schreiber die halbfertige Urkunde. «Könnten wir sie nicht weglassen?», schlug er zögernd vor. «Es ist nur eine Abschrift, im Original ist alles enthalten?» Seine eingebundene Hand lag wie ein totes Tier neben dem Pergament.

«Nein, ich brauche sie», entgegnete Thea aufgebracht. «Gerade diese Grafschaft ist wichtig. Wir – ich meine, der Kaiser in Konstantinopel und mein Schwiegervater haben sich Jahrzehnte lang darum gestritten. Nun gehört sie mir.»

Als Thea am nächsten Tag wiederkam, hatte Daniel die Grafschaft Pescara eingefügt. Die Korrektur war kaum zu sehen, so geschickt hatte er es gemacht, aber Thea wusste, dass der Schreiber nicht zufrieden war damit. Er hielt sich gebückt, als werde sein Körper dauernd von Schmerzen gekrümmt. Am Tag vor der Abreise fehlten immer noch die letzten Abschnitte des Vertrags, die Strafklausel, die Bekräftigung, die Unterschriften und die Datierung. Thea glaubte Daniel nicht, als er sagte, die Urkunde werde fertig sein, wenn sie Rom verlasse, doch am letzten Morgen überreichte Willigis ihr in der Kanzlei das lederne Futteral.

«Da sind sie!»

Thea blickt in die Richtung, in die Irene deutet, und nach einer

Weile erkennt sie ein paar Stümpfe im Dunst. Es könnten auch Bäume sein, doch während sie näher kommen, werden die Dächer ringsum sichtbar. Der blaue Streifen dahinter muss das Meer sein. Thea denkt an das Rauschen der Wellen, die nachts an die Mauern des Bukoleon-Palasts spülen.

Der Platz vor dem Kloster sieht aus wie ein Trödelmarkt. Die kaiserlichen Wagen stehen kreuz und quer. Zwischen ihnen türmen sich Kisten, Körbe. Geschirr und Kleider liegen herum. Das Gesinde trägt Bündel hin und her, verhandelt mit den Mönchen; der Kämmerer drängt sich mit rotem Kopf durch die Leute.

Thea betrachtet die Klosterkirche aus rötlichem Ziegelstein, den runden Glockenturm mit den schmalen Fensterbögen etwas abseits davon, die dunkelgrünen Kronen der Pinien.

«Vorsicht!», ruft Irene und zieht Thea zurück. Vier Mönche schieben einen Schubkarren vorbei, auf dem ein Kasten schaukelt. Willigis eilt mit ausgestreckten Armen hinter ihnen her; der Kasten muss ein Teil seines Archivs enthalten. Adelheid hat sich gleich nach der Ankunft von den Mönchen in die Kirche geleiten lassen. Der Kaiser ist mit dem Marschall zum alten Hafen geritten, wo die Soldaten ihr Lager aufbauen. Otto medius ist nicht zu sehen. Zwei Frauen ziehen einen Teppich vorbei, auf den sie Kochtöpfe geladen haben. Der Staub, den sie aufwirbeln, bringt Thea zum Husten.

«Wollt Ihr nicht lieber in Euer Quartier gehen?», fragt Irene, während sie einem Stallburschen des Klosters mit zwei Pferden ausweichen.

Thea schüttelt den Kopf; sie wird lange genug in dem leeren, weißen Zimmer sitzen. Zudem ist die Lederrolle mit ihrer Urkunde noch im Wagen. Schon einmal, während der Reise, hat ein Diener sie eigenmächtig herausgenommen. Wäre Thea nicht im selben Moment dazugekommen, hätte er sie davongetragen.

Thea blickt den Pferden nach. Das eine ist der Hengst des kleinen Ottos. Der Schimmel schüttelt den Kopf, und der fremde Stallbursche zieht mit aller Kraft am Zügel. Thea zuckt zusammen, als spüre sie die Kanten der Trense in ihrem eigenen Gaumen. Das Pferd senkt den Kopf, der Schwanz schlägt zur Seite, dann bäumt sich der Schimmel auf. Der Stallbusche lässt die Zügel fahren, Hufe und Beine fliegen durch die Luft, Leute schreien, ein Wagen kippt um. Das andere Pferd stürmt über den Platz davon. Der Schimmel bäumt sich immer wieder. Die Frauen kreischen, die Männer weichen zurück; einige der Mönche haben die Hände gefaltet.

«Herrin!», flüstert Irene erschrocken, als Thea auf das aufgebrachte Pferd zugeht.

Der Schimmel wiehert, schleudert den Kopf in die Luft.

«Schsch», sagt Thea ruhig. Sie ist nur noch ein paar Schritte von dem Pferd entfernt. Es wendet den Kopf, seine Augen rollen. Thea geht näher, der Hengst bläht die Nüstern. «Sch», sagt Thea nochmals. Langsam streckt sie die Hand aus, greift nach dem herabhängenden Zügel. Ein empörtes Wiehern, der Hengst reißt den Kopf in die Höhe. Thea lässt ihn gewähren, ohne den Zügel aus der Hand zu lassen. Der Schimmel schnaubt, schüttelt seine Mähne und beginnt mit einem der Vorderfüße im Sand zu scharren, ein letzter Protest.

«Es ist alles gut», sagt Thea auf Griechisch. Sie streicht über die weichen Nüstern des Hengstes. Er schnupft ein wenig, wie ein verweintes Kind. In ihrem Rücken breitet sich ein Murmeln aus.

Als Thea hastige Schritte hinter sich hört, schnaubt der Schimmel nochmals: der kleine Otto. Sie übergibt ihm die Zügel, die Leute ringsum beginnen zu reden. Theas Knie sind mit einem Mal weich.

«Sag ihm, er soll das Pferd einem von unseren Burschen geben anstatt einem fremden», sagt sie zu Irene, als könne nur die ihr Deutsch verstehen.

Irene wiederholt die Worte etwas lauter.

Der Kaisersohn lächelt die Zofe an. «Er mag es nicht, wenn ...» Thea betrachtet Otto, während er eine umständliche Erklärung beginnt. Sein Kinn ist von Pickeln übersät, das rötliche Haar fällt ihm in die Stirn.

«Er heißt Wodan?», fragt Thea, als ob sie das nicht längst wüsste.

«Ja.»

Thea spürt, wie ihr das Blut in die Wangen schießt. Es ist das erste Mal, dass sie zusammen reden.

Der Himmel ist schon hell, und Thea glaubt, das Meer zu riechen. Sie hat schlecht geschlafen. Immer wieder fielen ihr in der Dunkelheit Fragen ein, die sie dem kleinen Otto noch hätte stellen können. Sie überlegte, was sie das nächste Mal zu ihm sagen würde.

«Nehmt Ihr den grünen Schleier oder den blauen?» Irene ist daran, Theas Kleider zurechtzulegen.

«Den mit den bestickten Randern», sagt Thea.

«Rändern», verbessert Irene.

Thea spürt Ärger in sich aufsteigen.

«Der Rand, die Ränder», erklärt Irene, ohne von der Kleidertruhe aufzusehen.

«Mit den bestickten Rändern», wiederholt Thea. Sie hat der Zofe befohlen, sie auf ihre Fehler aufmerksam zu machen.

Thea versteht nicht, warum sie gleich am ersten Morgen nach der Ankunft in die Stadt hineinfahren müssen. Gewiss könnte ihre Schwiegermutter ihre Gebete heute auch in der Klosterkirche verrichten.

«Die Leute des Kaisers stehen schon im Hof», meint Irene.

«Des großen?», erkundigt sich Thea überrascht.

«Ja.» Irene taucht das Waschtuch in die Schüssel: «Es ist fast kalt. Soll ich neues Wasser holen?»

«Nein.» Schuldbewusst springt Thea aus dem Bett. Wenn der Kaiser für die Morgengebete mit nach Ravenna fährt, werden auch sein Sohn dabei sein, der Kanzler, die Leute des Hofes – Otto medius.

Ravenna. Der Name bebt noch immer wie eine Verheißung auf meinen Lippen, und von allen Städten, die ich auf meinen endlosen Reisen im Westen gesehen habe, ist sie die einzige geblieben, in der ich einen Abglanz des strahlenden Konstantinopels wiederfand. Und sie war ja auch unsere, vor vierhundert Jahren. Kaiser Justinian hatte sie zu seinem Sitz erkoren, nachdem Belisarius, sein unbestechlicher Feldherr, Italien für ihn erobert hatte. Die kaiserlichen Schiffe legten im alten Hafen an, und ihr Anblick war so prächtig, dass die Mönche, die uns beherbergten, ihr Kloster bis heute Sant' Apollinaris in Classe nennen. Aber erst als ich an jenem Morgen als einer der Letzten die Basilika betrat, begriff ich, wie nahe ich der Heimat war.

Bei uns drängen sich die Würdenträger nicht wie Schafe um den Kaiser, jeder darauf bedacht, dem Herrscher am nächsten zu sein, als würden sie seine Gunst verlieren, wenn er ihr Blöken nicht ständig hört. Je mächtiger ein Berater am Hof der Cäsaren ist, umso unsichtbarer bleibt er den Uneingeweihten, wohl wissend, dass die Unauffälligkeit ihn besser als jede Leibwache schützt. Auch ich hielt mich am Ende des kaiserlichen Zuges, bei den Titel- und Namenlosen, und erfuhr vieles von ihnen. So war die Basilika des Heiligen Vitalis an dem Morgen längst vom Schnaufen und Scharren des Hofstaats erfüllt, als ich sie betrat; dennoch senkte sich eine Stille auf mich, als verharre die Zeit.

Über mir wölbte sich eine lichte Kuppel, und da waren die Säulen, die Bögen, die Nischen, von alabastergelbem Schimmer erfüllt. Der Raum war höher, weiter, aber ich erkannte ihn sofort; er war ein Abbild der Sergius- und Bacchuskirche hinter dem Bukoleon-Palast. Mein Blick glitt über Abraham, Sarah, den für die Gäste gedeckten Tisch an der linken Wand, Jeremias, Moses, Johannes und Lukas mit Schriftrollen, Büchern. Erleichterung breitete sich in mir aus, als sei ich nach Hause gekommen.

Die kaiserliche Familie kniete bereits vor dem Altar, die Männer in der südlichen, die Frauen in der nördlichen Kirchenhälfte, und ich ließ mich hinten in der Mitte zwischen den Betenden nieder, auf einem der mit Lotusblüten bedeckten Teppiche. Unweigerlich wanderten meine Gedanken zurück. Ich hatte das Land meiner Geburt verlassen, die Stadt meiner Berufung, alle Menschen, die mir vertraut und wohlgesonnen waren, und doch war es der Abschied von Rom, der mich am meisten schmerzte, der Abschied von Daniel. Bis heute füllt sich meine Brust mit diesem zehrenden, mich fast erstickenden Glühen, wenn ich an ihn denke. Ich schaute von den Lotusblüten auf und sah, dass die Priester mit der Messe begonnen hatten.

Das Mosaik links vom Altar zeigte einen Kaiser, von seinem Hofstaat umgeben: Justinian, seine Krone von Edelsteinen besetzt, der purpurne Mantel von einer Rubinbrosche gehalten. Er trug enge Schuhe, und mit einem Fuß stand er auf dem des bärtigen Höflings an seiner Seite. Auch der Papst, links von ihm, trat dem Priester neben sich auf die Zehen. Die Mosaikleger mussten ihren Spaß gehabt haben, die höfische Rangordnung auf diese Weise bloßzustellen; und vielleicht waren es dieselben, die zuvor die Kirche der beiden Märtyrer in Konstantinopel ausgeschmückt hatten.

Auf der anderen Seite des Altars, auf die junge Kaiserin hinunterblickend, war Theodora abgebildet, die juwelenbesetzte Goldschärpe der Herrscherinnen über Schultern und Brust. Lange Perlenschnüre hingen von ihrer Krone, und in ihren zierlichen Händen hielt sie einen goldenen Kelch. Theodora war die Tochter eines Bärenführers und einer Akrobatin gewesen. Als Kind trat sie im Zirkus auf, als Mädchen arbeitete sie in den Bordellen der Stadt. Alle Männer Konstantinopels, sagte man, begehrten sie, sie aber begehrte alle Männer der Welt. Justinian heiratete sie gegen den Widerstand seiner Berater und trotz der deutlichen Drohungen des Patriarchen.

Justinian war ein schwacher Herrscher, unbeliebt, und als die Bewohner von Konstantinopel sich gegen ihn auflehnten, wollte er fliehen. Theodora stellte sich ihm in den Weg. «Jeder Mensch muss sterben», sagte sie, «und wenn du deine Haut retten willst, dann tu es. Ich aber bleibe, denn es gibt kein besseres Leichengewand als das purpurne der Kaiser.» Justinian blieb auch. Die Revolte wurde unterdrückt, die kaiserlichen Soldaten metzelten 30 000 Aufständische nieder. Danach begann man die zerstörte Stadt wieder aufzubauen, schöner und größer als zuvor. 10 000 Männer arbeiteten allein am Neubau der Sophienkirche. Aus dem ganzen Reich wurden Kostbarkeiten gebracht: acht Porphyrsäulen von Rom, acht Säulen aus grünem Marmor von Ephesus. Nach fünf Jahren, zehn Monaten und vier Tagen war die Kirche vollendet – die prachtvollste der Welt –, und heute steht in unseren Chroniken, Justinian sei einer der bedeutendsten aller Kaiser gewesen. Ich betrachtete das schmale Frauengesicht zwischen den Perlenschnüren, die dunklen Augen, und erkannte meine Vergangenheit in ihnen und auch meine Zukunft.

Wenige Schritte vor mir kniete die junge Kaiserin. Von all den Menschen um sie herum wusste nur ich, woher sie kam, was sie konnte, was ihr gegeben war; nur ich konnte sie zu ihrer Bestimmung führen. Ein paar Ratschläge, ein bemaltes Pergament, auch wenn es so viel gekostet hatte, genügten nicht. An jenem Morgen in der Basilika des Heiligen Vitalis zu Ravenna leuchtete mein Weg plötzlich hell wie die Bahn eines Kometen vor mir. Die kleine Griechin konnte die größte Kaiserin des Westens werden. Mit meinem Wissen, meiner Erfahrung würde sie nicht der glücklosen Theophano, sondern Theodora folgen, nicht die göttlich Scheinende, sondern ein Geschenk Gottes sein, oder ganz einfach die Göttliche: Thea.

Es ist kein Hoftag, kein Festtag, aber die Vornehmen und Reichen Ravennas haben sich an diesem Nachmittag auf Einladung des Abtes zu Ehren des Kaisers und seiner Familie im Kloster Sant' Apollinaris in Classe versammelt. Thea sitzt neben dem kleinen Otto an der kaiserlichen Tafel und beobachtet die Gäste, die sich an den Tischen im großen Klostersaal niedergelassen haben. Sie sind nicht so herausgeputzt wie die Römer, und Thea kennt ihre Mienen, ihre Gesten. So haben sich die Kaufleute benommen, die aus dem Westen an den Hof von Konstantinopel kamen, vorsichtig, höflich, auf ihren Vorteil bedacht. Die Mönche haben die Wände des Saals mit Tüchern behängt. Vor ein paar Jahren war das Kloster verarmt, doch dank der Unterstützung des Kaisers hatte es seine Güter zurückbekommen, neuen Reichtum erlangt. Jetzt hoffen die Mönche, der Kaiser werde die Entäußerung und Vergabe ihrer Besitzungen verbieten, so dass sie für alle Zukunft ihnen gehören. Ein warmer Wind weht durch die Fenster herein, und Thea wünscht sich, sie säße in ihrem Zimmer.

Nachdem Otto der Große die Gäste begrüßt, der Abt die Gebete gesprochen hat, tragen die Mönche das Essen herein, Schalen mit Früchten, Bretter voll weißer Brotfladen, dann folgen Suppen, Fische, gekocht, gebacken, Hühner, Fasane, Lamm- und Rehkeulen und ein ganzes gebratenes Schwein. Von allem wird das Beste auf den Tisch des Kaisers gestellt, aber Thea hat keinen Hunger. Sie nimmt einen Schluck Wein, doch auch den bringt sie kaum hinunter. Der kleine Otto neben ihr hat eine halbe Ente auf dem Teller und säbelt mit seinem Messer daran herum. Seine Finger sind fettig, sein pickliges Kinn glänzt. Thea schaut sich nach Otto medius um. Er sitzt mit dem Rücken zu ihr an einem der Tische.

Am unteren Ende des Saals wird es mit einem Mal still. Zu früh, denkt Thea. Auf Stephanos' Rat hat sie den Dienern befohlen zu warten, bis das Essen vorüber ist, der Abt das Dankgebet gesprochen hat und das Gebäck und der Malvasier aufgetragen werden. Aber es lässt sich nicht ändern, der Zug kommt zwischen den Tischen auf sie zu. Der vorderste Diener trägt die Lederrolle, die zwei dahinter balancieren die Teile des Gerüsts, an dem die Urkunde aufgehängt wird. Auch die Essenden an der kaiserlichen Tafel sind verstummt. Thea steht auf, sie hat ihre Sätze einstudiert. Sie spricht nicht laut, aber ihre Stimme füllt den Saal. Sie bedankt sich auf Lateinisch bei Otto dem Großen, seinem Sohn, ihrer Schwiegermutter sogar, für die Aufnahme in die kaiserliche Familie, für das Gute, das sie seit ihrer Ankunft im Westen empfangen hat. Einige der Mönche nicken. Ein Raunen geht durch den Saal, als Thea ihre Sätze auf Deutsch zu wiederholen beginnt. Sie sagt, sie wolle ihre Pflichten erfüllen, ihre Rechte nutzen, sich würdig erweisen. Sie blickt über die Köpfe der Gäste hinweg, versucht auf die Aussprache der Wörter zu achten. «Ein Zeichen meiner Dankbarkeit und Ergebenheit» nennt sie die Urkunde.

Dann ist sie plötzlich am Ende. Sie senkt den Kopf. Der kleine Otto neben ihr hält seine Ente in der Hand. Es ist vollkommen still im Saal. Die Diener haben die Urkunde ausgerollt und aufgehängt. Thea schaut wieder auf. Da sitzt Willigis, den Kopf gesenkt, als erwarte er eine Strafe, der Kämmerer mit offenem Mund, der Marschall; sie starren auf die Urkunde. Auch der eisblaue Blick der Kaiserin hängt an dem purpurnen Pergament. Thea schaut zum Kaiser. Seine Wangen sind weniger gerötet als sonst. Ohne zu wollen wandern Theas Augen zu Otto medius. Er hat sich umgedreht und auf seinem Gesicht liegt Erstaunen, nein – Bewunderung. Ein Lächeln spielt um seinen Mund, und Thea merkt, dass auch ihre Lippen zucken.

Bedächtig beginnt der Kaiser zu sprechen. Er ist nicht überrascht, und Thea erfährt, dass er von der Urkunde gewusst hat. Willigis hält den Kopf noch immer gesenkt. Der Kaiser bedankt sich bei seinem Kanzler und dann bei Thea. Sie hat das Gefühl, ein Gewicht werde von ihren Schultern genommen. Als Otto der Große fertig ist, kommen zustimmende Rufe aus dem Saal, einige der Mönche stehen auf, um die Urkunde besser zu sehen. Mit einem Knall kippt Adelheids Stuhl auf den Steinboden. Einen Augenblick verstummen die Leute, doch die Kaiserin verlässt den Saal ohne ein Wort, von ihren Hofdamen gefolgt. Dann strömen alle zu dem von den Dienern bewachten Gestell, um die Heiratsurkunde aus der Nähe zu betrachten. Nur Thea scheint zu bemerken, dass auch der kleine Otto aufsteht und hinausgeht.

«Das war nicht schlecht!»

Thea fährt zusammen. Die Gäste sind gegangen, am Himmel glänzen die Sterne. Sie lehnt an der Mauer des Klosterhofs und lutscht an einem Stück kandiertem Ingwer, den die Mönche zum Schluss des Mahls aufgetragen haben.

«Ich …» Thea versucht, den Ingwer hinunterzuschlucken. Da ist das Rieseln auf ihrer Haut, wie jedes Mal, wenn sie mit Otto medius spricht.

«Ich glaube nicht, dass eine andere Frau das gekonnt hätte», meint er anerkennend.

Der Ingwer steckt ihr im Hals. Sie schluckt. «Ich weiß nicht.» Willigis sagte, für andere Heiraten seien ähnliche Urkunden angefertigt worden.

«Es braucht Mut.»

«Ich …» Der Ingwer ist runtergerutscht.

«Er ist sehr kräftig.»

Thea stutzt. «Er?»

«Wodan.»

Thea beginnt zu lachen. «Ich kenne mich aus mit Pferden. Die Stallmeister meines Vaters haben mich schon als Kind auf seinen Hengsten reiten lassen.»

«Hat dein Vater ein Gestüt?»

«Nein, er ist Soldat, Patrikios. Er hat Kriege geführt.»

«Meiner auch.»

«Und hat er sie gewonnen?», fragt Thea im Spaß.

«Nein, er hat verloren», sagt Otto leise.

Thea schweigt. Gero hat ihr erzählt, dass der Vater des mittleren Ottos sich gegen den Kaiser aufgelehnt hatte und in Ungnade fiel. Es war eine dumme Frage.

«Ich würde auch lieber reiten als in diesen engen Wagen zu reisen», bemerkt sie nach einer Weile.

Otto nickt. «Das versteh ich.»

«Gefällt dir die Urkunde?», fragt sie.

«Ja. Der Kaiser wird den Kanzler dafür belohnen.»

Thea kann Ottos Gesicht nicht sehen. «Es war meine Idee», entgegnet sie rasch. Willigis hat ihr erklärt, dass nichts am Hof ohne das Wissen des Kaisers geschehe, und dass dieser von Anfang an von der Urkunde gewusst habe.

«Ich weiß.» Jetzt sieht Thea Ottos Lächeln. «Alle wissen es. Aber es ist besser, wenn die Urkunde Willigis zugeschrieben wird. Wegen der Kaiserin.»

Theas Herz sinkt. «Der Schreiber hat bis in die Nacht vor unserer Abreise aus Rom an der Urkunde gearbeitet», sagt sie nach einer Weile, um das Gespräch nicht abbrechen zu lassen.

Otto nickt. «Daniel war ein Meister seines Faches.»

Thea lächelt; jeder kennt jeden hier, so klein ist der fränkische Hof. «War?», fragt sie dann verwundert.

«Er ist tot.»

Thea sieht die über das Pergament gekrümmte Gestalt vor sich. «Er sagte, er habe etwas Schlechtes gegessen.»

«Am Tag nach unserer Abreise ist er gestorben. Hier», Otto streckt Thea seine offene Hand hin. Sie kann nicht gleich sehen, was darin liegt, ein Pinienzapfen, eine Muschel? Es schimmert ein wenig – ein kleiner Löwe. Er hat den Kopf auf die ausgestreckten Vorderpfoten gelegt. Thea versucht, die Farbe des Steins zu erkennen.

«Ist er aus ...?»

«Bernstein», erklärt Otto. Er steht so nahe, dass Thea seine Haut riechen kann, den Duft nach Sonne, Salz. Sie dreht den Löwen in ihren Händen, streicht mit den Fingern über seine Mähne. Die Straßenhändler in Konstantinopel verkaufen solche Tiere, aber dieser hier scheint Thea unendlich kostbar.

«Ich habe ihn von meiner Mutter bekommen, als ich zum ersten Mal allein an den Hof des Kaisers musste.»

Der Bernstein brennt mit einem Mal in Theas Hand.

«Er ist für dich», sagt Otto, als Thea ihm den Löwen wieder hinhält. «Ein Geschenk.» Thea schließt die Hand um den kleinen Löwen.

«Als ich die Löwen auf der Urkunde sah ...», Otto stockt. «Und sie waren ja auch auf deinem Kleid.»

«Aber du kannst den Löwen doch nicht weggeben?»

«Ich brauche ihn nicht mehr. Ich habe meinen Platz am Hof gefunden», sagt Otto und fährt nach einiger Zeit mit heiserer Stimme fort: «Ich habe alles gefunden, was ich suchte.»

Am nächsten Morgen wird Thea von Rufen geweckt. Irene schlüpft aus dem Bett, um im Klosterhof nachzusehen. Während Thea wartet, zieht sie den kleinen Löwen unter ihrem Kopfkissen hervor. Weiß Otto medius, dass sie im Zeichen des Löwen geboren wurde?

«Sie reist ab!» Irene stürmt ins Zimmer herein.

«Wer?»

«Die Kaiserin. Es ist schon alles gepackt. Sie reist nach Pavia.»

Pavia war Adelheids Sitz, als sie noch Königin von Italien war. Theas Mund beginnt sich zu verziehen.

«Und Otto geht mit», berichtet Irene.

«Der große?»

«Nein, der kleine – Euer Gemahl», ergänzt Irene.

Thea grinst, doch dann ist ihre Heiterkeit plötzlich verschwunden. Wenn der kleine Otto nach Pavia geht, wird auch Otto medius abreisen.

Der Aufbruch
Mailand, Juli 972

Otto drückt seine Fersen in Wodans Bauch, lässt die Zügel locker, und der Hengst jagt über die Ebene. Die heiße Luft presst gegen Ottos Körper. Er hebt sich aus dem Sattel, beugt sich über den Hals des Pferdes, die flatternde Mähne streift sein Gesicht.

Otto war erleichtert gewesen, das Kloster Sant' Apollinaris vor einigen Wochen zu verlassen. Am Abend nach dem Gastmahl für die Fürsten von Ravenna hatten sich die Eltern gestritten. Noch in der Nacht begann die Dienerschaft der Mutter zu packen, bei Sonnenaufgang fuhren sie ab. Die Mutter verlangte, dass Otto mit ihr und ihren Frauen im Wagen reise. Sein Vetter führte Wodan am langen Zügel mit sich. Es war heiß im Wagen, und Otto wurde übel von den Parfüms der Frauen. Seine Mutter redete die ganze Zeit von der Urkunde.

Die Wochen in Pavia zogen sich hin. Das Haus der Mutter war mit Beratern und Heiligen gefüllt. Selbst in den Gängen hingen Bilder von Märtyrern, silberne Rahmen mit Stücken von Kleidern, Knochen, vor denen man sich bekreuzigen musste. Und da waren die Vertrauten der Mutter aus der Zeit, als sie Königin von Italien war. Stundenlang saß sie mit ihnen zusammen. Otto sah ihre abschätzenden Blicke, ihre hochnäsigen Mienen. Er war der Sohn des Franken hier. Seine Mutter ließ ihm enge Westen, bestickte Hemden bringen, aber die Kleider kratzen auf der Haut, störten ihn bei jeder Bewegung. Er würde nie so elegant aussehen wie die italienischen Prinzen, mit denen er sich über Musik und Gedichte unterhalten sollte.

117

«Hast du was ausgefressen?» Lachend hat sein Vetter ihn eingeholt, und Otto zügelt Wodan.

«Werden wir vor Abend in Mailand sein?», fragt er.

Der Vetter blickt sich nach den Begleitern um, die ihnen mit einem Wagen folgen. «Es ist zu heiß, um den ganzen Tag durchzureiten. Über Mittag müssen wir rasten.»

«Mein Vater will gleich nach der Gerichtsverhandlung aufbrechen. Es heißt, es habe Aufstände gegeben in Sachsen.»

«Gerüchte.» Der Vetter zuckt die Schultern. «Der Graf von Stade hätte uns sicher persönlich gemeldet, wenn etwas dran wäre.»

Otto kichert. «Die Pferde von Adalbert sollten nun in Mailand sein.»

«Wie viele Kronleuchter hat der Dom von Magdeburg?», erkundigt sich der Vetter.

«Keine Ahnung.»

«Und Glocken?»

Otto versucht sich zu erinnern. «Ich weiß nicht. Die meisten der Pferde werden Maultiere sein.»

«Nützlich für die Reise über die Alpen.»

«Weißt du, wie kühl es dort oben sein wird?», fragt Otto träumerisch.

«Ja, und die Wiesen werden blühen.»

«Wir können in den Gletscherbächen baden», fährt Otto begeistert fort. «Vielleicht finden wir die Stelle mit dem tiefen Becken wieder.»

Die beiden grinsen sich an. Aber der ältere Otto erinnert sich auch, wie er sich um den Jüngeren sorgte, als dieser ohne Bedenken kopfüber von dem hohen Felsabsatz ins Wasser sprang.

«Vielleicht hat Adalbert auch ein paar anständige Pferde geschickt», überlegt er laut. «Du könntest deiner Frau eins davon schenken.»

118

«Was?»

«Thea», erklärt sein Vetter. «Du könntest Thea eine Stute schenken. Sie kennt sich aus mit Pferden.»

«Ich weiß», brummt Otto. Er hat nicht vergessen, wie beschämt er in Ravenna vor der Prinzessin stand. Er hätte Wodan nicht einem Unbekannten anvertrauen sollen, aber seine Mutter bestand darauf, dass er gleich nach der Ankunft mit ihr in die Klosterkirche kam.

«Woran denkst du?»

Otto hat an Irene gedacht, die damals neben der Prinzessin stand. «An Thea», lügt er.

«Worum geht es in der Gerichtsverhandlung?», erkundigt sich der Vetter nach einer Weile.

Ottos Gedanken sind bei der purpurnen Urkunde. «Ein Zeichen ihrer Dankbarkeit» hat die Prinzessin sie genannt. Er hat die Tiere darauf sofort erkannt. Die rot-gelbe Glut, die in den Tagen nach dem Beilager in seinem Kopf schwelte, war von ihnen erfüllt gewesen: ein Löwe, der ein Rind überwältigt, ein Greif, der seine Pranke in die Schulter einer Hirschkuh schlägt.

«Die Verhandlung, für die wir nach Mailand reiten?», fragt der Vetter nochmals.

«Ach, irgendeine Sache in Bergamo, die Klage eines Klosters gegen einen Pächter, glaube ich.» Otto hatte Willigis' Brief nicht zu Ende gelesen, so froh war er gewesen, einen Grund zu haben, Pavia zu verlassen.

Wie ein Geschöpf wird ein Gedanke unter Gestirnen geboren, aus denen sich seine Entwicklung erschließen lässt. Der erste Schritt war, den Stand der Planeten zu bestimmen, die uns günstig waren – Sonne, Merkur, Saturn, Kraft, Wendigkeit, Ausdauer. Mit der

Abreise der alten Kaiserin verkroch sich der Krebs im Mond, wir hatten das Feld für uns, und die kleine Löwin zeigt sich von ihrer gewinnendsten Seite.

«Und das seid Ihr selbst, nicht wahr?» Die Prinzessin lächelt.

«Ja.» Sein Vater nickt. Auf dem Tisch liegt eine Reihe kleiner, quadratischer Elfenbeinplatten. Otto kennt sie; seit Jahren arbeiten die mailändischen Schnitzer daran.

«Die wunderbare Brotvermehrung, die Heilung des Besessenen, die Auferweckung des Lazarus», zählt die Prinzessin auf. Außer der Platte, auf der Otto der Große den Dom von Magdeburg Christus zur Segnung darreicht, zeigen sie alle Ereignisse aus dem Leben Jesu.

«Ich glaube nicht, dass ich in Konstantinopel je so eindrückliche Elfenbeinschnitzereien gesehen habe», meint die Prinzessin.

Der Kaiser lächelt zufrieden.

Otto steht immer noch unbemerkt im Eingang der Werkstatt. Nach einer Nacht im Heerlager vor Mailand ist er in aller Frühe in die Stadt geritten und hat seinen Vater bei den Elfenbeinschnitzern gefunden.

«Und werdet Ihr auch die Verkündigung und Christi Geburt noch in Auftrag geben?», fragt die Prinzessin, ohne von den Plättchen aufzuschauen. Otto kann sich nicht erinnern, wofür die Elfenbeinschnitzereien bestimmt sind. Sollen sie den Altar in Magdeburg schmücken, die Kanzel, einen Thron?

«Ja, und die Kreuzigung und die Auferstehung.» Der Blick des Kaisers ruht voller Wohlwollen auf seiner Schwiegertochter.

Otto räuspert sich.

«Otto.» Die Stimme des Vaters klingt abweisend.

Die Prinzessin lächelt. Otto spürt, wie er rot wird. Er sollte sie begrüßen, etwas sagen. Einen Augenblick ist er versucht, ihr die Hand hinzustrecken.

«Ist deine Mutter auch mitgekommen?», fragt der Kaiser.

«Nein, sie ist noch in Pavia.» Otto wagt nicht zu sagen, dass die Mutter nicht vorhat, nach Mailand zu kommen, dass sie vielleicht in Pavia bleiben wird.

«Habt Ihr die Hochzeit von Kanaa schon gesehen?», fragt die Prinzessin Otto, als wäre das Thema erledigt.

Warum erwähnt sie eine Hochzeit? Warum sagt sie «Ihr» zu ihm? Otto hat keine Ahnung, welche der Schnitzereien er schon gesehen hat. Der Kaiser will etwas sagen, aber die Prinzessin kommt ihm zuvor: «Euer Vater hat mir erlaubt, die neuen und die alten Tafeln zu betrachten.» Sie fasst sich mit der Hand an den Hals, als suche sie etwas. «Sie sind außerordentlich.»

Otto schweigt. Die Prinzessin betont die deutschen Wörter genau wie Irene.

«Die Darstellung Eures Vaters ist meisterhaft.»

Otto hat das Bildnis seines Vaters noch nie genau betrachtet: das bärtige Profil, die tiefliegenden Augen, der strenge Mund. Die Ohren, die unter der Krone hervorschauen, sind riesig. Otto blickt zu seinem Vater; er hat tatsächlich sehr große Ohren.

Die Prinzessin plaudert über die geflochtenen Körbe in der wunderbaren Brotvermehrung, die kleinen Ferkel hinter dem Besessenen, die Muster der Strohdächer. Dann gerät das Gespräch auf die Gerichtsverhandlung vom kommenden Tag. Der Angeklagte hat sich noch nicht eingefunden.

«Ein gewisser –», sein Vater sucht nach dem Namen.

«Benadus», wirft die Prinzessin ein.

Der Vogt von Bergamo ist ein kleiner, zahnloser Mann. Otto versteht ihn nicht, auch sein Vater offenbar nur mit Mühe. Er lässt Willigis jeden Satz des Klägers wiederholen. Der Angeklagte ist trotz der kaiserlichen Vorladung nicht zu der Verhandlung erschienen. Der Mann habe den Herren von Bergamo Güter vorenthalten, erklärt der Vogt, Zinsen. Ottos Blick wandert zu Thea, die unauffällig hinter dem Sessel des Kaisers sitzt. Sie lauscht den Reden; ab und zu schreibt sie etwas auf eine kleine Schiefertafel, die auf ihren Knien liegt.

Der Vogt antwortet auf die Fragen des Richters mit umständlichen Beschreibungen. Otto stellt sich vor, wie er Thea die braune Stute schenken wird, die er für sie ausgewählt hat. Die meisten Pferde, die Erzbischof Adalbert geschickt hat, sind Maultiere. Aber da sind auch eine braune und eine graue Stute. Die graue gefiel Otto besser, sie hat schlanke Fesseln, eine fast weiße Mähne. Doch die Soldaten, die sie bewachten, sagten, der Marschall habe bereits über sie verfügt. Die braune ist auch nicht schlecht, ruhiger und bequemer zu reiten. Otto wird nicht viel Worte machen, wenn er sie der Prinzessin schenkt, als sei es selbstverständlich.

«Wir brauchen nichts Weiteres zu hören», unterbricht der Kaiser den Vogt und nickt dem Richter zu. «Die Abwesenheit des – äh», er sucht nach dem Namen.

«Benadus», flüstert Willigis.

«Die Abwesenheit des Beklagten», beginnt der Kaiser von neuem, «spricht für sich selbst.»

Der Vater setzt sich in seinem Sessel zurecht, und die Leute im Saal erheben sich. Auch Thea steht auf.

«Wir bestimmen, dass die fraglichen Güter den ehrenwerten und uns ergebenen Herren von Bergamo, hier vertreten durch ihren Vogt, vollumfänglich zurückerstattet werden, bis sich der Angeklagte gemeldet und alle ausstehenden Schulden beglichen hat, und auferlegen ihm bei Zuwiderhandeln eine Strafe von 2000 Goldmankusen.»

Der Vogt sinkt voller Dankbarkeit auf die Knie. Die Leute beginnen den Saal zu verlassen, der Kaiser unterhält sich mit dem

Richter. Otto sieht, wie Thea mit ihrer Schiefertafel zu Willigis geht und ihn etwas fragt.

«Ich muss mit dir reden», sagt der Vater barsch, als er Otto bemerkt. «Warte in meinem Wagen.»

Otto beobachtet durchs Wagenfester, wie die Schatten langsam an den Hausmauern hochkriechen. Die Leute des Hofstaats sind längst ins Heerlager zurückgekehrt. Sie müssen packen, morgen reisen sie ab, über die Alpen zurück. Ob sein Vater weiß, dass die Mutter nicht mitkommt? Will er deshalb mit ihm reden?

Da kommen die Diener, der Vater. Wortlos steigt er ein, und der Wagen fährt los. Otto schweigt.

«Du hast gestern im Lager übernachtet», sagt der Vater, während sie aus der Stadt hinausrollen.

«Ja.»

«Warum bist du nicht in der Stadt geblieben?», will sein Vater wissen.

«Es hieß, es gebe keinen Schlafplatz», antwortet Otto verwundert. Man sagte ihm, die Hofleute lägen zu viert und zu fünft in den Betten des Bankiers, bei dem der Vater einquartiert war.

«Und warum hast du nicht in deinem eigenen Bett geschlafen?», bohrt der Kaiser weiter.

«Meinem eigenen?» Otto hat keine Ahnung, worauf der Vater hinauswill.

«Oder wie nennst du das Bett, in dem deine Frau schläft?», fährt der Vater ihn an.

Otto schießt das Blut in den Kopf.

«Kennst du deine Pflichten nicht? Hat man dir nichts erklärt?» Der Kaiser krächzt vor Zorn.

«Dietrich von Metz –», beginnt Otto.

«Das ist der Rechte», unterbricht ihn der Vater. «Wie kommt der dazu?»

123

«Meine Mutter –»

«Natürlich. Das sieht ihr ähnlich, dir diesen Gockel zu schicken. Der weiß doch selbst nicht, was vorn und hinten ist bei einer Frau, mit seinen Novizen, seinen Chorknaben.»

Otto ist sprachlos.

«Hast du nie den Hunden zugeschaut, den Pferden?», schimpft der Vater weiter.

«Doch, ich weiß schon wie …»

«Also warum schläfst du dann nicht mit ihr? Sie ist ja wahrhaftig nicht hässlich. Und auch nicht dumm», fügt der Vater etwas milder hinzu. «Oder hast du eine andere?» Otto will verneinen, doch er kommt nicht dazu. «Dann schlaf zuerst mit deiner Frau und dann mit der andern. Das machen alle.»

Alle?, durchzuckt es Otto. Alle Männer, der Kaiser, sein Vater? Im Wagen ist nur das Schnaufen des Vaters zu hören.

«Anhalten!», brüllt der Kaiser plötzlich und schlägt mit der Faust gegen das Dach. Erschrocken überlegt Otto, was nun kommt: eine Vorführung?

Doch der Vater steigt ohne Erklärung aus und stellt sich an einen Baum. Otto hört das Plätschern, nach einer Weile weht der Geruch des warmen Urins in den Wagen herein.

«Weiter!», ruft der Vater, als er wieder im Wagen sitzt.

«Warum schläfst du nicht mit ihr?» Seine Stimme ist ruhiger nun.

«Ich weiß nicht.» Otto sucht nach einer Erklärung. «Es heißt, sie sei noch nicht …», der Vater schweigt, «ich meine, sie habe noch nicht …»

«Sie hat noch nicht geblutet?»

«Ja.»

Einen Augenblick scheint der Vater zu überlegen. «Sie ist alt genug», meint er dann. «Die Blutungen können jeden Tag beginnen, und wenn du sie jetzt schon gewöhnst, wird es dann einfacher sein. Je vorsichtiger du am Anfang bist, umso williger wird sie dir sein.»

Otto kommt es vor, als spreche der Vater von einem Pferd.

«Und je eher du damit beginnst, umso rascher wird sie schwanger. Dann ist es auch nicht so schlimm, wenn es zuerst nur ein Mädchen ist. Deine Frau ist jung, sie kann viele Kinder gebären, und eines wird der Thronfolger sein, Otto III., der Osten und Westen in seinem Blut hat.»

Otto ist rasch aus dem Bett am nächsten Morgen. Die Soldaten brechen die letzten Zelte ab, viele Hofleute haben schon unter freiem Himmel geschlafen. Otto schlängelt sich durch die Packenden zur Pferdeweide. Da steht die braune Stute aufgezäumt neben Wodan. Sie sieht etwas schwerfällig aus an der Seite des Schimmels. Otto streichelt beiden Pferden die Nüstern. Als er nach den Zügeln der braunen Stute greift, hört er Rufe hinter sich: «Da kommt sie!» Die Burschen ringsum johlen. Otto dreht sich um und sieht die graue Stute über die Weide galoppieren. Ihre weiße Mähne weht in der Luft, die Hufe berühren den Boden kaum. Otto entdeckt eine Gestalt auf dem Rücken des Pferdes, ein Kind? Er hat noch nie einen so glänzenden Reiter gesehen, in jeder Bewegung folgt er dem Pferd, als wäre er Teil des Tieres. Die Burschen grinsen. «Sie ist schön, nicht wahr?», sagt einer von ihnen. Otto erkennt das schwarze Haar.

Thea zügelt die graue Stute knapp vor den Männern. Noch bevor die Burschen ihr helfen können, ist die Prinzessin vom Pferd gesprungen. Sie trägt einen langen Mantel, unter dem Beinkleider hervorschauen.

«Sie ist schön, nicht wahr?», sagt Thea zu Otto und tätschelt der grauen Stute den Hals.

Otto hält noch immer die Zügel der Braunen.

«Euer Vater hat sie mir geschenkt», erklärt die Prinzessin.

Wie eine mächtige Schlange windet sich der Zug der kaiserlichen Wagen durch die Ebene. Die Erde ist trocken, und der Staub, den Räder und Hufe aufwirbeln, folgt ihnen in gelben Wolken. Otto reitet vorn neben seinem Vetter. Es ist so heiß, dass man kaum atmen kann. Ab und zu schaut er zurück, die graue Stute ist nie weit hinter ihnen.

Gegen Abend überqueren sie eine niedrige Hügelkette. Vom höchsten der Kämme aus sehen sie die Seen auf der anderen Seite glänzen. Otto dreht sich noch einmal um und entdeckt einen kürzeren Zug von Wagen in der Ebene hinter sich. Er weiß sofort, dass es die Mutter ist.

In der burggräflichen Kanzlei zu Regensburg,
fünf Tage nach Johannes Baptist

Ich hoffe, werter Bruder, dieses Schreiben erreicht Dich noch, bevor der kaiserliche Zug zur Überquerung der Alpen aufbricht. Du weißt, wie sehr es mir widerstrebt, mich dem Pergament anzuvertrauen, und ich tue es nicht, um mich zu rechtfertigen, sondern um Dich zu warnen. Es mag wohl sein, dass unser Gesandter die Lage in Magdeburg nicht zu unserem Nutzen beschrieben hat, wahrscheinlicher aber scheint mir, dass sich die alten Freundschaftsbande zwischen dem Kaiser und seinem Statthalter nicht so einfach durchtrennen lassen, wie es für unsere Sache wünschenswert wäre. Allein nicht deshalb, sondern wegen der Nachrichten, die uns aus Italien erreichen, erwägt der Herzog, zu wirksameren Maßnahmen zu greifen, und darüber will ich Dich nicht im Unklaren lassen.
Die kleine Griechin, wie Du sie nennst, scheint mit ihrer Heiratsurkunde erhebliches Aufsehen zu erregen, und mehr

noch, sie hat sich – so wird berichtet – beim Kaiser angebiedert. Sie soll an den täglichen Besprechungen mit seinen Beratern teilnehmen, an diesen sogar das Wort ergreifen, sich zu Pachten, Schulden, Schenkungen und Streitigkeiten äußern. Mit allem, was das Reich betrifft, sagt man, beschäftige sie sich, und manche behaupten gar, sie habe in den Verhandlungen schon mehr Gewicht als der Kanzler. Vieles, was wir hier hören, mag übertrieben sein, aber es kann wohl kein Zweifel bestehen, dass die Ausländerin Einfluss am Hof zu gewinnen sucht; und der Herzog ist nicht gewillt, dem tatenlos zuzusehen. Zu Deinem und meinem Schutz will ich seine Pläne hier nicht erläutern, aber er wird nicht lange zögern, denn sollte die Prinzessin erst einen Thronfolger gebären, verliert seine Anwartschaft jedes Gewicht. Wie Du weißt, hat das bayerische Haus vielerorts Getreue, die ihm in der einen oder anderen Weise ergeben sind, und selbst wenn ich wüsste, wo und wie der Herzog seine Pläne in die Tat umzusetzen gedenkt, würde mir die Vorsicht verbieten, hier Ort und Zeitpunkt zu nennen. Deshalb kann ich Dir nur empfehlen, Dich möglichst bald vom kaiserlichen Zug zu trennen, um den Unannehmlichkeiten zu entgehen, und auch, damit Dich niemand einer Mitschuld bezichtigen kann. Kehre zu Deinen Pflichten nach Metz zurück und bleibe dort, bis die Widerstände am Hof beseitigt sind. In brüderlicher Verbundenheit.

Zuunterst Heinrich der Sachse, den sie zum König der Franken wählten. Mit seiner Frau Mathilde hatte er zwei Töchter und drei Söhne. Den ältesten, Otto, bestimmte er zu seinem Nachfolger.

Doch nach Heinrichs Tod verlangte der zweitgeborene, auch ein Heinrich, den Thron für sich, denn Otto sei vor der Krönung des Vaters geboren, und damit nur von einem Herzog und nicht von einem König gezeugt. Otto setzte sich durch, gab dem jüngeren Bruder das Herzogtum Bayern, das nun dessen Sohn regiert – noch ein Heinrich, «den Roten» nennen sie ihn, wegen seiner Haare und weil er das zänkische Wesen seines Vaters geerbt hat.

Darüber, von Otto dem Großen gezeugt: der kleine Otto und seine Schwester Mathilde, nun Äbtissin in Quedlinburg, beide Kinder von Adelheid. Daneben der Sohn einer namenlosen Slawin, Wilhelm, der bis zu seinem Tod Erzbischof von Mainz und eine Weile auch Vormund des kleinen Ottos war; und von Editha, der Engländerin, der ersten Frau Ottos des Großen, eine Tochter und den Sohn Liudolf, beide gestorben. Darüber, von Liudolf mit seiner Frau Ida gezeugt: ein einziger Nachkomme, der andere Otto.

So verzweigte sich der Stamm der Sachsen. Ich verband die Lebenden mit den Toten, zuerst dem Blut folgend, dann ihrer Gesinnung, umgab sie mit ihren Trabanten: Willigis, Gero, Dietrich von Metz, Heinrich von Stade, der Statthalter Billung, die namenlosen Anhänger des verstorbenen Liutprand; viele kannte ich damals noch nicht. Zwei Konstellationen offenbarten sich, eine um den kleinen Otto, die andere um den roten Heinrich, und sie überschnitten sich an einem Punkt: Adelheid. Die Kaiserin, hieß es, hege eine Schwäche für die Bayern, weil der Schwager ihr einst in Italien zu Hilfe gekommen war und sie – da er selbst nicht frei war – für seinen Bruder gewann. Und da war der andere Otto, Otto medius, wie Thea ihn nannte, nicht hier, nicht dort, dem alten und dem jungen Kaiser scheinbar ergeben. Doch noch vor dem roten Heinrich würde ihm die Krone zustehen, sollten die beiden Ottos sie durch Tod oder Schwäche verlieren.

Seit der Begegnung im Rosengarten war sein Blick wachsamer

geworden, sein Kinn entschlossener, und in der Kanzlei munkelte man von heimlichen Banden, Verpflichtungen, einer Verschwörung. Es würde Otto medius ein Leichtes sein, mit der Krone auch die junge Kaiserin für sich zu gewinnen, wenn sein Sinn danach stünde. Und er wäre ein guter Kaiser, im Zeichen des Widders geboren, voller Tatkraft, gescheit genug, seine Gegner zu entwaffnen, arglos genug, um nicht an sich selbst zu zweifeln; und da war die Weichheit in Theas Stimme, wenn sie von ihm sprach.

Unterwegs
Anfang August 972

«Sunna?», fragt Otto medius. «Nach der Mondgöttin?» Auf dem See glitzert die Morgensonne. Thea und er reiten im kaiserlichen Tross.

«Ja. Es war Irenes Idee», erklärt Thea. Sie hatte die graue Stute sofort entdeckt, als sie mit dem Kaiser die Pferde des Erzbischofs von Magdeburg anschaute. Otto der Große hatte sich nach den Gestüten ihres Onkels erkundigt, er fragte oft nach Konstantinopel. Thea erzählte ihm auch, dass sie Artemis hatte zurücklassen müssen. Während sie sprach, kam das graue Pferd und stellte sich neben sie; der Kaiser schenkte es ihr.

«Irene?», fragt Otto medius.

«Meine erste Zofe.»

Otto erinnert sich an das schwarzhaarige Mädchen, aber er war sicher, dass es Klara hieß. Die junge Kaiserin muss auch ihm einen neuen Namen gegeben haben. Er betrachtet Thea von der Seite; sie tut, als bemerke sie es nicht. Sie trägt den Bernsteinlöwen an einem Lederband unsichtbar unter ihrem Hemd.

«Wie war es in Pavia?», fragt Thea. Die Bergrücken jenseits des Sees ragen dunkel und mächtig in den Himmel; Thea kann sich nicht vorstellen, sie zu überqueren.

«Nun …» Otto zögert.

«Hast du Freunde dort?»

Otto lacht. «Nein, in Pavia hab ich keine Freunde. Die italienischen Männer sind anders.»

«Anders?»

«Sie laufen in engen Westen herum, Handschuhen, Kappen aus Samt …»

Thea versucht sich den schwarzhaarigen Otto mit einer samtenen Kappe vorzustellen. In Konstantinopel tragen die Männer an Festtagen bestickte Hauben, ihrem Rang entsprechend.

«Sie sind eitel und überheblich», fährt Otto fort.

Thea überlegt, ob sie unauffälligere Kleider tragen sollte, keine Pfauenohrringe. «Irene sagte, es gebe einen Vers, in dem Wodan und Sunna zusammen vorkommen», meint sie, um das Thema zu wechseln.

Otto medius schweigt einen Augenblick. «Ich glaube nicht, dass ich den kenne.»

«Sunna?», fragt Otto erstaunt. Es ist kurz nach Mittag, und er reitet mit seinem Vetter hinter dem Wagen der Kaiserin.

«Sunna», bestätigt der Vetter. Der Bach, dem sie nun folgen, ist ein Rinnsal zu dieser Jahreszeit, aber in seinem Bett liegen mächtige Felsblöcke, die er im Frühling aus den Bergen heruntergeschwemmt haben muss.

«Hast du schon mal mit einer Frau …?», beginnt Otto plötzlich.

«Was?»

«… geschlafen.»

Der Vetter lacht verlegen. «Ja.»

«Und war es …?»

Der Vetter schweigt.

«Was hast du – ich meine, wie hast du sie dazu gebracht?»

Der Ältere zuckt mit den Schultern. «Es geschah einfach. Ich erinnere mich nicht mehr. Sie wusste wie», fügt er hinzu.

Otto überlegt, was Thea weiß. Der Hof von Konstantinopel soll voller Laster sein. Es heißt, die Frauen trügen unschickliche Kleider, durch die man ihre Körper sehen könne, und manche der Kaiserinnen seien Tänzerinnen gewesen, Huren.

«Und warum hat sie ihr Pferd Sunna getauft?» Otto sieht die graue Stute mit ihrer Reiterin im Tross vor dem Wagen der Mutter.

«Ich weiß nicht», lügt der Vetter. «Lass uns schauen, ob wir von der Spitze des Zugs schon den Rastplatz sehen können.»

Während sie an den anderen vorbeitraben, fragt sich Otto, ob Thea ihm nachschaut.

Auf allen Seiten ragen Felswände in die Höhe. Thea hat sie im Schlaf gespürt, als wäre sie in einer Grube. Die Soldaten beladen die Maultiere. Die Pfade sind zu steil, um mit den Wagen weiterzuziehen. Die besseren der Fahrzeuge werden nach Italien zurückgeschickt, die anderen bleiben im Dorf; Reisende aus dem Norden werden sie für ihre Weiterfahrt brauchen. Die Dorfbewohner sind Fremde gewohnt, die ein, zwei Nächte auf den Wiesen am Bach rasten, während ihr Gepäck umgeladen wird; der kaiserliche Zug wird kaum beachtet. Die Häuser der Einheimischen sind im Talkessel verstreut, als wären sie die Felshänge heruntergekollert, die Äcker dazwischen sehen armselig aus, selbst jetzt im August, und Willigis erklärte Thea, die Leute lebten von dem, was die Durchreisenden ihnen für Packtiere und Vorräte zahlen, und von dem, was sie zurücklassen müssen. Seit dem frühen Morgen dröhnt Hämmern von den Felswänden; ein paar Soldaten nageln die Teile einer großen Kiste zusammen. Erst als sie fertig sind, begreift Thea, dass es die Sänfte ist, in der die Kaiserin über die Alpen getragen wird.

Die Sterne stehen noch am Himmel, als sie am nächsten Morgen aufbrechen. Sie folgen dem Bach in eine immer schmalere Schlucht hinein, dann beginnt der Weg zu steigen. Der Führer, den sie im Dorf angeheuert haben, hat mit den Soldaten eine Reihenfolge ausgemacht; jeder hat seinen Platz im Zug. Thea reitet hinter einem bärtigen Mann, der ein mit Körben beladenes Maultier führt. Sie würde ihn gern fragen, wie oft er die Alpen schon überquert hat, aber der Pfad ist zu schmal, um sich zu unterhalten. Unaufhaltsam schwankt der gebeugte Männerrücken vor ihr den Berg hinauf. Der Kaiser und sein Sohn reiten weiter vorn zwischen den Soldaten, Adelheids Sänfte schaukelt hinter ihr. Thea hat der Schwiegermutter beim Einsteigen zugeschaut. Die Kaiserin sitzt von Kissen umgeben auf Stroh und hält das Bild der Heiligen Jungfrau im Schoß. Die älteren ihrer Hofdamen wurden auf Maultiere gehoben, in Tücher gehüllt, die auch ihre Gesichter bedecken, damit sie den Abgrund nicht sehen, die jüngeren gehen zu Fuß. Irene sagte, sie sei froh, nicht mehr im Karren der Zofen fahren zu müssen. Otto medius reitet am Ende des Zuges.

Schon kurz nach Mittag beginnen sie das Nachtlager aufzubauen; der Aufstieg war anstrengend. Die Tragtiere werden entladen, Kisten und Körbe unter einem überhängenden Fels aufgetürmt. Otto entdeckt Irene zwischen den Frauen, während er auf seinen Vetter am Schluss des Zuges wartet. Ihre Wangen sind gerötet, ihr Haar hat sich gelöst. Seit sie die Zofe der Prinzessin ist, bindet sie es zusammen, und manchmal steckt ein weißer Kamm darin. Sie lächelt.

«Erschöpft?», fragt Otto verlegen.

«Nein – ja.» Sie streicht das Haar zurück. «Das letzte Stück war schon recht steil, und meine Schuhe», sie deutet auf ihre Sandalen. «Die Sohlen sind so rutschig.»

Otto betrachtet Irenes Füße.

«Geschafft.» Mit einem Ächzen steigt sein Vetter neben ihnen ab und lässt sein Pferd zu den anderen gehen. Als Otto schweigt, macht Irene eine kleine Verbeugung und folgt den Frauen. Der Vetter betrachtet die Umgebung.

Der Lagerplatz ist nicht mehr als ein Grasstreifen zwischen Abgrund und Fels. Noch bevor die Tragtiere entladen sind, ist der Boden zertreten; es bleibt kaum etwas zum Äsen. Thea betrachtet Sunna besorgt, doch sie knabbert an den Flechten, die auf den Steinen wachsen. Ohne die Schlucht auf ihrer rechten, den Fels auf ihrer linken Seite zu beachten, ging die Stute hinter dem Maultier her. Thea wüsste gern, wem das Pferd früher gehörte.

Die Soldaten machen sich daran, mit Tüchern ein Stück des Lagerplatzes abzuschirmen. Dort werden die Frauen schlafen. Es lohnt sich nicht, für eine Nacht Zelte aufzustellen. Thea schaut sich um: Es hat kein Wasser hier. Was sie in Krügen und Schläuchen mitgebracht haben, werden sie zum Trinken und für die Tiere brauchen. Um sich zu waschen, wird es nicht reichen. Einige der Männer stehen am Abgrund und pinkeln. Thea erkennt den Kaiser und blickt rasch wieder weg. Eine der Zofen trägt Adelheids Topf vorbei und schüttet seinen Inhalt mit abgewandtem Gesicht in die Tiefe. Entschlossen dreht Thea sich um und beginnt den Hang auf der rechten Seite des Rastplatzes hochzusteigen. Hinter einem Felsbrocken kauert sie sich hin. Stimmen nähern sich, sie regt sich nicht. Nach ein paar Augenblicken entfernen sich die Redenden wieder. Als Thea sich aufrichtet, entdeckt sie die beiden Ottos, nicht weit von ihr am Hang, und da ist der Bärtige, der im Tross vor ihr geht, nur ein paar Schritte entfernt. Bevor sie ihn ansprechen kann, ist er verschwunden.

Während Otto hinter seinem Vetter die Felsen hochklettert, wundert er sich über den bärtigen Jakob. Er gehört zu den ältesten Soldaten seines Vaters, schon als Kind hat Otto ihn gekannt. Aber da war etwas in der Art, wie er zwischen den Felsbrocken stand und sie beide in eine andere Richtung schickte. Lag Abweisung in seinem Gesicht, Schuldbewusstsein? Der Vetter zögerte nicht, Jakobs Rat zu folgen, obwohl es ein Umweg scheint, um auf den Kamm hinaufzugelangen. Ein Stein rutscht unter Ottos Fuß.

«Ist alles in Ordnung?», fragt der Vetter über die Schulter.

«Ja.» Otto unterdrückt ein Stöhnen.

«Was hast du denn da?», fragt der Vetter. Sie sitzen auf einem Felsvorsprung über dem Lagerplatz, unter ihnen die Schlucht mit dem Bach, dem Weg, in der Ferne das Dorf.

«Ich bin ausgerutscht.»

«Warum hast du nichts gesagt?», fragt der Vetter vorwurfsvoll.

«Es ist nichts», wehrt Otto sich, doch der Vetter hat bereits begonnen, die Beinbinden zu lösen. Unter Ottos Knie klafft eine Wunde. An ihren Rändern kleben Stofffasern, das aufgerissene Fleisch ist rosig, Otto glaubt den Knochen zu erkennen … Ein Dröhnen drückt gegen seine Schläfen, er sieht die Welt mit stechender Klarheit, seine Glieder zittern. Dann wird es dunkel.

Thea hat sich in einer Ecke des Frauenlagers niedergelassen. Für Adelheid hat man einen Strohsack gebracht, den ihre Hofdamen mit Kissen und Decken zu einem Bett herrichten. Alle anderen schlafen auf Matten am Boden, in ihre Mäntel gehüllt. Die Frauen beklagen sich über das Lager, die Maultiere, die Männer, den steilen Weg. Thea versteht, warum Irene lieber zu Fuß geht, als mit ihnen in einem Karren zu sitzen. Die Zofe bemüht sich, ihr Haar wieder festzustecken, doch es gelingt ihr nicht. Thea nimmt ihr den kleinen Elfenbeinkamm, den sie ihr geschenkt hat, aus der Hand und dreht die Strähnen zu einem Knoten. Die Frauen ringsum tuscheln.

«Danke», sagt Irene leise.

«Gern geschehen», antwortet Thea auf Griechisch, und die beiden lächeln. Thea hat begonnen, Irene Griechisch beizubringen.

Irgendetwas mit Adelheids Bett ist nicht in Ordnung. Die

Schwiegermutter erteilt Befehle, zwei Hofdamen eilen hinaus, andere Frauen ziehen an den Decken, den Kissen.

Thea holt ihre Schiefertafel und die Briefe hervor, die Willigis ihr in Mailand gegeben hat. Sie betreffen Tilleda, das Gut in Sachsen, das sie bekommen hat. Weder der Kanzler noch der Kämmerer konnten ihr darüber Auskunft geben. Der Hof muss befestigt sein, Werkstätten und Ställe haben, ein Wohnhaus, eine Kapelle, vielleicht auch eine Halle. In den Briefen wird Tuch erwähnt, das dort gewoben wird, und es scheint eine Gipshütte zu geben. Der Kanzler hat Thea die strohbedeckten Gruben beschrieben, in denen die Leute hausen. Wenn der Hof genug abwirft, wird sie Häuser bauen lassen, mit Fenstern, eine Kirche. «Goldmankusen» steht noch auf der Schiefertafel, von der Gerichtsverhandlung in Mailand. Willigis hat Thea erklärt, der Ausdruck komme aus dem Arabischen, und die als «mancusi» bezeichneten Gold- oder Silberdinare seien nicht nur in Italien, sondern auch in England gebräuchlich. Sie wollte fragen, was für Münzen der Kaiser selbst prägen ließ, aber der Kanzler war davongeeilt, als wäre ihm ihre Nähe mit einem Mal unangenehm.

Otto kann nicht schlafen, sein Knie schmerzt. Als Kind hat er das Dröhnen manchmal vernommen, bevor er in die Dunkelheit stürzte. Eine «Schwäche» nannte es seine Mutter und ließ ihm süßen Wein einflößen, wenn er wieder zu sich kam. Otto hasste den klebrigen Geschmack in seinem Mund.

Sein Vetter verband die Wunde, als sie wieder im Lager waren, versprach ihm, nicht darüber zu reden. Erst das Fieber in Rom – und die Männer witzelten wegen der Prinzessin über ihn, dass er ihr Bett nicht teilte. Wenn sie nun noch erführen, dass er den Anblick von Blut nicht verträgt …

Otto versucht sein Knie anders zu lagern. Neben ihm schlafen sein Vetter, der Kanzler, der Vater – schon zweimal ist er aufgestanden; er muss zu viel getrunken haben. Vorsichtig schält Otto sich aus seiner Decke und kriecht an den Schlafenden vorbei. Die Nacht ist hell, der Mond beinahe voll. Bei den ersten Schritten hinkt Otto ein wenig, dann gewöhnt er sich daran. Er findet die Körbe beim übrigen Gepäck seiner Mutter. Im zweiten sind die Stiefel. Er wählt ein unauffälliges Paar. Sie sind nicht neu, aber die Sohlen sind solid, und seine Mutter wird sie nicht vermissen. Sie reitet schon lange nicht mehr.

Thea dreht sich auf den Rücken. Sie riecht die ungewaschenen Körper der schlafenden Frauen neben sich; eine von ihnen schnarcht. Thea dreht sich auf die Seite, aber die Gedanken lassen sie nicht in Ruhe: Was wird sie auf der anderen Seite der Alpen erwarten? Sie schlüpft unter ihrem Mantel hervor.

Die Nacht ist hell, und Thea setzt sich in den Schatten der Felswand. Der Stein ist noch warm von der Sonne des Tages. Sie betrachtet den Himmel. Da ist die Große Bärin – Benetnasch, Mizar, Megrez – die Namen erinnern sie an zu Hause – Phekda, Merak, Dubhe; der siebte Stern fällt ihr nicht ein, sie muss Stephanos danach fragen. Über dem Rücken der Großen Bärin steht stets der Polarstern. Dort ist Norden.

Nach einer Weile kehrt Thea ins Lager der Frauen zurück. Vorsichtig geht sie zwischen den Schlafenden hindurch zu ihrer Matte. Neben Irene stolpert sie über etwas – ein paar Stiefel.

Ottos Blick schweift über die Wiesen, die Seen, den Kranz der Gipfel. Tagelang sind sie bergauf gestiegen. Manchmal war der Weg so steil, dass sie absitzen und ihre Pferde führen mussten. Zweimal blieben die Männer mit der Sänfte stecken, und einer der Soldaten trug die Mutter ein Stück weit auf seinem Rücken. Einmal warteten sie einen halben Tag, bis der Führer eine Stelle gefunden hatte, an der sie einen Bach überqueren konnten.

Jetzt haben sie die Höhe erreicht. Auf manchen Gipfeln liegt Schnee.

Die Soldaten haben die Zelte aufgestellt, schneller als gewöhnlich, nun plantschen sie am Ufer. Das Wasser ist kalt, und es prickelt auf Ottos Haut, während die Sonne seinen Rücken trocknet. Die Narbe am Knie spannt ein wenig, aber sie tut nicht mehr weh. Vom Kochplatz weht der Duft von Gebratenem herüber.

«Hase?» Der Vetter liegt neben Otto im Gras und schnüffelt. Zum ersten Mal, seit sie das Dorf verlassen haben, gibt es etwas Warmes zu essen.

«Oder Geflügel.» Otto sucht nach den Enten, die er bei der Ankunft auf dem See bemerkt hat. Weit draußen entdeckt er einen Kopf im Wasser, die Prinzessin.

«Eine Gemse werden sie in der kurzen Zeit nicht erlegt haben», bemerkt der Vetter grinsend und schließt die Augen. Die Seen glänzen wie Edelsteine.

Thea hat noch nie ein solches Blau gesehen. Die Blume wächst zwischen Gräsern versteckt. Ihre Blütenblätter formen einen länglichen Kelch, der in anmutig nach außen gebogenen Spitzen endet. Selbst die Weltkugel, auf der Christus in der Basilika von Ravenna thronte, war nicht so blau. Zuerst will Thea die Blume pflücken, dann lässt sie es bleiben. Sie würde welken, verblassen.

«Eure guten Decken müssen in einer der anderen Kisten sein, ich kann sie nicht finden, und von den Kissen hat die Kaiserin die besten genommen», entschuldigt sich Irene, als Thea ins Zelt zurückkommt. «Soll ich Euch das Essen bringen?»

«Nein. Ich komme mit.»

Während des Aufstiegs hat Thea stets mit den andern gegessen. Nur ihre Schwiegermutter ließ sich Teller und Becher in ihre Sänfte bringen oder für sich einen Tisch aufstellen, und manchmal aßen der Kaiser oder der kleine Otto mit ihr.

«Ich komme mit», wiederholt Thea und schlingt einen Schal um ihr noch feuchtes Haar. Es gibt keinen Grund, für die Zeit hier oben zu den Regeln zurückzukehren, die sonst am Hof gelten, nur weil sie wieder ein eigenes Zelt hat; und Thea isst gern mit den Leuten zusammen.

Die Stimmen der Soldaten werden leiser, als sie Thea und Irene kommen sehen. Einige stehen auf, rücken zur Seite. Thea setzt sich neben den bärtigen Jakob. Sie hat noch immer nicht mehr als ein paar Worte mit ihm gewechselt. Von allen Männern am Hof scheint er sie am wenigsten zu beachten, und doch ist er stets in ihrer Nähe. Irene bringt Thea einen Teller mit Fleischstücken, einen Becher mit Wein. Nach einer Weile reden die Männer wieder so laut wie zuvor.

Nicht weit von Thea entfernt sitzen die beiden Ottos. Auch sie müssen im See gewesen sein, das Gesicht des Kleinen ist gerötet. Er beobachtet sie, während sie isst. Sie freute sich, als sie ihn in Mailand wiedersah, und sie hätte ihm gern berichtet, was sie in den Wochen seit seiner Abreise von Ravenna gelernt hatte, über die Verhandlungen mit den italienischen Fürsten, die Schenkungen, die sein Vater Klöstern und Kirchen machte, die Nachrichten aus dem Norden, die Silberfunde in Sachsen. Doch dann redeten sie nur über die Elfenbeinplatten.

Der Hase schmeckt gut. Während sich der Kaisersohn Wein nachschenken lässt, schaut Thea rasch zu Otto medius. Sein Gesicht ist von der Sonne gebräunt, er sagt etwas zu einem der Soldaten, lacht.

Der Abend färbt den Himmel rosarot. Das Essen ist vorbei, Thea hat Irene bei den andern zurückgelassen und ist zum See hinuntergegangen. Der Kämmerer hat den Männern eine Extraration Wein ausgeschenkt als Belohnung für den erfolgreichen Aufstieg. Es kommt nicht oft vor, dass sich auf dem ganzen Weg kein einziger Unfall ereignet. Die Bergspitzen säumen den Himmel wie eine Stickerei. Otto medius hat Thea erklärt, die höchsten der Gipfel seien das ganze Jahr über von Schnee bedeckt, und es gebe Gletscher, riesige, gefrorene Zungen, die sich über Geröll und Felsen breiteten. Ein anderes Mal, sagte er, wenn sie Zeit hätten, könnten sie hinaufsteigen, um das ewige Eis zu sehen; es klang wie ein Versprechen.

Allmählich zerfließt das Abendrot im Blau der Nacht. Die Farben sind stärker hier oben, als wären sie noch feucht, eben erst aufgetragen. Daniels tanzender Pinsel fällt Thea ein, seine verbrannte Hand, die Krankheit. Sie fröstelt; waren es Zufälle? Sie denkt an die Beiläufigkeit, mit der Otto medius in Ravenna über den Tod hinwegging, als verberge er etwas. Thea steht auf und wendet sich zu den Zelten der Frauen, die etwas oberhalb des Sees im Schutz einiger Lärchen stehen. Daniel hat nichts Schlechtes, er hat etwas Vergiftetes gegessen – sie geht rascher –, jemand hat ihn umgebracht.

Die Sterne glitzern über den schwarzen Berggipfeln. Die meisten der Männer haben sich in ihre Lager verkrochen, von der Reise und der Zecherei erschöpft. Auch Otto hat mehr getrunken als gewöhnlich, aber er fühlt sich leicht. Das Gras liegt wie ein Teppich unter seinen Füßen, als er im Mondlicht über die Wiesen zu den Lärchen geht. Die Luft ist lau. Das Zelt der Prinzessin ist das dritte von rechts. Er hat Thea während des Essens beobachtet, auch sie hat ihn angesehen, und kaum war sie fertig, ist sie aufgestanden. Otto macht einen Bogen, um nicht allzu nahe am Zelt der Mutter vorbeizugehen. Die Lärchen duften noch stärker in der Nacht.

Es ist dunkel, als Otto das Zelt betritt. Ihr Atmen ist ganz nahe. Er geht in die Knie, tastet: da sind Decken. Allmählich erkennt er den Umriss des Lagers, ihr schwarzes Haar auf dem Kissen. Behutsam schlüpft er aus seinen Stiefeln, seiner Weste. Er zögert, dann zieht er sich ganz aus.

Thea fährt aus dem Schlaf. Wo ist sie? Der rote Himmel fällt ihr ein, Daniel. Die Stangen ihres Zeltes werden in der Dunkelheit sichtbar. Da ist eine Bewegung, nicht weit von ihr. Sie versucht sich aufzurichten, erkennt den Umriss eines Kopfes. Dann drückt der Schwindel sie auf das Lager zurück, sie muss sich festhalten. Die Erde dreht sich.

Ein grauer Schimmer dringt durch die Zeltplanen, es tagt. Otto erschrickt. Was werden die Frauen sagen, seine Mutter, wenn sie ihn hier finden? Er greift nach seinem Hemd, seiner Weste, seinen Stiefeln – nein, das sind die falschen. Otto erstarrt, er kennt sie. Er schaut sich um. Da ist ein anderes Lager in der Mitte des Zelts. Er blickt auf das Kissen neben sich, das schwarze Haar. Ihr breiter, geschwungener Mund scheint im Schlaf zu lächeln.

«Hhh!» Thea fährt hoch.

«Was ist?», fragt Irene schlaftrunken.

«Ich weiß nicht.» Thea hat das Gefühl, es sei eben jemand aus dem Zelt geschlüpft, aber nicht das hat sie erschreckt. Sie fühlt sich komisch. War der Schwindel ein Traum? Sie streckt sich unter der Decke. Sie muss – nein, das ist nicht der gewöhnliche Druck, ein Krampf zieht ihren Unterleib zusammen, und zwischen ihren Beinen ist etwas Warmes.

«Ich glaube …» Sie tastet danach, es ist feucht. Scham packt sie. «Ich glaube, ich habe …»

Irene steht bereits neben ihrem Bett. Es gibt keine Möglichkeit, es zu verheimlichen. Thea schiebt die Decke zurück und richtet sich auf. Blut. Auf ihrem Hemd und der Decke sind rote Flecken, sie ist krank. Hat man auch sie vergiftet?

«Ihr blutet», sagt Irene ruhig. «Wartet. Ich hab Lappen in meinem Sack, ich hole Wasser.»

Während die Zofe aus dem Zelt läuft, lehnt Thea sich auf das Lager zurück. Sie hatte es sich ganz anders vorgestellt, wenn die Frauen davon sprachen.

Da war plötzlich die Angst. Ich roch sie durch den schalen Duft der Blutung, als ich das Zelt der jungen Kaiserin betrat, sah sie in ihrem unsteten Blick. Der Aufstieg war eine Marter gewesen, jeder Schritt voller Schrecken, und in manchen Momenten wünschte ich mir, in den Abgrund zu stürzen, die Qual in einem raschen Fall zu enden. Die Einheimischen glauben nicht ohne Grund, der Teufel treibe sich als Ziegenbock in den steinigen Höhen herum. Nur ein Paarhufer kann sich in dieser Einöde aus Kanten und Klüften behaupten. Mein Körper war nicht geschaffen, Berge zu erklimmen, und ich sah die Verachtung in den Blicken der andern, wenn ich meine Fülle gegen die Felswände presste, auf allen vieren über die schmalen Stege kroch. Immer wieder mussten die Soldaten mich mit Seilen Geröllhalden hinaufziehen, und ich bemerkte wohl, wie sie sich die Hände abwischten, wenn sie mich angefasst hatten, als wäre mein Zustand ein Aussatz, an dem sie sich anstecken könnten. Einzig die Furcht vor der Kraft meiner Verwünschungen hinderte sie daran, mich in irgendeinem Erdloch liegen zu lassen. Ich war stets der Letzte, der den Lagerplatz erreichte, und jedes Stück meines Körpers war mit Schrammen und Quetschungen bedeckt, als ich an dem Morgen das Zelt der jungen Kaiserin betrat.

Sie hatte nicht nach mir geschickt. Ihre Zofe hatte mich um Hilfe gebeten, die Blutung war ungewöhnlich stark. Ich beruhigte das Mädchen. So hoch im Gebirge waren wir dem Mond näher, die Frauen seinem Sog folglich mehr ausgesetzt, und er war beinahe voll. Thea schien froh, mich zu sehen, aber sie lauschte meinen Erklärungen kaum; nicht das Blut machte ihr Angst.

Ich war erleichtert gewesen, als Dietrich von Metz sich kurz nach unserem Aufbruch von Mailand vom Kaiser verabschiedet hatte. Dringende Pflichten, sagte er, riefen ihn nach Frankreich zurück. Von allen Gegnern Theas am fränkischen Hof schien er mir der gefährlichste. Aber sein Weggang brachte das bedrohliche Flimmern im Sternzeichen meiner kleinen Löwin nicht zum Erlöschen. Immer wieder bemerkte ich Unberufene in ihrer Nähe, spähend, lauschend. Otto medius zankte sich mit einigen von ihnen, drohte ihnen – auch er beobachtete, was um Thea herum geschah –, und mehrere Male wurde versucht, ihr die Heiratsurkunde zu entwenden.

Aber die junge Kaiserin ließ sich nicht von Nebensächlichem beirren, und nachdem ich allerlei ärztliche Ratschläge vorgebracht hatte, stellte sie die Frage, auf die auch ich Nacht für Nacht eine Antwort suchte: Wer hatte Daniel getötet? In einem Husten versuchte ich das Zittern meines Körpers zu verbergen, und als ich ihr, noch immer um Fassung ringend, ins Gesicht blickte, sah ich, dass sie wusste, warum Daniel gestorben war.

Unausweichlich waren unsere Bahnen aufeinander zugelaufen, und als sie sich im milden Licht des römischen Dachstocks schnitten, schien es, wir hätten nur dafür gelebt. Ich kannte ihn, erkannte ihn, hatte ihn immer gekannt, so wie man die erkennt, die einem bestimmt sind; und ihm, sagte Daniel, sei es genauso ergangen. Natürlich war es zu spät für mich, für ihn, zerschnitten, geschoren, aber man kann den Zeitpunkt nicht wählen, und nichts wird meine Gewissheit erschüttern, dass es besser war, ihm dann zu begegnen als niemals.

Was sollte ich der jungen Kaiserin antworten? Ich wusste nicht, wer Daniel getötet hatte, noch nicht. Ich wusste nur, dass ich es hätte verhindern können, wäre mein Blick nicht von seiner Erscheinung betört gewesen, meine Nase vom Duft seines Körpers berauscht, meine Hände taub von der Glätte seiner Haut. Ich hätte die Heimlichkeiten bemerkt, das Gift gerochen, wäre ich bei Sinnen gewesen in jenen wenigen Tagen und Nächten in Rom, und ich hätte ihn retten können. Als ich die Zeichen endlich gewahrte, merkte, dass sein Leib nicht von Leidenschaft, sondern von Krankheit befallen war, saß der Tod bereits in ihm. Das Opium, das ich ihm gab, erlaubte ihm, sein Werk zu vollenden, die schönste Urkunde der Welt, und ich widersprach ihm nicht, als er erklärte, die Menschen würden sie noch in tausend Jahren bewundern.

Tränen liefen mir übers Gesicht, als ich an dem Morgen das Zelt der jungen Kaiserin verließ. Ich hatte ihr die Angst nicht nehmen können. Wer bereit war, einen Unschuldigen zu töten, würde vor nichts zurückschrecken. Ich warnte sie, ermahnte sie, auch vor jenen auf der Hut zu sein, denen sie traute. Wir kannten erst einen Teil der Fäden, die am fränkischen Hof gesponnen wurden, und Thea versprach es. Die Sonne glitzerte auf den schneebedeckten Gipfeln über den Seen; der mühselige Aufstieg hatte uns einen Augenblick im Paradies beschert. Der Himmel lässt nichts ohne Sinn. Auch Daniels Tod musste zu etwas gut sein. Ich würde weiterleben, bis ich es fände.

Das Kloster

«Die Weisheit hat ihr Haus gebaut, hat ihre sieben Säulen aufgestellt», zitiert der Abt auf Griechisch. Sophia – die Weisheit, wann hat Thea das Wort zum letzten Mal gehört? Sie stehen in der Eingangshalle des Hauses des Abtes von Sankt Gallen und betrachten die Malereien an der Wand, die, dem Spruch Salomons folgend, die Weisheit als Mutter mit ihren sieben Töchtern darstellen. Grammatik, Rhetorik, Dialektik – Verstehen, Ausdruck und Gebrauch der Sprache auf der einen Seite, sie tragen Bücher und Pergamentrollen. Auf der anderen Arithmetik und Geometrie mit Rechentafel, Winkel und Zirkel, die Musik, eine Laute im Arm, und die Astronomie. Thea erkennt die Metallscheibe mit den Zeigern und Ringen in den Händen der siebten Tochter. «Astro-labein», sagt sie leise. Es ist der «Sternfasser», den der Steuermann ihr einst auf der Reise nach Konstantinopel erklärte.

«Die junge Kaiserin kennt sich in der himmlischen Ordnung aus», stellt der Abt neben ihr erfreut fest. Die anderen Mönche nicken beifällig.

Der Kaiser lächelt. «Unsere Schwiegertochter erfreut uns durch ihre Schönheit und ihre Klugheit», meint er etwas geschwollen; Thea blickt zu Boden. Adelheid beginnt mit dem Mönch zu sprechen, der Thea als Ottos früherer Lehrer vorgestellt wurde.

«Es wäre uns eine große Ehre», fährt der Abt zu Thea gewandt fort, «wenn die junge Kaiserin während ihres Aufenthalts in unserem Kloster Zeit fände, unser Scriptorium zu besuchen. Natürlich kommen unsere Mönche in ihrem irdischen Bemühen nicht an die Meister des Hofes von Konstantinopel heran, mit deren Werken sie vertraut ist. Aber wir würden eine nachsichtige Betrachtung durch ihren kenntnisreichen Blick sehr begrüßen, und vielleicht wäre sie auch bereit, unsere Schreiber auf ihre Mängel hinzuweisen.»

«Es ist nicht an mir, die berühmte Kunstfertigkeit der Mönche von Sankt Gallen zu beurteilen. Aber es wäre mir eine Ehre und große Freude, wenn ich Eure Bücher anschauen dürfte.» Die Sätze reihen sich mühelos aneinander. Zum ersten Mal, seit Thea im Westen ist, hat sie das Gefühl, an einem Ort willkommen zu sein.

Sie sind nur zwei Nächte an den Seen in den Bergen geblieben. Dann gingen sie ein Stück zurück und stiegen einen schroffen Hang gegen Norden zu einem Pass hinauf, den, wie die Soldaten erzählten, schon die Römer benutzten. Nach der Passhöhe führte der Weg durch eine steinige Ebene. Es wuchsen keine Bäume hier, die Winter waren zu lang, zu kalt, die Erde zu karg. Nebel hüllte sie ein. Die Krämpfe in Theas Leib ließen nicht nach. Sie wechselte die Lappen, so oft sie konnte; das Blut floss unaufhörlich aus ihr heraus. Irgendwann erreichten sie den Rand der Ebene.

Der bärtige Jakob übergab sein Packtier einem anderen Soldaten und führte Sunna am Zügel. Neben ihnen fiel die Felswand senkrecht in die Tiefe. Manchmal kamen sie an Siedlungen vorbei mit fünf, zehn Häusern, und jedes Mal meinte Thea, das sei das Ende. Doch dann neigte sich der Pfad über einen neuen Kamm, einen neuen Hang hinab. Sie hatte nicht gewusst, dass es so viel anstrengender war, bergab zu steigen. Nachts tauchte der Umriss des Kopfes vor ihr auf, den sie in der Dunkelheit in ihrem Zelt gesehen hat, bevor der Schwindel ihr die Sinne nahm.

Ihr Körper war warm gewesen; vorsichtig hatte er einen Arm über sie gelegt. Bei der Berührung räkelte sie sich. Er strich über ihre Schulter, ihren Rücken, sie wehrte sich nicht. Er schob seine Hand unter ihr Hemd. Am Tag danach konnte Otto seine Mundwinkel nicht beherrschen. Sie verzogen sich dauernd zu einem Lächeln, und da war das weiche Gefühl in ihm. Ob man es ihm ansah?

Kurz nach Chur verluden sie einen Teil ihres Gepäcks auf Flöße, die von Einheimischen mit Stangen den Rhein hinuntergesteuert wurden. Irene saß zwischen den anderen Zofen auf den Kisten. Die Weichheit in Ottos Körper war zu einem Ziehen geworden, das ihn bei jeder Bewegung an sie mahnte. Auch die Prinzessin fuhr mit den Frauen. Der ganze Hof sprach davon, dass sie geblutet hatte. Er hätte wissen müssen, dass sie nicht allein in ihrem Zelt schlief.

Wie eine kleine Stadt liegt das Kloster da, mit seinen Dächern und Türmen, der Mauer, die auch die Siedlung daneben umgibt. Otto hat herumgetrödelt, während die Flöße entladen wurde. Seit der Nacht in den Bergen versucht er mit Irene zu sprechen, aber sie ist ständig von Menschen umgeben. Er überlegt, was er sagen soll, wenn er sie allein trifft. Oder soll er sie einfach in die Arme nehmen, wie er es in der Dunkelheit tat? Sie hätte ihn wegstoßen können, sich sträuben, wenn sie es nicht gewollt hätte.

Als Otto über den verlassenen Platz vor dem Gästehaus des Klosters geht, fällt ihm plötzlich ein, dass der Abt die kaiserliche Familie zur Feier ihrer Ankunft in sein Haus geladen hat. Otto beginnt zu laufen, atemlos betritt er die Eingangshalle.

«... weil es nicht den Wünschen unseres Sohnes entspricht», hört er seine Mutter gerade noch mit schneidender Stimme sagen, dann drehen sich alle Köpfe zu ihm.

«Otto», der Kaiser klingt so abweisend wie in der Elfenbeinwerkstatt in Mailand. Ekkehart eilt auf Otto zu. Der Lehrer ist gealtert, sein Gesicht faltig, aber voller Freude. «Mein junger Herr, mein vortrefflicher Schüler», beginnt er.

Auch der Abt kommt, um Otto zu begrüßen. Otto will ihm die Hand küssen, wie er es als Knabe getan hat, doch der Abt entzieht sie ihm und küsst ihn auf die Wange. «Der junge Kaiser ist wie ein Sohn für uns.»

Ringsum stehen die Mönche und betrachten ihn wohlwollend.

Während sie zum Refektorium gehen, drängt Otto sich neben seinen Vetter.

«Was hat meine Mutter gesagt, als ich hereinkam?», fragt er flüsternd.

Der Vetter gluckst. «Du bist im rechten Moment gekommen. Der Abt hat Thea – die junge Kaiserin – gebeten, die Schreibstube der Mönche zu besuchen.»

«Und?»

«Sie antwortete, dass sie das gerne tun würde.»

«Und dann?»

«Dann hat der Abt gefragt, ob seine Mönche ihre Heiratsurkunde sehen dürfen.»

Otto beginnt zu begreifen.

«Deine Mutter sagte, das gehe nicht. Willigis begann von der Großzügigkeit deines Vaters zu sprechen, sie befahl ihm zu schweigen, und dein Vater wurde wütend.» Sie haben den Speisesaal erreicht, vor dem Novizen darauf warten, sie an ihre Tische zu führen.

«Deine Mutter behauptete, es entspreche nicht deinem Wunsch, dass die Heiratsurkunde in der Öffentlichkeit gezeigt werde», schließt der Vetter.

Otto wirft einen Blick in den Saal. Seine Eltern sitzen bereits am Tisch des Abtes, beide mit zornigen Mienen. Der leere Platz neben dem Kaiser ist wohl seiner.

Thea weiß nicht, was sie mit dem kleinen Mönch, der neben ihr sitzt, reden soll. Er muss uralt sein, seine Kutte ist fleckig, und bei der Begrüßung in der Eingangshalle hat er sie nicht angesehen. Auch jetzt hält er seinen kahlen, runden Kopf gesenkt.

«Der Erzbischof von Köln hat Euch von Konstantinopel nach Rom begleitet?», beginnt er, als Thea schweigt.

«Ja, Gero. Ihr kennt ihn?», fragt sie erfreut.

«Erzbischof Gero gehört zu den großen Gönnern unseres Klosters.» Die Stimme des Alten ist leise, aber klar. «Und er ist auch unser Freund», fügt er etwas verschämt hinzu. Die Klosterdiener beginnen das Essen aufzutragen.

Thea erzählt, wie Gero ihr auf dem Schiff Lateinisch beibrachte.

«Er ist ein erfahrener Lehrer», meint der kleine Mönch, während er vorsichtig die Suppe löffelt, die einer der Novizen vor ihn hinstellte.

Als Thea das in verschiedenen Sprachen geschriebene Psalmenbuch erwähnt, nickt er. «Ich kenne es.»

«Gibt es Abschriften davon?», fragt Thea verwundert.

«Nein», erklärt der Alte bedächtig, «aber es wurde in unserem Scriptorium geschrieben.»

Einen Augenblick ist Thea sprachlos. «Von einem der Mönche hier?» Sie blickt sich um.

Der Alte hat seinen runden Kopf noch tiefer gesenkt. «Von mir.»

«Ihr seid einer der berühmten Schreiber?»

«Nicht berühmt», entgegnet der Mönch zwischen zwei Löffeln.

Thea erzählt von der Heiratsurkunde, wie Daniel das Pergament färbte, vermaß, bemalte, bevor er es beschrieb.

«Er hatte schon, bevor er zu unseren Brüdern nach Tours kam, eine geschickte Hand», wirft der Alte ein.

«Er ist tot», sagt Thea mehr zu sich selbst.

Der Mönch nickt in seine Suppe. «Schreiben ist eine gefährliche Sache.»

Thea weiß nicht, ob er sich lustig macht. «Ich werde Euch die Urkunde zeigen», sagt sie bestimmt. Ihre Schwiegermutter wird sie nicht daran hindern.

«Das wird unsere Schreiber sehr interessieren», meint der

kleine Mönch. Er hat die Suppe fertig gegessen, doch sein Löffel kratzt noch immer über den Boden der Schale.

«Ich würde Euch die Urkunde gerne zeigen», entgegnet Thea etwas verwirrt.

«Und ich würde sie gern sehen.» Der Mönch hebt zum ersten Mal den Kopf. Die Pupillen seiner Augen sind vollkommen weiß.

Thea unterdrückt einen Schreckenslaut.

«Es tut mir leid, ich habe nicht gemerkt …» Sie weiß nicht, wie sie sich entschuldigen soll.

«Es war der Wille Gottes.» Der Alte beugt den Kopf wieder über den Tisch. «Er hat mir anderes geschenkt dafür», fügt er fast fröhlich hinzu.

Thea überlegt, welches Geschenk für den Verlust des Augenlichts entschädigen könnte.

«Er hat mich riechen gelehrt», erklärt der Mönch, als habe er ihre Gedanken gehört, «und das ist wichtig in meiner Arbeit.»

«Eurer Arbeit?»

«Ich bin Arzt nun.»

Thea erinnert sich, wie der Alte bei der Begrüßung an sie herantrat. Was hat er aus ihrem Geruch geschlossen? Der kleine Mönch redet von den Schriften der großen Heilkundigen, Dioskurides, Plinius. «Und Hippokrates natürlich, Euer Landsmann, der Vater aller Ärzte.»

Thea nickt. Hippokrates soll ein Nachfahre von Asklepios, dem griechischen Gott der Heilkunde gewesen sein.

«Er hat uns gelehrt, dass Krankheit nur eine Abweichung vom natürlichen Gleichgewicht ist», fährt der Blinde fort, «und dass wir den Menschen in seiner Gesamtheit betrachten müssen, um die Ursache seiner Beschwerden zu finden.»

«Und Eure Augen fehlen Euch nicht bei dieser Betrachtung?», fragt Thea unwillkürlich.

«Doch», gesteht der Arzt. «Aber die Menschen können besser

beschreiben, was sie sehen, als was sie mit ihren anderen Sinnen wahrnehmen. Ich höre ihnen zu, und aus dem, was sie sagen, was ich spüre und rieche, entsteht ein Bild. Es ist nicht so prächtig wie das, was das Auge schaut, aber vielleicht ist es klarer.»

Kaum sitzt Otto an seinem Platz am Tisch des Abtes, beginnt der Vater neben ihm zu grollen. Er spricht leise, damit die Umsitzenden es nicht hören, aber Otto weiß genau, was er sagt, auch wenn er nicht jedes Wort versteht. Er blickt auf den zinnernen Teller vor sich, auf den Löffel mit dem kleinen Muster am Ende des Stiels; es hat keinen Sinn, etwas zu erwidern. Und der Kaiser hat recht: Er hat die Prinzessin aus Konstantinopel geholt, zur Mitkaiserin krönen lassen, ihr die Güter und Höfe übereignet. Ottos eigener Name steht nur dank seinem Vater auch unter dem Vertrag. Otto nickt, als der Vater sagt, niemand werde die junge Kaiserin daran hindern, ihren Heiratsvertrag in der Öffentlichkeit zu zeigen, und es sei sein – des Kaisers – Wunsch, dass möglichst viele seiner Untertanen diesen mit eigenen Augen sähen.

«Und du wirst sie wie deine Frau behandeln.» Das Gesicht des Vaters ist dunkelrot, die Mönche ringsum tun, als bemerkten sie es nicht. «Der ganze Hof weiß, dass sie geblutet hat. Sie ist erwachsen, und du bist es dem Reich und mir schuldig, für einen Thronfolger zu sorgen.» Mit einem Keuchen verstummt der Vater. Gleich darauf erhebt sich der Abt, um das Dankgebet zu sprechen. Ich bin nicht mehr als ein Zuchthengst für ihn, schießt es Otto durch den Kopf, und der Gedanke bohrt sich wie ein Nagel fest.

Thea fährt zusammen. Otto erstarrt: Was tut sie in seinem Zimmer? Hat sie auf ihn gewartet? Ihre Kleider liegen auf dem Bett, ihre Reisetruhen stehen neben der Tür.

«Ich dachte, das ist mein …» Er dreht sich um. Da liegen auch seine Sachen. Er begreift. Die Mönche haben ihnen dasselbe Zimmer gegeben, sie sind Mann und Frau. Die Prinzessin trägt ein dünnes, weißes Hemd, Otto kann den Umriss ihres Körpers darunter erkennen, ihr Haar ist offen. Sie betrachtet ihn schweigend. Otto macht einen Schritt auf sie zu. Es wird einfach geschehen, denkt er und streckt die Hand nach ihr aus.

Das Nächste ereignet sich so schnell, dass Otto kaum folgen kann. Er berührt Theas Schulter, sie bewegt sich, er spürt die Wärme ihrer Haut durch das Hemd – dann ein Brennen auf seiner Wange. Er lässt sie los. Sie hat ihn ins Gesicht geschlagen. Sie stehen sich wieder gegenüber; die Prinzessin hat kein Wort gesagt.

Thea liegt reglos im Bett. Sie ist schon eine Weile wach, vielleicht hat sie gar nicht geschlafen. Natürlich war ihr klar, dass der Kaisersohn irgendwann in ihr Zimmer kommen würde, und der ganze Hof wusste, dass sie geblutet hat. Doch als der bleiche Junge dann da stand, ohne ein Wort zu sagen – sie betrachtete seinen Kopf und wusste plötzlich, dass sie ihn in der Nacht in den Bergen in ihrem Zelt gesehen hatte.

Auf dem Flur des Gästehauses erklingen Stimmen, bald wird die Feier von Mariae Himmelfahrt in der Klosterkirche beginnen. Thea hört, wie Otto sich regt. Er drehte sich nach der Ohrfeige gestern Abend einfach um, die Hand an seine Wange gepresst, und legte sich auf den Strohsack neben der Türe. Nach einer Weile stieg Thea in ihr Bett und löschte die Kerze.

Durch halbgeöffnete Lider sieht Thea, wie Otto seine Stiefel anzieht, seine Kleider glattstreicht; dann ist er weg. Die Sonne scheint vor dem Fenster, gleich wird Irene kommen. Seit der Nacht in den Bergen schläft sie bei den anderen Zofen, sie hat nicht erklärt, warum. Thea wird mit ihr reden müssen.

Otto verlangsamt seine Schritte. Er könnte in den Garten gehen, das Kloster ist berühmt für seine Kräuter, oder in die Ställe oder zu den Werkstätten. Die Mönche fertigen alles, was sie brauchen, selbst. Schließlich steht er vor dem Schulhaus.

Vor Jahren schickte ein Lehrer einen Schüler in den Dachstock, um Prügelruten zu holen. Der Junge nahm ein brennendes Scheit aus dem Ofen und warf es ins Gebälk. Das Dach fing Feuer, ein Nordwind wehte, das Schulhaus ging in Flammen auf. Das ganze Kloster brannte nieder, weil der Junge sich vor den Prügeln fürchtete. Otto betastet seine Wange. Hat die Prinzessin ihn tatsächlich geschlagen?

Eine Schar von Schülern stürmt aus dem Schulhaus. Ihre weißen Kutten unterscheiden sie von den schwarzgekleideten Novizen, die später dem Orden beitreten werden. Otto überlegt, wie es wäre, sein Leben hier zu verbringen. Nach dem Brand wurde das Kloster prächtiger und größer wieder aufgebaut. Die Mönche sind reich, essen gut, ihre Häuser sind sicher und warm im Winter. Außerhalb der Gebetszeiten und Messfeiern können sie tun, was sie wollen, lesen, schreiben, im Garten arbeiten. Niemand erwartet, dass sie für Frieden und Gerechtigkeit einstehen – pax et iustitia, die beiden lateinischen Wörter, die sein Vater niemals vergisst –, dass sie «Arme, Schwache und Hilflose schützen», wie es die Krönungsurkunde fordert; und sie reisen nicht das ganze Jahr über von Ort zu Ort. Ihre Tage sind mit Gebet und Arbeit gefüllt, ora et labora, nach der Regel des Heiligen Benedikt.

«Der junge Kaiser ist ganz in Gedanken versunken.»

Ekkehart steht neben Otto, lächelt.

«Wird es Euch nicht manchmal», Otto zögert, «langweilig hier im Kloster?»

Ekkeharts Lächeln wird breiter. «Gewiss, am Hof, als ich Euch noch unterrichten durfte, war es abwechslungsreicher. Die Tage waren mit Ereignissen und Erlebnissen gefüllt.» Der Mönch kichert. «Ich hab den anderen so oft davon erzählt, dass sie mich hinter meinem Rücken schon Palatinus nennen.»

«Palatinus?», wiederholt Otto.

«Sagt mir nicht, dass Ihr das nicht mehr übersetzen könnt.» Der alte Lehrer hebt drohend die Hand.

«Doch, doch», wehrt Otto sich lachend, «palatinus, zum Palast, zum Hof gehörend, oder der Höfling.»

«Ihr wart stets ein gelehriger Schüler», meint Ekkehart zufrieden. «Ihr habt den Scharfsinn und die Weitsicht Eures Vaters und den wendigen Verstand Eurer Mutter.» Otto lauscht den Worten des Lehrers überrascht.

«Ihr werdet ein guter Kaiser, wenn Ihr ...»

«Wenn ich was?», fragt Otto neugierig.

«Die Zeit, als ich den jungen Kaiser belehren konnte, ist vorüber», entgegnet Ekkehart entschuldigend. «Es steht einem alten Mönch nicht zu, seine Meinung ...»

«Aber ich bitte Euch um Eure Meinung», unterbricht ihn Otto. «Ich befehle Euch, sie mir zu sagen», grinst er.

«Ihr macht Euch zu viele Sorgen um Eure Fehler.»

«Meine Fehler?»

«Ihr fürchtet Euch stets, einen Fehler zu machen, und deshalb zögert Ihr, wartet. Wisst Ihr noch, wie wir lateinische Verse übersetzten, und Ihr seid einfach verstummt, wenn Ihr ein Wort nicht wusstet?»

Otto nickt.

«Ihr hättet auch versuchen können, das Wort aus dem Sinn des Satzes zu erraten.»

«Aber wenn ich es falsch erraten hätte, hättet Ihr mich bestraft.»

«Ich habe Euch auch bestraft, wenn Ihr nichts sagtet», meint der Mönch.

«Das stimmt.» Irgendwann traf der Stock auf Ottos Hand.

«Und hat es denn so weh getan?»

Otto lacht. «Nein, fast gar nicht.» Er wurde nie auf den bloßen Po geschlagen wie die Jungen im Kloster, obwohl sein Vater all seinen Lehrern befohlen hatte, ihn wie einen gewöhnlichen Schüler zu behandeln.

«Dann hättet Ihr doch wagen können, einen Fehler zu machen.»

«Nicht jeder Fehler kann mit einem Stockschlag gesühnt werden», wendet Otto ein.

«Ja, aber für jeden Fehler findet sich eine Sühne.»

Einen Augenblick schweigen sie, dann beginnt Ekkehart zu zitieren: «‹Die Beichte ist die Arznei für deine Wunden und das sicherste Mittel für deine Gesundheit. Will etwa Gott, dass wir unsere Sünden beichten, weil er sie nicht weiß? Sah er sie nicht voraus, bevor sie geschehen waren? Sind nicht seiner Allwissenheit alle Geheimnisse offen? Vielmehr ist es so, dass du erst dann dich des vollständigen Erfolges einer Arznei erfreuen kannst, wenn du dem Arzt die Wunden deines Gewissens nicht verheimlichst.› So schrieb der weise Alkuin, der Lehrer Karls des Großen, an seine Schüler im Kloster Sankt Martin in Tours. Der Brief liegt in unserer Bibliothek.»

Die Wunden des Gewissens. Otto denkt an die Vorhaltungen seines Vaters, die Forderungen seiner Mutter, die Nacht in den Bergen mit Irene – «Es ist so vieles», meint er niedergeschlagen.

«Vielleicht hilft es, über das zu sprechen, was Euch im Moment am meisten bedrückt?»

«Gestern Abend …», beginnt Otto und hört gleich wieder auf.

«Ihr habt die Nacht mit der jungen Kaiserin verbracht», sagt der Mönch sachlich. «Und wenn Mann und Frau zusammen …»

«Das ist es nicht», unterbricht Otto und erzählt hastig, was zwischen ihm und Thea vorgefallen ist.

Ekkehart überlegt eine Weile. «Gott wird gewollt haben, dass es so kommt», meint er schließlich. «Ihr müsst die junge Kaiserin erst kennenlernen.»

«Wie soll ich sie denn kennenlernen, wenn sie mich nicht sehen will?»

«Warum will sie Euch nicht sehen?»

«Ich weiß es nicht. Ich verstehe sie nicht.»

Die Glocke der Klosterkirche beginnt zu läuten.

«Wir müssen zur Messe», meint der alte Lehrer. «Morgen werde ich Euch etwas zeigen.»

«Ein paar Stiefel?» Thea traut ihren Ohren nicht. «Er hat dir ein paar Stiefel gegeben und darum hast du ...?»

«Nicht darum.» Die Tränen laufen Irene übers Gesicht. «Ich konnte doch nicht – er ist der Sohn des Kaisers.»

Thea betrachtet das weinende Mädchen. Irene hat recht. Wie hätte sie sich gegen Otto wehren sollen? Er konnte über das Gesinde am Hof verfügen, nach seinem Belieben, war keinem Rechenschaft schuldig. Ein paar Strähnen haben sich aus Irenes Kamm gelöst und umrahmen ihr Gesicht. Ihr eigenes Haar wird sich nie so anmutig wellen, denkt Thea.

«Und hat es», Thea stockt, doch dann ist ihre Neugier stärker. «Hat es weh getan?»

Irene betrachtet sie verwundert. «Nein, es tut nur das erste Mal weh.»

«Hast du schon einmal mit ihm ...?» Thea spürt die Empörung wieder in sich aufsteigen.

«Nicht mit ihm», verteidigt sich Irene.

«Du hast mit anderen Männern geschlafen?»

«Nur mit einem.» Irene blickt zu Boden.

«Und gegen den konntest du dich auch nicht wehren?», will Thea etwas höhnisch wissen.

«Es war der Kaiser», sagt Irene beschämt.

Thea wendet sich ab. «Du kannst gehen», sagt sie leise.

Der Kaiser unterhält sich mit dem blinden Notker, als Otto und Ekkehart nach der Messe ins Refektorium kommen.

«Er hat ein Gedicht auf den Kaiser verfasst», flüstert der Lehrer Otto zu.

«Wer?», fragt Otto.

«Das Pfefferkorn.»

Otto grinst; die meisten der Mönche haben Übernamen. «Ich dachte, er sei Arzt nun.»

«Das hindert ihn nicht am Dichten», erklärt Ekkehart etwas abfällig.

«Mein Sohn!», ruft der Vater erfreut, als er Otto erblickt, und winkt ihn zu sich.

Während Otto durch den Saal geht, überlegt er, wo die unverhoffte Herzlichkeit seines Vaters wohl herrührt. Thea sitzt bereits an der kaiserlichen Tafel auf dem Platz, an dem gewöhnlich Adelheid sitzt. Eine Gruppe von Mönchen betrachtet die purpurne Heiratsurkunde, die hinter ihr an der Wand hängt.

«Mein Sohn», sagt der Vater nochmals, als Otto neben ihm steht, und legt den Arm um seine Schulter. «Ich lasse die Kürbissamen und die anderen Mittel bei Euch holen», meint er zu Notker. «Ihr könnt dem Hofarzt erklären, wie ich sie einnehmen muss.»

Otto betrachtet den Vater erstaunt. Ist er krank?

«Deine Mutter ist von der anstrengenden Reise erschöpft und wird in ihren Gemächern bleiben», erklärt der Vater, als Notker sich zurückgezogen hat.

Otto ist sicher, dass die Heiratsurkunde an der Wand des Refektoriums mehr mit dem Fernbleiben seiner Mutter zu tun hat als die Erschöpfung nach der Reise. Der Arm seines Vaters liegt immer noch auf seinen Schultern.

«Aber die junge Kaiserin wird sie vertreten», lächelt der Vater, während er Otto zur kaiserlichen Tafel zieht.

«Weißt du, dass ich genauso alt war wie du, als ich Editha heiratete?», fragt der Vater unvermittelt. Otto kann sich nicht erinnern, den Namen der ersten Frau je aus dem Mund seines Vaters gehört zu haben. «Der englische König schickte sie zusammen mit ihrer Schwester Egvina an unseren Hof. Ich hätte auch die Jüngere nehmen können, doch Editha», das Gesicht des Vaters verklärt sich. «Ich wusste sofort, dass sie die Richtige war. Mein Vater, Heinrich, schenkte ihr Magdeburg, und neun Monate nach unserer Hochzeit gebar Editha mir einen Sohn ... Setz dich zu deiner Frau», unterbricht sich der Vater und drückt Otto auf den Stuhl neben Thea. Der Vater greift nach Ottos Hand und mit der anderen nach der von Thea. «Und nun werde ich in neun Monaten vielleicht einen Enkel zur Taufe tragen», sagt er gerührt, während er ihre Hände in seinen zusammenlegt. Bestürzt blickt Otto vor sich auf den Tisch. Er erinnert sich an die Leute am Morgen auf dem Flur des Gästehauses. Inzwischen muss jeder Stallknecht wissen, dass er die Nacht in Theas Zimmer verbracht hat, und alle hoffen auf einen Thronfolger.

Thea steht am Fenster des Schlafzimmers und blickt in die Dämmerung auf den Platz vor dem Gästehaus hinaus. Die Feierlichkeiten zu Mariae Himmelfahrt sind vorbei. Sie war überrascht, als sie am Morgen die Klosterkirche betrat. Sie war groß, aber ganz ohne Kapellen oder Nischen für die eigene Andacht. «Regina coeli laetate», sangen die Mönche in einem fort – «himmlische Herrin frohlocke, den du getragen hast in deinem Schoß ist erstanden ...» An dieser Stelle nahm die Melodie stets einen anderen Lauf, die Stimmen trennten sich, überschnitten sich, vermischten sich. Gero hatte gesagt, die Mönche von Sankt Gallen seien berühmt für ihren Gesang.

In Konstantinopel wurde nicht nur in den Kirchen gesungen; auch an den Empfängen des Kaisers, den Essen, allen anderen Zeremonien waren Chöre zu hören, Knaben- und Mädchenchöre, Chöre von Beschnittenen. Die Hofleute trugen ihre Lobpreisungen in vorgeschriebenen Tonfolgen vor, der Kaiser antwortete ihnen singend. Selbst die Arbeiterinnen auf den Gemüsefeldern vor den Stadtmauern hatten ihre Lieder, und es hieß, wenn man sie im Kanon singe, vertrieben sie die Müdigkeit.

Thea fährt sich über die Augen. Der Teil der Klosterkirche, in dem der Kaiser und der Hof der Messe beiwohnten, war durch eine Reihe von Bögen von dem der Mönche getrennt. Immer wieder verschwanden die Priester hinter Säulen und Mauervorsprüngen; wie eine Schaulustige kam Thea sich vor, die unerlaubt nach dem Geschehen am Altar vorne spähte.

Ein paar Novizen tragen Wassereimer über den Platz. Neben dem Gästehaus ist eine Badestube. Gleich nach ihrer Ankunft hat Thea sich einen der Holzzuber darin mit warmem Wasser füllen lassen und den Schmutz der Reise abgewaschen. Nun sieht sie Stephanos, in einem bestickten Kaftan, im Bad verschwinden.

Thea wendet sich ab und ihr Blick fällt auf den Strauß, der auf dem Messingtischchen neben ihrem Bett steht: Arnika, Baldrian, Frauenmantel, Kamille, Wermut, Liebstöckel, Pfefferminze, Schafgarbe, Raute und in der Mitte eine Rose. Weil die Apostel am Tag der Himmelfahrt in Marias leerem Grab duftende Kräuter fanden, haben Heilpflanzen, die an diesem Tag gepflückt werden, besondere Kräfte, bringen Gesundheit, Fruchtbarkeit. Haben ihr die Mönche den Strauß hingestellt? Sie kann Otto nicht nochmals zurückweisen, wenn er wieder kommt. «Ein Leib» sollen sie sein zur «Hervorbringung von Nachkommenschaft», steht in der Heiratsurkunde. Aber es heißt darin auch, die Ehe müsse in Ehren gehalten werden, das Ehebett rein.

Langsam beginnt Thea sich auszuziehen. Viele der Kaiser in

Konstantinopel haben Geliebte gehabt, ihre Ehefrauen betrogen, bestohlen, umgebracht. Thea schlüpft unter die Decke und zieht sie bis zum Hals hinauf. Warum hat sie gedacht, der Kaiser der Franken sei besser? Warum hat sie gemeint, der kleine Otto werde sie lieben?

Warnungen

Sankt Gallen und Reichenau, August 972

«Der Löwe war krank.»

«Er ist der König der Tiere, und alle anderen Tiere besuchten ihn –»

«– außer dem Fuchs.»

«Der Bär klagte den Fuchs an, und der Löwe verurteilte ihn zum Tod.»

«Doch der Fuchs hört davon und ersinnt eine List.»

«Er kommt mit einem Bündel zerrissener Schuhe zum Löwen, so dass der über ihn lachen muss, und dann erklärt der Fuchs, er habe die ganze Welt nach dem besten aller Ärzte durchwandert –»

«– und dieser habe ihm gesagt, nur das Fell des Bären könne den Löwen heilen.»

«Dem Bär wird das Fell abgezogen, der Löwe wird gesund, und der Fuchs verspottet den pelzlosen Bären.»

«Sehr gut!» Otto nickt, die Schüler strahlen.

«Und was will uns die Fabel lehren?», fragt der Schulmeister Geraldus, der eilig von seinem hohen Stuhl herunterstieg, als Otto und Ekkehart das Schulzimmer betraten. Die Jungen schauen betreten auf ihre Pulte. Geraldus greift nach der Rute auf seinem Tisch.

«Heute gibt es keine Schläge», erklärt Otto und betrachtet die gesenkten Köpfe.

«Aber gnädiger Herr, wie sollen die Buben denn etwas lernen?», entgegnet Geraldus aufgebracht.

«Der Stock ist nicht der einzige Lehrmeister», gibt Ekkehart zu bedenken. «Als ich noch am Hof des Kaisers unterrichtete …»

«Es ist mein Wunsch, dass die Schüler heute nicht geschlagen werden», unterbricht ihn Otto, und es klingt wie ein Befehl.

Geraldus macht eine kleine Verbeugung. «Es ist uns eine Ehre, den Wunsch des jungen Kaisers zu erfüllen», meint er unterwürfig. Einige der Jungen heben die Köpfe, und Otto zwinkert ihnen zu.

«Was will uns die Fabel lehren?», fragt er nun selbst. Die Schüler schweigen. Otto greift nach der Rute. «Wer hat die Fabel geschrieben?»

«Paulus», murmelt es irgendwo in der Klasse.

«Paulus Diaconus», bestätigt Otto. «Und wer war Paulus Diaconus?»

«Ein Mönch», sagt einer der Jungen.

«Ein Lehrer», meint ein anderer.

«Ein Dichter.»

«Und wo hat er gelebt?», fragt Otto weiter.

«In einem Kloster.» – «In Italien.» – «Am Hof von Pavia», rufen die Jungen durcheinander.

«Sehr gut», lobt Otto.

«Wie Eure Mutter», wirft einer der Knaben vorlaut ein.

«Richtig.» Otto schmunzelt. Er kann sich vorstellen, wie Geraldus vor ihrer Ankunft mit den Schülern über sie gesprochen hat, den Kaiser, seine Mutter, ihn selbst, und für einen Augenblick ist er versucht zu fragen, was der Schulmeister ihnen über die junge Kaiserin erzählt hat.

«Paulus Diaconus war auch Lehrer an der Hofschule Karls des Großen», wirft Ekkehart ein.

Otto schiebt den Gedanken an Thea beiseite. «Und darum hat er die Fabel sicher nicht nur zum Spaß geschrieben», fährt er fort. «Was also will er uns damit sagen?»

162

Die Schüler sind wieder verstummt.

«Vielleicht fällt Euch jetzt etwas ein.» Otto hält die Rute mit beiden Händen hoch und zerbricht sie. Ein Raunen geht durch das Schulzimmer, Geraldus schnappt hörbar nach Luft, einige der Knaben beginnen zu kichern.

«Dass man sein Fell verliert, wenn man andere anklagt», sagt der vorlaute Junge.

Otto nickt.

«Dass man sich mit einer List aus einer schwierigen Situation retten kann», meint ein anderer.

«Oder wenn man die Leute, also ich meine, die Tiere, zum Lachen bringt», erklärt der neben ihm.

«Und was ist mit dem Löwen?» Otto blickt sich im Schulzimmer um.

Zwei Knaben stoßen sich gegenseitig an.

«Was meinst du?» Otto deutet auf den einen.

Der Junge läuft rot an. «Der Löwe merkt nicht, dass der Fuchs ihm etwas vormacht.»

«Und er bestraft den Bären, obwohl der eigentlich gar nichts Falsches getan hat», meint der Knabe neben ihm.

«Aber er will ihn ja nicht bestrafen», widerspricht ein anderer Schüler. «Er will gesund werden.»

«Er wird ja auch gesund.» – «Obwohl der Fuchs alles nur erfunden hat.» Die Schüler reden durcheinander.

Geraldus hebt drohend die Hand.

«Und was sagt uns das über den König der Tiere?», will Otto wissen. Einen Augenblick herrscht Stille.

«Er ist nicht sehr klug», meint einer der Schüler endlich.

«Die Schüler werden sich ihr Leben lang an diese Lektion erinnern», schmunzelt Ekkehart, als sie aus dem Schulhaus kommen. «Ihr wärt ein guter Lehrer geworden.»

«Ich habe gute Vorbilder gehabt», entgegnet Otto und sieht, wie das Gesicht des alten Mönches aufleuchtet.

«Ihr werdet auch ein guter Vater sein», sagt dieser.

Otto zuckt die Schultern. Während er im Schulzimmer stand, hat er sich tatsächlich überlegt, wie es wäre, wenn einer dieser Jungen sein Sohn wäre.

«Die Gerber», meint Ekkehart entschuldigend, als er den üblen Geruch bemerkt, der ihnen entgegenweht. Vor dem Scriptorium steht ein Karren; Novizen laden Bündel von Pergamenten ab. Die Gerberei, in der Fett und Fellreste von den Tierhäuten abgekratzt werden, bevor man sie in Kalk und Dung eingräbt, liegt am westlichen Rand des Klostergeländes neben den Schweineställen, am umgeleiteten Arm eines Baches. Doch der Gestank hängt auch am Karren, in den Kutten, den Haaren und an der Haut der Männer, die dort arbeiten. Otto befühlt die weichen, weißen Pergamente, die noch im Wagen liegen. Wie viele hundert Lämmer werden für ein einziges Buch geschlachtet?

«Kommt.» Ekkehart führt ihn ins Haus hinein. Sie gehen an den Tischen vorbei, auf denen die Pergamente nachgeschliffen, vermessen, zugeschnitten und liniert werden. Otto betrachtet das Durcheinander von Federn, Federmessern, Radiermessern, Tintenfässern auf den Pulten der Mönche. An den Plätzen der Zeichner liegen Pinsel, Farbschälchen, Mörser, Putzlappen, Bimssteine. Die Vorlagen stehen auf Ständern neben den Pulten, so nahe, dass die Malenden den Kopf kaum drehen müssen, und neben ihnen stapeln sich Bücher mit Schriftmustern, Vorlagen. Otto erinnert sich, mit welcher Ehrfurcht er als kleiner Junge durch das Scriptorium ging; die schreibenden Männer kamen ihm wie Zauberer vor.

Der Boden ist von Pergamentschnitzeln übersät, auf denen die Mönche Schriftzüge und Farbtöne ausprobiert haben, den Schalen der Eier, die sie zum Binden der Farbpulver brauchen, und den Spitzen und Federn, die sie von ihren Kielen schneiden. Manche der Schreiber nicken Otto und Ekkehart zu, andere sind so in ihre Arbeit vertieft, dass sie die Besucher nicht bemerken. Außer dem Schneiden und Kratzen der Federn ist kein Laut zu hören. Die besten Schreiber und Zeichner sitzen an den Fenstern, die jüngeren, unerfahreneren arbeiten in der Mitte des Raums, wo das Licht schlechter ist. Dort haben auch die Korrektoren ihren Platz, die die geschriebenen Seiten überprüfen, und auf manchen ihrer Pulte brennen schon Talglichter.

«Hier hinauf», flüstert Ekkehart. Otto würde gerne noch länger in der Schreibstube bleiben. Er mag die wachsame Stille, in der jeder für sich und doch am Gleichen wie alle arbeitet, und er beneidet die Männer um ihre Kenntnisse, ihre Geschicklichkeit – sie würden sich von keinem listigen Fuchs etwas vormachen lassen. Die Treppe führt von der Schreibstube in die Bibliothek. Die Bücher werden im oberen Stock aufbewahrt, weil es dort trockener ist. Im ersten Moment steht Otto überwältigt vor den langen, dichtgefüllten Regalen.

Als er vor Jahren mit seinem Vater hier war, zeigte der Bibliothekar ihnen die Bibel, die Alkuin Karl dem Großen schenkte, das Alte und das Neue Testament in einem einzigen Band, auf 836 Seiten. Der Elfenbeindeckel eines anderen Buchs soll Karl dem Großen als Schreibtafel gedient haben, als er in hohem Alter das Schreiben erlernen wollte. Kostbar verzierte Bücher wurden ihnen vorgelegt, manche aus der Zeit des Heiligen Gallus, der mit Columban aus Irland gekommen war, um die Bewohner der Gegend zum Christentum zu bekehren. Otto erinnert sich an die Seite eines Buchs, die von einem breiten, gelb und rot verzierten Balken in zwei Hälften geteilt wurde, rechts standen kurze Textzeilen, links floss ein Gespinst von Linien über das Pergament, in dem er Füße erkannte, einen Bauch, einen Kopf mit einem geöff-

165

neten Maul, aus dem eine Zunge ragte, die sich in Schlaufen und Bögen im Körper des Tieres verloren. Erst als der Bibliothekar ihn darauf aufmerksam machte, entdeckte er, dass der Balken und der Körper des Drachens zusammen den Buchstaben q ergaben.

«Kennt Ihr das?» Ekkehart zieht einen kleinen, abgegriffenen Band heraus. *Ars grammatica* steht auf dem Buchrücken.

Otto grinst. «Natürlich.» Es war das erste Buch, das er besaß. Zwei Schüler unterhalten sich darin über die Regeln der lateinischen Grammatik. Franco, der Franke, ist jünger, Saxo, der Angelsachse, älter, kundiger, und wenn auch er nicht weiterweiß, greift der Magister ein. Als Knabe wunderte sich Otto, wie rasch Franco alles begriff. Er selbst musste Saxos Antworten immer wieder lesen, bis er sie verstand.

«Und das hier?» Ekkehart hält Otto einen anderen Band hin. *Disputatio de rhetorica et de virtutibus* – Abhandlung über die Rhetorik und die Tugenden. Darin bittet Karl der Große Alkuin, ihn in der Kunst der Beredsamkeit zu unterweisen, und am Schluss des Buchs erklärt der Gelehrte dem Kaiser, wie diese mit den vier Kardinaltugenden, Klugheit, Gerechtigkeit, Tapferkeit und Mäßigkeit verbunden ist. Jeder von Ottos Lehrern hat das Kapitel mit ihm durchgenommen, denn ein guter Herrscher muss diese Eigenschaften besitzen. Eine Weile lang konnte Otto ganze Abschnitte davon auswendig, jetzt fällt ihm kein einziger Satz mehr ein. Neben dem Band über die Rhetorik steht der über die Dialektik, die dritte Säule des Triviums, das ein Schüler zum Verständnis der Sprache beherrschen muss.

«Auch das wird Euch bekannt sein», meint Ekkehart und hält ihm einen Band mit den Schriften Alkuins über das Quadrivium hin, in dem die vier anderen freien Künste besprochen werden.

Otto verzieht den Mund. «Ich hab die Rätsel darin nie verstanden», gesteht er.

«Ich auch nicht», meint Ekkehart nachdenklich, und beide brechen in Gelächter aus.

«Ich hab so viel auswendig gewusst, und nun ist alles weg», bedauert Otto, wieder ernst.

«Das meiste sitzt noch in Eurem Kopf», beruhigt ihn sein alter Lehrer. «Wenn Ihr es braucht, wird es wieder auftauchen.»

«Das Einzige, was mir von all den Schulstunden geblieben ist, sind die Geschichten – wie Aeneas seinen alten Vater auf dem Rücken aus dem brennenden Troja hinausträgt, wie er seine Gefährten verliert, Italien erobert, wie er am Schluss Rom gewinnt.»

«Vielleicht werdet Ihr Rom selbst eines Tages zu Eurer Hauptstadt machen», meint Ekkehart.

«Und Osten und Westen wieder vereinen?», fragt Otto höhnisch.

«Warum nicht? Oder Euer Sohn wird es tun.»

«Wenn ich je einen Sohn haben werde.» Ottos Blick fällt auf ein rotgebundenes Buch, auf dessen Rücken *Metamorphoseon* steht.

«Daran erinnere ich mich auch noch. Gut sogar.» Erfreut zieht Otto den roten Band aus dem Regal und beginnt darin zu blättern.

«Der *Verwandlungen* von Ovid.» Ekkehart nickt.

«Jupiter, der die Gestalt eines Stiers annimmt und Europa davonträgt. Der selbstsüchtige Narziss, der zu einer Blume an einem Bachufer wird. Echo, die geschwätzige Nymphe, die sich in ihn verliebt und zum Schluss nur noch ein Widerhall ist.»

«Und Pygmalion, dessen Statue lebendig wird», fügt Ekkehart hinzu.

Otto weiß, worauf der Mönch hinauswill. «Nur dank der Göttin Venus», wendet er ein.

«Dank der Liebe», berichtigt ihn sein Lehrer und hebt den Zeigefinger wie früher im Unterricht. Otto seufzt. Wie soll er die Liebe der Prinzessin gewinnen?

«Hier, das wollte ich Euch zeigen.» Ekkehart nimmt ein Buch, das auf einem Tisch zwischen den Regalen liegt. Es scheint neu und die Seiten knistern ein wenig, als Otto es aufschlägt. «Einer unserer jüngeren Mönche hat es geschrieben», erklärt Ekkehart.

Es ist ein Psalter. Otto erkennt die lateinischen Verse auf der linken Seite, und rechts – er versucht die Worte zu entziffern.

«Was ist das?»

«Die Psalmen auf Lateinisch und auf Deutsch.»

Otto spricht die Worte auf der rechten Seite aus; sie sind tatsächlich Deutsch.

«Und wem soll das nützen?», fragt er verwundert.

«Denen, die kein Lateinisch können, und denen, die es nicht mehr so gut können.»

Otto vergleicht die deutschen Verse mit den lateinischen. Natürlich: montes heißt Berge, fulgora Blitz. Etwas von dem, was er gelernt hat, ist tatsächlich noch in seinem Kopf.

«Ich dachte, es könnte Euch nützlich sein, und der junge Mönch, der es geschrieben hat, wäre sicher geehrt, wenn das Buch in Eurem Besitz wäre. Und dann», Ekkehart greift nach einem anderen Buch auf dem Tisch, «wenn Ihr im Lateinischen wieder sicher seid, könnt Ihr es damit versuchen.»

Er schlägt den Band auf, und Otto sieht, dass auch in diesem Texte nebeneinanderstehen. In eleganten Schlaufen reihen sich die griechischen Zeichen aneinander. Ekkehart streckt ihm das Buch hin, und Otto kann nicht anders, als es zu nehmen.

«Könnte ich auch das haben?», fragt er nach einer Weile und deutet auf die Metamorphosen des Ovid.

«Das ist ein sehr wertvolles Buch», Ekkehart runzelt die Stirn, «aber ich glaube, der Abt wollte Euch um einen kleinen Gefallen bitten, solange Ihr hier seid, und gewiss wird er einverstanden sein, Euch den Band zu schenken, wenn Ihr ihm entgegenkommt.»

Otto stellt sich vor, wie er Irene von der hochmütigen Arachne erzählen wird, die zu einer Spinne schrumpft, der stolzen Niobe, die zu Stein erstarrt, und von Venus, die zum hellsten Stern am Himmel wird, weil sie ihrer Liebe folgt.

Das Wasser kräuselt sich vor dem Bug, das Sonnenlicht spielt auf den Wellenkämmen. Thea hat einen der groben Mäntel, die die Frauen hier tragen, übergezogen, aber sie spürt die herbstliche Kühle unter den Kleidern auf ihrer Haut. Nur das Eintauchen der Ruder ist zu hören; sie schließt die Augen. Seit dem frühen Morgen gleiten sie über den See, der so weit ist wie das Meer, das an die Mauern des Bukoleon-Palasts spülte.

«Wann warst du zum letzten Mal auf der Insel?», fragt Thea und öffnet die Augen wieder. Otto medius sitzt neben ihr.

«Es ist einige Jahre her.» Er streicht sich mit der gewohnten, ungelenken Bewegung das schwarze Haar aus der Stirn. «Das Gebiet gehörte meinem Vater, als er noch Herzog von Schwaben war.»

«Dann warst du mit ihm hier?» Die Hügel am Ufer gegenüber könnten auch die von Kleinasien sein, die Thea in Konstantinopel von ihrem Fenster aus sah.

«Nein, er verlor das Herzogtum im Jahr, in dem ich geboren wurde.»

Otto blickt einem Boot nach, das sie in einiger Entfernung überholt. Sein Gesicht ist ganz nahe. Während Thea die kleinen, schwarzen Haare am Rand seines Ohres betrachtet, breitet sich eine Wärme in ihr aus.

«Ich bin einige Male mit meiner Mutter hier gewesen», erklärt Otto. «Die Mönche der Insel Reichenau blieben uns auch nach dem Tod meines Vaters gewogen, und sie sagte immer, die Insel sei ein besonderer Ort.»

«Wem untersteht das Gebiet heute?» Thea überlegt, was sie von Ottos Mutter weiß, der ersten Schwiegertochter des Kaisers, ihrer Vorgängerin.

«Burchard, dem jetzigen Herzog von Schwaben.»

Thea hebt fragend die Schultern.

«Er ist ein Onkel deiner Schwiegermutter und mit Hadwig verheiratet, der Nichte des Kaisers, der Schwester des roten Heinrichs, der Herzog von Bayern ist.»

«Und deine Mutter hat nicht mehr geheiratet?»

«Nein, sie hat alle abgewiesen.» Thea erinnert sich an Halbsätze, abschätzige Mienen, wenn die Sprache auf Ottos Mutter kam. Sagte nicht jemand, ihr Schwiegervater habe sie nach dem Tod seiner ersten Frau, bevor er Adelheid heiratete, wie seine Königin behandelt? Thea denkt an Irene. Zwei Kraniche fliegen über den See, und Thea braucht einen Moment, bis sie merkt, dass der eine das Spiegelbild des anderen ist.

«Es gibt nur eine große Liebe im Leben», Otto räuspert sich, «sagt meine Mutter.»

Theas Blick verschwimmt.

Das Ufer der Insel ist flach und von hellen Kieseln bedeckt, der Anlegeplatz ist leer. Niemand erwartet sie. Thea wundert sich, doch Otto lässt die Männer schweigend weiterrudern. Der Kaiser ist, nachdem die Abrechnungen des Klosters überprüft waren, nach Konstanz gereist, um den Bischof zu treffen, der kleine Otto ist in Sankt Gallen geblieben, weil er mit dem Abt etwas bereden wollte. Willigis übergab Otto medius die Urkunden und erklärte ihm die Angelegenheiten, die mit den Mönchen der Reichenau zu besprechen waren. Eine Reihe von Pappeln säumt das Ufer, dahinter liegen Felder.

Otto schnüffelt.

«Was ist?», fragt Thea.

«Riechst du es nicht?»

Sie zieht die Luft ein. «Kohl?»

Otto grinst. «Ich weiß nicht, warum der Kohl hier so stark riecht.»

Die Felder hinter den Pappeln sind voll grüner Köpfe, ein langbeiniger Hase tummelt sich darin.

Der «kleine Gefallen», um den der Abt des Klosters Sankt Gallen bittet, verschlägt Otto die Sprache. «Ihr wollt, dass ich Euch sämtliche Rechte, die Euch mein Vater und dessen Vorgänger übertragen haben, bestätige?», fragt er ungläubig.

«Ja.» Der Abt betrachtet ihn ruhig.

«Dass Ihr frei von Verfolgung und Strafe seid, allein über Eure Besitzungen verfügen, Eure Äbte selbst wählen könnt?» Otto weiß nicht, was dem Kloster über die Jahre sonst noch alles verbrieft worden ist; es muss eine lange Liste sein.

«Wir möchten, dass Ihr in Eurem Namen und dem Eurer Gemahlin den bestehenden Zustand gutheißt.»

In der Zeit, in der Liudolf, Ottos Stiefbruder, sich gegen den Vater auflehnte, hatte eine Gruppe junger Mönche einen kaisertreuen Abt vertrieben und einen anderen gewählt. Doch das ist Jahrzehnte her, und nachdem der Vater Liudolf abgesetzt hatte, war Ruhe eingekehrt. Der Kaiser unterstützte die Mönche, das Kloster blühte. Fürchtet der Abt, die Gunst des Vaters über Nacht zu verlieren? Oder geht es um die Prinzessin? «Auch im Namen meiner Frau?», fragt Otto nach.

«Ja, es wäre uns wichtig, dass die junge Kaiserin uns – mit Eurem Einverständnis – in Wohlwollen verbunden ist.»

Otto erinnert sich, wie angeregt Thea sich am ersten Abend im Kloster mit dem Pfefferkorn und den anderen Mönchen unterhalten hat. Er kann sich nicht vorstellen, dass sie den Mönchen ihre Vorrechte absprechen würde.

«Ich verstehe es nicht», gibt Otto zu. «Warum?»

Über das Gesicht des Abtes huscht ein gequälter Ausdruck. «Wir möchten die Verbindungen mit der kaiserlichen Familie weiter festigen.»

171

«Aber sie könnten nicht fester sein. Mein Vater ist Euch in allem verbunden.»

«Ich weiß», wieder stockt der Abt. «Doch die Zeit bleibt nicht stehen.»

Otto versteht immer noch nicht. «Mein Vater hält sein Reich mit aller Kraft, und obwohl ich sein Sohn bin, hat er mir auch nicht ein einziges Stück davon abgetreten.»

«Euer Vater ist nicht mehr der Jüngste», erklärt der Abt endlich. «Der größte Teil seines Lebens liegt hinter ihm.»

Kürbissamen, denkt Otto. Hat der blinde Arzt seinem Abt berichtet, das Leben des Kaisers gehe dem Ende zu?

Otto schluckt. «Ich werde den Kanzler bitten, eine Urkunde aufzusetzen, in der dem Kloster Sankt Gallen alle bisher gewährten Privilegien bestätigt werden – in meinem Namen und dem meiner Gemahlin.»

«Komm.» Otto medius nimmt Theas Hand und hilft ihr aus dem Boot. Der Boden ist unerwartet hart nach dem Schaukeln auf dem See.

«Sollen wir einen Wagen holen?», fragt einer der Männer.

«Wir gehen zu Fuß», bestimmt Otto, und während die Männer noch daran sind, die Boote zu vertäuen, eilt er schon den Weg hinauf.

Thea versucht Schritt zu halten. Die Sonne steht hoch, es ist heiß, der Mantel ist doch zu warm. Nach einer Weile dreht sie sich um. Die Männer sind immer noch mit den Booten beschäftigt.

«Sie folgen uns nicht», stellt sie etwas atemlos fest.

Otto betrachtet die Kirche, die in einer Senke zwischen den Feldern steht.

«Wir könnten auch etwas langsamer gehen», schlägt Thea vor.

«Entschuldige.» Otto lächelt verlegen.

Thea würde den Mantel gern ausziehen, aber es kommt ihr unpassend vor, nur in ihrem leichten Kleid in einem Kloster zu erscheinen. Sie betrachtet die Böschungen, die in den Weg hineinwuchern. Der Hase auf dem Feld ist verschwunden, die Kohlköpfe stehen in ordentlichen Reihen, manche sind braun, bei vielen sind die äußeren Blätter zerrupft. Die Insel ist anmutig mit den Pappeln, den sanften Buckeln, aber es pfeift kein Vogel, kein Halm bewegt sich. Thea stolpert über einen Stein und greift wieder nach Ottos Hand. Die Männer sind zu weit weg, um sie zu sehen.

«Warum hat uns niemand erwartet?», erkundigt sich Thea. Ottos Hand hält sie fest.

«Ich weiß nicht», entgegnet er und geht wieder schneller.

Die Kirche ist kleiner, als sie von weitem schien, gedrungen, als brauche sie ihr ganzes Gewicht, um sich in der Senke zu halten. Neben ihr tauchen niedrige, mit Ried gedeckte Häuser auf. Hat Ottos Mutter in einem von diesen gewohnt? Die Mauern sind fleckig, auf den Dächern wächst Gras. Ein paar Schritte davon entfernt bleibt Otto stehen. Er lässt Theas Hand los. «Wir schauen zuerst in die Kirche.»

Otto öffnet die hölzerne Kirchentür für sie. Der Raum ist von dumpfer Kälte erfüllt. Thea tut, als bemerke sie Ottos Unruhe nicht und schlendert gemächlich zum Altar. Die Wände über den Säulen sind mit Malereien bedeckt – die Heilung des Wassersüchtigen, die Beruhigung des Sturms auf dem See Genezareth.

Otto bleibt am Eingang stehen. «Die Bilder sind berühmt.» In seiner Stimme schwingt ein Anflug von Stolz.

Thea betrachtet die feingefältelten Gewänder, die nachdenklichen Gesichter der Figuren. Sie stehen unter Kolonnaden, vor Häusern mit Zinnen und Türmen. Wo hat der Maler sie gesehen? Oder hat er sie sich nur vorgestellt? Um die Abbildungen laufen breite Bänder aus farbigen Kästchen, die sich ineinanderfügen.

Thea merkt, wie sich ihr Blick in den wechselnden Tiefen des gemalten Labyrinths verirrt.

«Wenn es Euch recht ist, werde ich mich nach den Mönchen umsehen.» Warum spricht Otto sie plötzlich mit «Euch» an? Sie nickt, ohne den Blick von den Bildern zu nehmen.

Otto taucht die Feder in das Tintenfass, das ihm Willigis hingestellt hat, und setzt sein Zeichen unter die Urkunde.

«Der Abt wird zufrieden sein», meint Willigis.

«… clarissimaeque coniugis nostrae … und unserer hochverehrten Gattin Theophanu …» Otto betrachtet die Worte. «Weißt du, warum der Abt diese Bestätigung will?», fragt er dann.

«Es ist nicht ungewöhnlich, dass sich ein Kloster seine Rechte und Privilegien vom Kaiser bestätigen lässt, wenn der zu Besuch ist.»

«Vom Kaiser, ja», wendet Otto ein.

«Du bist seit vielen Jahren Mitkaiser, und eines Tages wirst du das Reich allein regieren», meint Willigis gleichmütig.

«Hast du mit dem Pfefferkorn gesprochen?», will Otto wissen.

«Mit Notker Piperisgranum?» Willigis dehnt den Namen in übertriebener Ehrfurcht. «Nein.»

Otto erinnert sich, dass der Kanzler mit Ekkehart befreundet ist, der den blinden Mönch nicht mag.

«Je älter er wird, umso passender wird sein Übername», meint Otto grinsend.

«Angeblich hat er ihn nicht wegen seines Aussehens bekommen, sondern weil seine Nase so gut ist, dass er ein verlorenes Pfefferkorn in der Küche finden würde.» Auch der Kanzler grinst. «Aber die Mönche reden viel.»

«Wolltest du nie in einem Kloster leben?», erkundigt sich Otto wieder ernst.

«Nein.» Willigis schüttelt entschieden den Kopf. «Das Leben

am Hof ist bedeutender, und dein Vater hat mich stets wie einen Sohn behandelt.»

Otto betrachtet den Kanzler. Willigis ist nur ein paar Jahre älter als er.

«Er ist der vortrefflichste Kaiser, den es jemals gab», fügt Willigis hinzu.

«Dann ist das erledigt?» Otto blickt wieder auf die Urkunde.

Willigis nickt. «Ja, ich werde sie dem Abt geben.»

Als die hölzerne Kirchentür hinter ihr ins Schloss fällt, schaut Thea sich um. Der Altar ist leer, kein Kreuz, keine Kerzen, in den Wandnischen fehlen die Bilder, in den Ecken liegt Schmutz. Ein Rascheln lässt Thea aufschrecken. Ein Windhauch, der durch die zerbrochenen Fensterscheiben weht, fegt das trockene Laub hinter dem Altar zusammen. Theas Herz schlägt zu laut. Sie beginnt wieder die Bilder über den Säulen zu betrachten, ohne auf die täuschenden Ornamente zu achten: die Heilung der kranken Frau, die Heilung des Aussätzigen. Die Wunder sind so nüchtern dargestellt, als habe der Maler keinen Augenblick über sie gestaunt. An gewissen Stellen bröckelt die Farbe. Thea fröstelt. «Christus siegt, Christus regiert, Christus herrscht», steht in dem Bogen über dem Altar. Sie glaubt, das Murmeln von Gebeten zu hören, die Stimmen der Gemalten, Klagen, Bitten, Verwünschungen. «Christus möge sein Volk gegen alles Böse verteidigen.»

Das Schlagen der Tür lässt Thea herumfahren.

«Otto?» Der Name hallt von den Wänden zurück, es ist niemand zu sehen. Sie geht auf den Ausgang zu. Sollten die Männer von der Anlegestelle nicht längst hier sein? Der grobe Mantel kratzt durch ihr Kleid hindurch. Am Rand ihres Blickfelds bewegt sich etwas: eine Säule? Bevor Thea sie genauer betrachten kann, bewegt sich eine andere. Wie Rauchschwaden lösen sich die Gestalten von den Pfeilern und schweben auf sie zu, zwei, drei. Thea muss sich nicht umdrehen, um zu wissen, dass sie auch hinter ihr sind, mächtige Körper in grauen Schleiern. Wo ist Otto? Thea erkennt das Funkeln von Augen unter den Schleiern. Die Gestalten rücken näher, umringen sie. Sie tragen Knüppel, Dolche. Der Geruch des sterbenden Liutprand steigt ihr in die Nase. Etwas Kaltes streift ihren Hals.

Wer war es?, fragte ich.

Ich wusste, dass die junge Kaiserin mit Otto medius auf die Insel fuhr, alle wussten es. Vielleicht hatte Otto medius es eingefädelt; vielleicht, dachte ich, wollte er mit ihr allein sein. In der Küche behaupteten sie, der junge Kaiser habe mit der kleinen Zofe geschlafen. Auf jeden Fall lauerte er ihr auf, ich sah ihn in ihrer Nähe, mit dickem Hals wie ein gurrender Täuberich. Warum sollte Otto medius nicht sein Glück bei der Prinzessin versuchen? Den alten Kaiser würde es kaum kümmern, ob der Stammhalter seines Hauses von seinem Sohn oder seinem Großsohn gezeugt worden war, solange er ihn als Erbe beider Reiche ausgeben konnte, als Herrscher von Ost und West.

Am Tag nach Mariae Himmelfahrt hatte man der jungen Kaiserin die Klosterbibliothek gezeigt, und ich begleitete sie. Der Abt von Sankt Gallen führte uns persönlich ins Scriptorium. Während wir durch die saubergewischte Schreibstube in den ersten Stock hinaufgingen, folgten uns die Blicke der Mönche, die hinter ihren aufgeräumten Pulten saßen. Manche von ihnen mussten Daniel gekannt haben, und für einen Augenblick wünschte ich mir nichts sehnlicher als mit ihnen über den Verlorenen sprechen zu können. Der Bibliothekar begrüßte uns auf Griechisch. Auch wenn er Lateinisch sprach, ließ er ab und zu einen Ausdruck in unserer Muttersprache einfließen. Thea nickte jedes Mal. Das jahrhundertealte

Wissen der Mönche umgab uns wie ein Wall, wir fühlten uns sicher, zu sicher vielleicht. Gelassen beobachtete ich, wie die Boote an jenem Morgen mit Thea und Otto medius ablegten.

Die Insel war besonders, sagten die Mönche, ohne es erklären zu können. Sie bestand aus Hügeln, Feldern, Pappeln wie irgendein Ort; was sie auszeichnete, war nicht zu sehen. Ich brauchte den Himmel über ihr nicht zu betrachten, um zu wissen, dass sie zu den Plätzen gehörte, an denen die Kräfte sich sammeln, Unmögliches möglich wird. Und wo sonst hätten sich Sonne und Mond auch treffen sollen, wenn nicht auf einer Insel zwischen Himmel und Wasser? Ich stellte mir vor, wie die beiden nebeneinander gingen, wie sie nach seinem Arm griff, unter einem Vorwand vielleicht. Der Widder mochte den Grund bereiten, der Löwe aber wagte den Sprung.

Gestalten in grauen Schleiern – Thea glaubte es selbst nicht, als sie mir beschrieb, was sich in der Kirche zugetragen hatte. Doch da war der Schnitt an ihrem Hals, fast drei Finger breit. Als sie wieder zu sich kam, erzählte sie, kniete Otto medius neben ihr.

Sie kehrten sogleich zu den Booten zurück, in denen noch immer die Urkunden und Geschenke lagen, die sie den Mönchen der Reichenau bringen sollten. Erst als sie auf dem See draußen waren, begann Otto zu reden. Das Kloster war verwahrlost, der Abt hatte alles verkauft, verschleudert. Die meisten Mönche waren geflohen, von den Verbliebenen waren drei in diesem Sommer gestorben, ein Einziger hauste noch auf der Insel. Der Abt hatte sich auf sein Gut in den Rebbergen am Nordufer des Sees zurückgezogen. Nicht einmal die Gebetsbücher hatte er seinen Brüdern gelassen. Otto medius' Gesicht, sagte Thea, sei weiß gewesen vor Zorn. Sie erzählte ihm nichts von den grauen Gestalten, dem Schnitt, den sie an ihrem Hals entdeckt hatte; es hatte kaum geblutet.

In der folgenden Nacht war Neumond, und ich sah Merkur

rückläufig im Löwen. Vielleicht hatte jemand die Angreifer in der Kirche gestört, vielleicht hätte es eine Warnung sein sollen, mit Sicherheit erkannte ich nur, dass es der Beginn einer Bedrohung war, die uns über Monate folgen würde. Der Schütze stand tief am Horizont, knapp vor dem Untergehen. Und da war der Widder, nicht hier, nicht dort. Warum hatte Otto medius die junge Kaiserin in der Kirche allein gelassen?

Die Wagen sind beladen, die Pferde bereit. Thea findet Notker im Klostergarten.

«Clarissima Theophanu», sagt der Blinde, bevor sie sich zu erkennen geben kann. «Ich habe Eurer Zofe erklärt, welche Kräuter sie Euch zu einem Tee aufgießen soll, wenn die Krämpfe wiederkommen.»

«Danke», sagt Thea verblüfft.

«Ihr werdet Euch daran gewöhnen, und nach der ersten Schwangerschaft wird es Euch noch weniger stören.»

Das Wissen des blinden Mönches scheint keine Grenzen zu haben.

«Und auch an das andere werdet Ihr Euch gewöhnen», fährt der Alte fort.

«Das andere?»

«Die Besuche Eures Gatten.»

Thea spürt, dass sie rot anläuft, und für einen Augenblick ist sie froh, dass der Mönch sie nicht sehen kann. Der bärtige Jakob taucht jenseits der Beete auf; es ist Zeit zum Aufbruch. Thea zögert.

«Da ist noch etwas?», fragt der Blinde.

«Vielleicht habe ich es nur geträumt.» Thea fasst sich an den Hals.

178

«Die Träume sind die Rückseite unseres Lebens. Was habt Ihr geträumt?»

Eilig versucht Thea den Überfall in der Kirche nochmals zu beschreiben.

«Und der Schnitt?» Notker hebt die Hand.

Thea zaudert, dann führt sie die alten, verkrümmten Finger an ihren Hals. Wie ein Insekt kriechen sie über ihre Haut, betasten den Schnitt.

«Wann ist es geschehen?», fragt Notker.

«Vor zwei Tagen.»

«Es war kein Dolch, sondern ein Federmesser, wie sie in Schreibstuben verwendet werden.» Das Insekt kriecht weiter über ihren Hals.

«Und was ist das?» Die Finger des Blinden haben das Lederband gefunden.

«Ein Glücksbringer», gesteht Thea und zieht ihn heraus.

Der Arzt betastet den Bernstein.

«Es ist ein Löwe», erklärt sie. «Ich habe ihn geschenkt bekommen.» Der bärtige Jakob nickt ihr von jenseits der Beete zu, sie muss gehen.

Im Gesicht des alten Notkers zuckt es. «Ihr solltet in seiner Nähe bleiben.»

Wen meint er?

«Ich kann Euch Pulver und Pasten geben, um Schmerzen zu lindern, schlechte Speisen zu erbrechen, aber vor ihren Messern kann Euch kein Mittel schützen. Das kann nur er.»

Spricht er vom kleinen Otto? Meint Notker, der habe ihr den Bernsteinlöwen geschenkt? Als sie in der Kirche auf der Insel wieder zu sich kam, war der Anhänger aus ihrem Hemd gerutscht, Otto medius' Blick verharrte einen Moment darauf, aber er sagte nichts.

Notker lässt den Anhänger los. «Ihr müsst ihm vertrauen.»

179

Die Pfalz

Ingelheim, September 972

«Ist das die Pfalz?» Thea reitet neben dem kleinen Otto eine verregnete Landstraße hinauf. In den Weinbergen vor ihnen liegt eine Siedlung, Thea erkennt Ziegeldächer hinter den strohgedeckten Hütten. Schon im Frühjahr in Rom hat der Kaiser beschlossen, nach seiner Rückkehr aus Italien die Bischöfe des Reichs in Ingelheim zu einer großen Synode zu versammeln, und immer wieder hat man Thea von der herrlichen Pfalz erzählt, die Karl der Große erbauen ließ.

«Das ist sie.» Der kleine Otto lächelt unter seiner Kapuze.

In der Nacht waren die ersten Tropfen auf die Planken der Schiffe geklatscht, und als sie am Morgen den Landeplatz am Ufer des Rheins erreichten, fiel der Regen gleichförmig aus dem grauen Himmel.

«Ich dachte, Pfalz kommt vom lateinischen Wort palatium?», erkundigt sich Thea.

«Ja, wie der Palast. Eine regia ist eine Residenz, ein castellum wird meist mit Burg übersetzt.» Seit sie von Sankt Gallen abgereist sind, hat Otto hin und wieder in dem zweisprachigen Psalter gelesen. «Das dort», er deutet auf das höchste der Ziegeldächer, «ist die aula regia, die große Halle, in der wir die Bischöfe empfangen werden.»

Das Gebäude ist nicht größer als einer der Lagerschuppen hinter dem Hippodrom von Konstantinopel. Thea schweigt. Otto schaut sie an. Der Schal, den sie um den Kopf geschlungen hat, ist nass, und der Regen läuft ihr übers Gesicht.

180

Thea betrachtet die Weinberge, ein Teil der Rebstöcke ist bereits abgeerntet. Der Wein ist saurer hier als in Konstantinopel, und weiter nördlich, heißt es, wachsen gar keine Trauben mehr. Die Reise den Rhein hinunter dauerte länger, als Thea erwartete. In weniger als zwei Wochen hatten sie die Alpen überquert, aber nun trieben sie endlos auf dem Strom. An gewissen Stellen war er weit wie der Bosporus, flutete über Felder, um Inseln herum, auf denen Erlen und Weiden wuchsen, und die Schiffer suchten sich ihren Weg mit Stangen, um nicht auf Grund zu laufen. Dann wieder zwängte sich der Fluss an Felsen vorbei, zwischen Hängen hindurch. Zuerst tauchten gelegentlich noch Dörfer auf, ein Städtchen in einer Biegung des Flusses, dann wurden die Ortschaften seltener, die Wälder dichter. An manchen Tagen hatte Thea das Gefühl, durch ein Land zu reisen, das noch kein Mensch betreten hatte.

Otto blickt auf den Zug der Soldaten, der vor ihnen zur Pfalz hinaufzieht. Bei seiner Ankunft in Konstanz berichtete er dem Vater, dass er dem Kloster Sankt Gallen alle Rechte bestätigt, und auf Rat seines Vetters und mit Willen und Wissen Herzog Burchards von Schwaben den Abt der Reichenau wegen Verschleuderung des Klosterguts seines Amts enthoben und einen Nachfolger bestellt habe. Der Vater schien zufrieden damit. Auf der Reise besprach Otto mit Willigis die Klagen und Anliegen der Bischöfe, die an der Synode behandelt werden sollen. Einer von ihnen, Ulrich von Augsburg, wollte sein Amt bereits zu Lebzeiten seinem Neffen übergeben, weil er krank und alt war; Otto dachte an seinen Vater. Während der Kanzler die Bittschriften der Bischöfe vorlas, zog die Landschaft an ihnen vorbei. An vielen Stellen reichten die Wälder bis ans Wasser. Otto konnte den harzigen Duft der Tannen riechen, ihre Kühle auf seiner Haut spüren. Er hatte nicht gewusst, wie sehr er dieses Land in den Jahren in Italien vermisst hatte.

«Was sagen sie?», fragt Thea.

Die Leute am Straßenrand rufen ihnen etwas zu.

«Sie heißen uns willkommen», erklärt Otto.

«Reden sie Deutsch?» Thea kann die Rufe nicht verstehen.

«Das ist der Dialekt hier», antwortet Otto.

Thea unterdrückt ein Seufzen. Die Kleider der Leute sind mit Erde verklebt.

Otto schiebt die Kapuze zurück, der Regen hat aufgehört. Da ist das große Tor. Die Pfalz ist von einer hufeisenförmigen Mauer umschlossen; dahinter sind die Spitzen eines Baugerüsts zu sehen.

Die Mauer ist aus ungleichen, gelblichen Steinbrocken gebaut, aus Resten, Abfällen. Kaum ein anständiger Block ist darunter, und die Hütten im Schutz der Pfalz sehen so ärmlich und schmutzig aus wie die Leute auf der Landstraße. Als am Tag zuvor die Umrisse einer Stadt am Ufer erschienen, meinte Thea, das müsse Ingelheim sein. Doch Willigis belehrte sie: Es war Mainz, der Sitz des wohlhabendsten Erzbischofs des Reiches. Als sie näher kamen, erkannte Thea Landestege und Lagerhäuser. Die Juden der Stadt, erklärte der Kanzler, trieben Handel mit der ganzen Welt. Dahinter waren stattliche Häuser, eine Kirche zu sehen.

«Der Dom», verbesserte Willigis. «Doch die Stadt hätte einen besseren verdient.» In seiner Stimme schwang Ärger. «Wäre ich an der Stelle des Erzbischofs, hätte ich längst mit dem Bau eines anständigen Gotteshauses begonnen.»

Tatsächlich waren die Kirchen von Speyer und Worms größer, doch auch sie hätten dreimal in der Sophienkirche Platz gehabt.

Sie sind kurz vor dem Tor der Pfalz, als der Zug der Soldaten ins Stocken gerät. Otto richtet sich im Sattel auf, aber er kann nicht sehen, was sie aufhält. Hinter ihnen sind der Wagen seiner Mutter, Karren mit Gepäck, Leute zu Fuß. Der Kaiser und der Kanzler sind mit dem Hausmeister vorausgefahren. Otto war überrascht, dass der Vater nicht wie üblich zu Pferd mit seinen Männern in die Pfalz einzog.

Thea befühlt ihren nassen Schal. Sie würde gern einen trockenen umlegen, bevor sie in die Pfalz hineinreiten. Sie blickt sich um, doch Irene ist nicht zu sehen. Seit dem Gespräch in Sankt Gallen weicht die Zofe ihr aus. Sie tut ihre Arbeit, ist zur Stelle, wenn sie gebraucht wird, und auf Theas Fragen antwortet sie mit gesenktem Blick. Mehrmals nahm Thea sich vor, das Unbehagen zwischen ihnen aufzulösen, aber sie weiß nicht, wie sie es anstellen soll. Ob Irene ihre Nächte im Bett des kleinen Ottos verbringt?

«Na endlich», sagt Otto. Der Zug setzt sich wieder in Bewegung.

«Die neue Kirche.» Otto deutet auf ein eingerüstetes Gebäude.

«Ich dachte, Karl der Große habe diesen Sitz erbaut?», wundert sich Thea.

«Er ließ Marmor aus Italien kommen und die Kolonnaden nach dem Vorbild des Forum Romanum anlegen.» Auf der Innenseite bildet die hufeisenförmige Mauer einen Säulengang, in dem Handwerker arbeiten. «Doch erst sein Sohn, Ludwig der Fromme, hat den Bau vollendet.»

Thea betrachtet die Steinhaufen im Hof, die Bretter, den Schutt.

«Nach Ludwigs Tod sind die Gebäude verfallen, bis mein Vater sich wieder um die Pfalz kümmerte. Nun bauen wir eine richtige Kirche.»

Thea versucht Sunna an den Hindernissen vorbeizulenken; die Stute scheut vor den Bauleuten auf dem Gerüst.

«Wollt Ihr die Kirche anschauen?» Thea hört die Begeisterung in Ottos Stimme.

«Otto!»

Thea muss sich nicht umschauen, um zu wissen, wer nach dem Kaisersohn ruft.

«Meine Mutter», sagt Otto verstimmt.

Thea nickt.

«Eure Mutter möchte, dass Ihr sie in ihre Gemächer begleitet.» Eine von Adelheids Hofdamen steht mit gerafftem Kleid im Dreck neben ihren Pferden.

«Ich muss …» Otto blickt von der Hofdame zu Thea.

«Ich weiß.» Thea beißt sich auf die Lippen.

«Otto!», erklingt es nochmals in ihrem Rücken. Er steigt vom Pferd, und Thea nimmt Wodans Zügel. Sie schaut zu, wie der Sohn des Kaisers durch den Morast davonstapft.

«Ich kann nichts machen.» Otto sieht aus dem Fenster in den Hof der Pfalz. Kaum war seine Mutter in ihrem Zimmer, fing sie wieder von dem Heiratsvertrag an – dass die purpurne Urkunde nicht mehr gezeigt werden dürfe, nicht hier an der großen Synode in Ingelheim.

«Sie ist deine Frau», beharrt die Mutter, «sie muss dir gehorchen.»

Otto überlegt, ob seine Mutter je seinem Vater gehorcht hat.

«Es ist der Wunsch des Kaisers», Otto versucht sich an die Worte seines Vaters zu erinnern, «dass möglichst viele seiner Untertanen die Urkunde mit eigenen Augen sehen.»

«Der Wunsch des Kaisers», meint seine Mutter wegwerfend. «Wenn alles nach dem Wunsch des Kaisers ginge, würden die Gänse goldene Eier legen.»

Im Hof kommt ein neuer Zug von Wagen an.

«Und zudem bist du Mitkaiser», schimpft die Mutter weiter. «Du musst dich wehren, deine Rechte geltend machen. Es ist schlimm genug, dass du diese Fremde geheiratet hast, die uns weder Land noch Verbündete bringt. Sie darf dein Ansehen im Reich nicht auch noch durch ihre Eitelkeiten schwächen.»

Otto zuckt mit den Schultern. Im Hof steigen die Gäste aus ihren Wagen, und Otto fragt sich, ob Ulrich von Augsburg schon angekommen ist. «Ich kann nichts machen», wiederholt er und verschränkt die Arme.

Von ihrem Fenster aus betrachtet Thea die verregnete Landschaft. In Konstantinopel würden jetzt der Oleander blühen, die Feigen reifen. Es klopft an die Tür, und ihr Herz macht einen Sprung.

«Gero!» Sie weiß nicht, ob sie den Erzbischof jemals zuvor so genannt hat außer in ihrem Kopf. Der alte Mann lächelt, Thea umarmt ihn. Da ist der Geruch wieder nach Kerzenwachs, Pergament.

«Ich wusste nicht –» Aber das stimmt nicht. Willigis hat ihr gesagt, dass der Erzbischof von Köln auch an der Synode teilnehmen werde, sie hat nur nicht begriffen, dass es ihr Erzbischof ist.

Etwas verlegen lässt Thea den alten Mann wieder los. «Wann seid Ihr angekommen?», fragt sie.

«Vor einer Viertelstunde», antwortet Gero.

Thea schluckt – er ist gleich zu ihr gekommen, noch bevor er sich beim Kaiser angemeldet hat. «Und seid Ihr gut gereist?»

«Es ist nicht weit von Köln hierher. Nicht so weit wie von Konstantinopel.» Der alte Mann betrachtet sie: «Ihr habt Euch verändert.»

Der Abschied in Rom liegt nur ein paar Monate zurück. «Kommt.» Thea führt den Erzbischof ins Zimmer, rückt den Sessel für ihn zurecht. «Ich werde Wasser bringen lassen. Oder Wein?»

«Das ist nicht nötig.» Gero winkt ab, und einen Augenblick steht Thea etwas ratlos neben ihm.

«Was lest Ihr?» Gero deutet auf das Buch auf dem Bett.

«Liutprand», antwortet Thea.

«Das Buch der Vergeltungen?»

«Nein, der Bericht über seine Gesandtschaft nach Konstantinopel. Stephanos hat mir das Buch gegeben. Er dachte, es sei gut zu wissen, was die Leute hier über meine Heimat denken.»

«Stephanos?»

«Der As – der Diener, der mit mir aus Konstantinopel gekommen ist», erklärt Thea.

Gero nickt: «Der beleibte –», er sucht nach einem Wort.

«Ich glaube, er war ein Berater meiner Patin, als sie noch Kaiserin war.»

Gero greift nach dem Buch und schlägt es auf: «‹Unheil, Prellerei, Erpressung, Plackerei und Kränkung – von hundert und zwanzig Tagen verging nicht einer, der uns nicht Seufzer und Jammer gebracht hätte.› – Keine sehr erbauliche Lektüre.»

«Nein.» Thea schüttelt den Kopf. «Es ist fürchterlich, der Hof, die Leute, die Art, wie sie miteinander umgehen. Und alles ist falsch.»

«‹… pygmäenhaft, mit dickem Kopf und kleinen Augen wie ein Maulwurf›», liest Gero an einer anderen Stelle.

«Kaiser Nikephorus», sagt Thea. «Der Vorgänger meines Onkels, der zweite Mann meiner Patin.»

«‹Sein langes, dichtes Haar verleiht ihm das Aussehen eines Schweines.›»

«Ich hab ihn gekannt.»

«Und hat er wie ein Schwein ausgesehen?», erkundigt sich Gero.

«Nein, natürlich nicht», sagt Thea empört, bis sie Geros Schmunzeln bemerkt. «Er war nicht gerade schön, etwas gedrungen. Vor allem wenn er neben Theophano, der Basileia, stand.»

«‹Dazu hat er einen aufgedunsenen Bauch, magere Lenden, Schenkel, die unmäßig lang sind›», rezitiert Gero theatralisch.

Thea lacht. «Er hat schon ziemlich komisch ausgesehen, und wenn man sich vorstellt, wie er sich mit Liutprand über die Las-

186

terhaftigkeit der alten Römer gestritten hat, welche Konzilien anerkannt werden sollen …»

«Und ob sich der Kaiser der Franken auch als basileus oder nur als rex bezeichnen dürfe», fällt Gero ihr ins Wort.

«Aber», Thea ist mit einem Mal wieder ernst, «Stephanos sagt, die Leute hier glauben, dass wir tatsächlich so leben, dass wir Gips und Pech in den Wein mischen, ölige Fischbrühen essen, in stinkenden, verlöcherten Gewändern umhergehen und unsere Gäste fast sterben lassen.»

«Euer – äh, Kammerherr überschätzt unsere Belesenheit, und die, die den Bericht kennen, wissen auch, wer ihn geschrieben hat.»

«Liutprand war der Gesandte von Otto dem Großen.»

«Liutprand musste erklären, warum der Kaiser von Konstantinopel ihm keine purpurgeborene Prinzessin gab», entgegnet Gero.

Für einen Augenblick denkt Thea an Anna. Was wäre aus ihr geworden, wenn Liutprand sie nach Rom gebracht hätte?

«Je schrecklicher Liutprand den Hof in Konstantinopel schildert, umso einfacher ist das», führt der Erzbischof aus. «Je hinterhältiger und gemeiner er Nikephorus beschreibt, umso weniger liegt es an ihm selbst, dass seine Gesandtschaft gescheitert ist.»

«Und Ihr meint, die Leute, die Liutprands Bericht lesen, merken das?», fragt Thea ungläubig.

«Es sind ja auch andere nach Konstantinopel gereist und die sind wohlwollend aufgenommen worden, reich beschenkt zurückgekehrt. Denkt nur an all die Kaufleute, die trotz des Verbots Seidenstoffe mitbringen, Elfenbein, Ikonen.»

Seide ist tatsächlich nicht so selten im Westen, wie Thea glaubte. In vielen Kirchen hängen Wandbehänge und Vorhänge aus dem kostbaren Stoff, die meisten Reliquien werden darin eingewickelt aufbewahrt. Das weiße Seidenkleid, das Adelheid in

Rom trug, ist nicht ihr einziges, und da sind die Hemden, die sie versteckt unter ihren rauhen Kutten trägt. «Liutprand behauptet, man habe ihm alle Seidenstoffe, die er geschenkt bekam, wieder abgenommen, bevor er Konstantinopel verließ.»

«Er wollte sie wohl nicht an den Hof abliefern bei seiner Rückkehr», vermutet Gero.

Thea seufzt.

«Ihr könnt den Leuten hier erzählen, wie es in Konstantinopel wirklich ist», versucht Gero sie aufzumuntern.

Thea betrachtet ihn zweifelnd. «Werden sie mir glauben?»

«Viele werden Euch glauben.»

«Der Bischof von Metz wird auch zu der Synode erwartet», fällt Thea ein.

Gero nickt: «Ich weiß.»

«Romulus, der Remus erschlägt», flüstert Otto.

«Die Gründer Roms?», fragt Thea ebenso leise. Seit dem frühen Morgen sitzen sie in der aula regia und hören die Bischöfe an.

«Ja, und daneben ist Hannibal, der in irgendeiner Schlacht ein Auge verloren hat; das nächste Bild zeigt Alexander den Großen.»

«Den kenn ich», stellt Thea fest.

«… und wir bitten unseren erlauchten Kaiser, sich der schweren Übergriffe auf den uns von alters her zustehenden Anspruch auf die Erträge dieser Schweinemast anzunehmen, auf dass der allmächtige Vater im Himmel mit Wohlwollen auf die Gerechtigkeit unseres Herrschers blicke», schließt der Bischof, der vor dem Kaiser steht, neigt den Kopf und tritt zurück. Thea weiß nicht mehr, wer er ist: Wigfrith von Verdun, Poppo von Würzburg? Die Namen der Männer sind so absonderlich wie die Anliegen, die sie vorbringen. Willigis hat ihr die Bischöfe, die an der Synode teilnehmen, beschrieben, aber sie kann kaum die drei auseinanderhalten, die sie auf dem letzten Stück ihrer Reise begleitet haben: Balderich von Speyer, Anno von Worms, Ruprecht von Mainz. Wie eifersüchtige Kinder belauerten sie sich auf der Fahrt, und Thea konnte sich nicht vorstellen, wie der Kaiser ihre Feindseligkeiten an der Synode schlichten wollte. Ihre Gedanken wandern zu den Darstellungen an den Wänden zurück.

«Der Nächste ist Konstantin, nicht wahr?», erkundigt sie sich mit gesenkter Stimme. Otto und sie sitzen auf der rechten Seite des kaiserlichen Thrones, der erhöht in einer runden Nische steht. Der Hofstaat ist vollzählig versammelt. Die Bischöfe stehen in der Halle und unterhalten sich ungeniert mit ihren Gefolgsleuten, während die Bittsteller der Reihe nach ihre Anliegen vortragen. Thea denkt an die feierliche Stille in der Magnaura. Kein Wort wäre dort von den Wartenden zu hören gewesen, kein Hüsteln, dafür hätten die Silentarios gesorgt.

«Konstantin der Große», bestätigt Otto, und Thea kann nicht verhindern, dass sie einen Moment lang den kleinen, braunen Iltis auf der Schulter seines Besitzers vor sich sieht.

«Und der dort», Otto deutet mit dem Kopf auf ein anderes Gemälde, «ist Pippin, der Vater von Karl dem Großen, und dann kommt Karl der Große selbst.» Thea betrachtet den Herrscher, der die weisesten Männer seiner Zeit um sich versammelte, eine Hofschule gründete, aber selbst weder lesen noch schreiben konnte.

«Ulrich von Augsburg», verkündet Willigis auf den Stufen vor dem Thron, und mit einem Mal ist es still in der Halle.

Ein alter Mann in einer Mönchskutte schlurft vor den Kaiserthron. Er stützt sich auf einen Stock, seine Lippen bewegen sich.

«Ich verstehe ihn nicht», murmelt Otto und beugt sich vor.

«Ich auch nicht», meint Thea. Es sieht aus, als rede der Alte zu jemand Unsichtbarem.

«Er muss lauter sprechen», befiehlt der Kaiser. Der Übersetzer hinter dem Thron, der die lateinischen Reden der Bischöfe auf Deutsch wiederholt, verbeugt sich beschämt. Einer der Kapläne aus Augsburg eilt zu Willigis und die beiden verhandeln. Der alte Mann in der Mönchskutte redet immer noch zu dem Unsichtbaren. Thea fragt sich, ob er weiß, wo er ist.

Nach einer Weile stellt sich der Augsburger Kaplan neben den alten Mann und erklärt, dass dieser sich zu schwach fühle, um sein Bischofsamt weiter zu erfüllen, und die ihm noch verbleibende Zeit auf Erden in der Ruhe eines Klosters verbringen möchte. Thea kann den Blick nicht von dem alten Mann in der Mönchskutte lösen. Aus seinem halboffenen Mund rinnt ein Speichelfaden. Deshalb, fährt der Kaplan fort, bitte Ulrich von Augsburg um die Gunst, sein Amt schon jetzt seinem Neffen zu übergeben. Bei diesen Worten tritt ein junger Mann in einem kostbaren Mantel an die Seite des Bischofs. Ein empörtes Murren geht durch die Halle.

Der junge Mann lächelt unbeirrt. Das Murren wird lauter. Thea versteht einzelne Wörter: «Unerhört.» – «Unverschämt.» – «Ketzerisch.» Die Hofleute tuscheln miteinander. Auch Otto neben ihr scheint aufgebracht, sein Blick hängt an seinem Vater.

«Warum ist sein Wunsch unerhört?», fragt Thea leise.

«Es ist nicht der Wunsch», erklärt Otto, ohne den Blick von seinem Vater zu wenden, «sondern dass der Neffe bereits das Zeichen des Bischofs trägt, obwohl er noch gar nicht eingesetzt ist.»

Erst jetzt bemerkt Thea den Bischofsstab in der Hand des jungen Mannes. Das Murren in der Halle ist zu Geschrei geworden. Die Bischöfe verlangen, dass Ulrich und sein Neffe für den Verstoß gegen die kanonischen Regeln bestraft werden. Der Kaiser spricht mit Willigis, als höre er die zornigen Rufe nicht. Der alte Mann in der Mönchskutte steht teilnahmslos da. Aus seinem Mund rinnt noch immer Speichel. Thea wünschte, jemand würde ihn wegführen. Otto neben ihr holt Luft, als wolle er etwas sagen, doch in diesem Moment hebt der Kaiser die Hand. Der Kanzler tritt vor, und als die Bischöfe verstummt sind, erklärt er, die Versammlung sei vertagt, man werde sich morgen wieder in der aula regia treffen.

«Werden sie Ulrich bestrafen?», fragt Thea, als sie die Königshalle verlassen.

«Ich weiß nicht», sagt Otto.

«Ich glaube, er merkt nicht mehr, was um ihn herum vorgeht.»

Otto schweigt. Ob sich der Geist seines Vaters auch verwirren wird?

«Was geschieht nun?» Thea blinzelt in die Sonne auf dem Platz vor der Halle.

Otto schaut sich um, sein Vater und Willigis sind verschwunden. Die Bischöfe stehen herum. Bereits haben sich Gruppen gebildet, sie werden Sprecher bestimmen und sie mit ihren Forderungen zum Kaiser schicken.

«Der Kaiser wird die Meinungen der Bischöfe anhören und dann eine Entscheidung fällen.» Otto versucht seine Verstimmung zu unterdrücken. Warum hat ihn niemand gebeten, an den Beratungen teilzunehmen?

Thea sieht Gero in der kleinen Gruppe, die sich um Ulrich und seinen Neffen gebildet hat, Dietrich von Metz in einer anderen, größeren.

«Wohin geht Ihr?», fragt Thea. Otto hat sich abgewandt.

«Äh …» Es fällt ihm keine Ausrede ein. «Ausreiten», gesteht er und streicht sich das Haar aus der Stirn. Mit der gleichen Geste wie Otto medius, denkt Thea.

«Kann ich mitkommen?», erkundigt sie sich, überrascht von der eigenen Frage.

Auf der Fahrt den Rhein hinunter begannen sie miteinander zu sprechen, zufällig und doch zwangsläufig, wie zwei Gefangene im selben Kerker. Bemerkungen waren es zuerst, die jedem gelten konnten, doch nur sie betrafen; mit der Zeit wurden Unterhaltungen daraus. Wenn Thea ein Wort auf Deutsch fehlte, sagte sie es auf Lateinisch. Der kleine Otto sprach besser Lateinisch als die meisten am Hof.

Ich bezweifle, dass er weiterhin sein Bett mit der kleinen Zofe teilte, wie manche behaupteten. Aber ich habe mich nie für die Heimlichkeiten der Lust anderer interessiert, und auch Thea schien es nicht zu kümmern. Das Gerücht, das junge Kaiserpaar habe in Sankt Gallen sein erstes Kind gezeugt, hielt sich nicht länger als einen Mond. Der Steinbock – halb Ziege, halb Fisch, so heißt es – ist beharrlich, aber er beugt sich den Notwendigkeiten des Lebens. Ehe, Herrschaft und Gewohnheit würden sich zu einem immer festeren Strick drehen, und wenn sich der kleine Otto und die junge Kaiserin je verstehen würden, dann nicht wegen der Zwänge der Natur, sondern wegen dessen, was sie miteinander teilten, einander mitteilten, den Gedanken und Geschichten, aus denen wir unser Leben bauen.

Zuerst aber war es der Widerstand, der sie zueinander hinzog. In kleinen, kaum sichtbaren Gesten begannen sie sich zu wehren, ließen ihre Blicke schweifen, verstummten, überhörten, was man von ihnen verlangte. Sie hielten sich fern, getrennt oder gemeinsam, entzogen sich, entkamen, schuldbewusst und doch entzückt wie Kinder vom Erfolg ihres Eigensinns.

Ich habe nie erfahren, wofür die junge Kaiserin mich hielt, wie sie sich erklärte, dass ich von allen, die mit ihr in den Westen gekommen waren, als Einziger am fränkischen Hof blieb. Erinnerte sie sich an die Ereignisse, die mich von meiner Bahn abgebracht hatten, war sie alt genug, war sie damals überhaupt schon am Hof der Cäsaren? Oder hatte ihr vor der Abreise aus Konstantinopel jemand davon erzählt, sie vielleicht sogar vor mir gewarnt? Ich sah keinen Argwohn in ihrem Gesicht, als ich ihr im Heerlager vor Rom zum ersten Mal gegenübertrat. Sie traute mir, wollte mir trauen, und später musste sie es. Daniels Tod machte uns zu Verbündeten, und seine Mörder rückten uns immer näher.

«Es wäre mehr aufgefallen, wenn ich nicht zur Synode gekommen wäre», beharrt Dietrich von Metz. «Und die Maßnahmen des Herzogs scheinen doch nicht ganz so wirksam», fügt er mit höhnischem Unterton hinzu.

«Der Reichenauer …», der Narbige zögert.

Die beiden Männer stehen nicht weit von den anderen Bischöfen entfernt auf dem sonnenbeschienenen Platz vor der Königshalle.

«Hat versagt. Ich hab es gehört.»

«Das Vorhaben ist nicht nur seinetwegen gescheitert.» Der Narbige blickt über seine Schulter. «Jemand muss die Prinzessin gewarnt haben.»

«Wer soll sie gewarnt haben?», will Dietrich wissen.

«Jemand in ihrer Nähe.»

Dietrich legt seine Hände ineinander. «Ich habe sie oft mit Willigis reden sehen.»

«Woher soll der Kanzler von den Absichten des Herzogs wissen?»

«Jeder am Hof weiß, dass der Herzog von Bayern nach dem Thron strebt wie schon sein Vater.»

«Hätte Willigis geahnt, was auf der Insel geschehen würde, hätte er die Prinzessin in Sankt Gallen oder in Konstanz zurückgehalten», wendet der Narbige ein.

«Was ist auf der Insel geschehen?»

«Ich weiß es nicht. Liudolfs Sohn war dabei ...»

«Otto?»

«... aber der ist auf unserer Seite.»

«Seit wann?», fragt Dietrich überrascht.

«Ich sagte dir doch, dass ich ihn schon als Kind kannte», meint der Narbige gehässig. Dietrich betrachtet ihn. «Und was plant der Herzog nun?», erkundigt er sich.

«Es gibt viele Wege.»

«Er würde sich besser auf Diplomatie als auf Dolche verlassen.» Einer der Bischöfe tritt zu Dietrich; der Narbige schweigt.

«Es muss kein Dolch sein», murmelt er, nachdem Dietrich gegangen ist.

Es ist ein milder Herbsttag, der Himmel blauer als im Sommer, die Luft klarer, und in den Blättern hängt bereits ein gelber Schimmer. Die Erntenden in den Weinbergen heben die Köpfe, als das junge Kaiserpaar auf der Landstraße zum Rhein hinunterreitet. Kurz vor der Anlegestelle biegt Otto in einen Erlenhain. Thea folgt ihm. Zuerst dachte sie noch an die Bischöfe, den alten Ulrich, jetzt sieht sie nur das von Büschen und Bäumen gesäumte Ufer, das Schilf, den breiten, ruhigen Fluss. Hin und wieder zügelt Otto Wodan ein wenig, und Thea merkt, dass er Vögel beobachtet. Sie versucht, sich Gefieder und Größe einzuprägen, damit sie später nach ihren Namen fragen kann. Das Schweigen umhüllt sie wie ein Mantel. Irgendwann fliegen drei Schwäne über ihre Köpfe. Thea hört das Surren ihrer Schwingen, bevor sie die Vögel sieht, und während sie mit den Augen dem Zug über den Wipfeln folgt, denkt sie, es müsse ein gutes Zeichen sein.

Die Leute in den Weinbergen sind verschwunden, als Otto und Thea wieder zur Pfalz hinaufreiten. Es dämmert. Vor den Hütten an der Mauer brennen Feuer, es riecht nach gebratenem Fisch. Otto merkt, dass er Hunger hat.

«Wir waren lange weg», stellt Thea fest.

«Sie werden immer noch am Verhandeln sein», entgegnet Otto.

«Hättest du nicht an den Besprechungen teilnehmen sollen?»

«Sie werden auch ohne mich auskommen», meint Otto bedrückt, und Thea ärgert sich über ihre Frage.

«Es war ein schöner Nachmittag.»

«Es ist eine schöne Gegend», erwidert Otto. «Auf einer der Inseln im Rhein, die wir gesehen haben, ist Ludwig gestorben.»

«Ludwig?»

«Ludwig der Fromme, der Sohn von Karl dem Großen», erklärt Otto etwas ungeduldig.

«Der, der die Pfalz fertiggebaut hat?»

«Ja. Er hat auch die Königshalle ausmalen lassen. Er wollte alle bedeutenden Herrscher, die seinem Vater und ihm vorausgegangen waren, in der Königshalle abbilden, die christlichen und die heidnischen.»

«War Ludwig auch ein bedeutender Herrscher?», erkundigt sich Thea.

«Nein.» Otto lacht bitter. «Er war nur der Sohn von Karl dem Großen.»

Deshalb interessiert sich Otto so sehr für Ludwig. «Und er hat die Bilder malen lassen», fügt Thea tröstend hinzu.

«Bilder!», sagt Otto abschätzig.

Sie reiten durch das Tor in den Hof, es liegt noch mehr Baumaterial herum als vor ein paar Tagen. Die Männer, die auf dem Gerüst an der Kirche arbeiten, sind dabei, ihre Werkzeuge zusammenzupacken. Einer von ihnen schüttelt ein Tuch, mit einer seltsam ausholenden Bewegung. Thea – in Gedanken bei Ludwig dem Frommen – erkennt die Gefahr zu spät. Sunna wirft den Kopf hoch, macht einen Satz. Thea rutscht aus dem Sattel, etwas knackt, sie fällt.

Thea ist sofort wieder auf den Beinen, ihre Hüfte schmerzt, ihre Schulter. Da liegt ein Brett. Hat das geknackt? Sie versucht sich an das Geräusch zu erinnern. Sunna hält den rechten Vorderfuß angewinkelt.

«Bist du verletzt?» Otto steht neben Thea.

«Nein, aber Sunna.» Ihre Stimme ist nur ein Flüstern. Wenn der Fuß gebrochen ist –

«Kann sie gehen?», fragt Otto.

Thea nimmt Sunna am Zügel und versucht sie zu führen. Das Pferd macht einen Hopser, ohne den rechten Fuß zu belasten.

«Wir müssen sie in den Stall bringen», bestimmt Otto. Er gibt den Bauleuten, die sich um sie versammelt haben, Anweisungen, die Stallknechte eilen herbei. Thea kommt sich vor wie in einem schrecklichen Traum.

Irgendwie gelingt es den Männern, das verletzte Pferd in den Stall zu bringen. Dort kniet Thea neben Sunna und betastet den geschwollenen Fuß, sie kann die Knochen nicht spüren.

«Wir müssen warten, bis die Schwellung zurückgeht. Erst dann können wir sehen, ob etwas gebrochen ist.» Die Stallknechte haben den Pfalzbader geholt, einen kleinen, runden Mann, der sich in sicherer Entfernung von dem Pferd hält.

«Können wir nicht etwas tun?» Thea kann sich nicht vorstellen, einfach zu warten.

«Man kann kalte Umschläge machen», meint der Bader. «Dann geht die Schwellung rascher zurück, und der Bruch lässt sich vielleicht ertasten. Aber es gibt auch Brüche, die man nicht ertasten kann», fügt er gutgelaunt hinzu.

«Und dann?»

«Dann wartet man ein paar Tage, und wenn das Pferd immer noch nicht gehen kann, tut man es ab.»

Die Umstehenden nicken.

«Aber es muss doch irgendein Mittel geben?», meint Thea verzweifelt. Die Männer beginnen miteinander zu reden. Thea schaut flehentlich zu Otto.

«Wir müssen warten», bestätigt er.

Der Zorn steigt in Thea hoch. Sie wird den Hofarzt um Hilfe bitten, den Kaiser – sie schluckt, sie weiß, dass es keinen Sinn hat.

Allmählich verschwinden die Bauleute, die Stallknechte kehren an ihre Arbeit zurück. Otto unterhält sich mit dem Bader. Sie sprechen über die Verhandlungen, die am Nachmittag zwischen den Bischöfen und dem Kaiser stattgefunden haben. Thea hört nicht zu.

«Ich muss gehen», sagt Otto kurz darauf. «Der Kaiser hat mich suchen lassen.»

Als er weg ist, richtet Thea sich auf und lehnt den Kopf gegen Sunnas grauen Hals. Das Tier steht reglos da, es muss Schmerzen haben. Thea schluchzt.

Otto eilt über den Hof. Im oberen Stock des kaiserlichen Wohngebäudes brennt Licht. Als er den Raum betritt, verstummen die Männer. Auf dem Tisch liegen Urkunden, Schreibtafeln, dazwischen stehen leere Teller. Ottos Hunger ist verflogen.

«Otto», sagt Willigis erleichtert, «wir haben dich überall gesucht.»

«Nimm dir einen Stuhl», befiehlt der Vater und wendet sich wieder dem Notar zu, der als Letzter gesprochen hat.

Während Otto dessen Ausführungen lauscht, mustert er die Männer am Tisch; sie sehen erschöpft aus. Sie gehören alle zum Hof, außer Dietrich von Metz, der auf seine beringten Finger starrt, und Gero. Die Miene des Erzbischofs von Köln ist gelassen. Otto scheint es, ein Lächeln spiele um seine Lippen; es muss das Flackern der Kerzen sein.

Als der Notar ausgeredet hat, fasst Willigis zusammen, was bisher besprochen wurde. Er wendet sich dabei an Otto. Wie erwartet, haben sich zwei Parteien gebildet um Dietrich von Metz und Gero von Köln. Während Willigis die Argumente der beiden Seiten auflistet, wandern Ottos Gedanken zurück zu dem gemeinsamen Ritt am Ufer des Rheins, zu Theas Bemerkungen über Ludwig. Hat sie gemerkt, dass sie ihn zum ersten Mal mit du anredete?

Am nächsten Morgen sitzt Thea wieder in der Königshalle. Wie durch einen Nebel sieht sie die Bischöfe, die Hofleute, den Kaiser auf seinem Thron. Der kleine Otto steht neben ihm. Sie haben eine Lösung gefunden. Ulrich und sein Neffe müssen etwas beschwören, Thea versteht nicht, was es ist. Dreimal ging sie in der Nacht in den Stall. Sunna stand stets am selben Ort, den rechten Fuß angewinkelt. Thea wechselte den Umschlag, doch die Schwellung schien immer gleich. Das frische Heu lag unberührt in der Krippe. Der Hofarzt hatte das Gleiche gesagt wie der Pfalzbader, selbst Stephanos wusste keinen Rat. Wenn der Fuß gebrochen ist, muss man das Pferd abtun.

Es wird ruhig im Saal. Der alte Ulrich tritt vor, von seinem Kaplan geführt, und neben ihm steht der Neffe in einer Kutte, ohne den Bischofsstab. Der Kaplan sagt etwas, im Namen des alten Mannes, dann hilft er ihm, vor dem Kaiser niederzuknien. Der Neffe wirft sich mit übertriebener Unterwürfigkeit auf den Boden. Mit dem Kaplan zusammen wiederholt er die Sätze, die Willigis ihnen vorsagt. Als Ulrich und sein Neffe sich wieder erheben, beginnen einige der Bischöfe zu klatschen. Der alte Mann steht aufrechter, scheint die Leute um sich zu erkennen, und als er den Mund öffnet, ist ein leiser Dank zu hören. Die Worte des Schwurs müssen ihn wie ein Zauberspruch verwandelt haben, denkt Thea.

Irene ist in der Küche. Thea kümmert sich nicht um die bestürzten Ausrufe der Mägde, als sie eintritt.

«Ich brauche dich», sagt sie auf Griechisch.

Irene erstarrt.

«Jetzt!», befiehlt Thea. Irene folgt ihr mit einem raschen Blick zu Line.

«Sunna hat sich den Fuß verletzt», erklärt Thea, als sie auf dem Hof stehen.

Irene nickt, der Unfall hat sich längst herumgesprochen.

«Ich weiß nicht, ob er gebrochen ist», fährt Thea fort. «Alle sagen, wir müssen warten, aber ich …»

Irene betrachtet sie stumm.

«Als wir nach einem Namen für Sunna suchten – erinnerst du dich?»

Ein Lächeln huscht über Irenes Gesicht.

«Du hast von einem Spruch erzählt, in dem Wodan und Sunna um Hilfe angerufen werden.»

Irene nickt.

«Einem Spruch, den die Leute früher hier gebrauchten.»

«Ja», Irene zögert. «Es ist ein heidnischer Spruch.»

«Aber er hilft?», fragt Thea.

«Ich weiß nicht. Früher hat er geholfen, sonst hätten die Leute ihn nicht verwendet.»

«Dann könntest du es doch versuchen?», drängt Thea.

«Ich?» Irene schaut sie betreten an.

«Ja, du kennst den Spruch, du kennst dich aus. Du hast doch auch in Sankt Gallen den Kräuterstrauß in mein Zimmer gestellt.»

Irene senkt den Kopf: «Ich wollte …»

«Wir reden später darüber. Kannst du es versuchen? Mit Sunna, meine ich?»

«Man muss zu dritt sein, um den Spruch zu sagen», wendet Irene ein. «Drei Frauen.»

«Dann holen wir noch eine der Küchenmägde», beharrt Thea.

Irene hebt den Kopf und blickt Thea einen Moment schweigend an. «Gut.»

Otto steht mit Willigis auf dem Platz vor der Königshalle. Die Synode ist vorbei. Ulrich von Augsburg und sein Neffe haben beschworen, nicht gewusst zu haben, dass sie mit ihrem Verhalten eine Ketzerei begingen, und der Kaiser verzieh ihnen. Ulrich – oder besser sein Kaplan – bat den Kaiser, nach eigenem Gutdünken einen Nachfolger für das Bistum Augsburg zu ernennen, und dieser bestimmte, der dreiste Neffe solle Ulrich bis zu seinem Tod vertreten.

«Justitia et clementia», murmelt Willigis.

Die Bischöfe sind dabei, sich zu verabschieden.

Otto grinst. «‹Böses nicht nur mit Gutem vergelten, sondern auch mit Gutem gegen Böses kämpfen.›»

Immer wieder kommt einer der Bischöfe zu Willigis und überreicht ihm ein Schreiben. Viele der Anträge konnten wegen des Vorfalls mit Ulrich von Augsburg nicht angehört werden. Willigis versichert den Bischöfen, er werde ihre Anliegen dem Kaiser unterbreiten, sich darum kümmern, dass sie beantwortet werden.

Otto wüsste gern, was Thea von der Entscheidung hält, zu der sie in den nächtlichen Beratungen gekommen sind. Er sucht zwischen den Bischofsmänteln nach dem grünen Kleid, das sie heute trägt. Es erinnert ihn immer an ihre erste Begegnung im Heerlager vor Rom. Als Otto Dietrich von Metz auf sich zukommen sieht, wendet er sich ab. Thea muss in den Ställen sein.

«‹… da besang ihn Sinthgunt, Sunnas Schwester.

Da besang ihn Friia, Vollas Schwester.

Da besang ihn Wodan, so wie er es wohl konnte.

So Beinrenkung, so Blutrenkung, so Gliedrenkung:

Bein zu Bein, Blut zu Blut, Glied zu Gliedern.

So sollen sie geleimt sein.›»

«Was macht ihr denn da?»

Thea und Irene knien mit einer anderen Frau neben Sunna im Stroh und halten ihren verletzten Fuß.

«Wir …» Thea läuft rot an. Irene senkt den Kopf. Die beide stehen auf und schütteln das Stroh von ihren Kleidern. Die Küchenmagd eilt davon.

«Irene hat mir geholfen», erklärt Thea, noch immer verlegen. «Ich dachte, wenn der Bader und der Hofarzt nicht weiterwissen … der Spruch ist sehr alt. Irene kennt ihn.»

Otto blickt von der einen zur anderen.

«Meine Mutter hat ihn mir beigebracht, und sie hat ihn von ihrer Mutter gelernt», erklärt Irene.

Otto sieht mit einem Mal, wie ähnlich sich die beiden jungen Frauen sind. Irenes Gesicht ist lieblicher, weicher mit dem breiten Mund. Theas Nase ist größer, ihr Haar glatter, aber ihre Haut ist heller, ihre Stirn höher.

Thea beobachtet, wie Otto Irene betrachtet, und mit einem Mal ist sie sich sicher, dass er nach jener Nacht in den Alpen nicht mehr mit ihr geschlafen hat. Otto sieht, wie Thea ihn mustert, und plötzlich ist ihm klar, dass sie von seiner Nacht mit Irene weiß. Ein Augenblick herrscht Stille.

«Du kannst gehen», sagt Thea endlich. Irene neigt den Kopf und eilt davon.

«Es tut mir leid …», beginnt Otto.

«Was geschehen ist, ist geschehen.» Thea spricht leise.

Otto nickt.

«Und vielleicht hilft der Spruch ja», fügt Thea hinzu.

Otto blickt sie fragend an.

«Der Zauberspruch», lächelt Thea. «‹Bein zu Bein, Blut zu Blut, Glied zu Gliedern So sollen sie geleimt sein.›»

Sunna schnaubt.

«Sie hat getrunken», stellt Otto fest.

«Tatsächlich.» Thea sieht, dass der Kessel neben der Krippe leer ist. «Wir müssen ihr frisches Wasser geben.» Sie schaut sich um, aber die Stallknechte sind damit beschäftigt, die Wagen für die abreisenden Bischöfe zu beladen.

«Komm», sagt Otto und nimmt den leeren Kessel.

Der Brunnen befindet sich auf dem Platz vor der Königshalle, und Thea überlegt, was die Bischöfe denken werden, wenn der Kaisserssohn mit dem Kessel dort Wasser holt. Doch Otto schlägt einen anderen Weg ein.

Thea hat den schmalen Eingang an der Seite des Wohnhauses schon früher bemerkt, und als Otto die Tür aufstößt, erblickt sie eine Treppe, die in einen Keller führt.

«Eine Zisterne?», fragt Thea auf Lateinisch, während sie die Stufen hinuntersteigen; sie spürt die Feuchtigkeit.

«Eine Brunnenstube», entgegnet Otto auf Deutsch. Die Treppe endet in einem niedrigen Raum, in dem eine Wanne in den Boden eingelassen ist.

«Hier wird das Quellwasser gesammelt, das aus dem Wald in die Pfalz geleitet wird», erklärt Otto.

«Mit einem Aquädukt?» In Konstantinopel fließt das Wasser über eine mächtige Brücke aus den Bergen im Norden quer über die Stadt in den kaiserlichen Bezirk.

«Nein, durch einen Kanal.» Otto deutet auf eine Röhre in der Wand, aus der ein Rinnsal tropft. «Der Brunnen füllt sich nach dem Regen, und das Wasser bleibt frisch und kühl hier unten.» Er taucht den Eimer in die Wanne. «Es ist besser als das Wasser aus dem Brunnen, vor allem zu dieser Jahreszeit.»

In Konstantinopel haben viele Häuser Zisternen. Thea zaudert, aber dann fallen ihr Geros Worte ein, und sie beginnt zu erzählen.

Die größte der Zisternen von Konstantinopel wurde von Kaiser Justinian gleich gegenüber der Sophienkirche erbaut, und an heißen Sommertagen führte man Thea mit anderen Kindern des Hofes manchmal dort hinunter. Auf einer breiten Treppe gelangte man in eine unterirdische Halle, die von unzähligen Säulen getragen wird. Das «versunkene Schloss» nannten die Leute den Ort. Durch eine Öffnung im Dach fiel spärliches Licht, und Thea erinnert sich, wie sie von einer kleinen Plattform aus auf das schimmernde Wasser schauten. Dann stiegen sie in ein Boot, glitten zwischen den Säulen hindurch. Männer mit Kerzen beleuchteten die Pfeiler, die Kapitelle. Justinian hatte sie aus Tempeln und zerfallenen Palästen zusammentragen lassen. Eine der Säulen war mit fließenden Tränen verziert, zur Erinnerung, hieß es, an all die Sklaven, die beim Bau der Zisterne ihr Leben ließen. Im Schein der Kerzen spiegelten sich die Pfeiler im Wasser, und es sah aus, als liege unter ihnen die gleiche Halle nochmals. Neben dem Boot huschten die Schatten von Fischen vorbei, die für die Reinheit des Wassers bürgten. Sollte es jemand vergiften, würden sie als Erste sterben. Die Halle war von leisem Tropfen erfüllt. In einer Ecke ruhten zwei Säulen auf mächtigen Köpfen. Der eine lag verkehrt im Wasser, der andere auf der Seite, ihre Gesichter waren lieblich, doch ihr Haar war aus Schlangen, wie das der Medusa.

«Medusa?», fragt Otto neugierig.

Thea spürt die Kälte in der Brunnenstube. Sie räuspert sich, in ihrem Hals ist ein Stechen. «Lass uns hinaufgehen», schlägt sie vor.

«Da sind sie», fällt Dietrich von Metz dem Narbigen ins Wort. «Dreh dich nicht um. Die Prinzessin und der kleine Otto – mit einem Wasserkessel.»

«Ich muss nach Regensburg zurück», fährt der Narbige leise

fort. «Jetzt wo Ulrichs Neffe das Bischofsamt in Augsburg übernimmt.»

Dietrich beobachtet, wie die Prinzessin und Otto über den Platz vor dem Wohnhaus gehen. «Ich habe alles getan, was in meiner Macht stand», verteidigt er sich, als der Narbige verstummt.

«Ohne Erfolg.»

«Es heißt nicht, dass der Neffe bei Ulrichs Tod tatsächlich Bischof wird.»

Otto und Thea sind in Richtung Ställe verschwunden.

«Aber es ist wahrscheinlich.»

«Keineswegs», meint Dietrich gelassen, «deine Zeit wird kommen.»

«Meine Zeit!», fährt ihn der Narbige an. «Ich habe mein ganzes Leben darauf gewartet, dass man mich für meine Dienste entschädigt.» Er streicht sich über den Schädel. «Aber die Menschen werden nicht gern an ihre Fehler erinnert. Sie vergessen ihre Dankbarkeit lieber.»

«Ich werde meinen Einfluss bei Adelheid für dich geltend machen, wenn Ulrich stirbt», beteuert Dietrich, «und vielleicht sitzt dann bereits der Herzog auf dem Thron.»

Der Narbige schweigt.

«Ich habe mit dem Hofarzt geredet», fährt Dietrich fort, «und der sagt, der Kaiser könne jeden Tag …»

Gero von Köln und der Kanzler tauchen neben der eingerüsteten Kirche auf.

«Medusa war ein schönes Mädchen mit langen, schwarzen Haaren. Es liebte Perseus, den Sohn des Göttervaters, doch auch Athene, die Göttin der Weisheit, verliebte sich in ihn und verwandelte Medusas Haare in Schlangen. Von da an wurde jeder, der Medusa erblickte, zu Stein.»

Sie gehen mit dem vollen Wasserkessel über den Platz vor dem

Wohnhaus, und Thea bemerkt Dietrich von Metz im Schatten der eingerüsteten Kirche. Er redet mit jemandem.

«Perseus wurde unbesiegbar, denn Medusa verwandelte alle seine Gegner in Stein.» Das Stechen in Theas Hals ist unangenehm, aber sie spricht dennoch weiter. «Deshalb werden in den Kellern mancher Paläste Medusenhäupter verborgen, um das Böse abzuwenden.» Thea sieht den Mann, mit dem Dietrich spricht, nur von hinten. Sein kahler Schädel ist von roten Narben bedeckt. «Aber es gibt auch eine andere Geschichte», fährt sie fort, «in der Perseus Medusa den Kopf abschlägt. In der Geschichte hat sie schon zu Beginn Schlangenhaare. Perseus überlistet sie, weil er es einem Fürsten versprochen hat, und enthauptet sie.» Thea überlegt, ob sie den vernarbten Mann in der Königshalle gesehen hat.

«Und welches ist die richtige Geschichte?», fragt Otto.

«Ich weiß nicht.» Sie hustet. Hatte der Mann auf dem Gerüst, über den Sunna erschrak, rote Narben auf dem Kopf?

Als sie zum Stall zurückkommen, hat sich die Sonne in einem Wolkenschleier verfangen. Der Abend kommt langsamer hier im Norden, die Nächte sind dunkler. Sunna wendet den Kopf nach ihnen, und Thea spürt, wie ihr die Hoffnung die Kehle zuschnürt.

«Danke», murmelt sie, als Otto der Stute den Wassereimer hinstellt.

«Das war eine spannende Geschichte.»

Thea blickt in Ottos blaue Augen. Vielleicht waren die drei Schwäne, die sie am Tag zuvor zusammen gesehen haben, doch ein gutes Zeichen.

Winter

Frankfurt, Weihnachten 972

Otto klopft sich den Schnee von den Kleidern, als er die dunkle Eingangshalle der Frankfurter Pfalz wieder betritt. Die Wälder waren weiß, der Grund voller Fährten, Rehe, Wildschweine, er sah sie zwischen den Stämmen. Sie schienen zu wissen, dass er keinen Bogen bei sich hatte, und ließen ihn nahe heran.

«Wie geht es ihr?», fragt Otto, als er Irene mit einem Krug in den Händen die Treppe hinunterkommen sieht.

«Etwas besser», antwortet die Zofe. Otto betrachtet Irene; sie hat dunkle Ringe unter den Augen.

«Wird sie zur Weihnachtsmesse kommen?»

«Wenn es ihr morgen gut genug geht.» Irene blickt auf den Krug in ihren Händen.

Otto wendet sich ab. Jedes Mal, wenn er Irene sieht, spürt er das Ziehen in seinem Körper. Er möchte sie berühren, über ihre Haut streichen; er wird das Verlangen nicht los.

Thea versucht sich von den Bildern ihres Traums zu befreien – Wasser, das vorbeiziehende Ufer, der dunkle Schopf. In jedem wachen Moment bemüht sie sich zu vergessen, doch sobald der Schlaf kommt, kehrt die Erinnerung zurück.

Am Tag nach der Synode in Ingelheim verlor Thea die Stimme, sie hustete, bekam Fieber. Der Hofarzt verschrieb ihr Tee aus Linden- und Holunderblüten, ließ sie den Rauch verbrennender Huflattichblätter einatmen, gab ihr Rettich zu essen, bis ihr die Tränen übers Gesicht liefen. Am dritten Tag ließ das Fieber nach, wie

Stephanos voraussagte. Als Thea wieder aufstehen konnte, ging sie zuerst in den Stall. Sunna begrüßte sie mit freudigem Wiehern. Die Stute hinkte noch ein wenig, aber die Schwellung war verschwunden. Thea musste sich an die Stallwand lehnen, so sehr zitterte sie. Sie schenkte Irene eine silberne Kette, die sie unter dem Kleid tragen konnte. Es war den Zofen an Adelheids Hof verboten, sich mit Schmuck zu zeigen, selbst ihre Kreuze mussten sie unter den Hemden verbergen. Irene sagte, sie habe die Kette nicht verdient, aber Thea drängte sie, das Geschenk anzunehmen.

Die Bischöfe waren abgereist, auch Gero. In dem Brief, in dem er sich von Thea verabschiedete, bat er sie, nach Köln zu kommen und ihn beim Neubau der Sankt Pantaleonskirche vor den Toren der Stadt zu beraten, damit ihr heiliger Landsmann eine angemessene Ruhestätte bekäme. Ein paar Tage später erfuhr Thea, dass auch sie weiterreisen würden. Willigis erklärte ihr, die Keller und Vorratskammern der Pfalz seien leer. Die zahlreichen Gäste, die zu der großen Synode gekommen waren, hatten alles aufgezehrt; der kaiserliche Hof musste weiterziehen. Thea hatte gemeint, sie würden wenigstens bis zum Frühling in Ingelheim bleiben.

Sie verbrachten nur einige Tage in Trebur, nördlich von Mainz, dann quartierten sich der Kaiser und seine Familie auf einem Gut in Nierstein ein. Der Hofstaat war geschrumpft. Viele der Berater des Kaisers verbrachten den Winter auf ihren eigenen Besitzungen. Die meisten der Soldaten wurden ausbezahlt und kehrten nach Hause zurück. Als sie Nierstein Mitte November verließen, bestand der kaiserliche Zug nur noch aus ein paar Wagen und Reitern. Am ersten Morgen in Frankfurt erwachte Thea schweißgebadet. Seit sie Ingelheim verlassen hatten, waren die Zimmer, in denen sie schlief, immer enger und kälter geworden, doch die letzte Nacht lag wie ein Brand hinter ihr. Das Fieber hatte wieder begonnen.

Otto steht vor Theas Tür und denkt an Ekkeharts Rat. Ob Gott auch das gewollt hat? Jetzt, wo er die Prinzessin besser kennt, liegt sie krank im Bett. Manchmal kam sie in den letzten Wochen sogar in sein Zimmer. In Trebur, als sie von der Schenkung sprachen, die sein Vater auf Fürbitte seiner Mutter der Äbtissin von Gandersheim machen wollte, setzte Thea sich auf sein Bett. Später überlegte Otto, ob er sich hätte neben sie setzen, ihre Hand ergreifen sollen. In Nierstein bat sie ihn, die Auszahlung der Soldaten nicht dem Marschall zu überlassen. Der Kaiser von Konstantinopel beschenke seine Leute an Weihnachten persönlich mit Gold und Ehrenzeichen ihrem Rang entsprechend. Die Männer schienen erfreut, Otto bei der Verteilung des Soldes zu sehen. Manche dankten ihm, viele verbeugten sich vor Thea.

«Eure Gemahlin ist beliebt», flüsterte der Marschall Otto zu.

Thea hatte durchgesetzt, dass die Soldaten besseres Essen bekamen, in sauberen Unterkünften schliefen; sie hatten Grund, ihr dankbar zu sein. Otto beobachtete, wie Thea mit dem bärtigen Jakob sprach, er hatte den alten Soldaten nie zuvor lächeln sehen.

Thea glaubt Schritte vor ihrem Zimmer zu hören – Irene ist eben gegangen –, sie lauscht, aber niemand kommt. Sie greift nach dem Fläschchen, das ihr Stephanos gegeben hat. Es enthält ein nach Minze duftendes Öl, und sie streicht sich etwas davon an die Schläfen. Sie würde morgen gern an der Christmesse teilnehmen. Der Minzenduft steigt ihr in die Nase, dringt durch den Rachen in ihren Hals, sie schließt die Augen. Da ist das Wasser wieder, der schwarze Schopf …

«Et peperit filium suum primogenitum, et pannis eum involvit … Und sie gebar ihren ersten Sohn und wickelte ihn in Windeln …»

Otto hört eine Unruhe hinter sich in der Kirche, aber er kann sich nicht umdrehen. Er sitzt neben Thea vor dem Altar und versucht der Weihnachtsgeschichte zu folgen.

«Et pastores erant in regionem eadem … Und es waren Hirten in derselben Gegend …»

Thea hat die Hände im Schoß gefaltet. Otto sieht, wie sie die Finger immer wieder zusammenpresst. Sie ist noch nicht gesund.

«… und die Klarheit des Herrn leuchtete um sie …»

Hinter ihnen verlässt jemand die Kirche. Der Priester liest mit eintöniger Stimme.

«Nolite timere – Fürchtet euch nicht! Siehe, ich verkünde euch große Freude.»

Als Kind beneidete Otto die Hirten. Er stellte sich die weite Ebene vor, in der sie unter freiem Himmel schliefen. Die Erscheinung des Engels dauerte gewiss nur einen Augenblick, aber als die Hirten das Kind in der Krippe fanden, glaubten sie, dass es auserkoren war. Dann kehrten sie zu ihren Schafen zurück, lebten weiter in der Ebene wie zuvor. Seine Mutter lachte Otto aus, als er gestand, er wäre gern einer der Hirten gewesen. «Du wirst König sein», sagte sie, «Kaiser.» Es klang wie eine Drohung.

Die niedrige Kirche ist von Kerzenrauch erfüllt. Thea trägt einen Mantel, einen Übermantel und ihren Pelz, aber sie friert dennoch. Sie denkt an Geros Bitte, ihn beim Neubau von Sankt Pantaleon zu beraten. Sie würde über dem Hauptportal auf der Westseite der Kirche eine Empore errichten lassen, mit Bögen aus weißen und roten Backsteinen. Viele Häuser in Konstantinopel sind so gebaut; Backsteine sind nicht teuer. Zu beiden Seiten des Hauptportals wäre ein Turm. Thea versucht sich an den Eingang der Sophienkirche zu erinnern, aber sie sieht nur die Vorhallen vor sich, in der die Ungetauften den Lesungen lauschen dürfen, bis die Türen zum Kirchenraum für die Messe geschlossen werden. Auf der rechten Seite der inneren Halle ist das Vestibül, in dem der Kaiser sein Schwert und seine Krone ablegt, bevor er die Kirche betritt, links führt eine Rampe in rechten Winkeln auf die Galerie, die rings um die Kirche läuft. Thea erinnert sich an das weiche Licht, das durch die Alabasterscheiben fällt, an das Schimmern der Mosaiken. Wie im Innern eines Edelsteins hatte sie sich auf der Empore gefühlt, und dort, wo die Frauen des Hofes während der Messe saßen, war ein Kreis aus farbigen Steinen im Boden, auf dem der Thron der Kaiserin stand, auf halbem Weg zwischen Erde und Himmel.

Die Vergangenheit gab uns nicht frei. Thea hatte sich bemüht, sich gefügt, die Fügungen für sich zu nutzen versucht, und manches war ihr gelungen – mit meiner Hilfe. Aber es war nicht genug, nicht in jenem ersten Winter.

Der Himmel hielt sich über Monate hinter Wolken verborgen. Die Tage vergingen in Dämmerung; sie hing an den Mauern, in den Räumen und auch in den Menschen. Ich beobachtete, wie die geduckten Gestalten, in ihre Mäntel gehüllt, an jenem Weihnachtstag nach der Christmesse durch das Schneegestöber eilten. Wie Vertriebene kamen sie mir vor, von Ort zu Ort fliehend auf der Suche nach Schutz.

Wir waren durch den Staub Italiens gezogen, über die teuflischen Alpen, den grauen Strom hinauf. Wir hatten uns gegen Verachtung und Missgunst gewehrt, waren unseren Gegnern entkommen, hatten um Vertrauen geworben, und die ganze Zeit über hatten wir unsere Zweifel und unsere Enttäuschung in Schach gehalten. In der Kälte jenes Frankfurter Winters aber überwältigte sie uns. Die junge Kaiserin war an Leib und Seele erschöpft. Der Unfall ihrer Stute, so geringfügig die Verletzung schließlich war, hatte sie erschüttert; und sie sagte, es sei kein Zufall gewesen. Im Fieber murmelte sie Sunnas Namen.

Wir im Osten geben nicht so viel auf die Nähe des Bluts wie die Menschen hier, und ich selbst kenne, wie alle meines Standes, die Namen meiner Eltern nicht, aber ich hatte einen Meister. Noch heute erinnere ich mich, wie er seine Feder einige Male in der Luft auf und ab bewegte, bevor er die erste Zahl seiner Berechnungen aufs Pergament setzte, wie in der nächtlichen Kälte, wenn ich ihm auf dem Dach seiner Studierstube die Namen der Sterne aufzählen musste, ein Tropfen an seiner Nasenspitze baumelte, und an die Art, wie er in die Ferne schaute, als habe er mich nicht gehört, bevor er meine Fragen beantwortete. Auch Thea konnte sich nicht an ihre Mutter erinnern, und der Patrikios, ihr Vater, war ein Mann seiner Truppen. Sie war von vielen erzogen worden, gewöhnt zu wählen, wem sie ihr Herz öffnete, und vielleicht hätte Gero von Köln sie in jenem Winter aus dem Verlies des Verzagens retten können. Aber er war gleich nach der Synode abgereist.

Mit ihm und den anderen Bischöfen verschwand auch Dietrich von Metz wieder vom Hof. Ich war erleichtert zuerst. Noch in Ingelheim hatte ich vom überraschenden Tod des früheren Abts der Reichenau gehört und mir gesagt, dass unsere Feinde sich gegenseitig unschädlich machten. Erst später merkte ich, dass mir unsere Widersacher mehr fehlten als jene, die uns gewogen waren.

Der Vorfall auf der Insel war eine Herausforderung gewesen. Auf der langen Fahrt den Rhein hinauf hatte ich Komplizen gewonnen, mir Zuträger gekauft, mit Versprechen, Drohungen, die mir die Nacht offenbarte: ein ehrgeiziger Kanzlist, ein schlechtbeleumdeter Vikar, zwei Zofen der Kaiserin, Diener, Mägde, Namenlose, die für mich Ausschau hielten, mich unterrichteten und auch mehr tun würden, wenn ich sie hieß. Ich hatte ein Netz gesponnen, in dem Dietrichs graue Gesellen sich verfangen mussten. Denn ich war sicher, dass er hinter dem Angriff auf der Reichenau stand, Verbündete hatte, die seinen Befehlen gehorchten, und ich wartete wie die Spinne in der Mauerritze. Doch dann reiste der Bischof von Metz nach ein paar Tagen schon wieder ab. Vielleicht weil er mit der Bestrafung des greisen Ulrichs und seines frechen Neffen gescheitert war, weil er den Augsburger Bischofsstab lieber in anderen Händen gesehen hätte. Er schien übermäßig beleidigt über das Urteil des Kaisers, nahm, so berichteten meine Leute, sogar einen Teil der Geschenke, die er für die Kaiserin mitgebracht hatte, wieder mit. Aber mehr wusste ich nicht. Zweimal sah ich ihn mit einem Geistlichen reden, dessen Schädel von Brandwunden entstellt war. Allein die beiden Männer waren uneinig, stritten sich, und bis Dietrichs schmalrädrige Kutsche aus dem Ingelheimer Tor hinausfuhr, hatte ich nicht einen einzigen seiner Komplizen ausmachen können. Auch ich war enttäuscht in jenem Winter. Einmal mehr war mein Können am fränkischen Hof nicht gefragt.

Starr vor Kälte und Mutlosigkeit saßen wir in der ungastlichen Pfalz, unserer Heimat und unseren Zielen ferner als je zuvor, und die junge Kaiserin wurde immer schwächer. Der Hofarzt kam bereits in Ingelheim ans Ende seines Wissens, und auch ich war ratlos. Schwermut steht nicht im Buch des Löwen, aber wenn er sich ihr ergibt, tut er es, wie alles, mit seiner ganzen Leidenschaft. Ich hätte Thea keinen Grund nennen können weiterzuleben; so fand sie einen Grund, nicht zu sterben.

Der Saal, in dem das Essen nach der Christmesse stattfindet, ist von Fackeln erleuchtet, und im Kamin hinter den Sesseln der kaiserlichen Familie brennt ein Feuer. Der Kaiser und Adelheid haben bereits Platz genommen. Der Burgherr weist die Gäste an ihre Tische. Der neue Bischof von Regensburg, der nach Frankfurt gekommen ist, um sich in seinem Amt bestätigen zu lassen, sitzt neben dem Kaiser, ein Missionar, den Otto der Große aus Ungarn zurückrief, weil man sich mit der Stadt nicht einigen konnte. Der Burgherr teilt Otto und Thea die Plätze an Adelheids Seite zu.

«Hier», sagt die Mutter zu Otto und deutet auf den Sessel neben sich, ohne Thea zu beachten.

Thea merkt, wie der Bischof von Regensburg sie mustert. Sie ist die Neugier der Leute inzwischen gewöhnt, und sie kennt das Geflüster: «Die Prinzessin, die Fremde, die Griechin.» Thea beachtet die Blicke des Bischofs nicht. Nach einer Weile wendet er sich zum Kaiser und sagt etwas. Der Kaiser schaut auch zu Thea. Sie senkt den Blick.

«Sie wird sich fügen müssen», sagt Adelheid laut zu ihrem Sohn, und Thea weiß sofort, dass sie von ihr reden.

«Sie ist krank», flüstert der kleine Otto zornig.

Gleich darauf steht eine von Adelheids Hofdamen neben Thea. Sie hüstelt. «Ihr sollt Euren Pelz ausziehen.»

«Meinen Pelz?», fragt Thea überrascht. Es ist kaum wärmer im Saal als in der Kirche.

«Die Kaiserin sagt, Ihr seht aus wie eine Reisende», erklärt die Hofdame.

Thea weiß nicht, ob sie lachen oder weinen soll. Sie ist eine Reisende, ein ganzes Jahr ist sie schon unterwegs. Die meisten ihrer Sachen hat sie noch gar nie ausgepackt. Ihr Geschirr, die Seidenstoffe, der größte Teil der Geschenke liegen unberührt in den Kisten, seit Konstantinopel trägt sie dieselben paar Kleider. Thea schaut sich um. Otto neben ihr starrt in den Saal. Der Kaiser unterhält sich mit dem Bischof. Die Hofleute reden, trinken, es scheint niemanden zu stören, dass sie ihren Pelz trägt. Adelheids eisblaue Augen beobachten sie. Mit möglichst gleichgültiger Miene schlüpft Thea aus dem Pelz und legt ihn über die Lehne ihres Sessels. Langsam zieht sie auch den Übermantel aus, den

Mantel. Sie trägt das grüne Kleid darunter. Einige der Hofleute schauen ihr zu. Thea verharrt einen Moment, dann löst sie den Schal, den sie um den Kopf geschlungen hat, und streift ihn zurück. Der Mund der Schwiegermutter öffnet sich.

Beim Ankleiden vor der Messe entdeckte Thea in einer ihrer Schmuckkassetten den goldenen Reif, den ihr Johannes, ihr Onkel, vor einem Jahr zu Weihnachten schenkte. Der Reif ist aus vielen kleinen Blättern geformt und sitzt wie ein Krönchen auf dem Kopf. Thea betrachtete ihn und dann – als Erinnerung an die letzte Weihnacht in Konstantinopel – steckte sie ihn ins Haar. Sie hatte nicht vor, den Schal abzulegen. Nur sie selbst, dachte sie, würde wissen, dass sie den Reif trägt.

Adelheid hat den Mund wieder geschlossen. Ihre Augen sind schmale Schlitze. Stille breitet sich unter den Hofleuten aus. Thea wirft einen Blick zu Otto. Ein Anflug von Bewunderung liegt auf seinem Gesicht, oder ist es Furcht?

«Bezaubernd», sagt der Bischof von Regensburg. Auch der Kaiser ist verstummt. Das Wort hallt durch den Raum. Thea weiß nicht, ob es ein Lob oder ein Tadel ist.

«Ja, unsere Schwiegertochter bezaubert uns immer wieder», meint der Kaiser endlich und lächelt.

«Die Frauen in Konstantinopel sind wohl so gefallsüchtig, dass sie sogar an den heiligen Kirchenfesten ihre Kronen tragen?», meint Adelheid giftig.

«Es ist nur ein Reif, keine Krone.» Theas Stimme zittert. «Und ich habe ihn auch letzte Weihnachten in Konstantinopel getragen.»

«Man sagt, der Hof im Osten speise an Weihnachten in einer prächtigen Halle?», erkundigt sich der Bischof von Regensburg neugierig.

«In der Decanneacubita», bestätigt Thea. Sie ahnt, woher der Bischof sein Wissen hat. Liutprand hat das kaiserliche Weihnachtsfest in der Halle der neunzehn Tafeln genau beschrieben, und selbst der griesgrämige Alte konnte seine Bewunderung nicht ganz verbergen.

«Man sagt, der Kaiser liege dabei am Tisch?», wirft Adelheid missbilligend ein.

«Alle Gäste liegen in dieser Halle zum Essen, so wie es in Rom einst Brauch war», entgegnet Thea; auch ihre Hände zittern.

«Und sie essen von goldenen Tellern?», fragt der Bischof weiter.

Thea schaut zu ihrem Schwiegervater; sie würde lieber von etwas anderem reden.

«Und betrachten nackte Knaben dabei?», erkundigt sich Adelheid höhnisch.

Thea kann nicht schweigen.

Otto blickt auf seinen zinnernen Becher, während Thea die Halle mit den neunzehn Tafeln beschreibt, an denen – gleich den Aposteln – je zwölf Leute essen. Gewöhnlich werden die Speisen in silbernen, an Weihnachten aber in goldenen Schüsseln aufgetragen, von Lyra- und Flötenspiel begleitet, und nach dem Essen öffnet sich zum Klang der Wasserorgeln das große Portal im Norden der Halle, und drei goldene, mit Früchten gefüllte Schalen erscheinen. Sie sind so schwer, dass sie auf Pferdewagen, die mit Purpurtüchern behängt sind, in die Halle gezogen werden. In vergoldetes Leder eingenähte Seile werden von der Decke heruntergelassen mit Haken, an denen die Schalen aufgehängt und auf die Tische gehoben werden. Ottos Becher hat eine kleine Delle am oberen Rand; er spürt sie, wenn er daraus trinkt. Zur Unterhaltung der Gäste, erzählt Thea weiter, treten an den Festtagen Tänzerinnen auf, Jongleure und Akrobaten, die manchmal nur Lendenschürzen tragen, damit sie sich bei ihren gewagten Kunststücken nicht in ihren Kleidern verheddern.

Das Stechen in Theas Hals wird stärker, während sie spricht, ihre Stimme heiser. Otto stellt seinen Becher mit einer abrupten Bewegung auf den Tisch, Wein spritzt heraus.

«Wir wollen unsere Schwiegertochter nicht unmäßig mit unserer Neugier bedrängen», meint der Kaiser endlich.

«Sie ist krank», wirft Otto ein.

«Richtig, die junge Kaiserin ist eben erst wieder genesen», erklärt sein Vater dem Bischof.

«So werden wir nicht erfahren, mit welchen Kunststücken die nackten Männer den Kaiser von Konstantinopel unterhalten?», fragt Adelheid bissig.

«Die Beschreibungen der jungen Kaiserin waren unterhaltsamer als irgendein Kunststück», wendet der Bischof ein. Thea blickt ihm zum ersten Mal ins Gesicht; er lächelt.

Während die Gespräche an den Tischen wieder beginnen, hustet Thea so unauffällig wie möglich mit dem Schal vor dem Mund.

«Willst du den Mantel nicht wieder anziehen?», fragt Otto.

Thea sucht an den Rändern des Saals nach Irene. Schon als sie die Kirche verließen, hat sie die Zofe nicht unter den Hofleuten gesehen.

«Nein – ja», sie bringt die Worte kaum über die Lippen. «In meinem Zimmer ist ein Fläschchen.»

«Soll ich es holen lassen?»

«Irene weiß, wo es ist.»

Otto blickt sich um. «Ich werde es ihr sagen», meint er und steht auf.

Die Kälte lässt Otto erschauern, als er in den Hof hinaustritt. Es ist Nacht geworden, und er braucht einen Moment, bis seine Augen sich an die Dunkelheit gewöhnt haben. Soll er einen Diener nach Irene schicken und selbst in den Saal zurückkehren? In der Küche brennt noch Licht. Da ist das Ziehen wieder in seinem Körper; es genügt, an Irene zu denken.

Während Otto über den vereisten Hof stapft, vernimmt er ein Husten. Im ersten Moment meint er, Thea sei ihm gefolgt. Doch als er sich umdreht, ist die Tür zum Saal geschlossen. Beim nächsten Schritt hört er das Husten wieder, ein Würgen. Er versucht die Ecken des Hofes in der Finsternis auszumachen. Das Geräusch kommt aus dem Schatten neben dem Stall; ein Erbrechen, jemand vom Gesinde, der an der Weihnachtsfeier zu viel gegessen oder getrunken hat. Otto hat kein Verlangen herauszufinden, wer es ist, geht aber dennoch weiter. Eine Gestalt kauert am Boden, ihre Umrisse unscharf, von Krämpfen geschüttelt. Otto räuspert sich. Die Gestalt erstarrt.

«Soll ich –» Auch Otto erstarrt.

«Nein.» Irenes Stimme ist matt. «Lasst mich …»

«Ich kann Line holen», schlägt Otto vor. Er wagt nicht, näher an Irene heranzutreten.

«Nein, niemand, bitte.» Ein nächster Krampf packt sie, und Otto hört ein qualvolles Würgen.

«Soll ich nicht doch …?»

«Nein!» Irene spuckt, schluckt, dann dreht sie sich zu Otto um. Ihr Gesicht ist nur ein heller Fleck in der Dunkelheit, ihre Augen sind riesig.

«Nein», wiederholt sie, und es klingt wie ein Befehl. «Lasst mich allein.»

Zögernd wendet Otto sich ab und geht über den Hof zurück. Kurz vor der Tür des Saals erinnert er sich an das Fläschchen und eilt zum Wohngebäude hinüber.

Otto war schon früher in Theas Zimmer, doch im Schein der kleinen Talglampe, die er aus dem Flur mitgenommen hat, kommt es ihm fremd vor. Er versuchte sich an Theas Worte zu erinnern. Das Fläschchen muss an einem besonderen Ort sein, versteckt vielleicht. Er lässt den Schein der Lampe über das Bett gleiten, das Messingtischchen, das Gestell mit den Kleidern, die Truhen; eine davon ist geöffnet. Otto sieht eine Sammlung von Kästchen, manche aus poliertem Holz oder mit Schnitzereien verziert, andere aus Leder mit goldenen Prägungen darauf. Otto stellt die Lampe auf den Boden, greift nach einem der Lederkästchen – einem kleineren, abgegriffenen – und öffnet es: Ohrringe, Armspangen, eine zerrissene Glasperlenkette. Otto hat die Sachen noch nie an Thea gesehen. Vorsichtig fährt er mit dem Finger über den Schmuck. Unter einem der Ohrringe taucht ein Bernstein auf. Otto stockt – der Löwe. Er kennt ihn, ein Glücksbringer. Sein Vetter trägt ihn stets in der Tasche. Otto setzt sich auf den Boden und betrachtet den Bernstein im Schein der Lampe. Es besteht kein Zweifel. Von der Unterseite sind die Reste eines eingeschlossenen Insekts im Stein zu erkennen, und sein Vetter hat gescherzt, dass hier jemand aus einer Mücke einen Löwen gemacht habe. Otto spürt das Dröhnen in seinem Kopf.

«Ich konnte Irene nicht finden», murmelt Otto, als er an den Tisch im Saal zurückkommt. Thea unterhält sich mit Bischof Wolfgang von Regensburg, der sich auf Ottos Platz gesetzt hat.

«Danke, es geht schon wieder.» Sie lächelt ihm zu. Otto wendet sich ab und blickt in den Saal. Nach einer Weile setzt er sich zu Willigis am anderen Ende der kaiserlichen Tafel.

«Aber schon bevor der Heilige Bonifatius unser Bistum gründete, muss an der Stelle des Doms eine Kapelle gestanden haben», erklärt der Bischof neben Thea.

«Und habt Ihr einen Brunnen vor dem Dom, damit die Gläubigen sich waschen können?», erkundigt sie sich.

«So wie in Aachen?»

«Ich war noch nicht in Aachen», gesteht Thea.

«Aachen ist der herrlichste Bau diesseits der Alpen.» Während der Bischof zu erzählen beginnt, wandert Theas Blick durch den Saal zu Otto.

«Nimmst du noch Wein?», fragt Willigis.

Otto hat nicht gemerkt, dass der Diener mit dem Krug neben ihm wartet.

«Nein – ja.» Otto greift nach einem der Becher auf dem Tisch und hält ihn dem Diener hin; es ist ihm gleich, wer vor ihm daraus getrunken hat.

«Ist dir nicht gut?», erkundigt sich Willigis besorgt.

«Doch, alles ist gut», entgegnet Otto unwirsch. Das Dröhnen in seinem Kopf hat aufgehört, aber er spürt die Stelle an der Schläfe, mit der er gegen die Bettkante gefallen ist. Es gibt nur eine Erklärung für den Bernsteinlöwen in Theas Schmuckkästchen. Otto denkt an die Nacht in den Bergen. Hat sie den Glücksbringer damals schon gehabt? Er hängt an einem dünnen Lederband. Sie muss ihn unter ihren Kleidern tragen, unsichtbar für die Augen der andern, wie der goldene Reif unter ihrem Schal.

«Ich muss Euch auch noch Grüße bestellen aus Regensburg», meint der Bischof zu Thea.

«Grüße?», fragt Thea verwundert. Sie kennt niemanden in Regensburg. Ihr Blick wandert wieder zu Otto; er sieht bleich aus.

«Von Eurem Stiefneffen», erklärt der Bischof schmunzelnd.

«Meinem Stiefneffen?»

«Otto.»

Thea schießt das Blut ins Gesicht. «Otto medius», entfährt es ihr.

«Otto medius?», der Bischof stutzt, dann lacht er heraus. «Natürlich, sehr gut, Otto medius», er schlägt auf den Tisch. «Nec major nec minor, ergo medius.»

«Der Herr Bischof scheint sich gar gut mit unserer Schwiegertochter zu unterhalten?», ruft der Kaiser über die Köpfe hinweg, und der Bischof beginnt sofort, den letzten Teil ihrer Unterhaltung zu wiederholen. Thea sieht, wie Otto am anderen Ende der Tafel an seine Schläfe fasst.

«Otto medius!» Auch der Kaiser lacht. «In der Tat, unsere Schwiegertochter versteht ihr Latein, und unser Enkel verdient diesen Namen. Er ist ein besonnener junger Mann, der stets einen Mittelweg findet.» Thea spürt die Hitze in ihren Wangen. «Er steht unserem Herzen sehr nahe», fügt der Kaiser hinzu.

Ein besonnener junger Mann – Otto leert den Becher in einem Zug. Die Monate in Italien ziehen an ihm vorbei, die Ausritte mit seinem Vetter, die Gespräche. Die Unterhaltung auf dem Ritt zum Dorf am Südfuß der Alpen, das verlegene Lachen des Freundes. Siedend heiß läuft es Otto durch die Glieder. Hat sein Vetter mit Thea geschlafen? Hat sie ihn deshalb in Sankt Gallen ins Gesicht geschlagen? Was für einen Grund hatte der Vetter gehabt, Thea den Bernsteinlöwen zu geben? Was für einen Grund gab es? Er steht unserem Herzen sehr nahe. Otto blickt zu Thea. Sie unterhält sich wieder mit dem Bischof. Ihre Wangen sind gerötet, sie scheint nicht mehr krank. Medius ist mehr als minor. Das Gelächter im Saal ist plötzlich unerträglich. Der goldene Reif glänzt auf Theas Kopf, und einen Augenblick lang kommt es Otto vor, als verwandle sich ihr Haar in Schlangen.

Thea wundert sich über das Talglicht, das auf dem Boden neben der offenen Truhe steht, als sie in ihr Zimmer zurückkommt. Irene ist nicht da. Thea hängt ihre Mäntel über das Kleidergestell, legt den Pelz aufs Bett. Sie nimmt den goldenen Reif aus ihrem Haar. Sie konnte es nicht verhindern, von Otto medius zu reden, der Bischof fragte immer weiter. Er kannte den Enkel des Kaisers und

Ida, die Mutter. Vor kurzem erst traf er beide in Regensburg. Thea betrachtet das abgegriffene Lederkästchen mit ihrem Kinderschmuck, dem Bernsteinlöwen. Sie trägt ihn schon lange nicht mehr. Sie hat dem Geschenk von Otto medius damals zu große Bedeutung beigemessen. Der Bernsteinlöwe ist nicht viel wert, sie hat ähnliche bei anderen Leuten gesehen, in den Händen eines Geistlichen in Ingelheim, am Hals eines Soldaten sogar.

Thea schlüpft aus dem grünen Kleid, ihre Kehle schmerzt. Sie holt das Fläschchen aus dem Versteck in der Wandnische hinter den Büchern und streicht etwas von dem Öl an ihre Schläfen; es ist schon fast aufgebraucht. Der Minzenduft steigt ihr in die Nase. Sie zieht die Bettdecken über sich und schließt die Augen.

Von Konstanz aus fuhren sie ein kurzes Stück den Rhein hinunter, dann legten die Boote wieder am Ufer an. Der Tag war heiß, aber klar, und während das Gepäck auf Karren verladen wurde, schlug Otto medius Thea vor, ein Stück weit das Ufer entlangzuspazieren. Er hatte sich bereits vom Kaiser verabschiedet. Am nächsten Morgen würde er mit seinen Leuten Richtung Osten reiten.

«Deine Mutter wird sich freuen, dich wiederzusehen», sagte Thea, als sie eine Weile gegangen waren. Die Sonne brannte auf sie herab, Thea roch die Wärme auf Ottos Haut.

«Ich weiß nicht», meinte Otto medius. «Manchmal denke ich, sie sieht nur meinen Vater in mir; und es wäre besser, ich würde sie nicht an ihn erinnern.» Ein Schweißtropfen rann seinen Hals hinab in sein offenes Hemd hinein. «Sie vermisst ihn», fügte er nach einer Weile hinzu.

«Ich werde dich auch vermissen», entgegnete Thea ohne zu überlegen.

Otto blieb stehen und schaute auf ihre Kehle. Einen Moment lang glaubte Thea, er werde sie küssen. Doch als er die Hand dann

hob, berührte er nur rasch das Lederband, an dem der Bernsteinlöwe hing.

«Lass uns schwimmen gehen», sagte er unvermittelt.

Thea blickte auf den Rhein. «Hier?»

«Ja.» Otto hatte bereits sein Hemd ausgezogen.

Einen Augenblick später trieben sie im kühlen Wasser. Es war
einfach, die Strömung trug sie, das Ufer zog an ihnen vorbei. An
einer Stelle neigte sich eine alte Weide über den Fluss. Thea sah
Ottos schwarzen Schopf vor sich unter den Zweigen hindurch-
gleiten, und es schien ihr wie eine Erklärung: Sie schwammen im
gleichen Strom, nur ein paar Armeslängen voneinander entfernt,
und doch getrennt, jeder für sich.

Kurz vor dem Platz, an dem die Boote angelegt hatten, steuerte
Otto auf das Ufer zu. Er half Thea aus dem Wasser, und bis sie ihre
Sachen wiedergefunden hatten, waren ihre Unterkleider getrock-
net. Während Otto sein Hemd überstreifte, betrachtete Thea verstohlen seinen nackten Oberkörper. Die Haut auf seiner Brust war
verzogen, spannte sich über Kämme und Buckel; an einer Stelle
kringelten sich ein paar schwarze Haare.

Am nächsten Tag ritten sie auf eine Anhöhe über dem Rhein,
um den Wasserfall anzuschauen, der sie gezwungen hatte, die
Boote nochmals zu entladen. Otto medius war schon nicht mehr
bei ihnen. Das Wasser toste schäumend über die grauen Felsen in
die Tiefe.

Es war die Geste, mit der sie den Schal zurückschob. Noch heute
sehe ich diese kleine Bewegung vor mir, sanft, aber bestimmt, als
weise sie ein unartiges Kind zurecht. Wir können unser Leben
für andere opfern, aber kämpfen müssen wir für uns selbst. Liebe,
Glaube und Hoffnung hatten die junge Kaiserin in diesem Winter

verlassen. Sie hatte nichts mehr zu verlieren, und sie musste die Demütigungen nicht länger ertragen. Das Krönchen funkelte auf ihrem Kopf. Mit leiser Stimme begann sie zu erzählen, für sich mehr als für die andern, aber der Hof lauschte. Die Verachtung, das Misstrauen, der Neid schwanden aus den Gesichtern der Franken, auch ich hing an ihren Lippen. Nie zuvor war der Palast von Konstantinopel so zauberhaft beschrieben worden, und zusammen mit der Sehnsucht sickerte aus den Worten eine leise, zögernde, grundlose Zuversicht.

Es dauerte Wochen, bis Thea sich von ihrer Schwäche erholte, aber als es hieß, die via regia sei schneefrei genug, um nach Magdeburg zu ziehen, war sie gesund. Karl der Große hatte die Königsstraße bauen lassen, während er gegen die Sachsen kämpfte. Nun, so stellte der Kanzler bei jeder Gelegenheit fest, stamme der Kaiser selbst aus Sachsen und kehre auf der Straße in sein Vaterland zurück. Alle zehn Meilen würde uns ein Königshof erwarten, in dem wir uns ausruhen und verpflegen könnten, und weil der Weg über Kämme und Höhen führe statt durch die Niederungen, werde er Hellweg genannt.

Die Heimkehr
Magdeburg, März 973

«Der Weg mag hell sein, aber besonders trocken ist er nicht», meint Thea zum bärtigen Jakob. Zum dritten Mal an diesem Morgen steckt Adelheids Wagen im Morast. Jakob und die anderen Soldaten legen ihr Gepäck ab, holen Bretter von einem der Karren und schieben sie unter die Räder. Wenn sie den Wagen so nicht frei bekommen, müssen die Frauen aussteigen; es würde Zeit kosten. Thea beobachtet von Sunnas Rücken aus den Vorhang vor der Fensteröffnung. Als der Wagen einsackte, war ein Aufschrei aus dem Innern zu hören, nun rührt sich nichts. Die Frauen müssen übereinanderliegen, in Mäntel und Decken gehüllt.

Thea hätte vor der Abreise aus Frankfurt gerne noch den Hof in Boppard am Rhein besucht, aber es blieb keine Zeit. Sie hatte die Abrechnungen des Hausmeisters studiert. Die Zahlen sahen ordentlich aus, und Thea diktierte ihre Anweisungen einem der Kanzlisten. Sie ließ dem Hausmeister mitteilen, sie werde bei der nächsten Gelegenheit nach Boppard kommen. Sie hat noch immer keinen der Höfe gesehen, die der Kaiser ihr schenkte.

Die Männer stoßen und schieben. Mit einem schmatzenden Geräusch gibt der Morast die Räder des eingesunkenen Wagens frei.

«Nein, trocken ist der Weg nicht», brummt Jakob, als er sein Gepäck wieder geschultert hat und neben Sunna hergeht.

«Werden wir Magdeburg heute noch erreichen?», fragt Thea.

«Ho, ho», rufen die Männer hinter ihr.

«Nicht, wenn es so weitergeht.» Jakob dreht sich um, offenbar steckt schon wieder ein Wagen fest.

«Was ist los?», fragt Thea, als Irene näher kommt.

«Einer der Küchenkarren ist umgekippt. Aber es waren nur Töpfe und die leeren Vorratskörbe darauf. Die Männer sind schon wieder am Aufladen.»

Irene sitzt auf einer braunen Stute, die auch zu den Pferden gehört, die Erzbischof Adalbert dem Kaiser nach Italien schickte. Nach Weihnachten erklärte Willigis Thea, eine Hofdame der Kaiserin werde sich fortan um ihre angemessene Bekleidung kümmern. Doch Thea lehnte ab. Sie forderte eine bessere Ausstattung für Irene, Kleider, Schuhe, einen Mantel, ein Pferd.

«Der Weg trägt seinen Namen zu recht», bemerkt Irene, während sie versucht, die braune Stute an einer Pfütze vorbeizulenken.

«Zu recht?», fragt Thea verwundert.

«Hel ist das Land der Toten.» Die braune Stute tritt widerwillig in die Pfütze hinein.

«Unser Essen schmeckt ihr nicht.»

Thea fährt zusammen. Der Kaiser sitzt so nahe, dass er das Knurren ihres Magens gehört haben muss. Sie sind nicht bis Magdeburg gekommen, sondern haben in einem Dorf einen halben Tagesritt entfernt ihr letztes Nachtlager aufgeschlagen. Die Bewohner des Dorfes waren nicht darauf vorbereitet, den kaiserlichen Hof zu verköstigen, und ihre eigenen Vorräte sind längst erschöpft. Seit Tagen essen sie nur noch Grütze. An diesem Abend schöpfte Irene Thea aus einem zweiten Topf ein braunes Mus, das die Leute im Dorf für sie bereiteten. Ein modriger Geruch stieg Thea in die Nase.

«Die Pilze ...», beginnt sie entschuldigend.

«Ich erinnere mich, als ich zum ersten Mal Oliven essen sollte», unterbricht der Kaiser sie mit heiserem Lachen. Thea brachte die Pilze nicht hinunter, auch die Grütze nicht, die nach ihnen roch.

Und dann konnte sie nicht einschlafen. Jedes Mal, wenn sie die Augen schloss, schmeckte sie die eingezuckerten Früchte in ihrem Mund, die sie bei ihrer Ankunft in Italien so leichtfertig verschenkte.

Durch die blattlosen Kronen des Waldes glitzern Sterne. Der Kaiser muss schon eine Weile in der Dunkelheit auf der Bank an der Hüttenwand sitzen. Thea bleibt unschlüssig stehen. Seit Mailand hat sie nicht mehr allein mit ihrem Schwiegervater gesprochen. Ein leichter Wind weht aus den Bäumen.

«Es ist milder hier», bemerkt sie erfreut.

«Der Wald ist unser Verbündeter.» Die Stimme des Kaisers ist dunkel, und für einen Augenblick klingt sie wie die seines Enkels. «Er schützt uns, wärmt uns, liefert uns Holz, Wild, Honig und Pilze.»

Thea denkt an die Gärten vor den Mauern Konstantinopels, die Gemüsefelder, die Reihen von Obstbäumen, die aus Stroh geflochtenen Bienenkörbe. Die Imker dort wären nicht auf den Gedanken gekommen, auf Bäume zu klettern, um die Honigwaben wilder Bienenschwärme zu plündern.

«Mit den Eicheln und Bucheckern werden im Herbst die Schweine gemästet, die im Dezember geschlachtet werden.» Thea sieht Platten voller Schinken vor sich. «Mit dem Laub wird im Winter das Vieh gefüttert ...»

«Deshalb wohnen die Leute hier draußen», wirft Thea ein, um das Knurren ihres Magens zu übertönen. Sie fragte sich während der Reise, warum die Leute in dieser Wildnis hausen, in Hütten aus Holz und Lehm, die sie alle paar Jahre, wenn die Pfosten im feuchten Grund durchgefault sind, an einem neuen Platz wieder aufbauen müssen.

«Ihr reist lieber nach Männerart als mit den Frauen», sagt Otto der Große unvermittelt.

Thea denkt an den umgestürzten Wagen. «Ja.»

«Das ist gut.»

Sie kann die Miene ihres Schwiegervaters in der Dunkelheit nicht erkennen.

«Dieser Wald dürfte an die vierzig Schweine tragen», fährt der Kaiser mit einem Kopfnicken fort. Thea setzt sich neben ihn. «Und früher», er lacht auf, «hab ich hier mal einen Sechzehnender erlegt.»

Thea weiß nicht, was ein Sechzehnender ist; ein Hirsch wohl.

«Eine üble Sache», sagt der Kaiser.

«Ist das Tier …?» Thea sieht den Hirsch erschauern, die Vorderbeine knicken ein, Blut sickert unter dem Pfeilschaft ins Fell.

«Nicht wegen des Hirsches, der war tot, sondern weil ich keine Deckung hatte. Ich war allein, da war niemand, der einen zweiten Pfeil hätte abschießen können, wenn ich verfehlt hätte. Das macht ein guter Jäger nicht.»

Thea ist überrascht über die Strenge in seiner Stimme.

«Ich hatte Glück», meint der Kaiser. «Ich hatte oft Glück, als ich jung war.»

Der Wald liegt wie ein schlafendes Tier in der Nacht.

«Neid ist das Schlimmste.» Abrupt wendet Otto der Große sich zu Thea. «Das Schlimmste im Leben.»

Der warme Atem des Kaisers schlägt ihr ins Gesicht. «Hüte dich vor dem Neid der andern.» Thea weicht zurück. «Vor allem aber: Hüte dich vor dem Neid in deinem eigenen Herzen.»

Mit einem dumpfen Klang stößt Theas Hinterkopf gegen die Hauswand. Der Kaiser wendet sich ab.

«Sie reist lieber auf Männerart», wiederholt der Kaiser. «Ihr werdet noch viel unterwegs sein.» Er duzt sie nicht mehr.

«Der Kaiser von Konstantinopel lässt seine Gefolgsleute zu sich in die Hauptstadt kommen», wendet Thea vorsichtig ein.

Ein Schnauben antwortet ihr aus der Dunkelheit. «Unsere Reisen sind unvermeidlich.» Thea denkt an die leeren Vorratskeller.

Wie Heuschrecken, sagen die Leute, falle der kaiserliche Hof über Klöster und Pfalzen her.

«Unser Reich», erklärt Otto, «besteht aus vielen Völkern, die nur durch ihre Treue zum Kaiser miteinander verbunden sind. Jedes von ihnen dient uns, und wir dienen allen. Alle bedürfen unserer Gegenwart.»

Thea unterdrückt ein Seufzen.

«Ihr werdet Euch an das Reisen gewöhnen.» Der Kaiser lacht auf. «Ihr habt es im Blut. Ich habe es gleich gesehen, damals in Rom. Eine Soldatentochter, hab ich gedacht.»

Statt einer Purpurgeborenen, denkt Thea.

«Die größere Rationen für die Männer verlangt, bessere Zelte.»

Mit offenem Haar, zu viel Schmuck, denkt Thea.

«Sich in den Ställen rumtreibt.»

Die Falsche.

«Das ist die Richtige, hab ich gedacht.»

Thea hält den Atem an.

«Eine von uns», sagt der Kaiser.

«Aber ich –«

«Wir haben keine Generäle, die unsere Kriege für uns führen, keine Minister, die unser Reich verwalten, keine Paläste voller Pfauen und goldener Bäder. Wir haben nur uns selbst und das, was wir können. Darauf bauen wir unsere Macht, damit haben wir die Kaiserkrone errungen, damit halten wir sie für uns und unsere Söhne.»

«Aber ich kann nichts», entgegnet Thea entsetzt.

«Ihr könnt alles, was Ihr wollt.»

Ein Rascheln klingt aus der Dunkelheit, dann ist es wieder still. Der Wind hat aufgehört.

«Und das Reisen bringt manchen Vorteil», fügt der Kaiser nach einer Weile hinzu. «Vieles ist aus der Ferne klarer zu sehen. ‹Die kaiserliche Pilgerfahrt› nannte mein kleiner Bruder es.»

«Wie lange werden wir in Magdeburg bleiben?», fragt Thea.

«Bis zum Palmsonntag. Ostern feiern wir in Quedlinburg.»

Zwei, drei Wochen, rechnet sie im Kopf.

«Wenn ich eine Hauptstadt hätte, dann wäre es Magdeburg.» Der Kaiser sagt den Namen fast zärtlich. «Dort habe ich die schönste Zeit meines Lebens verbracht.»

Magdeburg liegt in der Ebene vor ihnen. Thea reitet im Tross hinter den beiden Ottos. Sie weigerte sich, für den Einzug in der Stadt zu Adelheid in den Wagen zu steigen. Sie will den Ort, der ihrem Schwiegervater so viel bedeutet, näher kommen sehen, die Landschaft ringsum. Der Kaiser ist noch in einen schlammverspritzten Reiseumhang gehüllt, aber darunter trägt er seinen pelzbesetzten Mantel, das vergoldete Schwert. Er sitzt schwer im Sattel, den Rücken gebeugt. In der Helle des sonnigen Wintertags scheint das nächtliche Gespräch wie ein Traum.

Der kleine Otto reitet neben seinem Vater. Wodan tänzelt, als könne er es nicht erwarten, von den schaulustigen Magdeburgern bewundert zu werden. Thea ließ Sunna das Zaumzeug mit den Scheuklappen anlegen; seit dem Unfall in Ingelheim ist sie noch vorsichtiger. Sie überlegt, wann sie zum letzten Mal mit dem kleinen Otto gesprochen hat. Sie erinnert sich, wie er ihren Arm nahm, als sie nach der Christmesse in Frankfurt aus der Kirche in den verschneiten Hof hinaustraten.

Plötzlich liegt die Stadt vor ihnen. Sie reiten an Ställen vorbei, dampfenden Misthaufen. Ist das schon Magdeburg? Thea hört das Muhen von Kühen. Schafe und Ziegen drängen sich hinter geflochtenen Zäunen, die Weiden sind immer noch braun. Der Winter scheint nie zu enden hier. In einigen Gärten sind die Beete umgestochen, die Erde ist schwer und lehmig. Hühner stieben vor den Pferden davon, im Straßengraben wühlt ein erdverklebtes Schwein.

An der nächsten Wegkreuzung wartet eine Schar Reiter. Sie tragen unansehnliche Mäntel, aber ihre Schwerter glitzern in der Sonne. Der Kaiser hat seinen Umhang abgelegt. Die Reiter rufen etwas, Otto der Große hebt den Arm. Einer der Rufenden muss Hermann Billung sein, der es wagte, den Platz des Kaisers einzunehmen, in seinem Bett zu schlafen. Thea ist nicht nahe genug, um ihre Gesichter zu sehen. Ohne abzusteigen, nehmen die Reiter den Kaiser und seinen Sohn in ihre Mitte und traben mit ihnen davon. Für einen Augenblick wünscht Thea, sie säße doch im Wagen der Frauen.

Auf der rechten Seite tauchen Lagerschuppen auf. Die Wohnhäuser dazwischen sind stattlich. Thea erkennt ihre Bewohner an den langen Gewändern, Hüten, Käppchen. In Konstantinopel handelten die Juden mit kostbaren Stoffen, Gewürzen, Weihrauch, Parfüms. Thea wüsste gern, was sie hier verkaufen. Sie blickt sich um, doch Soldaten und Hofleute reiten ungeordnet nebeneinander. Sie findet niemanden, den sie fragen kann.

Die nächsten Lagerhäuser sind durch eine Palisade von denen der Juden getrennt. Thea sieht Fuhrwerke, Stapel von Fässern, Männer, die Säcke abladen, den Teil eines Landestegs; das muss die Elbe sein. Dann werden die Häuser kleiner, stehen dichter beisammen. Der Duft von frischgebackenem Brot weht Thea in die Nase, und ihr Magen krampft sich zusammen. Sie wusste nicht, dass Hunger so schmerzen konnte. Plötzlich entdeckt sie die Kirche, ein einfacher, gedrungener Bau – aus rotem Holz. Sie kann den Blick nicht davon lassen. Erst nach einer Weile bemerkt sie den Erdwall hinter der Kirche und die Türme des Doms darüber.

Ich saß auf einem der Küchenwagen. Die Soldaten waren es leid geworden, auf mich zu warten, und es hatte sich herumgesprochen, warum mein Fleisch weicher, mein Gesicht bartlos, meine Stimme heller war. Ich ließ sie im Glauben, dass mein Mangel mir andere Kräfte gab. Sie wagten nicht zu fragen, wie, warum, was genau, aber sie fanden einen Platz für mich zwischen Körben und Töpfen, und ich musste meinen Leib nicht durch ihre sumpfigen Wälder schleppen.

Die Königshöfe am Weg waren nicht mehr als Bauernkaten, zu kalt selbst für Wanzen, mit Scheunen, in denen wir zwischen Maultieren und Pferden schliefen. Manche der Höfe waren verlassen, zerstört; und da war der ständige Kampf ums Essen. Wäre uns nicht hin und wieder ein Zug von Kaufleuten begegnet, die mir meine Sprüche über Wetter, Weg und kommenden Wohlstand mit Speckschwarten und Käserinden bezahlten, wäre ich verhungert. Gierig verbarg ich meine Beute in meinem Reisesack, ohne mich um die Fettringe zu scheren, die sie auf den Tabellen und Karten hinterließ.

Der Himmel war noch immer mit Wolken verkleistert, und wenn er sich auftat, war nie mehr als ein Zipfel der Nacht zu sehen. Höhnisch strahlte Venus mich in jedem Morgengrauen aus einer anderen Richtung an. In einer Nacht überraschte ich Thea und den alten Kaiser vor einer der Hütten. Er redete von Schweinen, sie lauschte, ich hörte nur einen Teil. Ich wusste, dass ich den Schützen nie wieder in seiner Gänze sehen würde, aber auch das riss mich nicht aus meiner Dumpfheit. Etwas war zum Stillstand gekommen, außen, innen. Die junge Kaiserin und der kleine Otto sprachen nicht mehr miteinander, und ich merkte es nicht.

Zwei Wochen vor Palmsonntag erreichten wir Magdeburg, die Stadt des Kaisers. Ich kann nicht sagen, dass ich enttäuscht war, zu tief waren meine Erwartungen gesunken. Es war eine Grenzstadt wie viele, geschäftig, verdreckt, voller Gesindel, das sich oder

231

seine Waren verkaufen wollte. Als wir an der Judenstadt vorbei-
kamen, überlegte ich, ob ich hier Nachrichten aus dem Osten bekommen könnte. Seit Sankt Gallen hatte ich nichts mehr gehört.
Aber was nützte es mir noch zu wissen, was in Konstantinopel
geschah? Ich würde mein Leben in Burgen und Gutshöfen verbringen, Marktflecken an verschlammten Flussufern, Städten wie
Magdeburg, die sich nicht voneinander unterschieden, nur dass
diese hier im Schatten eines großtuerischen Klosters stand, das
sich, wie ein Hirtenlager durch einen Erdwall geschützt, einen
Dom gebaut hatte, eine klotzige Kaiserpfalz, an deren Wänden der
Verputz noch nicht trocken war.

«Wo gehst du hin?», fragt Thea.

Irene steht ungeduldig in der Tür. Seit sie in Magdeburg sind,
kann sie ihre Arbeit nicht schnell genug machen, schon zweimal
ließ Thea vergeblich nach ihr suchen.

Irene zögert. «Nach Hause.»

Die beiden Worte kreisen in Theas Kopf. Irgendwo im Palast
schlägt eine Tür zu. «Du bist hier zu Hause?»

«Meine Mutter», Irene verzieht das Gesicht. Thea denkt an die
Steinhäuser rund um den Dom.

«Meine Mutter wurde als junge Frau hierhergebracht.» Die Lagerhäuser an der Elbe fallen Thea ein. «Zusammen mit anderen
Unfreien. Nach einem Kriegszug.»

«Woher?»

«Ich weiß nicht. Meine Mutter redet nicht darüber.»

«Und du bist hier zur Welt gekommen?» Thea hat sich nie
überlegt, dass Irene eine Familie haben könnte.

«Meine Mutter war schwanger, als sie gefangen wurde; zum
Glück.»

«Zum Glück?»

«Die Männer ließen sie in Ruhe. Und sie wusste, wie man Ton brennt. Man gab sie einem Töpfer. Dort kam ich auf die Welt. Sie konnte sich freikaufen.»

Irene reiht die Sätze hastig aneinander, ein ganzes Leben steckt in ihnen. «Nun hat sie eine eigene Töpferei», schließt sie nicht ohne Stolz.

«Und dein Vater?»

Irene zuckt die Schultern.

«Kann ich mitkommen?», fragt Thea.

Thea zieht Irenes Kopftuch tiefer in die Stirn. Im Innern der Küche erteilt eine von Adelheids Hofdamen Befehle. Hinter einem Fleischerkarren schlüpfen sie durchs Hoftor, einen Augenblick später stehen sie auf dem Domplatz.

Irene wollte Thea nicht mitnehmen. Sie fand Ausflüchte: Das Haus ihrer Mutter sei nicht groß genug, sie könnten den Kaiserpalast nicht einfach zusammen verlassen, die Wachen würden sie aufhalten. Aber Thea ließ nicht locker: «Ich kann mich verkleiden, wir gehen hinten hinaus, die Wachen werden mich gar nicht sehen.» Sie wollte die Frau kennenlernen, die ihre Tochter nach der Friedensgöttin taufte.

«Aber meine Mutter – sie kann Euch doch nicht angemessen empfangen», entgegnete Irene verzweifelt.

«Du musst ihr ja nicht sagen, wer ich bin», schlug Thea vor. «Sag, ich sei eine Zofe der jungen Kaiserin, aus Konstantinopel, eine Freundin von dir.»

Irene zögerte noch immer, aber zum Schluss gab sie nach. Thea schlüpfte in das Mägdekleid, das Irene ihr brachte, wickelte das graue Tuch um den Kopf.

«Wo durch?», fragt Thea und blickt sich auf dem Platz um. Adelheids Wagen fährt eben vor das Hauptportal des Palasts, sie muss in der Stadt unten die Messe gehört haben; Thea denkt an die rote Holzkirche. Kaum ausgestiegen, beginnen Adelheids Hofdamen, Almosen zu verteilen. Die Wachen sind damit beschäftigt, die wartenden Bettler in Zaum zu halten.

«Da durch.» Irene deutet auf ein Gässchen zwischen zwei Häusern. Thea würde am liebsten loslaufen; schon lange hat ihr nichts mehr so viel Spaß gemacht. Das Gässchen führt in einen Hinterhof. Wortlos geht Irene an den Knechten vorbei, die Holzscheite von einem Karren abladen. In der hintersten Ecke des Hofes ist eine Luke in der Mauer. Irene rafft ihren Rock und klettert hindurch. «Es gibt bequemere Wege, aber das ist der schnellste.» Thea tut es ihr gleich und landet auf einer Misthalde. «Im Winter ist es nicht so schlimm», meint Irene und springt über den Unrat den Hang hinab.

Als Thea sich umschaut, sieht sie, dass er Teil des Erdwalls ist, der Kloster und Kaiserpalast umgibt. «Kein sehr wirksamer Schutz», meint sie, als sie Irene eingeholt hat.

«Sie sind daran, eine Mauer zu bauen. Schon ewig.»

In Konstantinopel liefen die Mauern rund um die Stadt, das Ufer entlang und übers Land vom Marmarameer bis zum Golden Horn. Auf der Landseite waren sie durch einen zweiten Ring und einen Graben verstärkt, den man ganz oder zu Teilen fluten konnte, und nachts waren die Rufe zu hören, mit denen die Posten in den zweihundert Türmen sich gegenseitig wach hielten. Wenn der Kaiser von einem Kriegszug zurückkehrte, wurde das größte der elf Tore, das Goldene, das einen von vier Elefanten gezogenen Triumphwagen krönte, für ihn geöffnet, und er stieg von seinem Wagen und warf sich auf die Erde, bevor er die Stadt betrat. Kein menschliches Heer, hieß es, könne die Mauern von Konstantinopel überwinden.

«Hast du Geschwister?», fragt Thea neugierig, während Irene sie durch ein Gewirr von Häusern und Hütten führt.

234

«Eine Schwester, zwei Jahre jünger als ich.»

«Dann hat deine Mutter wieder geheiratet?»

«Nein.» Irene weicht einer Schar von Kindern aus, die um eine Hausecke stürmen.

«Gleicht deine Schwester dir?»

«Nein, sie ist ganz anders», Irene zögert. «Ihr Vater war einer von drüben.» Sie deutet mit der Hand in Richtung Elbe. «Keiner von uns.»

«Ich dachte, das Land jenseits der Elbe gehöre auch uns.»

«Das kommt drauf an, wen man fragt», meint Irene etwas spöttisch.

Manche der Häuser bestehen nur aus Dächern, Thea versucht in die Eingänge zu spähen. Das müssen die Grubenhäuser sein, von denen der Kanzler sprach. Sie sieht Webstühle im Innern, Frauen, die Spinnwirteln drehen.

«Und deine Schwester hilft deiner Mutter in der Töpferei?», fragt Thea weiter.

Wieder zögert Irene. «Sie hilft auch andern.»

«Beim Töpfern?»

Irene bückt sich und schlüpft in eins der Grubenhäuser. Thea stockt, dann folgt sie ihr.

Langsam gewöhnen sich Theas Augen an die Dunkelheit. Sie sind ein paar Tritte hinuntergestiegen, auf dem Boden liegen Strohmatten. Die Erdwände, auf denen der Dachstock ruht, reichen Thea nur bis zu den Knien, Büschel getrockneter Kräuter hängen von den Balken, dahinter ist das Stroh sichtbar, mit dem das Dach gedeckt ist. Gleich neben dem Eingang ist ein niedriger, gemauerter Ofen. Thea spürt die Wärme, die er abstrahlt.

Sie braucht einen Moment, bis sie merkt, dass sie aus dem einfallenden Licht treten muss, um die Frau, die an der Rückwand des Hauses kauert, besser zu sehen. Irene unterhält sich lebhaft mit ihr. Auf der Steinplatte vor den Knien der Frau liegt ein Lehmklumpen, daneben stehen eine Wasserschüssel, eine Drehscheibe. Auf dem Erdsims in ihrem Rücken sind ungebrannte Tassen aufgereiht. Thea kennt die Sprache nicht, in der Irene spricht. Nach einer Weile fischt die Mutter einen Lappen aus der Wasserschüssel, wringt ihn aus und schlägt ihn mit geschickten Bewegungen um den Lehmklumpen. Dann erhebt sie sich. Sie ist kleiner als Irene, und ihr Haar ist vollkommen weiß.

«Unser Haus ist das Eure», sagt Irenes Mutter in singendem Deutsch und weist auf den mit Fellen und Tüchern ausgelegten Platz hinter dem Ofen. Sie hat dieselben breiten, etwas geschwungenen Lippen. Sie sagt etwas zu ihrer Tochter und diese verschwindet.

Thea kommt sich mit einem Mal fehl am Platz vor. «Irene …»

«Ihr habt eine lange Reise hinter Euch.» Thea fragt sich, warum die Frau sie nicht duzt. Was hat Irene ihr erzählt? Die Mutter stellt Becher und einen Teller mit getrockneten Apfelringen vor Thea hin. Es ist angenehm warm neben dem Ofen.

«Fürchtet Ihr Euch nicht, das Feuer im Haus zu haben?», erkundigt sich Thea.

«Das ist üblich bei uns», erklärt Irenes Mutter. «Der Ofen wärmt besser als ein Kessel mit Glut, und zudem brauche ich ihn für meine Arbeit.»

Thea zuckt zusammen, als der Eingang sich verdunkelt, aber es ist nur Irene mit einem Krug in der Hand.

Während die Mutter die Becher füllt, fragt sie ihre Tochter auf Deutsch nach Neuigkeiten vom Hof. Thea wüsste gern, ob auch die Töpferin ihre Preise selbst bestimmt. Willigis erzählte ihr, die Händler im Westen legten ihre Preise nach eigenem Gutdünken fest, und jeder Geldverleiher verlange andere Zinsen. Es scheint ungerecht; je nachdem, wo man kauft, zahlt man mehr oder weniger für die gleiche Ware. In Konstantinopel wurde alles vom Kaiser verfügt.

«Was ist das?», fragt Thea, als sie zum zweiten Mal aus dem Becher getrunken hat.

«Met», lächelt Irene.

«Honigwein», erklärt die Mutter.

Es schmeckt eher nach süßem Bier. Thea hat das Gefühl, nie etwas Besseres getrunken zu haben.

«Und wie lange bleibt der Hof in Magdeburg?», fragt Irenes Mutter.

«Bis Palmsonntag. Ostern feiern wir in Quedlinburg», antwortet Thea ohne nachzudenken.

«Das ist nicht mehr lange», stellt die Mutter fest und streicht Irene übers Haar. Sechs Jahre hat sie ihre Tochter nicht gesehen.

«Wir kommen zurück», versucht Thea zu trösten. «Der Kaiser sagte – ich meine, ich habe gehört, er sei gern in Magdeburg», korrigiert sie sich.

«Er hat sieben Jahre hier gelebt, nach seiner ersten Heirat.»

War das die glücklichste Zeit seines Lebens? Thea versucht die Orte zu zählen, an denen sie war, seit sie geheiratet hat. «Damals war er noch nicht Kaiser?», erkundigt sie sich.

«Noch nicht mal König», wirft Irene ein. Sie hat eine der ungebrannten Tassen vom Sims genommen und reibt sie mit einem Tuch ab.

Thea versucht sich ihren Schwiegervater als jungen Mann vorzustellen, ohne Bauch, ohne das aufgeschwemmte Gesicht.

«Hatte er damals schon einen Bart?»

«Nein, den hat er erst, seit er mit der Italienerin verheiratet ist.»

Theas Lippen zucken, «die Italienerin» klingt kaum besser als «die Griechin».

«Ist Otto – ich meine, ist der Kaiser beliebt in Magdeburg?»

«Die Mönche loben ihn, weil er das Moritzkloster so unterstützt.»

Schon bei seiner Gründung vor fünfunddreißig Jahren bekam das Mauritiuskloster einen eigenen Rechtsbezirk, in dem Händler jeder Herkunft und jeden Glaubens ihre Waren verkaufen können. Später gab der Kaiser den Mönchen zum Zollrecht das Münzrecht, erlaubte ihnen, einen Markt abzuhalten; und er befreite die Kaufleute, die sich in Magdeburg niederließen, von den Abgaben in den anderen Städten des Reichs.

«Und die Leute, die hier wohnen?» Thea kann nicht aufhören zu fragen.

«Die sagen, er sei gerecht, weil sie keine höheren Abgaben zahlen müssen als in den anderen Vorstädten.»

«Warum sollten sie höhere Abgaben zahlen?»

«In diesem Teil der Stadt leben Liten, Kolonen, Slawen», erklärt die Mutter.

Thea wirft Irene einen fragenden Blick zu.

«Unfreie, Halbfreie, Zugewanderte aus dem Osten.» Irene reibt noch immer an der Tasse.

«Es heißt, der Kaiser behandle uns nur deshalb so gut, weil er selbst zuerst eine Slawin hatte», fährt Irenes Mutter fort.

«Seine erste Frau?» Thea versucht sich an Stephanos' Stammbaum zu erinnern.

«Geheiratet hat er sie wohl nicht, aber er hat ihren Sohn zum Erzbischof von Mainz gemacht.»

«Vor Rup –» Thea hält inne. Woher soll eine Zofe aus Konstantinopel den Namen des Erzbischofs von Mainz kennen?

Irenes Mutter füllt die Becher nach.

«Und was ist aus seiner Mutter geworden?», erkundigt sich Thea.

«Was aus solchen Frauen wird.»

Thea beißt sich auf die Lippen. Ihre Fragen müssen wie ein Verhör klingen.

«Aber die Frau, mit der ein Mann zum ersten Mal schläft, behält eine Macht über ihn», fügt die weißhaarige Frau versonnen hinzu.

Betreten blickt Thea zu Irene, doch die hat den Kopf über die Tasse gesenkt. War die Nacht in den Bergen für den kleinen Otto die erste gewesen?

«Und …» Und für die Frau?, will Thea fragen, aber da verdunkelt sich der Eingang wieder.

Irenes Schwester ist blond und rundlich, aber sie hat das gleiche offene Gesicht.

«Volla», sagt die Mutter mit einem Lächeln. Irene verzieht nur den Mund. Das blonde Mädchen mustert Thea, will etwas sagen.

«Das ist eine Freundin von Irene», erklärt die Mutter rasch.

Volla schaut zu Irene, ungläubig, so scheint es Thea.

«Ich dachte, sie sei …» Volla lässt sich neben Irene nieder, ohne ihren Satz zu beenden, und betrachtet wieder Thea.

«Der Hof bleibt nur bis Palmsonntag in Magdeburg», sagt die Mutter, als alle schweigen. Thea fühlt ein Brennen auf der Haut. Es hat sie noch nie jemand so angeschaut. Sie überlegt, wo sie den Namen von Irenes Schwester schon gehört hat.

«Hier!» Unvermittelt zieht Volla etwas aus der Tasche und streckt es Irene hin. Im Halbdunkel des Grubenhauses sieht es aus wie eine Handvoll Lehm, doch dann erkennt Thea Arme, Beine. Irene steckt die Puppe ein, und senkt den Kopf sofort wieder über ihre Tasse. Die Stille im Raum hat mit einem Mal etwas Feierliches.

Nach einer Weile erkundigt sich die Mutter bei Volla nach dem Befinden einer Nachbarin, und die drei Frauen beginnen über Geburten zu reden. Thea versteht nicht alles. Als Volla sich vorbeugt, um einen der Apfelringe vom Teller zu fischen, bemerkt Thea ein Muttermal an ihrer Schläfe. Als würde sie den Blick spüren, streift Volla ihr Haar darüber. Dann sagt sie etwas zu den Apfelringen. Es muss eine Anspielung auf eine Geschichte aus ihrer Kindheit sein, die zwei Schwestern schütteln sich vor Lachen. Thea fühlt sich plötzlich allein.

Seit sie in Magdeburg angekommen sind, scheint sie niemand mehr zu beachten. Der große und der kleine Otto sind stets von einer Schar Männer umringt, die von früher reden. Die Besprechungen in der Kanzlei drehen sich nur noch um die Stadt. Die Prozession am Palmsonntag soll größer und prächtiger sein als alles, was Magdeburg jemals gesehen hat, und die Erinnerung an den unstatthaften Empfang von Hermann Billung im Dom vor einem Jahr aus den Köpfen tilgen. Nirgendwo sonst gibt es so viele Parteien, Verbündete, Verschwägerte, so viele alte Feindschaften wie hier. Es ist unmöglich, sich in ihnen zurechtzufinden; Thea geht nicht mehr in die Kanzlei.

Auf dem Erdsims stehen auch eine Sammlung von Töpfchen, ein Mörser, mit Leinen verschlossene Krüge. Farben für Glasuren? Thea verwirft den Gedanken; selbst am Hof sind die meisten Tonwaren unglasiert. Da liegt noch eine andere Lehmpuppe. Thea greift nach dem Stab daneben. Er ist aus poliertem Holz, etwa einen halben Fuß lang, das eine Ende gerundet, das andere eckig und mit Schnitzereien verziert. Thea hält ihn ins Licht, um sie genauer zu betrachten: vier Gesichter, die in die vier Himmelsrichtungen blicken.

Das Gelächter der Schwestern ist verstummt, als Thea von dem Stab aufblickt, sieht sie, dass die drei Frauen sie beobachten.

«Ich wollte nur ...» Verlegen legt sie den Stab neben die Puppe zurück.

«Wenn Ihr ...» Volla macht eine Geste, als könne Thea den Stab behalten, dann blickt sie zu ihrer Schwester. Doch Irene schaut auf die Tasse, deren Oberfläche nun einen seidigen Glanz hat.

«Deine Schwester –» Sie gehen wieder durch das Gewirr der Häuser und Hütten, ein Rudel von Hunden folgt ihnen. Irene schweigt. «Deine Schwester macht keine Töpfe», stellt Thea fest.

«Nein.» Irene lächelt. «Sie hat das Zeichen.» Sie deutet an ihre Schläfe, dort wo Vollas Muttermal ist. «Meine Großmutter hatte es und andere Frauen in unserer Familie vor ihr.»

«Was bedeutet es?»

«Volla kann –», Irene geht langsamer. Die Hunde haben einen Stofffetzen gefunden und zerren daran. Der Abend dämmert, es sind kaum noch Leute unterwegs. «Sie sieht Dinge, die wir nicht sehen», erklärt Irene. «Eine Art Schein, der jeden Menschen umgibt. Sie hat es mir beschrieben.» Irene ist stehen geblieben. «Der Schein hat verschiedene Farben, je nachdem, was für ein Mensch es ist und wie es ihm geht.» Thea erinnert sich an die Priesterinnen, die einst den griechischen Göttern dienten in Tempeln, Hainen, auf Inseln. «Er verändert seine Farbe und seine Form.» In Delphi saß die Priesterin auf einem Dreifuß über einer Erdspalte, aus der Dämpfe stiegen.

«Sieht sie auch den Tod der Menschen?»

«Nein, sie sieht nur, was ihnen fehlt.» Irene macht eine Geste mit der Hand, und die Hunde verschwinden zwischen den Hütten.

Plötzlich weiß Thea, wo sie Vollas Name gehört hat. «In dem Spruch, mit dem du Sunnas Fuß geheilt hast, kam der Name deiner Schwester vor.»

«Sie ist nach der Göttin der Fülle benannt.»

«Friede und Fülle?»

«Das hat sich meine Mutter wohl bei unseren Geburten am meisten gewünscht.»

«Hat sie euch die Namen gegeben?»

«Natürlich», sagt Irene verwundert.

«Ich dachte, eure Väter hätten vielleicht …»

Irene rümpft die Nase. «Warum hätte sie einen Mann fragen sollen, wie sie ihre Tochter nennen soll?» Sie wendet sich zum Gehen.

«Kann Volla die Leute auch heilen?» Thea denkt an die Töpfchen, den Mörser, die getrockneten Kräuter.

«Wenn sie geheilt werden wollen», entgegnet Irene. Der Stab mit den vier Köpfen fällt Thea ein, er hat sich angenehm angefühlt in ihrer Hand.

«Und die Puppen?»

«Kommt, wir müssen zurück.» Irene beginnt plötzlich zu laufen. «Es ist schon fast dunkel.»

Wein und Blut

Magdeburg, in den Tagen vor Palmsonntag 973

«Und dann haben wir ihn auf unsere Schilde gehoben und zum Imperator ausgerufen.»

Otto sitzt wie jeden Abend mit den Männern in der Palastküche. Er hat die Geschichte vom Sieg über die Ungarn schon unzählige Male gehört, wie sein Vater vor dem Kampf fastete, im Bußhemd vor aller Ohren seine Sünden beichtete, wie er sich niederwarf, in Tränen den Allmächtigen um Vergebung bat. So geläutert zog er gegen den Feind, doch der gewann mit jedem Streich an Grund, bis der Vater die Mauritiuslanze erhob, selbst an der Spitze seiner Reiter in die Reihen des Gegners einbrach und die Schlacht für sich entschied. Die Soldaten feierten ihn wie einen römischen Feldherrn. «Den Vater des Vaterlands nannten wir ihn.» Hermann Billung füllt die Becher nach; die Männer um den Tisch prosten ihm zu.

Otto erwartete eine Auseinandersetzung bei ihrer Ankunft in Magdeburg. Er erinnerte sich an den Zorn des Vaters über das eigenmächtige Verhalten des Statthalters, und wenn der Kaiser Erzbischof Adalbert auch für das Läuten der Glocken, das Anzünden der Leuchter im Dom bestraft hatte, so war Hermanns Anmaßung doch ungesühnt geblieben. An seinem ersten Hoftag in Magdeburg vor vielen Jahren hatte der Vater die Hauptleute eines aufständischen Grafen mit Hunden auf den Schultern über den Pfalzplatz gehen lassen, zum Zeichen, dass sie – gleich untauglichen Hunden – all ihre Rechte verloren hatten, und die Leute redeten bis heute davon. Doch der Vater begrüßte Hermann Billung an der

Wegkreuzung vor der Stadt, als hätten sie sich vor ein paar Tagen zuletzt gesehen, und sogleich begannen sie über die jüngsten Grenzüberfälle im Osten zu reden.

«Der Krug ist schon wieder leer!» Hermann Billung dreht sich nach dem Diener um, der sich am offenen Weinfass zu schaffen macht. Hermann ist ein breitschultriger Mann mit gegerbtem Gesicht. Als kleiner Junge glaubte Otto ihm, dass er von einer Bärenmutter aufgezogen worden war. «Das ist für den Kaiser», stammelt der Diener, die Schöpfkelle in der Hand. Bis vor wenigen Tagen war Hermann Herr im Palast. «Dann eil dich!» Er grinst und entlässt den Diener mit einer Handbewegung. Otto hatte sich oft gewünscht, Hermann wäre sein Vater.

«Dein Vater hat seinen Durst nicht verloren», meint Hermann. Otto nickt. Auch während den Besprechungen in der Kanzlei ist sein Vater ständig am Trinken.

Er ist ungeduldig, gereizt, und oft verlässt er den Raum, kehrt Augenblicke später wieder zurück. Eine der Mägde füllt den Krug und stellt ihn vor Hermann auf den Tisch. Als er die Frau um die Taille zu fassen versucht, johlen die Männer. Otto blickt in den vollen Becher vor sich.

Trotz der Dämmerung erkannte er Irene gleich, als er sie gestern Abend durchs Hoftor schlüpfen sah. Er stand am Fenster der Kanzleistube; im Hof lagen die Teile der marmornen Reiterstatue, die sein Vater aus Rom nach Magdeburg hatte schaffen lassen. Hinter Irene bemerkte Otto eine zweite Gestalt, in einem groben Rock, mit einem Tuch um den Kopf. Aber da war der sichere Gang, die aufrechte Haltung – das war keine Magd. Kurz darauf sah er die Prinzessin wieder im großen Saal. Sie trug ein graues Kleid nun, das nur auf den Schultern mit einem hellen Besatz verziert war. Es hieß, sie habe die Nonnen, die für seine Mutter nähten, weggeschickt und Frauen aus der Judenstadt kommen lassen, die nach ihren eigenen Anweisungen arbeiteten. Kein Stoff sei fein genug für sie. Die Diener trugen das Essen auf, und Ottos Magen zog sich zusammen. Er hat am ersten Abend in Magdeburg so viel gegessen, dass ihm volle Teller noch immer zuwider sind. Die Wangen der Prinzessin waren gerötet. Was hatte sie verkleidet in der Stadt gemacht?

«Nach dem Sieg über die Ungarn nannten wir ihn ‹den Großen›.» Die Männer reden immer noch von der Schlacht auf dem Lechfeld. Otto hat ihre Namen vergessen, sie gehören nicht zum Hof, sondern sind von den Schutzburgen jenseits der Elbe gekommen, um mit dem Kaiser in Magdeburg Palmsonntag zu feiern.

«Im gleichen Jahr starb Heinrich», erinnert sich einer. Der linke Ärmel seiner Jacke hört unter der Schulter auf; er hat nur einen Arm. «Der geliebte Bruder.» Die Männer lachen.

«Erinnert ihr euch, wie Otto auf Heinrich und seine Kumpane losging, obwohl die Hälfte seiner Männer noch in den Schiffen auf dem Rhein war …»

«Und wie Heinrich nach Quedlinburg kam …» Die Gesichter der Männer röten sich.

«… und Otto ihn als Mörder beschimpfte.» Um den Mund des Mannes ist ein Zucken.

«Und dann floh Heinrich aus der Haft in Ingelheim …»

«… aber er musste sich Otto in Frankfurt doch zu Füßen werfen.» Das Zucken verzieht das Gesicht alle paar Augenblicke.

«Nur um gleich darauf wieder gegen ihn herzuziehen.»

Ein süßlich fauler Geruch verbreitet sich in der Küche. Die Mägde sind dabei, Rebhühner auszunehmen; die Vögel müssen eine Weile im Vorratskeller gehangen haben.

«Die beiden Brüder konnten nicht aufhören, miteinander zu streiten», meint Hermann nachdenklich.

«Und wenn es nicht um die Krone ging, ging es um einen Gutshof, eine Frau. Als Heinrich in Italien –«

Hermann hebt die Hand. «Einige Monate nach der Schlacht auf dem Lechfeld wurdest du geboren.» Otto greift nach seinem Becher und trinkt. Auch das hat er schon unzählige Male gehört, als sei seine Geburt ein weiterer Triumph seines Vaters gewesen.

«Der Sieg über die Ungarn hat ihm die Kaiserkrone eingebracht», stellt der Einarmige fest, «als Beschützer der Römischen Kirche.»

Hermann seufzt. «Früher genügte es, ein paar heidnische Fürsten zu köpfen und von ihren Stämmen einen Tribut einzutreiben. Heute will der Papst, dass wir auch die Seelen unserer Gegner erobern, sie zum rechten Glauben zwingen.»

«Das ist Sache der Moritzbrüder», brummt einer der Burgherren, der bisher geschwiegen hat, mit einer wegwerfenden Geste in Richtung Kloster.

«Die sollen mal ihren Dom fertigbauen.»

«Hätte der Papst Magdeburg nicht zum Erzbistum gemacht, säßen wir alle nicht hier.»

«Die Heiden hätten sich auch mit dem Schwert bekehren lassen», wendet der Einarmige ein.

«Das hat Ottos Sohn auch gesagt.»

Otto horcht auf, doch Hermann Billung spricht nicht von ihm.

«Wilhelm?», fragt er.

Die Männer nicken.

«Der hat deinem Vater die Stirn geboten, obwohl seine Mutter eine slawische Geisel war», kichert der Schweigsame und entblößt einen zahnlosen Gaumen.

«Wilhelm wollte nur keins seiner erzbischöflichen Güter an Magdeburg abtreten.»

«Weil er selbst ja kaum was hatte.» Die Männer grinsen. Die Gebiete des Erzbischofs von Mainz reichen von der Elbe bis zu den Alpen, den Vogesen bis zur Saale.

«Er wollte nicht, dass der König – und damals war Otto erst König – Bistümer nach eigenem Gutdünken errichtete und mit allen möglichen Privilegien ausstattete», meint Hermann Billung wieder ernst.

«Wilhelm war ein kluger Mann», stimmt der Einarmige zu, die anderen schweigen.

Otto erinnert sich an die endlosen Stunden, die er als kleiner Junge über seine Lateinfibel gebeugt an der Kante von Wilhelms Schreibtisch saß. Während sein Vater zum ersten Mal nach Rom reiste, war Wilhelm sein Vormund gewesen. Otto dachte, es seien heilige Schriften, die der so viel ältere Stiefbruder studierte. Später begriff er, dass es Briefe waren. Wilhelm wusste über alles Bescheid, was im Reich geschah.

«Seine Klugheit hat ihm nichts gebracht.» Wie Ekel verzieht das Zucken den Mund des Manns.

«Der Kaiser hat getan, was er wollte», bestätigt Hermann Billung, «wie immer.»

«Und nun sollen wir uns alle in seinem Dom begraben lassen.»

«Damit die Moritzbrüder auch mit unserem Tod noch Geld verdienen.»

Die Liste der Geschenke, die der Kaiser dem Erzstift nach der Palmsonntagsprozession übergeben will, ist endlos: Reliquien, Bücher, mit Edelsteinen besetzte Kelche.

«Zum zweiten Aachen will er Magdeburg machen», sagt der Zuckende.

«Zum neuen Rom.»

«Zum Konstantinopel des Nordens», meint Hermann.

«Und alles, um ein paar Wilde zu bekehren», murrt der Zahnlose.

«Die beim Anblick einer Lanze an ihren Spaltstock glauben würden.»

«Einer Lanze, an der das Blut Christi klebt», unterbricht der

Einarmige Hermanns Höhnen. In der Mauritiuslanze steckt ein Nagel aus dem Heiligen Kreuz.

«Kein göttlicher Blutstropfen, sondern sein eigener Wille hat Otto den Sieg über seine Gegner gebracht.» Hermann leert seinen Becher. «Nicht was die Menschen glauben, sondern wie sehr sie es glauben, bestimmt ihr Geschick.»

«… und wenn mein Zug den Platz erreicht, wird Adalbert mich in den Dom geleiten», erklärt Otto.

«Und ich soll in der Kirche auf dich warten?», fragt der Kaiser unwirsch. Der Bader ist daran, ihm die Haare zu schneiden.

«Oder mein Zug kommt zuerst an, und Adalbert führt mich vor dir hinein.»

«Au!»

Der Bader duckt sich. «Ich bitte um Verzeihung.»

«Was macht er denn da?» Der Kaiser fährt sich an den Kopf.

«Wenn Eure Gnaden bereit wären, ab und zu einen Kamm zu gebrauchen …»

«Und ich lauf hinter dir her wie ein Hund?», wendet sich der Vater wieder an Otto.

«Die beiden Züge können auch gleichzeitig auf dem Domplatz ankommen», lenkt Otto ein. «Dann kann Adalbert uns zusammen hineinführen.» Er hat vorgeschlagen, am Palmsonntag in zwei Prozessionen durch Magdeburg zu ziehen, die eine würde den Vater, die anderen ihn selbst zum Dom geleiten.

«Zusammen!» Der Vater schlägt sich auf den Oberschenkel und ein paar Haarbüschel fliegen auf. «Was glaubst du denn, wer du bist? Der Kaiser von Konstantinopel? Nur weil ich dir eine Braut von dort geholt habe?»

Der Bader beginnt den Bart des Kaisers zu stutzen.

«Ich bin Mitkaiser», begehrt Otto auf, «‹so wahr mir Gott helfe und nach meinem ganzen Wissen und Können.›»

«Dein ganzes Wissen und Können! Lass das!», fährt der Vater den Bader an. «Dein Wissen und Können reicht nicht mal, um deine Frau zu schwängern.»

«Aber Eure Gnaden können doch nicht …»

«Ich bin kein Zuchtstier.»

«Nein, du bist ein Hornochse, wenn du noch immer nicht begriffen hast, dass du einen Erben brauchst. Wie willst du das Reich nach meinem Tod halten, wenn du nicht mal das zustande bringst.»

Otto öffnet den Mund.

«An Palmsonntag …», wirft der Bader ein.

Der Vater scheucht ihn weg. «Mein Bruder hatte recht.» Schwerfällig erhebt er sich aus seinem Sessel. «Ich habe nur Bastarde, Verräter und Schwächlinge gezeugt.»

Der Kuss
Quedlinburg, Ostern 973

«Wer mich mit Liebe beschenkt …» Das Mädchen streift den roten Mantel ab; durch das dünne Hemd sind die Umrisse seines Körpers zu sehen. Es trägt einen Blumenkranz im Haar und in seinen Augen glitzert es. Der junge Mann steht vor ihm, senkt den Kopf.

«Küss mich!»

Gebannt beobachtet Thea, wie die beiden Gesichter sich näher kommen, die Lippen sich treffen. Das Mädchen hat die Augen geschlossen, der Jüngling auch. Er ist schlank, anmutig in seinen engen Beinkleidern, seinem bestickten Wams, mit der kleinen Kappe auf dem hellen Haar.

«Nicht nur mein Kuss …» Das Mädchen legt die Arme um seinen Hals. Er greift es um die Hüften, zieht es an sich. Die Körper schmiegen sich aneinander. Theas Wangen sind heiß. Während des zweiten Kusses schiebt der junge Mann sein Knie zwischen die Beine des Mädchens, es fährt mit der Hand unter seinen Wams.

«Text, bitte!» Thea zuckt zusammen. Atemlos fahren die beiden Küssenden auseinander. Die Kappe rutscht dem Jüngling vom Kopf, das helle Haar fällt ihm über die Schultern. Es ist Mathilde. Die Frauen lachen.

«‹Nicht nur mein Kuss soll dich erwarmen, deinen Nacken auch umschling ich mit meinen Armen›, heißt es hier.» Die Stiftsdame schwenkt ein Pergamentbündel, während sie aus dem hinteren Teil des Saals zu den Küssenden tritt.

Es war Nacht, als Thea und Adelheid auf dem Burgberg ankamen. Die Männer waren im Königshof des Sankt Wipertikonvents in der Ebene geblieben. Adelheid zog sich sogleich in die Gemächer zurück, die einst die Mutter von Otto dem Großen bewohnt hat. Mathilde, die Äbtissin von Quedlinburg, führte Thea in ihre Zimmer.

«Das hab ich ja gemacht», protestiert das Mädchen in dem Hemd, «die Arme um ihn geschlungen.»

«Es ist ein blödsinniger Text, die Verse gehen nicht auf», stimmt die junge Äbtissin in den Männerkleidern zu.

«Aber so hat es Hrosvit geschrieben», wendet die Stiftsdame mit dem Bündel ein. «Wir können nicht einfach …»

«Guten Morgen», ruft Mathilde erfreut, als sie Thea in der Seitentür des Saals erblickt. «Habt Ihr gut geschlafen? Habt Ihr etwas gegessen?» Neugierig sammeln sich die Frauen um Thea.

«Ioannis Constantinopolitanis imperatoris neptis clarissima, die allererhabenste Nichte des Kaisers Johannes von Konstantinopel, consors imperii, Teilhaberin am Reich, Theophanu, die Gemahlin meines Bruders», stellt Mathilde sie vor. Die Frauen klatschen. Einige sind in feingewobene Kutten gekleidet, mit Halstüchern, Hauben, andere wie Hofdamen herausgeputzt, alle tragen das silberne Kreuz der Kanonissinnen um den Hals.

«Ich wollte nicht stören», entschuldigt sich Thea.

«Ihr stört nicht.»

«Es ist nur ein Spiel.»

«Ein Theaterstück.»

«Von Hrosvit.»

«Unserer Schwester in Gandersheim.»

«In Konstantinopel wird doch auch Theater gespielt», unterbricht Mathilde die Frauen.

«Sogar in der Kirche», wirft eine der Frauen ein. Thea unterdrückt ein Seufzen, auch hier ist Liutprands Bericht bekannt.

«Ihr könnt uns helfen», meint Mathilde, und Thea merkt, wie

ihr die Hitze wieder in die Wangen steigt. Sie sieht die Küssenden vor sich.

«Wie hieß der Satz?», fragt Mathilde. «‹Nicht nur mein Kuss soll dich erwarmen, deinen Nacken auch umschling ich mit meinen Armen.› Das geht doch nicht auf.»

«Die Versfüße sind falsch», stimmt Thea zu. «Der zweite Teil…» Sie überlegt. Die Frauen beobachten sie, flüstern miteinander.

«Nicht nur mein Kuss geb Deinem Herzen warm, ich halt Dich auch in meinem Arm.»

«Besser.»

«Gut.»

«Aber das bedeutet nicht dasselbe.»

«Das ist doch gleich.»

Die Frauen schwatzen wieder durcheinander, und Theas Augen füllen sich mit Tränen. Es ist wie zu Hause.

«Die Griechin ist im Stift oben?» Die beiden Männer stehen hinter der Sankt Wipertikirche.

«Ja. Wann kommt der Herzog?»

«Er ist längst hier», antwortet der Narbige.

Dietrichs Gesicht verzerrt sich vor Ärger. «Warum hast du mir das nicht gesagt?»

«Ich sag es dir jetzt. Er wohnt bei einem Pferdehändler am Markt.»

«Bei einem Pferdehändler?»

«In einem Gasthaus würde er kaum unerkannt bleiben», erklärt der Narbige, «bei all den Pilgern, die hierherkommen. Er trifft Mieszko von Polen heute. Mit Boleslaw von Böhmen hat er vor zwei Tagen gesprochen. Die Ungarn wollen ihren Frieden mit Otto besiegelt haben, aber die Slawen sind auf unserer Seite. Die Bulgaren –»

«Und die Griechin?», unterbricht ihn Dietrich von Metz.

«Es heißt, sie nimmt nicht mehr an den Besprechungen des Kaisers teil, auch von ihrer Heiratsurkunde hört man nichts mehr. Der kleine Auftritt auf der Reichenau hat sie wohl doch in ihre Schranken gewiesen.»

«Der Herzog ist sich seiner Sache plötzlich sehr sicher», meint Dietrich noch immer verärgert.

«Er war nicht untätig, Bruder, und du hast ja selbst gesagt, es würde uns nützen, dass die junge Kaiserin keine Purpurgeborene ist. Die Fürsten laufen ihm zu.»

«Ein Kaiser braucht mehr als ein paar Fürsten auf seiner Seite.»

«Dem Volk ist es gleich, wem es seine Abgaben zahlt –»

«Und den Klerus kann man mit ein paar Versprechen kaufen», fällt ihm Dietrich ins Wort.

«Jedem ist seine Haut am nächsten», grinst der Narbige.

«Ich habe gesagt, dass ich mich für dich verwenden werde, wenn Ulrich von Augsburg stirbt.» Dietrichs Stimme knistert vor Zorn.

«Versprechen!», höhnt der Narbige.

«Wir sollten die Prinzessin dennoch nicht unterschätzen», sagt Dietrich nach einer Weile, wieder gelassener. «Sie hat Freunde gefunden am Hof, und da ist dieser fette – Kammerherr. Es heißt, er sei ein hoher Beamter gewesen in Konstantinopel.»

«Dann solltest du dich vielleicht um ihn kümmern», meint der Narbige schnippisch.

«Auch du bist sehr sicher geworden, Bruder.»

«Wer sich nicht nimmt, was ihm zusteht, ist selber schuld. Wenn jeder seiner neuen Verbündeten ihm auch nur die Hälfte der versprochenen Truppen schickt, kann der Herzog von Bayern den alten Otto morgen absetzen.»

«‹Mein Leben lang werd ich nicht ruhn/nach meinem Vermögen alles tun/und wenn es mir an Kraft gebricht/so doch an gutem Willen nicht.› Es holpert immer noch», meint Thea, während sie hinter Mathilde die Treppe in die Krypta hinuntersteigt. Den ganzen Morgen probten sie an dem Theaterstück, das die Stiftsdamen an Ostern für die Gäste aufführen wollen. Es handelt von der Nichte eines Einsiedlers, die von einem Mann, der sich als Mönch ausgibt, verführt wird, flüchtet und dann in einem Bordell lebt, bis der fromme Onkel sie rettet und auf den rechten Weg zurückbringt. Die Handlung ist einfältig, den Versen der angeblich so berühmten Hrosvit von Gandersheim fehlt die Metrik, aber es machte Spaß, mit den Frauen zu spielen, und zum Schluss übernahm auch Thea eine Rolle. «Man kann alles, wenn man sich vorstellt, dass man jemand anderer ist», behauptete ihre Schwägerin Mathilde, und es war tatsächlich einfacher, als Thea gedacht hatte.

«Während dreißig Jahren hat meine Großmutter jede Nacht hier unten gebetet», erklärt Mathilde. Thea blickt sich in der Krypta um. Das Gewölbe ruht auf kurzen, schlanken Säulen, breitet sich in gefälligen Bögen über sie. Auf einem der Kapitelle bemerkt sie zwei gegenläufige Spiralen.

«Meine Großmutter schlief immer nur einige Stunden. Dann ließ sie sich von Sängerinnen wecken, die sie mit ihren Liedern aus ihrer Zelle hierher geleiteten, wo sie bis zur Morgenmesse betete. Sie kümmerte sich um Kranke und Arme, verteilte Almosen, jeden Samstag, weil mein Großvater an einem Samstag gestorben war.» Mathilde steigt eine weitere, kleinere Treppe neben dem Altar hinunter. «Und als sie starb, begrub man sie auch hier unten. Sie war sehr beliebt, schon damals, und nun kommen so viele Pilger zu uns, dass unsere Kirche bald zu klein ist. Sie wird wie eine Heilige verehrt.»

Sie stehen in einem niedrigen, halbrunden Raum vor zwei

schlichten Sarkophagen. «In diesem liegt mein Großvater Heinrich, in diesem Mathilde, meine Großmutter.»

«Ist sie schon lange tot?» Thea streicht mit der Hand über die lateinischen Lettern auf dem walzenförmigen Deckel.

«Sie ist vor fünf Jahren gestorben.»

«Während der Kaiser in Italien war?»

«Ja, sie muss gewusst haben, dass sie ihren Sohn nicht wiedersehen würde. Als mein Vater zum letzten Mal hier war, ging sie nach dem Abschied in die Kirche und küsste den Boden dort, wo er während der Messe gestanden hatte. Graf Witigo berichtete es meinem Vater, und der kehrte um, ritt zurück und umarmte sie nochmals.»

«Sie muss deinen Vater sehr geliebt haben.»

«Nicht immer», kichert Mathilde. «Als mein Großvater starb, wollte sie, dass ihr jüngerer Sohn, mein Onkel Heinrich, König wird, nicht mein Vater. Mein Vater verbot ihr, über ihr Witwengut zu verfügen, unterstellte unser Stift der Krone.»

«Und Heinrich?»

«Mein Vater gab ihm Lothringen, aber die Lothringer wollten ihn nicht. Heinrich tat sich mit ein paar Grafen aus Sachsen zusammen und versuchte meinen Vater umzubringen. Hier in Quedlinburg an einem Hoftag. Die Verschwörung wurde aufgedeckt, mein Vater ließ Heinrichs Helfer hinrichten, steckte seinen Bruder in Ingelheim in Haft.»

«Und dann?»

«Heinrich entkam, sie versöhnten sich wieder, und mein Vater gab ihm das Herzogtum Bayern.»

«Ich glaube nicht, dass ein Kaiser in Konstantinopel so gnädig gewesen wäre», überlegt Thea.

«Heinrich war sein Bruder. So ist das in unserer Familie.» Mathilde hebt die Schultern. «Man streitet sich, versöhnt sich, streitet weiter.»

Thea sieht plötzlich, wie sehr die junge Äbtissin dem kleinen Otto gleicht.

«Auch Otto und du?»

Mathilde lacht. «Mit meinem Bruder kann man nicht streiten. Das hast du sicher schon gemerkt. Er ist viel zu vorsichtig.»

Thea hat keine Antwort darauf. «Du bist im selben Jahr geboren wie er?», erkundigt sie sich dann.

«Ich im Februar und er Ende Dezember», bestätigt Mathilde.

«Dann ist deine Mutter ...»

«Sie ist gleich wieder schwanger geworden. Sie musste einen Thronfolger gebären. Es waren ihr ja schon zwei Knaben gestorben ...»

«Das wusste ich nicht», meint Thea betroffen.

«Und ohne Thronfolger – aber das muss ich dir nicht erklären.»

Thea betrachtet die Reliquien in den von kunstvollen Blätterranken umrahmten Wandnischen über den Sarkophagen, Knochen- und Tuchstücke in kostbaren Fassungen, Fläschchen mit Blut und Haaren von Heiligen.

«Da haben wir es einfacher hier im Stift», stellt Mathilde fest. «Wir müssen uns nur um das Andenken der Toten kümmern, memoria mortuorum. Sonst können wir tun und lassen, was wir wollen, sind keinem Rechenschaft schuldig, außer König und Papst. Wir können wie Fürstinnen oder wie Nonnen leben, in unseren eigenen Häusern oder hier auf der Burg, unsere Verwandten besuchen, Bücher lesen, Theater spielen, und wenn es uns nicht mehr gefällt, können wir das Stift verlassen, heiraten.»

«Möchtest du heiraten?», fragt Thea ohne zu überlegen.

«Einmal wünschte ich –», Mathilde hält inne. «Ich lebe hier, seit ich denken kann. Die Kanonissinnen haben mich erzogen, meine Großmutter, und als ich elf war, ließ sie mich zur Äbtissin weihen. Es war ein großes Fest, die ganze Familie war hier und alle Bischöfe des Reichs.»

Thea erinnert sich, wie sie allein im Wagen mit Dietrich von Metz zu ihrer Hochzeit fuhr.

«Doch dann …»

Thea schweigt.

«Da war ein Mann, der mir gefiel», gesteht Mathilde. «Aber die Tochter eines Kaisers kann nicht jeden heiraten.»

«Und er?», forscht Thea weiter.

«Er ist immer noch am Hof», sagt Mathilde mehr zu sich selbst.

Thea betrachtet die Schwägerin von der Seite.

«Es kann auch nicht jede Äbtissin von Quedlinburg werden.» Mathilde beginnt die Treppe in die Krypta wieder hinaufzusteigen. «Sie muss aus der königlichen Familie stammen. Eine deiner Töchter wird meine Nachfolgerin sein.»

Schnee, dachte ich, als wir zwei Tage nach Palmsonntag Magdeburg verließen. Dann sah ich, dass er nur auf den Bäumen lag. Sie blühten. Ich staunte, als wäre es der erste Frühling, und je näher wir Quedlinburg kamen, umso milder wurde die Luft, umso heller der Himmel. Mein Leben lang hatte ich die Dunkelheit zu ergründen versucht, nun erfasste mich der Zauber des Lichts.

In Quedlinburg konnten sie sich nicht entscheiden, wo sie mich unterbringen sollten. Die Männer im Königshof wollten mich nicht, die Frauen im Stift oben fanden keinen Platz. Die Menschen hier tun sich schwer mit unsereinem, und während der Osten die Vorteile der zwei Geschlechter in uns sieht, unterstellt uns der Westen die Laster beider. Thea war in Sicherheit bei den Kanonissinnen, ich hatte die Wachen am Tor gesehen, und um sich gegen Adelheid zu wehren, brauchte sie mich nicht. Ich quartierte mich bei einer Witwe unter dem Burghügel ein. Sie war fast blind von den Stickereien, die sie ihr Leben lang für die Stiftsdamen genäht hatte, und sie behandelte mich wie irgendeinen Fremden. Während ich neben den Hasenställen in ihrem Gärtchen in der Frühlingssonne saß, wanderten meine Gedanken zu Daniel zurück.

Nicht mehr als ein Augenblick war uns vergönnt gewesen, einige Tage, Nächte. War es möglich, dass zwei Menschen füreinander geschaffen wurden, nur um ein paar Atemzüge lang zusammen zu sein? Ich konnte es nicht glauben in diesem Frühling, und wenn sich in der Dunkelheit kein Weg fand, so sagte ich mir, dann vielleicht im Licht. Ich hatte die Kreise auf den Hügeln gesehen, aus Pfosten, aus Steinen, und ich wusste, was sie bedeuteten. Während wir in Kellern und Gewölben das Geheimnis des Lebens zu ergründen suchen, Metalle zu Tinkturen kochen, bis der Adler auffliegt, der Salamander sich in den Schwanz beißt, haben sie im Westen das Wissen auf ihren Hügeln bewahrt. Sie verfolgen den Lauf der Sonne durchs Jahr, messen ihn in ihren Ringen, mit Scheiben, auf die sie Gestirne schmieden, die Plejaden, deren Auf- und Untergang Aussaat und Ernte bestimmen, und vertrauen auf ihre Wiederkehr. In Spiralen, sagen sie, führt die Zeit auf neuer Bahn immer wieder an den gleichen Ort, und nicht zufällig ist die Sonne in ihrer Sprache weiblich. Aus der Nacht gebiert sie den Tag, aus dem Tod das Leben. Was stirbt, verändert sich nur; und es gibt Plätze, Zeiten, sagen sie, an denen sich die Grenzen zwischen den Welten öffnen.

Während Gesandte aus allen Ecken der Welt mit Geschenken und Gesuchen beladen nach Quedlinburg strömten, um mit dem Kaiser der Franken Ostern zu feiern, zog ich eines Morgens, vom Frühling verführt, unbeschwert auf die Hügel hinaus, in der Hoffnung auf eine andere Auferstehung.

Es war ein prächtiges Fest. Thea steht in der Dämmerung an der Brüstung der Terrasse hinter der Stiftskirche und blickt auf die schmalen Giebel unter der Burg, die in der Ebene zerstreuten Höfe, die Hügel in der Ferne. Nie zuvor sah sie Otto den Großen in solchem Glanz, von seinen Herzögen, seinen Bischöfen umringt, Adelheid an seiner Seite mit ihren eisblauen Augen, in einem blauen, mit Perlen bestickten Kleid. Aus allen Sprachen übersetzte sie die Begrüßungen und guten Wünsche der Gäste für den Kaiser, und ihre Worte schwebten wie Schwalben durch die feierliche Stille des Saals. Und da war Mathilde, die junge Äbtissin. Sie trug nicht mehr als einen silbernen Reif über ihrem weißen Schleier, eine weiße Kutte, doch alle Blicke hingen an der Kaisertochter, und sie begrüßte die Ankommenden mit gewinnender Herzlichkeit, fand für jeden ein Wort, den gebührenden Platz. Aus Dänemark, Polen, Böhmen und Ungarn waren Gesandte gekommen, aus den slawischen Ländern, aus Benevent und auch aus Konstantinopel. Nächtelang malte Thea sich aus, wie sie mit ihren Landsleuten sprechen, was sie fragen würde. Doch die beiden Hofbeamten verbeugten sich nur: «Nach Eurem Belieben, auserwählte Kaiserin.» Thea betrachtete ihre seidenen Rücken. «Wie es Euch gefällt, erhabene Kaiserin.» Mehr war nicht aus ihnen herauszubringen.

«Eure Unterredung mit unseren griechischen Besuchern hat nicht sehr lange gedauert», meinte Gero, als er Thea zu den Tischen begleitete, die im Hof des Stifts aufgestellt worden waren. Er schien älter geworden in diesem Winter, kleiner.

«Sie hatten nicht viel zu sagen», gestand Thea, noch immer enttäuscht, «und sie kamen mir so gleichgültig vor.»

«Das kann man von unseren Leuten nicht sagen», meinte Gero und blickte auf die Gäste an den mit Platten und Krügen überladenen Tafeln. Es war ein warmer Frühlingstag, und viele hatten ihre Mäntel ausgezogen, ihre Kappen abgelegt, nachdem sie dem

Kaiser gehuldigt hatten. «Jeder von ihnen ist aus freiem Willen hier, und für die meisten ist es die größte Ehre ihres Lebens, an einem Hoftag des Kaisers teilzunehmen, Ostern mit ihm zu feiern.»

Theas Blick blieb an einer vertrauten Gestalt hängen: Mathilde in Männerkleidern. Dann merkte sie, dass es der kleine Otto war. Seine Miene schien finster zwischen den vielen frohen Gesichtern.

Thea beobachtet die Lichter, die nach und nach in der Dämmerung aufleuchten. Die Häuser und Höfe von Quedlinburg sind bis unters Dach mit Besuchern gefüllt, und manche der Fürsten haben ihre eigenen Zeltlager in den Wiesen an der Bode aufgeschlagen. Thea schmunzelt beim Gedanken an die beiden Gesandten aus Konstantinopel, die nun in irgendeiner Kammer mit Unbekannten ein Bett teilen müssen. Sie trugen die feinsten Kleider, bewegten sich mit den elegantesten Gesten, und doch wirkten sie blass neben Ottos Männern. War es die Rohheit der Gesichter unter den Kronen und Mitren, die Ungezähmtheit in den Gebärden, die sie so kraftvoll erscheinen ließ?

Etwas kitzelt an Theas Hand. Sie erkennt den weißen Fleck, das Glänzen der runden Äuglein. «Konstantin», flüstert sie.

Sie war wie vom Donner gerührt, als sie Otto medius unter den Gästen entdeckte. Da stand er zwischen den Leuten, sprach mit einem rothaarigen Mann, nicht viel älter als er selbst, in einem schweren, goldbestickten Mantel, goldbestickten Beinkleidern. Es schien keine angenehme Unterhaltung, Otto medius hatte die Augen zusammengekniffen, das Kinn vorgeschoben. Thea bedankte sich gerade bei den römischen Abgesandten für die vier Krüge aus Alabaster, in denen Christus an der Hochzeit von Kana Wasser in Wein verwandelte. Die Gäste hatten auserlesene Geschenke an den Hoftag mitgebracht. Als Thea wieder in Otto medius' Richtung blickte, war der schwarze Schopf verschwunden. Thea sucht in ihren Taschen, aber sie findet nichts, was sie Konstantin füttern könnte. Als sie ihn zu streicheln versucht, schnappt er nach ihrem Finger.

«Du hast ihn verwöhnt.» Die dunkle Stimme rieselt durch Theas Körper. Otto lehnt sich neben sie an die Brüstung.

Thea reibt ihren Finger, ihr Gesicht leuchtet. «Du bist schon lange hier?» Sie kann Otto medius nicht in die Augen schauen. Konstantin beginnt sich zu putzen.

«Wir sind gestern Nacht angekommen, meine Mutter und ich.»

Thea überlegt, welche der Frauen unter den Gästen Ida war. Warum hat man sie ihr nicht vorgestellt?

«Ich habe deine Mutter nicht ...»

«Sie ist auf dem Münzenberg geblieben», Otto deutet mit dem Kopf zu dem etwas niedrigeren Buckel gegenüber des Stiftsberges. «Sie wird den Kaiser morgen treffen.»

Wenn Adelheid nicht dabei ist, denkt Thea und fühlt sich der Unbekannten plötzlich verbunden. Ein paar Tropfen fallen, Konstantin läuft Ottos Arm hinauf und verschwindet in seinem Hemd.

«Es ist schön, dass du gekommen bist.» Thea wusste, dass Otto medius am Osterfest teilnehmen würde, aber nicht, dass sie sich so freuen würde.

«Es sind alle gekommen.» Otto blickt unverwandt in die Ebene. Die Tropfen werden häufiger. «Die Leute werden noch lange von diesem Hoftag reden.»

«Es war ein großes Fest.» Thea tut, als bemerke sie den Regen nicht.

«Quedlinburg ...» Otto hebt die Hand, und als er seinen Arm wieder auf die Brüstung legt, berührt er Theas Ellbogen.

Sie schweigen. Thea ist entschlossen, nicht von der Stelle zu weichen. Der Regen fällt wie ein Schleier. Nach einer Weile wendet sie den Kopf zu Otto. Sein Gesicht kommt näher, sie schließt die Augen. Seine Lippen sind warm, seine Zunge –

«Wer war der Rothaarige, mit dem du gesprochen hast?», will Thea wissen.

Sie stehen vom Regen geschützt unter dem Kirchendach gegen die Mauer gelehnt.

«Heinrich.» Ottos Arm liegt ganz selbstverständlich um ihre Schultern.

«Welcher Heinrich?» Auf den Hügeln in der Ferne brennen Feuer.

«Der Sohn des alten Heinrichs, des Bruders des Kaisers.»

Das Gespräch mit Mathilde fällt Thea ein, sie hatte sich einen gedrungenen, jähzornigen Mann vorgestellt. Sein Sohn mit dem schütteren, roten Haar, dem sorgfältig geschnittenen Backenbart, den großen, etwas schielenden Augen hatte etwas Geziertes.

«Der Herzog von Bayern», fügt Otto hinzu.

Die Feuer auf den Hügeln scheinen näher zu kommen. Thea denkt an die rote Kirche, die Leute in den Grubenhäusern. Seit Magdeburg hat sie das Gefühl, dass sich hinter der Welt, die sie sieht, eine andere verbirgt.

\

Asche

Als der Regen die Feuer gelöscht hatte, wölbte sich der Nachthimmel wie ein Sieb über mir. Die Bahn der Spirale schleuderte mich aus der Vergangenheit in die Gegenwart zurück. Vier Tage nach dem Osterfest starb Hermann Billung. Der Kaiser versank in tiefer Trauer. Die Gesandten hatten sich verabschiedet, die Kanzlisten alle Vereinbarungen beurkundet, Fürsten und Bischöfe brachen auf. Der Kaiser verließ seine Schlafkammer nur noch, um für den Toten zu beten, den Feldherrn, der sein Reich gegen Dänen, Slawen, Ungarn verteidigt hatte, den Grenzwächter, den Statthalter, seinen besten Mann und seinen einzigen Freund. Unverzüglich setzte der alte Otto Hermanns Sohn als Nachfolger ein. Der war ihm so ergeben wie der Vater und mächtig genug, Sachsen für ihn zu halten. Der Schmerz über den Verlust aber war nicht zu lindern. Wie ein Trauerzug, sagten die Leute, verließ der kaiserliche Hof Quedlinburg, um nach Walbeck zu ziehen.

Das Haus der blinden Witwe war in der Woche nach Ostern niedergebrannt. Als ich zurückkam, lag das, was man für ihre sterblichen Überreste gehalten hatte, auf dem Friedhof hinter Sankt Wiperti begraben. Die Tabellen und Himmelskarten, die ich all den Weg von Konstantinopel hierhergetragen hatte, waren Asche unter dem Stiftsberg.

Vorsichtig greift Otto nach dem Bogen über seiner Schulter. Die Hirschkuh steht keine zwanzig Schritte von ihm entfernt. Die anderen sind dem Fuchs nachgeritten, der plötzlich aus dem Unterholz sprang. Otto zögerte einen Moment, und dann war es zu spät; die anderen waren ihm weit voraus. Er wendete Wodan und ritt in das Gebüsch hinein, aus dem der Fuchs gekommen war. Nach einer Weile wurde das Dickicht so unwegsam, dass er abstieg und den Hengst zurückließ.

Otto sieht, wie sich die glänzenden Nüstern der Hirschkuh blähen, so nah ist er. Sie äst auf der Lichtung, ohne den Kopf zu heben. Behutsam zieht Otto einen Pfeil aus dem Köcher. Die Kuh muss vier, fünf Jahre alt sein, ihr Fell ist graubraun, über ihren Nacken läuft ein dunkler Streifen; hin und wieder zucken ihre Ohren. Otto legt das Pfeilende an die Sehne. «Die Ungeduld ist der größte Gegner des Jägers», sagt sein Vater immer. Seit sie aus Italien zurück sind, behauptet der Vater, er habe keine Zeit mehr, auf die Jagd zu gehen. Otto weiß, dass er den Pfeil nicht mehr ganz aufziehen kann.

Langsam spannt Otto die Sehne. Er muss die Hirschkuh in die Brust oder in den Hals treffen. Er hört die Rufe der andern in der Ferne. Wenn sie zusammen auf die Jagd gingen, hatte stets der Kaiser den ersten Schuss. Der Vater ließ Otto auf Füchse und Schnepfen schießen, die Hirsche erlegte er selbst. Der Bogen ist gespannt. Die Rufe kommen näher. Die Ohren der Hirschkuh zucken nicht mehr, sie hebt den Kopf. Otto sieht die Stelle auf ihrer Brust. Jemand ruft nach ihm. Mit einem kleinen Ruck lässt er die Sehne los. Die Hirschkuh wendet den Kopf – zu früh. Otto möchte den Pfeil aufhalten, doch da steckt er schon in der Tierschulter. Ein Schauer läuft durch den Leib der Hirschkuh. Für einen Augenblick hofft Otto, sie möge umsinken. Blut sickert unter dem Pfeilschaft in ihr Fell, sie macht einen Schritt. Gelähmt schaut Otto zu, wie das verwundete Tier davonläuft.

«Er ist tot …»

Wie im Traum geht Otto durch das Dickicht zurück. Wodan wartet, an den Zweigen einer Buche knabbernd. Da sind die Gefährten.

«Er ist tot», wiederholt einer von ihnen. Sie steigen von ihren Pferden und knien vor Otto hin. «Es lebe der Kaiser», rufen sie mit gesenkten Köpfen.

Während sie nach Memleben zurückreiten, dämmert der Abend. Otto versucht sich an die vergangenen Tage zu erinnern. Gleich nach ihrer Ankunft gestern zog sich der Vater zurück; er sagte, es sei ihm übel, schwindlig. Zuvor waren sie in Merseburg gewesen. Es hatte Streit gegeben. Seine Mutter wollte Judith, der Witwe des alten Heinrichs, die Saline Reichenhall im Salzburggau schenken, der Vater weigerte sich. In Sachsen selbst gibt es nur salzige Quellen, deren Wasser in Pfannen eingekocht und ausgekühlt werden muss; das Salz der Saline ist kostbar. Doch zum Schluss willigte der Kaiser ein, auch als seine Mutter und Judith verlangten, er solle eins seiner Weingüter einem Nonnenkloster in Regensburg übertragen. Am Tag nach Christi Himmelfahrt ritt der Vater doch noch mit auf die Jagd. Kaum im Wald aber meinte er, man wolle ihn in eine Falle locken, trachte ihm nach dem Leben, und sie kehrten um. Die arabischen Gesandten aus Afrika und Spanien, die, weil sie sich verspätet und das Osterfest in Quedlinburg versäumt hatten, in Merseburg dem Kaiser ihre Aufwartung machten, bemerkten wohl nichts von seiner Verwirrung, aber viele am Hof beobachteten den Kaiser mit Besorgnis. Seit Hermann Billungs Tod war er nicht mehr er selbst, und dass er plötzlich verlangte, nach Memleben zu fahren, schien weniger seltsam als andere seiner Einfälle.

Es ist fast dunkel, als der Umriss der halbzerfallenen Pfalz vor ihnen auftaucht. Sie reiten schweigend, der Bote, der ihnen die Nachricht vom Tod des Kaisers gebracht hat, ein Stück hinter ihnen. Auch sein Großvater Heinrich, fällt Otto ein, starb in Memleben.

«Der Kaiser hat in der Morgendämmerung nach seiner Gewohnheit sich erhoben, um dem Chorgesang der Nocturn und Matutin beizuwohnen, dann etwas ausgeruht, später die Messe gehört, Almosen verteilt und das Frühmahl genommen, darauf sich wieder zu Bette gelegt.» Willigis diktiert mit leiser Stimme. «Er kam bereits unwohl an, erschien jedoch zur gewohnten Stunde froh und fröhlich bei der Tafel. Als er aber danach der Vesper beiwohnte, ergriff ihn plötzlich ein Fieber. Von einer schweren Ohnmacht, die ihn befiel, wieder zu Bewusstsein gebracht, verlangte er die Sterbesakramente zu empfangen und gab dann ohne Klagelaut – Otto», unterbricht sich der Kanzler, und einen Augenblick glaubt Otto, auch sein früherer Lehrer werde vor ihn hinknien.

«Er ist tot.» Willigis' Stimme zittert. «Ich muss der Kaiserin schreiben, der Kaiserwitwe», verbessert er sich.

Otto nickt. Seine Mutter ist mit ihrer Schwägerin Judith in Merseburg geblieben.

«Nur zum Glänzen und zum Sterben ist er nach Sachsen zurückgekehrt», seufzt der Kanzler. «Jetzt ist der Hofarzt dabei –»

Otto nickt wieder. Die beiden Schreiber knien vor ihm.

«Er war plötzlich so fröhlich bei Tisch, wie ein Kind –», Willigis verstummt.

Herz, Lunge, Leber, Magen, Darm. Kurz vor Mitternacht sind die Männer in der Pfalzkapelle versammelt. Otto friert. Es ist eine ganz gewöhnliche Kiste. Der Priester murmelt die Gebete wie im Schlaf. Vor dem Altar hat man eine Bodenplatte herausgelöst, ein Loch gegraben. Darin soll die Kiste mit den Eingeweiden des Vaters bestattet werden. Die Nachtluft weht durch die scheibenlosen Kapellenfenster, zerrt an den Flammen der Kerzen. Otto denkt an die Hirschkuh. Wie lange wird es dauern, bis sie tot ist? Einen Tag, eine Woche? Der Pfeil wird sich in den Sträuchern verfangen, ihr die Schulter aufreißen. Die eiternde Wunde wird ihren Leib vergiften. Er hätte nicht versuchen sollen, das Tier allein, ohne Deckung, zu erlegen, es verstieß gegen jede Regel. «Die Voraussicht ist der beste Freund des Jägers», sagte sein Vater immer. Willigis, der neben Otto kniet, gibt einen dumpfen Laut von sich; er weint.

Ist es der Schein der Kerzen, oder ist das Gesicht über dem grauen Bart wirklich gelb? Wie Pergament spannt sich die Haut über die Wangenknochen, die Nase. Die Züge sind Otto fremd und doch vertraut. Auf der Stirn sind zwei Flecken, Spuren alter Wunden? Otto kann sich nicht daran erinnern. Der Leib des Vaters ist mit einem weißen Tuch bedeckt. Wölbt es sich weniger, weil die Eingeweide fehlen? Man wird die Leiche einbalsamieren, den leeren Leib mit Kräutern füllen, nach Magdeburg bringen und im Dom begraben, wie der Vater es bestimmt hat. Die Kerzen verströmen einen seltsamen Geruch. Otto hebt die Hand, und ihr Schatten fällt auf das Gesicht des Toten – plötzlich durchflutet ihn Erleichterung.

Da ist die Hirschkuh mit dem Pfeil in der Schulter. Sie lahmt, ihr Fell ist blutverschmiert, sie knickt ein, liegt am Boden, mit Schaum vor den Nüstern. Otto fährt aus dem Schlaf. Thea – wo ist Thea? Man muss ihr mitteilen, dass der Kaiser tot ist.

Was ich im Feuer der Erinnerung vergeblich suchte, hatte der Strom der Hoffnung der jungen Kaiserin zugetragen. Sie verließ Quedlinburg nicht mit dem Hof. Mathilde, die Äbtissin, die Schwägerin, hatte bestimmt, dass sie bleibe, und niemand widersprach. Die beiden jungen Frauen verstanden sich, verbanden sich, auf alle Zeit, wie sich später zeigte, und ich hörte ihr Lachen, nun, da ich mich in einem Verschlag hinter der Stiftsküche eingerichtet hatte, sah sie einander zugeneigt im Garten, in der Kirche. Sie glichen sich, ergänzten sich, die Blonde entschlossener, die Schwarzhaarige mutiger, Wasser und Feuer, Ost und West. Die junge Kaiserin hatte sich noch nie so gewandt bewegt. Erst jetzt schien ihr Körper zum Leben erwacht, und natürlich wusste ich, dass nicht das Gelächter einiger Stiftsdamen sie aus ihrer kindlichen Ungelenkigkeit erlöst hatte. Otto medius war mit seiner Mutter nur wenige Tage in Quedlinburg geblieben. Aber sie würden sich wiedersehen, rascher, als sie ahnten.

Das Grün der Wiesen wurde greller, nach den Kirschen blühten die Apfelbäume. Mit leisem Knistern lösten sich die Blätter aus ihren Knospen, entfalteten sich über Nacht. In der Morgendämmerung weckte uns der Gesang der Vögel. Die Mauern des Stifts schienen mit einem Mal eng, und die beiden Schwägerinnen beschlossen, nach Wallhausen zu reiten und von dort auf den Pfingstberg, um den Gutshof Tilleda, den Thea vom Kaiser zur Hochzeit bekommen hatte, zu besuchen.

Doch noch bevor sie zu der Pfalz, in der ihr Vater und Schwiegervater das Licht der Welt erblickt hatte, aufbrechen konnten, kam die Nachricht von seinem Tod. Anstatt nach Süden durch die Goldene Aue zogen wir nach Norden, um den Kaiser zu begraben, zurück nach Magdeburg.

Der Tod, Bruder, lässt seinen Lehensmännern keine Wahl,
im Leben aber entscheiden wir selbst, zu wem wir stehen,
und jene, die Einsicht und Absicht verbinden, sollten sich
nicht entzweien. Die Zeit ist da, unsere Differenzen im
Kleinen durch Einheit im Großen zu tilgen. Der Herzog ist
bereits nach Magdeburg unterwegs, und er lässt Dir durch
mich seine Hochachtung und Gewogenheit beteuern. Seine
Verhandlungen mit unseren polnischen und böhmischen
Freunden sind auf gutem Weg, aber Ottos Hinschied ist
ein Zeichen, das niemand übersehen kann. Türen, die das
Schicksal uns öffnet, müssen wir nicht mit Gewalt aufbrechen, und Du, Bruder, hast ja stets die List der Lanze
vorgezogen.
Das Wesen des Menschen ist fehlbar, und wir haben
beide Fehler gemacht. (Der griechische Kammerherr ist,
wie ich höre, einem Feuer entkommen?) Doch wir
wollen das Vergangene lassen und den Augenblick nutzen,
zum Nutzen aller. Der Thron ist leer. Mit Deiner und
meiner Hilfe wird der Herzog ihn besteigen, und er wird
es uns reichlich lohnen. Darum lass uns gemeinsam für
Recht und Rechtmäßigkeit einstehen. In brüderlicher
Verbundenheit.

Was dem einen das Ende, Bruder, ist dem andern ein Beginn, und ich bin unserer Sache so ergeben wie je. Gleich nachdem die Todesnachricht hier eintraf, ist die Kaiserwitwe, von Gram gebeugt, nach Memleben abgereist. Aber es ist mir gelungen, mich ihrer Gunst und Absicht nochmals zu versichern, und der Herzog hat eigene Wege, sich bei ihr Gehör zu verschaffen. Noch immer aber bin ich der Ansicht, dass der Griechin in unserem Vorhaben eine entscheidende Rolle zufällt. Denn nur Adelheids Abneigung gegen die Fremde vermag die Liebe zu ihrem Sohn zu bezwingen, und wird sie dazu bewegen, ihr mütterliches Verlangen hinter die Ansprüche des Herzogs zu stellen, und Du wirst mit mir einiggehen darin, Bruder (obwohl wir uns in der Wahl der Mittel sonst widersprechen und mich das Quedlinburger Feuer gelehrt hat, bei meinen zu bleiben), dass dies der Schlüssel zu unserem Gelingen ist. Auf dass aus der Asche des alten ein neuer Stamm sprieße, dafür stehe ich ein. Dein Bruder im Geist.

«Requiem aeternam dona ei, Domine … und das ewige Licht leuchte ihm.»

Otto sucht im Chor der Betenden nach der Lücke, die die Stimme des Vaters gelassen hat. «Dir gelten unsere Gelübde, zu dir pilgert alles Fleisch …»

Dreißig Tage sind vergangen seit der Nacht in der kalten Kapelle. Jetzt steht ein mächtiger Sarg vor dem Altar, vom Krönungsmantel des Kaisers bedeckt. Sein Schild liegt darauf, sein Schwert, die eiserne Krone, die man ihm auf seinen Wunsch ins Grab mitgeben wird.

«Te exoramus pro anima famuli tui – dich bitten wir für die Seele deines Dieners.» Adalberts Worte versickern in dem überfüllten Dom.

Seit dem Tod des Vaters hat Otto unzählige Huldigungen entgegengenommen. Vor jeder größeren Kirche auf dem Weg von Memleben nach Magdeburg hielt der Zug. Otto und einige Auserwählte schulterten den Sarg, trugen ihn ins Gotteshaus, wo die Leiche des Vaters aufgebahrt wurde. Mehr und mehr Leute folgten dem trauernden Hof, und sie kamen immer langsamer voran. Fürsten, Bischöfe, Äbte neigten sich vor Otto, küssten seine Hand. Willigis wich nicht von seiner Seite, notierte Namen, Gaben, Gelöbnisse. Der Wagen der Mutter fuhr stets hinter Otto. Mit dem Kanzler zusammen bestimmte sie den Gang des Leichenzugs, regelte die Abfolge der Ehrerbietenden, wählte die Geschenke, die sie bekamen. Sie wusste stets, was sich ziemte. In einer grauen Kutte kniet die Mutter nun neben ihm, das Gesicht unter einem schweren Schleier verborgen.

«Libera eam de ore leonis … bewahre seine Seele vor dem Rachen des Löwen, dass die Hölle sie nicht verschlinge, sie nicht in die Finsternis stürze.» Gero spricht lauter, eindringlicher. Der Erzbischof von Köln ist nach Magdeburg gekommen, um mit Adalbert zusammen den Kaiser zu beerdigen. Ottos Blick schweift an den Säulen zu den italienischen Kapitellen empor. In jedem hat sein Vater eine Reliquie einschließen lassen. Auch die Wandverkleidungen und den Taufstein hat er aus Ravenna mitgebracht, wie eine Kriegsbeute. Der Magdeburger Dom sollte die Pfalzkapelle in Aachen in jeder Hinsicht übertreffen; was Karl dem Großen recht, musste Otto dem Großen billig sein. «De morte transire ad vitam … aus dem Tod zum Leben, wie du es Abraham und seinen Nachkommen versprochen hast», betet Gero.

Otto wird die marmorne Reiterstatue, die sein Vater aus Rom mitgebracht hat, vor dem Magdeburger Palast aufstellen lassen,

271

den Dom fertigbauen. Auch mit Memleben hat er Pläne. Er wird eine Kirche errichten anstelle der zugigen Kapelle, zum Gedenken an seinen Vater, seinen Großvater, mit Säulenreihen, Querschiffen, Türmen, Krypten, ein Kloster stiften vielleicht. Das Silber, das man in Sachsen gefunden hat, während sie in Italien waren, kommt gelegen.

Bei strahlendem Sonnenschein sind sie an diesem Morgen zum Magdeburger Dom gezogen. Die Leute säumten die Straße, knieten nieder, bekreuzigten sich. Noch bevor der Sarg des Kaisers an ihnen vorbei war, begannen sie den Trauerzug zu mustern. Otto merkte, wie ihre Blicke an ihm hängenblieben, als sähen sie ihn zum ersten Mal. Er war nicht mehr der Sohn, er war der Kaiser, der einzige Herrscher in dieser Prozession. Er überlegte, was die Leute am Straßenrand dachten, ging aufrecht, gemessen. Manche flüsterten miteinander, deuteten mit den Fingern, nicht auf ihn, auf jemanden hinter ihm. «Die Griechin», hörte er sie sagen.

Ottos Glieder sind schwer, als er von Dienern begleitet durch den Arkadengang zur kaiserlichen Wohnung geht. Die Reihe der Kampfgefährten des Vaters, die ihm nach der Beerdigung im Thronsaal des Magdeburgers Palasts ihre Ergebenheit beteuern wollten, nahm kein Ende, und jeder erzählte von dem Verstorbenen, was der für ihn getan, was er ihm geschenkt, gesagt hat. Die einundsechzig Jahre, die der Vater lebte, schienen zu kurz für alles, was die Männer zu berichten wussten, und Otto fand nichts zu antworten. Er verstand ihre Sprache kaum.

Da ist das Zimmer der Prinzessin. Thea traf erst drei Tage vor der Beerdigung in Magdeburg ein, zusammen mit Mathilde. Otto greift nach der Klinke seiner eigenen Tür und stößt gegen die Talgkerze eines seiner Begleiter. Er ist sich nicht gewöhnt, ständig bedient zu werden. Der Diener entschuldigt sich. Otto ist zu müde, um noch zu sprechen. Seit sein Vater tot ist, ist er ständig von Leuten umgeben.

Otto hat die Diener weggeschickt, aber er kann nicht schlafen. Fast jede Nacht träumt er von der verwundeten Hirschkuh. Es war die Trauer der andern, die ihm während der Totenmesse die Brust zuschnürte, Theas dunkle Augen, der zusammengepresste Mund seiner Schwester. Eifersucht streifte ihn, als er sah, wie sich die beiden Frauen im Dom an den Händen hielten. Das letzte Gebet am Sarg des Vaters sprach Otto allein mit den beiden Erzbischöfen. Es kam ihm plötzlich lächerlich vor: die zwei alten Männer, die zu einer mit Spezereien gefüllten Leiche sprachen, er selbst in einem Mantel des Vaters, als spiele er die Rolle eines anderen.

In der nächtlichen Stille des Palasts ist ein Flüstern zu hören. Alle Gesichter waren Otto zugewandt, als er nach der Messe die Königshalle im ersten Stock des Palasts betrat. Da waren die Burgherren, mit denen Hermann und er vor ein paar Wochen noch in der Küche getrunken hatten, der Armlose, der Zahnlose, Bischöfe, die er von Ingelheim kannte, sein Vetter Otto, dessen Mutter Ida, die er in Quedlinburg nach einer Frühmesse im Gespräch mit seinem Vater gesehen hatte, seine eigene Mutter in der Thronnische an der Westseite des Saals, den Schleier zurückgeschlagen, neben ihr ein roter Schopf. Otto erkannte die hochmütige Haltung sofort; deshalb lächelte die Mutter. Da stand Heinrich, Herzog von Bayern, an dem Platz, an dem Otto stehen sollte.

Das Flüstern wird deutlicher. Otto überlegt, ob es aus der Kammer der Prinzessin kommt. Nach einer Weile schlüpft er aus dem Bett und öffnet die Tür. Der Mond scheint in den Arkadengang. Im Alkoven gegenüber seinem Zimmer kniet eine Gestalt vor dem Bild der Heiligen Katharina.

«Mutter?»

Die Betende schwankt in der Dunkelheit. Durch ihre Reden soll die Heilige Katharina einst Gelehrte zum Christentum bekehrt haben.

«Mutter?»

Langsam wendet sich die Betende um und betrachtet Otto. Dann erhebt sie sich mühsam. «Die Qual seines Todes», stöhnt die Mutter.

«Willigis sagte, er sei ganz fröhlich gewesen, bevor er starb», wendet Otto nachdenklich ein.

Die Schultern der Mutter zucken. «Natürlich war er fröhlich.» Ihre Stimme bricht.

«Er war nicht mehr sich selbst seit Hermanns Tod», tröstet Otto, «und vorher», er denkt an die Gereiztheit des Vaters in den letzten Monaten, seinen ständigen Drang, Wasser zu lassen, die Auseinandersetzung über die Palmsonntagsprozession.

«Es geht nicht um ihn», erwidert die Mutter heftig. «Es ist die da drüben.» Sie macht eine vage Kopfbewegung. «Wie eine Heilige hat er sie verehren lassen, erwartet, dass ich für ihr Seelenheil bete.»

Die Mutter muss von Editha sprechen.

«Es ist ihre Stadt, und jedes Mal, wenn ich hier bin, demütigt er mich. Auch noch im Tod.» Der marmorne Sarkophag des Vaters wird, wie es angeordnet hat, neben dem seiner ersten Frau stehen.

«Heinrich, dein Onkel, hat mich gewarnt, schon in Italien, als er im Namen deines Vaters um meine Hand anhielt.» Die Tränen glitzern auf den Wangen der Mutter. «Aber ich habe es ihm nicht geglaubt, nicht glauben wollen, dass es Otto nur um sein Reich ging, und wenn die Bayern mir nicht beigestanden hätten …»

Otto überlegt, wann der Sohn des Onkels, der jetzige Heinrich von Bayern, ihm gehuldigt hat. Er kann sich nicht erinnern, die Hand auf den roten Schopf gelegt zu haben.

«Mein Leben hab ich deinem Vater und seinem Reich geopfert.

Ich hab ihn zum Kaiser gemacht, ihn lesen und schreiben gelehrt, Manieren, Frömmigkeit, Würde, und ich hab ihm Italien eingebracht. Nur deshalb hat er mich geheiratet, weil er Italien brauchte, um an die Kaiserkrone zu kommen, und er hat nur so lange das Bett mit mir geteilt, bis er einen Sohn hatte, den er in Konstantinopel feilhalten, an diese Griechin verheiraten konnte, die unseren Hof wie eine Plage befallen hat.» Die Tränen rinnen über das Gesicht der Mutter. «Die Leute wunderten sich, dass es mich nicht störte, wenn er sich mit seinen Mädchen vergnügte, sich Mägde kommen ließ. Aber ich wusste, dass er ihrer schon nach ein paar Stunden überdrüssig würde, dass in seinem Herz nur für eine Platz war, er sich in jedem Bett mit ihr im Grab zu liegen wünschte.»

Die Plage

Worms, Juni 973

Fünfhundert Schweine, fünfhundert Schafe, zehn Fuder Wein, zehn Fuder Bier, hundert Malter Getreide, acht Ochsen, Hühner, Ferkel, Fische, Eier, Gemüse. Es ist unglaublich, was der kaiserliche Hof verschlingt. Thea legt ihre Schreibtafel nieder. Seit Wochen versucht sie Ordnung in die Listen des Kämmerers zu bringen, aber jeden Tag behauptet er etwas anderes. Anstatt der zwanzig bezahlten werden nur fünfzehn Fässer geliefert, die acht Ochsen sind plötzlich zehn, und wenn sie verlangt, die Fässer, die Ochsen zu sehen, sind sie auf drei Keller verteilt, schon geschlachtet.

«Herein!» Sie hat den Kämmerer geschickt, die Salme zu zählen, die Bischof Anno von Worms dem Hof schuldet. Aber Irene steht in der Tür, mit rotem Kopf.

«Entschuldige», sagt Thea auf Griechisch, «ich dachte, es sei der Kämmerer.»

«Es sind schon wieder zwei weg», erklärt Irene verlegen.

Thea seufzt. Sie hat auch zu wenige Leute. Bereits in Magdeburg ließ sie Mädchen einstellen, mit Irenes Hilfe, aber die waren neun, zehn Jahre alt, wussten, wie man Grütze ansetzt, Strohsäcke füllt, aber nicht, wie man für einen Kaiser kocht. Außer der alten Line schien kaum eine erfahrene Magd am Hof, und jene, die man in Werla, Grone, Fritzlar anwerben konnte, verschwanden nach ein paar Tagen wieder.

«Früher sind sie doch auch geblieben?», wundert sich Thea niedergeschlagen. «Und wir geben ihnen mehr als bisher, Brot,

276

Wein, Fleisch sogar, und auch die Tuchrationen für ihre Kleider habe ich erhöht.»

«Es liegt nicht daran», Irene zögert.

«An was liegt es denn?», fragt Thea ungeduldig.

«Sie wollen nicht für eine Fremde arbeiten.»

Thea fährt sich mit der Hand über die Augen.

«Und die anderen Frauen, Adelheids Zofen», fährt Irene fort.

Thea kann sich vorstellen, was Adelheids Zofen tun. Es ist einfacher mit den Männern. Die schätzen die besseren Zelte, die bessere Verpflegung, gleich, von wem sie kommen; und Thea hat sich nie um die Frauen gekümmert, nie versucht, sie für sich zu gewinnen. Nun beschwatzen sie jede neue Magd: Die Griechin sei hochmütig, lasterhaft, verdorben und verderbe alle um sie herum, bis sich die Neuen, um ihr Seelenheil fürchtend, davonmachen.

Es klopft wieder, diesmal ist es der Kämmerer. «Der Bischof lässt bestellen, die Salme würden übernächste Woche geliefert.»

«Warum?» Thea hat die Fische für diese Woche eingeplant. Seit dem Tod von Otto dem Großen wächst der Hof. Der Herzog von Bayern und seine Mutter Judith weichen nicht von Adelheids Seite. Vor drei Tagen sind zudem Heinrichs Schwester Hadwig mit ihrem Gatten Burchard, dem Herzog von Schwaben, eingetroffen. Thea kennt sie von Quedlinburg. Hadwig ist eine herrische Frau, die sich stets mit den paar Worten Griechisch brüstet, die sie in ihrer Jugend gelernt hat, als Otto der Große sie an Kaiser Romanos verheiraten wollte. Romanos, in die schöne Theophano verliebt, hatte sie zurückgewiesen, und Hadwig heiratete Jahre später Burchard, ein Mann mit fratzenhaftem Gesicht, schwarzen Haaren, die seinen Kopf, seinen Hals, seine Arme, wohl seinen ganzen Köper bedecken. Und da sind die Erzbischöfe von Trier und Salzburg, die Bischöfe von Freising, Passau, ein Vertreter des alten Ulrichs aus Augsburg – nicht der Neffe, den Otto der Große in Ingelheim zum Stellvertreter des Bischofs machte, ein anderer – und Dietrich von Metz natürlich mit seinen Dienern, Barbieren, Schneidern, den zwölf Knaben, die für ihn singen, und seinem französischen Koch, in dessen Töpfen stets das Beste von Theas Einkäufen zu landen scheint.

«Der Wasserstand des Rheins», beginnt der Kämmerer.

Thea winkt ab.

«Und wir haben kein Bier mehr», fügt er hinzu.

Kein Bier, es ist nicht zu fassen. Vor Tagen hat sie dem Kämmerer aufgetragen, Gerste ansetzen zu lassen.

«Dann müssen wir Bier kaufen», sagt Thea gereizt. Wenn die Männer ihr Bier nicht bekommen, wird sie deren Gunst rasch wieder verlieren.

«Ich habe bereits mit dem Bischofshof darüber gesprochen», meint der Kämmerer fröhlich.

Und deinen Anteil ausgehandelt, denkt Thea bei sich.

Mit energischen Schritten geht Thea durch die Gänge. Es kann so nicht weitergehen. Willigis oder Otto muss Adelheids Frauen verbieten, die jungen Mägde einzuschüchtern, und sie will einen neuen Kämmerer. Der Mann ist unfähig und unredlich. Vor der Kanzleitür zögert Thea, dann tritt sie ohne zu klopfen ein; sie ist die Kaiserin.

Die Stube ist leer. Auf den Pulten liegen halbbeschriebene Pergamente, es kann nicht lange dauern, bis die Schreiber zurückkommen. Thea geht zum Fenster und blickt auf den ummauerten Garten hinunter, der Eisenhut blüht. Es ist Sommer geworden, eine Ewigkeit scheint vergangen, seit sie mit Mathilde in Quedlinburg in einer Uferwiese die ersten Veilchen entdeckte. Sie könnte die Schwägerin bitten, ihr ein paar Mägde zu schicken. Nach einer Weile wendet Thea sich um, streift die Pulte entlang. Auf dem von Willigis liegt ein Stapel besiegelter Urkunden. «Auf Ermahnung unserer geliebten Herrin und Mutter», liest Thea. Zum Andenken an seinen Vater hat Otto der erzbischöflichen Kirche von Magdeburg all ihre Privilegien bestätigt, die Rechtsfreiheit, die freie Vogtwahl, Bann, Zoll, Markt und Münze. Auch die nächste Urkunde beginnt mit «Auf Ermahnung und Bitte unserer geliebten Herrin und Mutter», die übernächste und alle folgenden. Thea setzt sich an Willigis' Pult: Besitzungen, Kastelle, Grafschaften samt Zubehör, Zehnten von Honig und Silberzinsen werden da auf Bitte und Ermahnung der Schwiegermutter verschenkt, an Klöster, Kirchen, ergebene Freunde. Thea kennt die Namen nicht. Das Gespräch mit Mathilde fällt ihr ein, wie Otto der Große einst seiner Mutter das Witwengut wegnehmen musste, damit sie es nicht verschleuderte. Thea wird heiß. Die Vergabungen in den Urkunden auf dem Pult kommen aus Ottos eigenem Besitz. Das also hat Adelheid in den Wochen getan, seit sie die Verwaltung der Hauswirtschaft abgegeben hat. Theas Gesicht glüht. Während sie sich um Ochsen und Bier kümmert, sich mit einfältigen Mägden, einem verlogenen Kämmerer herumschlägt, ist die Schwiegermutter daran, die kaiserlichen Güter an ihre Vertrauensleute zu verschenken.

Otto sitzt auf der Bettkante, die Hände auf den Knien. Wie ein kleines Kind sieht er aus.

«Ich muss mit dir reden», zischt Thea. Was tut er überhaupt in seiner Schlafkammer um diese Zeit? Warum kümmert er sich nicht um die Gäste?

«Sie beraubt uns», fährt Thea fort.

Wortlos hebt Otto den Kopf.

«Deine Mutter!»

Er blickt Thea an, als höre er sie nicht.

«Wie kommst du dazu, auf ihr Geheiß all diese Vergabungen zu machen?»

Otto schweigt. Dann zuckt es in seinem Gesicht, sein Mund verzieht sich; wie für ein Lachen, denkt Thea zuerst.

«Sie werden mich absetzen», sagt er tonlos.

«Was? Wer wird dich absetzen?»

«Alle», Otto hebt die Schultern, «Burchard, die Bischöfe, darum sind sie hier. Sie wollen Heinrich als Regenten einsetzen.»

«Aber du bist der König, der Kaiser. Dein Vater hat dich …»

«Mein Vater ist tot.» Otto senkt den Kopf. Ein Zittern läuft durch seinen Körper, er weint.

Thea lässt sich auf den kaiserlichen Betstuhl sinken, der nun in Ottos Kammer steht. Er ist tot. Eine lähmende Kälte breitet sich in ihr aus. Sie hat nicht nur ihren Schwiegervater, sie hat ihren wichtigsten Verbündeten am Hof verloren.

Die junge Kaiserin stand am Fenster, mit dem Rücken zu mir, und da saß ihre Zofe, den Blick auf den Boden geheftet. Ich wusste, dass sie meine Hilfe brauchten. Mit der Ankunft der Schwaben hatte sich eine Unruhe am Hof verbreitet. Die Stimmen der Mägde klangen schriller, in den Bewegungen der Diener lag eine Hast. Der alte Burchard war nicht gekommen, um mit dem kleinen Otto um den Verstorbenen zu trauern. Dank seiner Nichte Adelheid hatte Burchard vor Jahren das Herzogtum Schwaben erhalten – als Otto der Große es seinem Sohn Liudolf wegnahm –, und kurz darauf hatte der Haarige Judiths Tochter geheiratet, die Schwester des roten Heinrichs, sich der kaiserlichen Familie noch enger verbunden. Er hatte auf dem Lechfeld gegen die Ungarn, in der Po-ebene gegen die Italiener gekämpft, aber ich erkannte sogleich, dass ihn nicht Heldenmut trieb.

Seit wir in Magdeburg eingetroffen waren, hatte ich mein Netz wieder ausgelegt, mich meiner Zuträger versichert, des Kanzlisten, des Vikars. Eine der beiden Zofen war nicht mehr am Hof, dafür fand sich unter Dietrichs Dienern einer, der als Knabe dessen

Bett geteilt hatte und zu allem bereit war, um seine Scham zu lindern. Allein, auch ohne die Beobachtungen meiner Kustoden stand die Konstellation hell wie der Mond am Himmel. Der kleine Otto war eine leichte Beute. Vom Schatten seines übermächtigen Vaters befreit, gefiel er sich in seiner neuen Herrlichkeit, lauschte den Schmeichlern und belohnte sie, allen voran die Mutter, die ihn wie einen Schoßhund hätschelte. Die Thronräuber mussten ihre Gier nicht länger verbergen, und wenn sie ihre Gewissheit – aus Rücksicht auf die Kaiserwitwe wohl – auch nicht offen zur Schau trugen, so genügte doch ein Blick in das Gesicht des roten Heinrichs, um den Herd des Brandes zu erkennen, der das Kaiserhaus ergriffen hatte.

«Sie wollen Otto absetzen», sagte die junge Kaiserin, ohne sich zu mir umzudrehen. Ich schwieg.

«Und wenn sie ihn absetzen», sie verstummte. Irene hob den Kopf und schaute mir ins Gesicht. Sie glich der jungen Kaiserin tatsächlich, wie sie in der Küche behaupteten, wenn die Züge der Zofe auch weicher waren, reifer. Ich schwieg noch immer. Je entschiedener die junge Kaiserin um meine Hilfe bat, umso wirksamer würde mein Rat.

«Du musst mir helfen, Stephanos.» Ein Schauer lief mir über den Rücken, als sie meinen Namen nannte, ihn auf der ersten Silbe betonte, wie Daniel einst. Ich sank auf die Knie, breitete die Arme aus, ließ meinen Leib auf den Boden gleiten; so hatte ich den Cäsaren von Konstantinopel gehuldigt.

«Mein Leben gehört Euch, Basileia.» Ich hörte, wie sie den Atem einzog.

Es blieb keine Zeit, Pläne zu schmieden, die Vorteile verschiedener Taktiken abzuwägen. Wir mussten verhindern, dass der kleine Otto bevormundet wurde. Die Versammlung fand am nächsten Morgen statt. Thea würde mit Wolfgang von Regensburg sprechen, der eben in Worms eingetroffen war. Er war ihr freundlich gesinnt gewesen in Frankfurt, und die anderen Bischöfe würden zögern, sich gegen den jungen Kaiser zu stellen, wenn sie ihren für seine unbestechliche Frömmigkeit berühmten Bruder auf dessen Seite wussten. Ich würde dafür sorgen, dass die Gesinnung des Regensburgers schon vor Beginn der Versammlung am Hof - bekannt wurde. Der Pfiff eines kundigen Hirten würde genügen, die Schafe des Herrn in eine andere Richtung zu lenken; die weltlichen Fürsten wären bockiger. Nicht Glaube, sondern Gewinn band sie an Heinrich. Der haarige Burchard würde sich seine Treue von seinem Schwager üppig entgelten lassen. Die Frauen, Judith, Hadwig, trieb neben Stolz auch der Hass auf die Griechin, und Adelheid – wer konnte sagen, was in ihrem bitteren Herz geschah? Wir fanden keinen Hebel, um die Front der Bayern aufzubrechen, aber, so sagte ich mir, wir konnten sie schwächen. Irenes Anwesenheit in der Küche würde niemandem auffallen, und in dem ummauerten Garten wuchs nicht nur Eisenhut.

«Euer Schwiegervater hatte recht, als er sagte, dass Ihr Euer Latein versteht», schmunzelt Wolfgang von Regensburg, als er sich zum Abschied über Theas Hand beugt. Sie stehen im Eingang der Wormser Pfalz. «Der alte Kaiser hat gut daran getan, Euch an seinen Hof zu holen.» Adelheid neben ihnen wendet sich abrupt ihrem Sohn zu.

Es war nicht schwierig, den Bischof von Regensburg zu gewinnen. War er nicht auf Wunsch Ottos des Großen aus Ungarn zurückgekehrt? Thea bestellte Wolfgang in ihre Schlafkammer, empfing ihn vor ihrem kleinen Elfenbeinaltar kniend, wie Adelheid es getan hätte. Hatte er nicht Otto dem Großen zuliebe die Kutte des Missionars, dem das ewige Heil gewiss war, gegen den jede Versuchung anlockenden Bischofsmantel getauscht? Thea stand auf, trat vor Wolfgang hin. Wie konnte er sich gegen den Willen des erhabenen Kaisers stellen, für den er vor wenigen Monaten noch seine himmlische Glückseligkeit zu opfern bereit war? Bei diesen Worten legte sie ihre Hand auf seinen Arm. Und gab es einen Zweifel, dass der Tote seinen Sohn zu seinem Nachfolger bestimmt hatte?

Thea lächelt. «Mein Gemahl und ich danken Euch für Eure Treue auf Erden und werden beten, dass unser Vater im Himmel sie Euch vergelte.»

Adelheid geht Arm in Arm mit dem kleinen Otto ins Haus zurück.

Noch einmal beugt sich Wolfgang über Theas Hand. «Darf ich hoffen, dass der Kaiser und Ihr uns demnächst in Regensburg besuchen werdet?»

Thea spürt das Stechen in ihrer Brust, das sie an Otto medius mahnt, wie eine Beteuerung.

«Es gibt vieles, das uns nach Regensburg zieht», ihre Stimme klingt belegt.

«Wir bemühen uns, unsere Stadt unter denen des Reiches auszuzeichnen», meint der Bischof geschmeichelt. «Und man findet immer wieder Neues, das zu ihrem Glanz beitragen könnte. Einen Chor zum Bespiel, wie Dietrich von Metz ihn unterhält, würde unserem Dom nicht schlecht anstehen, eine Schar von Knaben, die während der Messe singen.»

Theas Blick wandert über Wolfgangs Schulter zu den Abreisenden hinter ihm und bleibt an einem fleckigen Schädel hängen.

«‹Der Wille des erhabenen Kaisers› – das waren ihre Worte, die Wolfgang wiederholte.»

«Nun überschätzt du die Griechin aber», beschwichtigt Dietrich. «Der Ehrgeiz des Herzogs blendet dich.»

«Du bist geblendet», widerspricht der Narbige. «Von Anfang an hast du gemeint, du könnest sie lenken, dabei hat sie dich an der Nase herumgeführt. Hat sie nicht eben eine Reichsversammlung zu Fall gebracht?»

«Es war nur ein Treffen einiger Fürsten.»

«Es waren genug, um Heinrich als Regent einzusetzen, und die alte Kaiserin hätte zugestimmt, hätte Wolfgang nicht plötzlich vom Willen des erhabenen Kaisers zu sprechen begonnen.»

«Man kann dem Regensburger nicht das Wort verbieten», verteidigt sich Dietrich.

«Hättet ihr ihn nicht zum Bischof gemacht, hätte er nichts zu sagen», meint der Narbige beleidigt.

«Wir haben im letzten Herbst wochenlang über die Berufung verhandelt. Ich habe mich für dich eingesetzt, Adelheid hat sich für dich eingesetzt. Aber der alte Otto war nicht bereit, sich gegen die Wünsche der Stadt zu stellen; und du weißt, warum die Regensburger dich nicht wollten.»

«Zum Fluch ist mir meine jugendliche Nächstenliebe geworden.» Der Narbige schließt die Faust um den Bernstein in seiner Kuttentasche.

«Der nächste freie Bischofsstab wird deiner sein», tröstet Dietrich.

«Und warum habt ihr Wolfgang überhaupt nach Worms eingeladen?», beklagt sich der Narbige weiter.

«Niemand konnte wissen, dass ihm die anderen Bischöfe so zulaufen würden.»

«Er war nicht umsonst Missionar, er versteht sich aufs Bekehren.»

«Immerhin hat der von Freising zu uns gehalten», wendet Dietrich ein.

«Er war Heinrichs Erzieher, und er füllt sich seit Jahrzehnten die Taschen mit Judiths Witwengut. Natürlich steht er zu den Bayern.» Der Narbige nimmt die Hände aus den Taschen und schlägt die Kapuze seiner Kutte hoch, die Abendsonne brennt auf seinen Schädel.

«Auch auf Burchard ist Verlass», fügt Dietrich hinzu.

«Wenn er sich nicht zufällig übergeben muss», höhnt der Narbige. Zweimal hat der Schwabe die Versammlung verlassen, das dritte Mal ist er nicht wiedergekommen.

«Zufällig!», schnaubt Dietrich. «Der Zufall hat fette, weiße Hände gehabt. Erinnerst du dich nicht, was Liutprand über die Beschnittenen in Konstantinopel schrieb? Als Knaben schon bringt man ihnen das Giftmischen bei.»

«In der Küche sagen sie, Burchard sei gestern Abend so besoffen gewesen, dass er seine Kammer nicht mehr fand.»

«Wir müssen eine neue Versammlung einberufen», meint Dietrich, ohne auf die Behauptung einzugehen.

«Oder andere Wege gehen, wenn deine Federfuchsereien uns nicht ans Ziel bringen», entgegnet der Narbige.

«Die Kaiserwitwe hat dank meiner Federfuchsereien schon einiges erreicht», erwidert Dietrich scharf. «Die Verbündeten der Bayern werden jeden Tag reicher.»

«Jeder wählt seinen eigenen Weg, um sein Verlangen zu stillen.»

Es ist immer noch hell, als Thea nach Verabschiedung der Bischöfe zum Rhein hinunterreitet. Die Sommerabende sind lang im Norden, von sanftem Licht erfüllt. Sunna hüpft vor Begeisterung. Thea ist seit Wochen nicht mehr ausgeritten. Ihre Tage sind voller Verdruss, und nachts wecken sie ungelöste Fragen: Woher sie genügend Pfeffer bekommt, um die Schinken, die in der Fleischkammer verdorben sind, wieder genießbar zu machen, wohin der Talg verschwunden ist, den sie bestellt hat. Die Wärme des Nachmittags hängt noch in der Luft, die Wiesen duften.

Stephanos hatte recht mit den Bischöfen. Bis auf den von Freising sprachen alle für den kleinen Otto, nachdem Wolfgang sie an die Wünsche des toten Kaisers erinnert hatte. Es ist nicht schwer, Leute umzustimmen. Wenn sie zwei oder drei Frauen finden könnte, die sich nicht von Adelheids Zofenschar beeindrucken ließen, wenn Otto einen anderen Kämmerer einsetzen würde … Sunna fällt in Trab, und Thea lässt ihr freie Zügel. Mit weit ausholenden Läufen galoppiert die Stute auf das Ufer des Rheins zu. Thea spürt die Freude in dem Körper unter sich, und mit jedem Augenblick fühlt sie sich leichter.

Kurz vor dem Ufer zügelt Thea das Pferd und lässt es ins Wasser traben. Die Sonne glitzert auf den Wellen. Eine Weile reitet Thea den Fluss entlang, er ist flach hier, sandig, dann wendet sie die Stute und blickt zurück. Die Türme des Doms ragen über die Stadtmauern. Einst, hat Irene erzählt, habe in Worms ein sagenhafter König geherrscht, der sich eine Frau aus dem Norden holte, eine Kriegerin, die er nur mit Hilfe seines besten Ritters, eines Drachentöters, zähmen konnte. Auf der Treppe des Doms stellte sich die Frau des Drachentöters der neuen Königin in den Weg, verlangte vor dieser das Gotteshaus zu betreten, da ihr Mann mächtiger als der König sei. Die Eifersucht der beiden Frauen brachte das Reich zu Fall. Langsam reitet Thea in die Stadt zurück.

Sie hat Glück gehabt, sie weiß es. «Dieses Mal», sagte Stephanos. Es wird andere Male geben. Der Bayer wird nicht aufhören, nach der Krone zu gieren, Adelheid wird weiter das kaiserliche Gut verschenken. «Wir müssen unsere Züge planen, die ihren voraussehen», hat Stephanos erklärt, als rede er von einem Brettspiel, «und wir müssen jene für uns einnehmen, die uns nützen können.» Thea seufzt. Bleich und stumm saß der kleine Otto während der Versammlung neben seiner Mutter.

«Was liest du?», fragt Thea leise. Otto zuckt zusammen, er hat nicht bemerkt, dass sie seine Kammer betreten hat. Sie lächelt, als sehe sie die Beunruhigung in seinem Gesicht nicht.

«*Die Verwandlungen* von Ovid», antwortet Otto zögernd.

«‹Da erweicht sich die starre, die elfenbeinerne Schönheit, wird beim Druck der Finger geschmeidig wie Wachs.›»

Otto lauscht verwundert. Es ist die Stelle, an der Pygmalions Statue zum Leben erwacht. Theas grünes Kleid schimmert im Kerzenlicht, ihr Haar ist offen.

«Es muss sich seltsam anfühlen, wenn Stein zu Haut wird.» Sie setzt sich neben ihn aufs Bett, ihr Kleid knistert. Das Buch klebt in Ottos Hand. «Warm und weich.» Ihre Finger streichen über seinen Unterarm, die Berührung breitet sich in seinem Körper aus.

«‹Während er staunt, voll Zweifel sich freut, sich zu täuschen befürchtet …›» Das Klopfen seines Herzens übertönt ihre Worte. Ihr Gesicht ist ganz nahe. «‹… tastet er wieder und wieder, der Liebende, nach der Geliebten.›» Sie fährt mit der Hand unter sein Hemd.

Irgendwann in der Nacht erwacht Otto und denkt an Irene. Thea liegt reglos neben ihm im Mondlicht, die Augen geschlossen. Ihr Haar riecht nach einem fremdländischen Gewürz. Sie ist seine Frau. Vorsichtig schiebt Otto seine Nase näher an ihren Kopf und schließt die Augen wieder.

Es ist ein kleiner, spitzer Schmerz zwischen ihren Beinen, aber nicht der hält Thea wach. Die Bilder glühen in ihrem Kopf, Ottos gerötetes Gesicht, die Stoppeln an seinem Kinn, seine weiße, knochige Brust. «Man kann alles, wenn man sich vorstellt, jemand anderer zu sein», sagte Mathilde. Thea hört, wie Otto neben ihr atmet. Hat sie die Kerze gelöscht, ist sie niedergebrannt? Ein zerfahrenes Gefühl schwimmt in Thea, als habe jemand in ihren Eingeweiden gewühlt, ihr das Herz zusammengepresst. Sie spürte seine Beine zwischen den ihren, seinen Körper auf sich. Er war schwer, er stöhnte. Es war schrecklich, und doch kann sie nicht aufhören, daran zu denken, als sei ihr etwas Wunderbares widerfahren. Ist es möglich, beim ersten Mal schon schwanger zu werden?

«Möglich ist es, Herrin», antwortete ich ihr. Noch bevor der Morgen graute, wusste der ganze Hof, dass das junge Kaiserpaar in dieser Nacht zusammen geschlafen hatte. Die Mägde zeigten das blutbefleckte Linnen herum. Also war die sittenlose Griechin doch unberührt gewesen. Oder kannten sie im Osten Mittel, das Häutchen wieder wachsen zu lassen? Ich überhörte ihr Tuscheln.

Zum zweiten Mal hatte mich die junge Kaiserin mit ihrer Entschlossenheit überrumpelt, wie schon bei der Heiratsurkunde; und diesmal hatte sie nicht nur ihren Kopf eingesetzt. Von allen Leuten am Hof musste zuerst der kleine Otto gewonnen, den Fängen seiner Mutter entwunden werden. Es lag auf der Hand. Was aber würde den Wankelmütigen mehr an sie binden als seine Lust? Und wenn er dabei noch einen Thronfolger zeugen würde …

«Aber Ihr seid nicht schwanger», fügte ich hinzu.

Ich kannte ihren Mond, und sie nickte, es war die falsche Zeit. Täuschte ich mich, oder huschte Erleichterung über ihr Gesicht? Vielleicht dachte sie an Otto me, wie sie ihn nun manchmal nannte, als sei er nicht allein medius sondern auch meus, nicht nur der mittlere, sondern auch ihrer.

In den Tagen darauf erhielt der Kämmerer für seine geleisteten Dienste ein Gut in Sachsen, und ein neuer wurde eingestellt. Mathilde, die Schwägerin, schickte drei Mägde aus Quedlinburg, die mit Line zusammen die jungen Mädchen anlernten. Den kleinen Otto sah man Nacht für Nacht ins Zimmer der jungen Kaiserin gehen.

Otto schaut zu, wie sein Abbild im Wachs sich härtet: ein Gekrönter mit einem Lilienszepter in der Hand. Sein Siegel ist kleiner als das seines Vaters, aber unter den Urkunden steht nicht mehr Otto itemque Otto – Otto und nochmals Otto – sondern nur noch sein Name.

Er hat Theoderich von Trier ein Stück Forstland zwischen Lieser, Mosel und Sauer geschenkt, wie der Erzbischof es sich vor seiner Abreise aus Worms erbeten hatte. Ein Lächeln spielt um Ottos Mund, als er an die Versammlung vor zehn Tagen denkt, seine grundlosen Ängste, die Beteuerungen der Bischöfe, die Mahnungen Wolfgangs von Regensburg, den er in Frankfurt mit so viel Misstrauen im Gespräch mit Thea beobachtet hatte. Eine angenehme Wärme strömt durch Ottos Glieder, wenn er an Thea denkt. Sein Vetter fällt ihm ein, auch den hat er zu Unrecht verdächtigt wegen eines billigen Bernsteinanhängers. Otto streicht sich das Haar aus der Stirn. Wie einfältig war er, wie kindisch. Er muss den Freund um Verzeihung bitten, wenn er ihn das nächste Mal trifft, wegen des falschen Verdachts, dass er ihn in Quedlinburg, an der Beerdigung in Magdeburg geschnitten hat.

«… von größter Dringlichkeit.» Die Stimme der Mutter reißt Otto aus seinen Gedanken. Sie hat die Kanzleistube betreten, Willigis und seine Schreiber erheben sich, neigen ihre Köpfe. «Auf meine und Judiths Fürbitte», fährt die Mutter fort. Wie oft hat Otto diesen Satz in den letzten Wochen gehört? Seit seine Tante Judith von ihrer Pilgerreise ins Heilige Land zurückgekehrt ist, gibt die Mutter noch mehr auf ihr Urteil. «Die frommen Nonnen

vom Kloster Niedermünster in Regensburg.» Eine neue Verga-
bung, Otto hört kaum hin. Er denkt an die bevorstehende Nacht
mit Thea. Seit er in ihrem Bett schläft, träumt er nicht mehr von
der sterbenden Hirschkuh.

«Willigis wird einen Hof finden, den man den Nonnen für ihren täglichen Lebensunterhalt geben kann», meint er, als die Mutter ausgeredet hat.

«Ein Hof wird nicht reichen», wirft die Mutter ein. Ihr Gesicht
ist spitz. Jedes Mal wenn Otto sie sieht, fällt ihm das nächtliche
Gespräch in Magdeburg ein, ihre Tränen.

«Dann geben wir ihnen zwei oder drei», schlägt er vor.

«Was soll das bedeuten?» Der Narbige wirft eine Urkunde auf den
Tisch.

Dietrich von Metz betrachtet sie mit hochgezogenen Brauen.

««… ob interventum coniugis nostrae Theophanu›», zitiert der
Narbige, «auf Wunsch unserer Gattin Theophanu.»

«Es ist eine Bestätigung der Rechte des Klosters Sankt Maxi-
min», erklärt Dietrich gelassen.

«Auf Wunsch der Griechin und dir selbst.» Die Stimme des
Narbigen bebt vor Wut.

«Warum soll ich mich nicht für die Trierer Brüder einsetzen?»

«Du kannst dich einsetzen, für wen du willst, aber dass du nun
plötzlich zu der Griechin hältst –»

«Ich halte nicht plötzlich zu der Griechin», wehrt sich Dietrich
empört.

«Warum hast du das dann nicht verhindert?» Der Narbige
schlägt mit der Hand auf den Tisch.

«Warum sollte ich es verhindern? Es ist normal, dass Kaiserinnen sich beim Kaiser für Bittsteller verwenden.»

«Aber nicht die Griechin, eine Fremde. Der alte Otto hat sie an den Hof geholt, aber immerhin wusste er sie in Schranken zu halten.»

«Es ist eine vollkommen unwichtige Urkunde», versucht Dietrich den Aufgebrachten zu beruhigen. «Am selben Tag hat der kleine Otto auf Adelheids Veranlassung deinem Herzog die Burg Bamberg und den Ort Stegaurach geschenkt, mit allem Zubehör, und auch dem von Freising hat er verschiedene Güter versprochen. Alles, was der kleine Otto verschenkt, geht der Griechin verloren.»

«Es wird nicht bei dieser Urkunde bleiben, das weißt du genau», schimpft der Narbige. «Wenn unsere Männer auf der Reichenau sich nur nicht so leicht hätten abschrecken lassen», fügt er zu sich selbst hinzu.

«Wovon haben sie sich denn abschrecken lassen?», erkundigt sich Dietrich neugierig.

«Das tut nichts mehr zur Sache. Wir müssen die Griechin jetzt unschädlich machen. Wenn der kleine Otto ihr nicht nur im Bett, sondern auch in der Kanzlei hörig wird –»

«Vielleicht», unterbricht ihn Dietrich mit unvermitteltem Grinsen, «lässt sich eine Ablenkung finden.»

Heimlichkeiten
Aachen, Sommer 973

«Der Daumen des Teufels.» Erschrocken zieht Thea ihren Finger zurück, als sie die Rundung in dem bronzenen Löwenmaul spürt.

Otto lacht. «Die Aachener baten den Teufel, die Türen zu gießen. Doch als sie ihm dafür anstatt der Seele des Papstes nur die einer Wölfin überließen, schlug er das Portal wütend hinter sich zu. Die mit Gottes Hilfe erbaute Kapelle blieb stehen, nur eine der Türplatten sprang», Otto deutet auf einen Riss in einer Ecke, «und in dem Löwenkopf blieb sein Daumen stecken.»

Thea reibt unauffällig ihren Zeigefinger. «Und hier bist du zum König gekrönt worden?», erkundigt sie sich und betrachtet die rötlich verputzte Fassade.

«So wie mein Vater.» Auf ein Nicken Ottos setzt sich der Zug von Hofleuten und Aachenern, die den Kaiser an diesem ersten Sonntag in der Stadt zur Messe begleiten, wieder in Bewegung.

Otto erinnert sich an die Dunkelheit in der achteckigen Pfalzkapelle, die schwarz-weißen Bögen, die roten Porphyrsäulen und das Glitzern in weiter Höhe. Er war sechs Jahre alt, als seine Eltern ihn hier, contra morem, gegen die Sitte, lange vor seiner Mündigkeit, krönen ließen, damit er nicht um den Thron kämpfen müsste wie sein Vater einst. In bestickten Stiefeln und Handschuhen, den schweren Kinderkrönungsmantel auf den Schultern, stand Otto von fremden Männern umringt vor dem Altar. Nur Wilhelm, seinen Stiefbruder, kannte er. «Bleib stehen», deklamierte der laut, «und halte an dem Platz inne, den du in der Nachfolge deines Vaters erlangt hast!» Otto blickte auf die Steinfliesen zu seinen Füßen. Anschließend wurde er auf die Empore geführt, wo er einige Stufen hinauf und dann auf einen steinernen Sitz klettern musste. Er konnte nicht fassen, dass dies der Thron Karls des Großen sein sollte, auf dem er ein Vaterunser lang verweilen musste. Es waren nicht mehr als ein paar weiße, von groben Bronzeklammern zusammengehaltene Steinplatten, ein Stück des römischen Bodens, hatte Wilhelm ihm erklärt, auf dem die Herrschaft ruhe.

Die Basilika des Heiligen Vitalis in Ravenna, die Sergius- und Bacchuskirche in Konstantinopel – die Ähnlichkeiten sind unverkennbar. Erfreut blickt Thea sich um, die Pfalzkapelle sieht genau so aus, wie Wolfgang von Regensburg sie ihr in Frankfurt beschrieb. Während der Reise nach Aachen kam die Nachricht, der alte Ulrich in Augsburg sei gestorben, und weil der Erzbischof von Salzburg erkrankt sei, werde Wolfgang die Leichenfeier abhalten; er war einst von Ulrich in Einsiedeln zum Priester geweiht worden. Thea blickt in die Kuppel empor, bevor sie niederkniet. Sie kann sich nicht erinnern, wie hoch die der Sophienkirche war.

Während der Messe wandern Theas Gedanken zu Ulrich von Augsburg zurück. Wenige Monate vor seinem Tod änderte er seine Meinung nochmals und bestimmte den Abt von Fulda zu seinem Nachfolger, ein unbescholtener Mann, wie Stephanos sogleich herausfand, keiner von Heinrichs Genossen, und Otto sagte, er werde Ulrichs Wunsch folgen. Seit sich der neue Kämmerer um die Versorgung des Hofes kümmert, geht Thea jeden Tag in die Kanzlei und lässt sich die ausgestellten Urkunden vorlegen. Sie schlug vor, die morgendlichen Besprechungen wieder einzuführen, wie zur Zeit ihres Schwiegervaters, aber Otto sagte, er brauche das Geschwätz der Notare nicht, er habe die Staatskunst nicht umsonst von Kindheit an studiert. Ganz selbstverständlich zitierte er aus den Schriften Ciceros und Boethius', korrigierte das Latein der Schreiber, und Thea fragte sich, was er sonst noch vor seinem Vater verborgen hatte.

Die Worte des Priesters gleiten über Thea hinweg, da ist etwas in ihrem Rücken, sie würde sich gern umdrehen. Stattdessen betrachtet sie die schmucklosen Wände hinter dem Altar. Die Mosaiken fehlen, Justinian und Theodora, einander gegenüber. Im Westen werden die Kaiserinnen stets kleiner als die Kaiser dargestellt, betende Püppchen zu Füßen von Heiligen, im Schatten ihrer Gatten. Endlich hebt der Priester die Arme für den letzten Segen.

Ihre Augen – ich wusste sofort, was sie sah, ich musste mich nicht umschauen. Irgendwo in der vollen Pfalzkapelle von Aachen hatte die junge Kaiserin ihn entdeckt, und mein Herz schlug mit ihrem.

Niemals werde ich das Gefühl vergessen, wenn Daniels Blick mich traf, über Menschen, Räume hinweg, die Weichheit, die durch meinen Körper floss, jeden Widerstand, jeden Zweifel mit sich schwemmte, bedingungslose Gewissheit in mir aufsteigen ließ. Und ich sehe ihn noch mit dem etwas höhnischen, herausfordernden Lächeln: Στεφανος εκ Βυξαντιου, nannte er mich, Stephanos aus Byzantion. Ein Scherz, ein Spiel, wie Vertraute es spielen, niemand sonst im Westen schien den alten Namen von Konstantinopel zu kennen. Nur Daniel erinnerte mich an Neptuns Sohn Byzas, der die Stadt am Goldenen Horn gegründet hatte, lange bevor Konstantin sie zu seiner machte. Nur er wusste, dass der Name, den ich mir in glücklicheren Zeiten am Hof der Cäsaren erworben hatte, der Bekränzte hieß und an den Stephanos erinnerte, der unsere Kunst einst aus Alexandria nach Konstantinopel gebracht hatte. Im Herzen des Menschen ist Platz für viele, aber nur einen liebt es mit aller Kraft, und wenn ich heute zurückblicke, sind jene, die mir vorher, die mir nachher begegneten – auch Heinrich –, nur ein flüchtiges Flackern verglichen mit Daniels strahlendem Stern. Theophano aus Byzantion, dachte ich, als ich an jenem Sonntag in der Aachener Kapelle das Leuchten in den Augen der jungen Kaiserin sah, die Göttliche aus Byzanz.

«Warum bist du hier?», fragt Thea atemlos. Stunden sind seit der Messe vergangen. Sie wartete, bis Adelheid vor der Pfalzkapelle ihre Almosen verteilt hatte, ging im Zug der Hofleute in die Pfalz zurück. Dann saß sie im großen Saal, aß, trank, wie im Traum, und immer heftiger pochte das Verlangen in ihr.

«Ich hörte», Otto medius hält inne. Thea dachte, sie sei befangen, wenn sie vor ihm stehe, müsste ihm und sich selbst erklären, was geschehen war, am Hof, mit dem kleinen Otto. Aber dann gab es nichts zu erklären. Er war da, sein Gesicht, sein Mund.

«Ich hörte», die Wärme seines Atems streift ihre Wange. «Ein Gerücht offenbar.» Seine Arme halten sie.

«Was für ein Gerücht?»

«Du seist krank.»

«Ich?», fragt Thea verwundert. «Wer hat das behauptet?»

«Jemand.» Ottos Züge verhärten sich.

«Und weil du glaubtest, ich sei krank, bist du nach Aachen gekommen?», forscht sie weiter.

«Mhm.»

Thea lacht. «Heißt das ‹ja›?»

«Ja.» Seine dunkle Stimme rieselt durch Thea.

Eine Gestalt kommt aus der Küche, geht über den nächtlichen Hof, Otto und Thea verharren im Schatten der Ställe.

«Ich muss zurück», sagt Thea. «Wenn er kommt –»

«Ich weiß», unterbricht Otto sie.

«Wie lange bleibst du?»

«Es kommt darauf an, wie er –»

«Ich weiß», sagt Thea.

Stimmen dringen aus dem Schlafzimmer des kleinen Ottos, als Thea vorübergeht.

«Du wirst deine Absicht ändern», befiehlt Adelheid.

«Aber es war sein Wunsch», widerspricht Otto.

Thea zögert, dann tritt sie ein.

«Was will sie hier?», fährt Adelheid ihren Sohn an.

«Ich bin –» – «Sie ist –», beide stocken. «Die Kaiserin», beendet Thea den Satz.

«Heinrich sagt, es ist unerlässlich», fährt Adelheid fort, ohne Thea weiter zu beachten.

«Was geht mich Heinrich an», entgegnet Otto ärgerlich.

«Er gehört zur Familie, er ist uns ergeben; und ich habe ihm mein Wort gegeben. Mein Sohn wird es mich nicht brechen lassen.»

«Ulrich von Augsburg hat im Einvernehmen mit der Stadt Abt Werinhar von Fulda zu seinem Nachfolger bestimmt», erwidert Otto.

«Ulrich von Augsburg war nicht bei Trost, er wird die Stadtherren beschwatzt haben. Dein einfältiger Vater hätte ihm schon in Ingelheim den Bischofsstab wegnehmen sollen.»

Thea sieht, wie Ottos Wangen sich röten.

«Es war mein Vorschlag, dass Ulrich in Ingelheim verziehen würde, wenn er sein Unwissen beschwöre», Ottos Stimme ist nur noch ein Flüstern. «Und Werinhar von Fulda wird Bischof von Augsburg.»

Verblüfft schaut Thea zu, wie Adelheid sich umdreht und das Zimmer verlässt. «Ich dachte, du schläfst schon», sagt Otto und lächelt.

«Es ist zu heiß.» Otto wischt sich den Schweiß von der Stirn.

«Du wirst dich gleich daran gewöhnen», meint sein Vetter.

«Ich werde mich nie an diese Hitze gewöhnen, und zudem», Otto schnüffelt, «riecht das Wasser nach faulen Eiern.»

«Es ist gesund. Wegen der heißen Quellen machte Karl der Große Aachen zu seiner Residenz, und er wurde zweiundsiebzig Jahre alt.»

«Mein Vater wurde ohne Schwitzen einundsechzig.»

Sie sitzen in der dampfenden Badestube der Pfalz.

«Es tut mir leid, dass dein Vater gestorben ist», sagt der Vetter nach einer Weile.

«Er war auch dein Großvater.»

«Das ist etwas anderes.»

«Mir tut es», der Dampf klebt in Ottos Kehle, er räuspert sich, «leid, dass wir in Quedlinburg und Magdeburg nicht zusammen …»

«Du hattest anderes zu tun», meint der Vetter.

«Es war nicht einfach nach seinem Tod», gesteht Otto. «Ich dachte, alle wären gegen mich. Ich dachte, sie würden Heinrich an der Versammlung in Worms zum Regenten machen.» Otto lacht auf.

«Und was ist geschehen?», erkundigt sich der Vetter.

«Die Bischöfe haben mir ihr Vertrauen ausgesprochen.»

«Und dann?»

«Sind sie wieder abgereist.»

«Einfach so?»

«Ja.»

«Der neue Bischof von Augsburg –», beginnt der Vetter.

«Mir ist immer noch zu heiß.» Otto hat keine Lust, weiter über Bischöfe zu reden. «Karl der Große hat sicher nur im Winter hier gebadet.» Er ist bereits aus dem Wasserbecken und zieht seine Kleider an. «Lass uns ausreiten.»

«Du bist der Kaiser.» Der Vetter erhebt sich. Sein Körper ist vom heißen Wasser gerötet, Otto betrachtet die Narbe auf seiner Brust.

«Das ist von dem Brand in Regensburg?», fragt er.

Der Vetter nickt: «Ja, während der Belagerung.»

«Es muss weh getan haben.»

«Ich kann mich nicht erinnern. Ich war zwei Jahre alt.»

«Warum warst du damals überhaupt –?»

«Es ist wirklich zu heiß», gibt der Vetter zu und flieht aus der Badestube, während er sein Hemd über den Kopf streift.

Sunna schüttelt den Kopf, als die beiden jungen Männer den Stall betreten, die Pferdeknechte sind nicht zu sehen.

«Wir satteln sie allein», bestimmt Otto. «Sonst müssen wir den ganz Tross mitnehmen.»

Der Vetter streichelt Sunnas Nüstern. «Der neue Bischof für Augsburg», beginnt er nochmals.

«Bist du deshalb nach Aachen gekommen?», erkundigt sich der kleine Otto.

«Nicht nur. Aber die Augsburger hätten gern –»

«Die Augsburger werden den Bischof bekommen, den sie sich wünschen», unterbricht ihn der kleine Otto bestimmt.

Der Vetter streichelt noch immer die graue Stute. «Wir könnten deine Frau fragen, ob sie mit uns ausreiten will», schlägt er vor.

«Thea?» Otto lächelt. «Ja, warum nicht.»

Die Sonne scheint ins Zimmer. Thea streckt sich, das Bett ist leer neben ihr. Der kleine Otto muss bereits in der Kanzlei sein. Sie könnte Otto me suchen gehen.

«Dein Tee», sagt Irene auf Griechisch, als sie das Zimmer betritt. Die Sprache verbindet sie wie ein gemeinsames Geheimnis.

«Tee?», wundert sich Thea. Dann beginnt sie zu rechnen, die Zeit zwischen den Blutungen scheint immer kürzer zu werden. Der Aufguss, den Irene nach Notkers Anweisungen macht, lindert die Krämpfe.

«Weißt du, wo Otto me ist?», erkundigt sich Thea.

Irene schüttelt den Kopf.

Theas Herz klopft, als sie die beiden Ottos über den Hof kommen sieht. Sie hat mit dem Kämmerer die Mehllieferung überprüft; sie stimmt auf den Sack genau. Als Nächstes muss sie mit Line reden. Die jungen Männer grinsen. Während der kleine Otto spricht, blickt Thea unverwandt in sein Gesicht, wartet darauf, dass sein Lächeln erlischt. Die Gegenwart des anderen Ottos glüht am Rand ihres Blickfelds. Ihr Mann muss merken, was sie mit diesem verbindet; es steht in ihrem Gesicht.

Man sah sie aus der Stadt hinausreiten, an diesem und anderen Nachmittagen in diesem Sommer in Aachen. Zuerst waren sie zu dritt, dann begleitete sie eine schwarzhaarige Frau auf einem Halbblüter: Irene. Meinen Zuträgern entging wenig. Vier junge Leute, die sich in den schattigen Wäldern vergnügten, Herrin und Zofe, der Kaiser mit einem Freund. Es ließ sich nichts dagegen einwenden, auch wenn es zu Zeiten Ottos des Großen nicht vorgekommen wäre; und Thea war glücklich, zum ersten Mal.

Die Hitze goss eine schläfrige Ruhe über den Hof. Adelheid und ihre Frauen blieben in ihren Zimmern. Ich verdöste meine Tage in der Kühle der Keller, erklomm, wenn es dunkel wurde, das Dach der Pfalz. Mächtig wand sich der Drache über den Himmel des Nordens, bewachte die goldenen Äpfel der Töchter der Nacht. Die leuchtende Kassiopeia stieg auf, die Arme klagend erhoben, von Andromeda, ihrer unschuldigen Tochter, gefolgt, an einen Felsen gefesselt die Prahlsucht der Mutter büßend, wäre nicht Perseus, das schlangenhaarige Medusenhaupt in der Hand, in seinen geflügelten Schuhen erschienen, um sie vor dem Rachen des Walfischs zu retten. Mit selbstgefertigten Zirkeln begann ich die Karten neu zu erfinden, die ich im Feuer von Quedlinburg verloren hatte. Schicht um Schicht grub ich aus meiner Erinnerung das einmal Gewusste, folgte dem kriechenden Gang des Skorpions über den südlichen Horizont. Den ganzen Sommer lang warb ich um die verlorene Freundschaft der Sterne, auf dass sie mir das Bevorstehende erneut offenbarten.

«Der eifersüchtige König aber begrub seine Frau auf der einen und ihren Geliebten auf der anderen Seite der Kirche. Doch Efeu spross aus den beiden Gräbern, wuchs an der Kirche empor und vereinigte sich auf dem Dach.»

Sie sitzen am Waldrand im Schatten der Bäume.

«Und deshalb», schließt Irene, «verheißt Efeu Treue und Unsterblichkeit.»

Aus den Ästen über ihnen fliegt ein Vogel auf, und Thea versucht sich vorzustellen, was er sieht: die ausgebreitete Decke mit ihren Bechern, Wein, Brot, vier Menschen, die im Moos ringsum lagern, die Männer in leichten Hemden, die Frauen mit offenem Haar, Geschichten erzählend.

«Und der Farn?», erkundigt sich Otto medius und streift über eins der gefiederten Blätter. Der kleine Otto sitzt neben ihm.

«Der Farn ist voller Geheimnisse», erklärt die Zofe. «Er blüht nur in der Johannisnacht, und wem es gelingt, seinen Samen aufzufangen, der hat Glück in all seinen Unternehmungen.»

Thea spürt einen leichten Krampf in ihrem Leib. Die Blutung begann später diesmal; sie ist nicht schwanger.

«Woher weißt du das alles?», will der kleine Otto wissen. Er wird Mathilde immer ähnlicher mit dem fast schulterlangen Haar, der Helligkeit in seinen Augen.

«Von meiner Mutter», gesteht Irene verlegen. Thea erinnert sich an die Töpferin in dem Grubenhaus.

«Zudem soll Farn unsichtbar machen», fährt Irene fort. Sie trägt die silberne Kette, die Thea ihr in Ingelheim geschenkt hat, nun offen über ihrem Kleid.

«Das könnte ganz nützlich sein», meint Otto medius. Thea wirft ihm einen Blick zu, aber er schaut in die Ferne. Ab und zu gelingt es ihnen, sich allein in den Ställen zu treffen, auf den Ausritten die anderen hinter sich zu lassen, für einen Kuss, eine Umarmung, einen gestohlenen Augenblick. Manchmal denkt Thea, Otto me müsste Wege finden, ungestört mit ihr zusammen zu sein, so gewandt wie er in allem andern ist. Sie sieht die Weichheit in den Zügen des kleinen Ottos, wenn er Irene betrachtet. Die Frau, mit der ein Mann zum ersten Mal schläft, behält eine Macht über ihn, sagte Irenes Mutter. Empfand er das Gleiche für ihre Zofe wie sie für Otto me? Wäre es möglich –

«Und er schützt vor dem Teufel», unterbricht Irene ihre Träumereien.

«Dann kann uns hier ja nichts geschehen.» Otto medius streckt sich zwischen den Farnen aus. Das Hemd spannt sich über seinen Oberkörper, und Thea schaut weg.

Eine Weile schweigen die vier. Die Sonne wirft grüne Schatten durch die Kronen der Bäume.

«Dennoch», meint der kleine Otto und erhebt sich mit einem Ruck, «müssen wir zurück, denn niemand schützt uns vor unseren Pflichten.»

Irene beginnt, das Brot, das sie nicht gegessen haben, zusammenzupacken, den Wein, der noch in den Bechern ist, in den Lederschlauch zurückzufüllen. Auf einen Pfiff von Otto medius erscheint Konstantin aus dem Unterholz. Thea überlegt, was sie tun muss, wenn sie in der Pfalz zurück ist. Seit der Ankunft von Otto me funkelt ihr Leben; alles fällt ihr leicht.

«Die Augsburger schreiben: ‹An unseren …›»

«Ich kann selbst lesen.» Otto nimmt Willigis den Brief aus der Hand. Seine Mutter bestand darauf, dass er sechsjährig nach der Krönung in Aachen das Recht bekam, unabhängig vom Vater Urkunden auszustellen. Stundenlang hörte Otto als Kind Schreibern zu, die ihm Briefe vorlasen.

«Ich dachte, sie wollten Werinhar als Nachfolger von Ulrich?» Ottos Augen gleiten über die Zeilen.

«Das scheint nicht der Fall zu sein», meint Willigis. «Sie erwähnen ihn mit keinem Wort.»

Otto lässt den Brief sinken. Hatte seine Mutter doch recht gehabt?

«Was sollen wir tun?» Die Unterhaltung mit seinem Vetter fällt ihm ein, das Versprechen, den Augsburgern den Bischof zu geben, den sie wollten.

«Es ist nicht zu empfehlen, bei der Wahl eines Bischofs die Wünsche der Stadt zu übergehen, schon gar nicht in Bayern.»

Otto erinnert sich an die Verhandlungen um die Neubesetzung des Regensburger Bischofsstuhls. Sein Vater ließ nicht locker, bis sie mit Wolfgang einen Nachfolger fanden, der in der Stadt willkommen war.

«Ist die Ernennung schon geschrieben?», erkundigt sich Otto.

«Ja.»

«Dann müssen wir sie ändern», bestimmt Otto.

«Und das hier?» Thea zieht ein Pergament aus dem Bündel auf Willigis' Pult. Seit sie fast jeden Tag ausreiten, kommt sie nicht mehr so regelmäßig in die Kanzlei.

«Das ist eine Abschrift der Ernennung des Nachfolgers von Ulrich von Augsburg», erklärt der Kanzler.

Thea liest, hält inne: «Ich dachte, der Abt von Fulda würde das Amt übernehmen, nicht dieser ...»

Willigis schüttelt den Kopf. «Der Kaiser hat seine Meinung geändert, auf Wunsch von ...»

Thea hört nicht zu.

«Warum hast du ihr nachgegeben?»

«Wem?» Der kleine Otto sitzt seinem Vetter gegenüber vor dem Schachtbrett.

«Deiner Mutter.» Thea hält die Abschrift der Urkunde in der Hand.

«Meiner Mutter?» Er hebt den Blick nicht vom Spielbrett.

«Bei der Ernennung des Bischofs von Augsburg.»

«Matt!» Der kleine Otto lacht.

Otto medius lehnt sich zurück. «Hoffnungslos», meint er.

«Ich musste so oft gegen meinen Vater spielen», erklärt der kleine Otto.

Thea stampft zornig mit dem Fuß, die jungen Männer wenden sich zu ihr.

«Was ist mit dem neuen Bischof?», fragt der kleine Otto.

«Du hast diesen ... diesen ...», sie schaut auf die Abschrift, «Heinrich von Greisenhausen ernannt.»

«Nein!» Otto medius fährt hoch, die letzten Figuren auf dem Spielbrett kippen um. «Du hast doch gesagt –» Sein Gesicht ist mit einem Mal grau.

«Die Augsburger wollen ihn», verteidigt sich der junge Kaiser. «Ich kann nicht gegen den Wunsch der Stadt, nicht in Bayern ...»

«Die Augsburger? Das ist doch nicht wahr!» Otto medius' Stimme zittert.

«Doch.» Der kleine Otto versucht sich an den Wortlaut des Briefes zu erinnern.

«Die Augsburger sagten, *du* wollest Heinrich.» Otto medius schreit beinahe. «Deshalb haben sie mich hierhergeschickt.»

«Sie haben dich geschickt», wiederholt Thea leise.

Otto medius hört sie nicht. «Aber als du dann sagtest, sie bekämen den Bischof, den sie sich wünschten, dachte ich, du hättest deine Meinung geändert.»

«Ich habe», Otto verstummt.

«Du hast den falschen zum Bischof ernannt», stellt Thea fest.

Sie schweigen.

«Wann wurde die Ernennung ausgestellt?», fragt Otto medius dann.

Thea blickt auf die Abschrift: «Vor sechs Tagen. Sie ist bereits in Augsburg.»

«Man muss den Augsburgern mitteilen, dass es ein Versehen war, ein Fehler», meint Otto medius mit tonloser Stimme.

«Der Kaiser macht keinen Fehler.» Die drei drehen sich um, Adelheid steht hinter ihnen, mit zwei Hofdamen.

«Aber er wurde getäuscht», entgegnet Thea zornig.

«Wer sollte ihn täuschen?», fragt Adelheid gelassen. Die Gesichter der Hofdamen verziehen sich spöttisch.

Thea spürt, wie sich die eisblauen Augen in sie bohren. «Seine Mutter!»

«Was fällt dir ein, du Schlange. Den alten Kaiser hast du hinters Licht führen können, aber mich nicht. Du hast dir mit deiner griechischen Schläue einen Platz an unserem Hof ergattert, und nun gebierst du nicht mal einen Sohn.»

Der kleine Otto blickt auf das Schachbrett.

«Und Ihr haltet nicht zu Eurem Sohn», sagt Thea, erstaunt über ihre eigene Ruhe. «Wenn ich Wolfgang von Regensburg nicht gebeten hätte, in Worms für ihn zu sprechen –»

Der kleine Otto hebt den Kopf.

«Du wirst deiner Frau verbieten, sich in die Angelegenheiten des Hofs einzumischen», befiehlt Adelheid, die blauen Augen nun auf den Sohn gerichtet.

«Die Ernennung –», beginnt Otto medius.

«Und Ihr überlasst die Ernennungen gefälligst dem Kaiser», unterbricht ihn Adelheid.

Der kleine Otto öffnet den Mund, doch bevor er etwas sagen kann, fährt seine Mutter fort: «Der Bischof von Augsburg ist ernannt. Das steht fest, und mit dir», sie wendet sich an Thea, «werde ich auch noch fertig.»

Adelheid dreht sich auf dem Absatz und verschwindet, gefolgt von ihren tuschelnden Hofdamen.

«Wer ist dieser Heinrich von Greisenhausen überhaupt», fragt Thea nach einem Moment der Stille.

«Ein Neffe von Judith von Bayern», erklärt Otto medius.

«Ein Freund von Dietrich von Metz», fügt der kleine Otto hinzu.

«Den kenn ich nicht», wundert sich Thea.

«Er ist dir sicher schon aufgefallen», erklärt Otto medius. «Er hat rote Narben auf dem Kopf. Von einer Verbrennung.»

Sie hatten uns übertölpelt, den Augsburgern das eine, dem jungen Kaiser das andere gesagt. So einfach war es. Von der Wärme des nördlichen Sommers betört, hatten wir ihnen leichtes Spiel gelassen. Nach einigen Wochen hieß es, Burchard von Schwaben stehe hinter der Schiebung. Aber die Urkunde trug die Unterschrift und das Siegel des Kaisers. Adelheid redete von einer Fügung Gottes, Heinrich und seine Genossen trugen ihre Genugtuung offen zur Schau. Thea rief Gero von Köln zu Hilfe, doch auch der konnte an dem Geschehenen nichts mehr ändern. Als Heinrich von Greisenhausen im September in Bothfeld an den kaiserlichen Hof kam, um Ottos Zustimmung zu erbitten, wusste das ganze Reich, dass er durch Täuschung zum Bischof von Augsburg ernannt worden war. Der junge Kaiser zögerte, doch nach fünf Tagen erteilte er dem Verbrannten die Investitur und ließ ihn in Mainz zum Bischof weihen.

Mit der Entdeckung des Betrugs hatten die gemeinsamen Ausritte aufgehört. Alle fanden sich getäuscht. Otto medius kehrte nach Schwaben zurück. Er fragte sich wohl, ob er Burchards Arglist hätte verhindern können, wenn er nicht in Aachen gewesen wäre. Thea und Adelheid gingen sich aus dem Weg. Die Kaiserwitwe war stets von Getreuen umgeben, sprach von Familie und Tradition. Thea verließ ihre Gemächer nur noch, um dem Kämmerer Anordnungen zu geben, Otto saß mit Willigis in der Kanzlei.

Ende August verlagerte sich der Hof nach Trier und dann nach Frankfurt. Die Bayern kehrten heim, nicht ohne auf Adelheids Drängen weiter beschenkt zu werden. Otto beschloss, nach Sachsen zu ziehen. Kurz vor Magdeburg trennte sich die junge Kaiserin vom Zug, um ihren Hof in Tilleda zu besuchen.

Besucher

Tilleda und Heiligenstadt, November 973

Thea befühlt das Tuch, spannt es, hält es gegen das Licht.

«Es ist erst ein Versuch», erklärt Irene entschuldigend. Die Ränder des Stoffs sind ungleich, wellen sich. «Die Frauen müssen lernen, zu zweit zu arbeiten.» Sie stehen in dem Grubenhaus neben dem neuen Webstuhl.

«Und es ist anstrengender, wenn der Webstuhl doppelt so breit ist.»

«Dann müssen wir Männer zum Weben anstellen», meint Thea. Sie betrachtet den aufrechten Holzrahmen, an dem die Kettfäden über Trenn- und Litzenstab hängen, die Webgewichte, die knapp über dem Boden baumeln. «Und wir müssen einen Weg finden, längere Bahnen zu weben.»

«Wenn wir noch einen solchen Webstuhl aufstellen, könnten wir viermal so viel Wolle verweben», meint Thea, während sie den Weg zur Burg hinaufgehen. Ein kalter Wind weht über den Pfingstberg. «Wir müssen die Schafsherden vergrößern, mehr Spinnerinnen anlernen.» Thea betrachtet die Palisaden, die den Burghof gegen Westen schützen. Auf den drei anderen Seiten fällt der Berg steil in die Tiefe. Die Holzstämme sollten durch Mauern ersetzt werden und einen Graben. Zwischen den Wachhäusern laufen Kinder und Hühner herum.

Die Männer, die an der neuen Festhalle arbeiten, schauen kaum auf, als Thea und Irene vorbeigehen. Die junge Kaiserin ist Tag für Tag auf der Baustelle zu sehen. Irene wendet sich gegen den Wind, um die Kapuze ihres Mantels hochzuschlagen.

«Wir bekommen Besuch», sagt sie überrascht. Ein Wagen fährt hinter ihnen den Hang hinauf.

«Und ich weiß auch, von wem», strahlt Thea.

«Der Ort ist verwandelt», sagt Mathilde anerkennend. Sie waren in der Schmiede, der Töpferei, der Beinschnitzerei und haben den neuen Webstuhl besichtigt.

«Es war alles hier», erklärt Thea, «das Land, die Leute. Ich habe nur ein paar Änderungen vorgenommen, mit dem Bau der Halle begonnen –»

«Das meine ich nicht», unterbricht sie Mathilde. «Die Menschen sind verwandelt. Sie arbeiten gern für dich.»

Im Kamin der Burgstube knistert das Feuer, das Thea für den Besuch anzünden ließ.

«Wenn das Wetter morgen nicht zu schlecht ist, könnten wir zusammen nach Wallhausen reiten», schlägt sie vor. «Der Hausmeister dort schuldet uns noch Martinigänse, und ich möchte, dass er im kommenden Frühling mehr Wolle liefert.»

«Du machst alles selbst», stellt Mathilde fest.

«Ja», gesteht Thea.

«Und wenn der zweite Webstuhl aufgestellt, die Festhalle gebaut ist?»

«Dann werden wir anstelle der Kapelle eine richtige Kirche bauen, und ich habe mir überlegt, dass wir die Wiesen am Fluss bei den Mühlen unten dränieren und dort Getreide anpflanzen können. Roggen vielleicht, der nicht so viel Sonne braucht, oder Gerste. Die Ackerknechte sagen, wenn man im Juli aussät und im folgenden Jahr erntet, sind die Erträge besser. Zudem möchte ich die Burg selbst vergrößern, eine Heizung einbauen, Schächte, durch die heiße Luft strömt, wie in Konstantinopel, und dann …»

Mathilde lacht. «Willst du dein ganzes Leben in Tilleda verbringen?»

«Nein. Anschließend werde ich nach Nordhausen reisen, Herford, Thiel, Boppard», erklärt Thea bestimmt.

Mathilde betrachtet Theas zerkratzte Hände, die eingerissenen Nägel.

«Meine Haut ist zu weich», sagt Thea entschuldigend, als sie den Blick der Freundin bemerkt.

«In Konstantinopel verbringen die Prinzessinnen ihre Zeit wohl nicht in den Werkstätten», schmunzelt Mathilde.

«Manche schon», widerspricht Thea. «Ich war oft bei den Emailschmelzern und den Elfenbeinschnitzern. Nur bei den Porphyrschneidern war die Luft immer so trüb. Der rote Staub …»

«Bei euch sind alle Räume mit Porphyr verkleidet?», erkundigt sich Mathilde.

«Nein, Porphyr ist der Stein des Kaisers. Sie werden in der Porphyra geboren, einem Zimmer, das ganz mit Purpurplatten ausgelegt ist, und am Ende ihres Lebens in Sarkophagen aus Porphyr begraben. In den Empfangshallen der Paläste sind Porphyrkreise im Boden, die nur der Kaiser betreten darf.» Es klingt wie eins von Irenes Märchen, denkt Thea, während sie spricht. Ist sie wirklich einst durch diese Räume gegangen, an den marmorumrahmten Fenstern des Bukoleon-Palasts gestanden?

«Es muss seltsam sein, nun hier unter Ackerknechten und Webern zu leben», meint Mathilde.

«Ich hätte schon längst beginnen sollen, mich um die Höfe zu kümmern, die dein Vater mir zur Hochzeit gegeben hat.»

Mathilde schweigt.

«Ich hätte mir meine Schwiegermutter zum Vorbild nehmen sollen. Sie versteht es, ihren Besitz und den ihrer Freunde zu mehren.» Theas Worte klingen spitz.

«Du meinst die Sache mit Augsburg», erwidert Mathilde. «Burchard hat alle getäuscht.»

«Da bin ich nicht so sicher», widerspricht Thea.

«Lass uns von etwas anderem reden», schlägt Mathilde vor. «Ich habe gehört, der Hof wird Weihnachten in Utrecht verbringen, das wird dir gefallen.»

«Ich habe keine Zeit, nach Utrecht zu reisen», meint Thea bockig.

«Aber du kannst nicht ewig vom Hof wegbleiben. Du bist die Kaiserin.»

«Adelheid ist die Kaiserin. Ich komme nicht an gegen sie.» Theas Stimme wird leiser.

«Wenn du dich hier vergräbst, sicher nicht», erwidert Mathilde.

«Ich bin die Fremde, die Griechin», Theas Stimme bricht. «Die können gut ohne mich leben.»

«Das stimmt nicht», platzt Mathilde heraus. «Mein Bruder hat gesagt –»

«Du hast mit ihm über mich geredet?»

«Ja. Er hat mich gebeten, mit dir zu sprechen, dich zu bitten, an den Hof zurückzukehren.»

Thea schaut in die Flammen des Feuers.

«Er braucht dich.»

Thea denkt an seine knochige Brust, sein Stöhnen.

«Du bist nicht aus Konstantinopel gekommen, um in Sachsen Schafe zu züchten.»

Thea schluckt.

Langsam erhob sich der Stier im Osten, von Castor und Pollux gefolgt, den ungleichen Brüdern, die beide um die Gunst der jungen Kaiserin warben. Nicht umsonst nannte man die Gegend um Tilleda «coquina imperatoris», die Küche des Kaisers. Hier gedieh alles, was der Magen begehrte, und in wenigen Wochen war das bescheidene Gehöft auf dem Pfingstberg in den Händen der jungen Kaiserin zu einem ansehnlichen Gut geworden. Wir froren nicht mehr, wir aßen gut, wir lagen in weichen Betten, und mit der neuen Festhalle, der geplanten Kirche würde Tilleda zu den stattlichsten Pfalzen in Sachsen gehören.

Schon im nächsten Jahr würde das Gut mehr als das Doppelte einbringen. Die Nichte des Kaisers von Konstantinopel fand Gefallen daran. Sie kam trotz allem aus einer Familie von Landherren, und sie scheute sich nicht, die Erde anzufassen, aus der ihr Reichtum wuchs. Die Leute staunten. Diese Kaiserin kniete nicht nur in Kirchen, unterhielt sich nicht nur mit Herzögen. Noch immer schwang der fremde Akzent in Theas Worten, aber sie sprach das Deutsch, das ihre Zofe ihr beigebracht hatte. Die Bauern verstanden sie, und Thea verstand sich darauf, ihre Herrin zu sein; sie konnte ihr Leben unter ihnen verbringen, sterblich wie Castor.

Oder sie konnte auf das Drängen ihrer Schwägerin hören und an den fränkischen Hof zurückkehren, den Platz beanspruchen, der ihr bestimmt war. Der Kampf würde erneut beginnen, ihr Macht oder Erniedrigung bringen; und ihr Name würde die Zeit überdauern, unsterblich werden wie der göttliche Pollux. Nach einigen Tagen verließ die Äbtissin von Quedlinburg Tilleda wieder. Die Frauen umarmten sich, Thea wartete in der Kälte vor der Burg, bis der Wagen am Fuß des Hügels verschwunden war. Ich konnte nicht sagen, wofür sie sich entscheiden würde. Aber kurz darauf kam ein anderer Besucher.

Das Holz knackt im Kamin. Seit Mathildes Abreise lässt Thea auch für sich am Nachmittag ein Feuer in der Burgstube anzünden. Die Tage werden immer kürzer, es bleibt kaum Zeit, um auf die Baustelle und in die Werkstätten zu gehen. Thea schließt die Augen.

Die letzte Nachricht vom Hof kam aus Dornburg. Der kleine Otto war nicht lang in Magdeburg geblieben. Ein Vorfall in Lothringen, schrieb Willigis, ein Grenzstreit, zwinge den Kaiser, in den Westen zurückzukehren, und die Kaiserwitwe werde ihre Güter im Elsass besuchen.

Adelheid – so hat Mathilde an einem Abend vor dem Feuer erzählt – sei bereits als Kind mit ihrer verwitweten Mutter aus dem heimatlichen Burgund nach Pavia gebracht und mit dem Sohn des italienischen Königs verlobt worden. Sechzehnjährig heiratete sie Lothar, doch nach nur drei Jahren starb er. Durch eine Vergiftung, vermutete man, und tatsächlich ließ sich Markgraf Berengar von Ivrea, Lothars Rivale, keinen Monat später zum König krönen, machte seinen Sohn zum Mitregenten. Adelheid nahm er gefangen, damit sie ihr Anrecht auf Italien nicht geltend mache, und mehr noch, weil sie es abgelehnt hatte, seinen Sohn zu heiraten. Man brachte sie in die Burg Garda, nahm ihr ihren Schmuck, den Königsschatz, ihre Dienerschaft. Berengar und seine Frau Willa schlugen und traten sie, zogen sie an den Haaren, sperrten sie mit einer einzigen Zofe und ihrem Priester in ein streng bewachtes Verlies. Dennoch gelang Adelheid nach vier Monaten die Flucht durch einen unterirdischen Gang, den sie mit der Zofe, dem Priester zusammen gegraben hatte. In Wäldern und Kornfeldern verbarg sie sich vor den Häschern, bis ein Fischer sie rettete, sie beim Bischof von Reggio Aufnahme fand.

«Mein Vater war seit einigen Jahren Witwer. Er war zwanzig Jahre älter als sie, aber er bot ihr seinen Schutz und seine Hand», schloss Mathilde.

«Und Adelheid willigte ein?»

«Mein Vater schickte seinen Bruder Heinrich in die Festung Canossa, in der sie Zuflucht gefunden hatte, um mit ihr zu sprechen, und der geleitete sie dann nach Pavia zurück, wo die Hochzeit stattfand.»

312

«Das war der alte Heinrich, der Vater des jetzigen Herzogs?», erkundigte sich Thea.

Mathilde nickte.

Thea erinnert sich an die eleganten Westen des Bayern, die goldbestickten Beinkleider.

«Woran denkst du?»

Thea fährt hoch. «An …» Ihr Gesicht hellt sich auf.

«Einen Mann», sagt die dunkle Stimme.

Thea lacht. Nicht an dich, will sie sagen, doch sie hält Otto medius schon in den Armen und küsst ihn.

Thea streicht über das Kinn, den Hals, die kleine Grube über dem Brustbein, die Verwerfungen der Narbe, den Bauch, die Hüfte. Keine Statue aus Marmor, aus Elfenbein kann die Schönheit dieses Körpers übertreffen. Otto medius' Augen sind geschlossen, ein Lächeln liegt auf seinen Lippen.

Es ist einfach geschehen. Zweifel, Enttäuschung, Furcht waren ausgelöscht. Nie zuvor wollte Thea etwas so mit jedem Gedanken, ihrem ganzen Körper.

«Ich liebe dich», sagt sie leise. Otto drückt sie an sich.

«Woher hast du das?» Sie streicht wieder über die Narben.

«Von einem Brand», erklärt Otto mit geschlossenen Augen.

«Was ist geschehen?»

«Es war während der Belagerung von Regensburg. Mein Vater hatte sich mit seinen Leuten in der Stadt verschanzt, mein Großvater stand mit seinem Heer davor. ‹Zwei Männer von gleichem Blut›», zitiert Otto medius, «‹Sohn und Vater rückten ihre Rüstung zurecht, strafften ihre Panzerhemden, gürteten ihre Schwerter, und hätten die Bischöfe sich nicht zwischen sie gestellt, sie zur Versöhnung gezwungen, wären sie mit Waffen aufeinander losgegangen. Eine härtere Schlacht haben die Regensburger nie vor ihren Mauern gesehen.› So steht es in der Chronik.»

«Und warum haben sie sich so gestritten?»

«Das ist eine lange Geschichte», lenkt Otto ab.

«Und du?»

«Ich war ein kleiner Junge, am falschen Ort.»

«Aber jemand hat dich gerettet?»

«Jemand, der es mich nicht mehr vergessen lässt.» Otto dreht sich auf die Seite und zieht Theas Arm mit sich. Sie schmiegt sich an seinen Rücken. Nie zuvor hat sie sich so geborgen gefühlt; und da ist das angenehme Fließen in ihrem Leib.

«Hat dich auch der kleine Otto geschickt?», fragt Thea spöttisch. Sie sitzen in Decken und Felle gehüllt vor dem verglühenden Feuer. Irene muss dafür gesorgt haben, dass niemand sie stört.

Otto medius schweigt, den Blick in die Glut gerichtet.

«Hmm?» Sie beißt ihn in die nackte Schulter.

«Nicht beißen!» Er lacht, schüttelt sie ab.

«Warum bist du hier?»

«Um dich zu sehen», weicht er aus.

«So wie in Aachen?», stichelt sie.

«Ich bin auch wegen dir nach Aachen gekommen», verteidigt er sich.

«Ich weiß.» Ihr Zorn ist längst verflogen. «Warum bist du nach Tilleda gekommen?»

Otto hebt den Kopf. «Ich brauche deine Hilfe.»

«Ich tue alles für dich.» Sie streicht durch seinen schwarzen Schopf.

Sein Gesicht ist ernst, als er sich ihr zuwendet. «Burchard von Schwaben ist gestorben.»

Der haarige Mann mit dem Fratzengesicht, Thea betrachtet Otto fragend.

«Er war kinderlos. Der Kaiser muss das Herzogtum Schwaben

314

neu vergeben. Hadwig, Burchards Witwe, will natürlich, dass es in ihrer Familie bleibt.»

Hadwig ist die Schwester des roten Heinrichs. «Dann ginge es an einen der Bayern», schließt Thea.

«An Heinrich selbst, nehme ich an.»

Thea steht auf und hüllt sich in eine Decke. «Bayern und Schwaben zusammen.»

«Er wäre der mächtigste Mann im Reich», erklärt Otto.

Thea schweigt.

«Mein Vater herrschte über Schwaben, bevor er in Ungnade fiel.» Otto fährt mit der Hand über das Fell auf seinem Knie.

Thea blickt aus dem Fenster in die Nacht; ihr Kopf ist ganz klar.

Im Bischofspalast zu Metz,
sechs Tage nach Martini

Die Nachricht vom Tod Eures Schwagers hat uns in der Tat auch hier in Metz erreicht. Er war nicht ein Mann meiner Art, das weißt Du, und jenen, die Schönheit im Hässlichen, Klugheit im Närrischen vermuten, habe ich stets entgegengehalten, dass der Allmächtige uns unsere Gestalt nicht zufällig gegeben hat. Das Äußere spiegelt das Innere, das Sichtbare das Verborgene. Aber ich habe Burchard Gut und Geltung, die er in seinem über siebzigjährigen Dasein errungen hat, nicht missgönnt, will seinen Wert nicht schmälern, und ich wünsche ihm, dass er in seinem Grab auf der Insel Reichenau zur Ruhe kommt. Vieles verdankt ihm das Reich, mehr noch verdankst Du ihm, und ich verstehe sehr wohl, dass Du Dich seinem Andenken verpflichtet fühlst. War er es doch, der vor wenigen Monaten erst unseren

kleinen Handel in Augsburg in die Tat umsetzte, Dir zu dem
langersehnten Bischofsstab verhalf (den Du, wie ich höre,
auch gegen den Widerstand des blöden Volkes mit Würde zu
tragen weißt). Und natürlich werde ich das Meine tun, damit
das verwaiste Schwaben in die richtigen Hände fällt, im
Interesse aller. Allein, die Angst, die aus den Zeilen Deines
Briefes spricht, scheint mir ganz unbegründet. Wer außer dem
Herzog käme als Nachfolger des Verstorbenen in Frage?
Hat der Bayer sich durch seine großmütige Anerkennung
des jungen Kaisers nicht dessen unbedingte Dankbarkeit
erworben? Verlangt es nicht Recht und Sitte, dass er nun
gebührend dafür entgolten wird? Auch wird die Kaiserwitwe
darauf bestehen, dass Schwaben an ihre bayerischen
Verwandten fällt, und wie Du wohl weißt, hat sie das Ohr des
kleinen Ottos für sich. Die Griechin hat sich vom Hof
getrennt, haust in der sächsischen Wildnis, wo sie ihrer
sündigen Natur freien Lauf lassen kann, und selbst wenn die
schwäbische Nachfolge sie betreffen würde, hätte sie
niemanden, dem sie das Herzogtum zuhalten könnte. Aber
gewiss hat sie ihre Lektion in Aachen gelernt, begriffen, dass
es nicht reicht (wie in Worms), einen Bischof zu beschwatzen,
und auch mit aller griechischen Schläue ihres entmannten
Kammerherrn nicht gegen unser rechtmäßiges Streben
anzukommen ist.
Darum sei guten Mutes, Bruder, lass den Ereignissen ihren
Lauf. Die Bestellung des Herzogs ist sicher, und sie wird ihn
dem ersehnten Thron einen Schritt näher bringen. Immer in
brüderlicher Verbundenheit.

Hundertfach fielen die Leoniden in diesem November aus dem Sternbild der jungen Kaiserin und kündeten von kommendem Wandel. Ich folgte den leuchtenden Linien der Sternschnuppen in der Nacht und wusste, wir würden Tilleda verlassen. Einen Atemzug später waren wir schon unterwegs. Am Tag nach Otto medius' Ankunft wurden die Wagen beladen. Die junge Kaiserin verteilte Pflichten, vergab Aufträge. Irene würde bleiben, bis alles in den gewünschten Bahnen lief. Einige der Leute lästerten wohl leise, die neue Kaiserin sei doch nicht so anders, die Belange des Gutes kümmerten sie nur, solange nichts Bedeutsameres ihre Aufmerksamkeit auf sich ziehe. Aber die Neuerungen, die sie eingeführt hatte, ließen sich nicht wegreden, und die meisten glaubten ihr, dass sie ihre Vorhaben weiterführen würde – zu recht.

So zogen wir den Pfingstberg hinunter, im ersten Schnee des Winters, um den kaiserlichen Hof in einem winzigen Marktfleck, der sich Heiligenstadt nannte, wieder zu treffen. Meine Herrin ritt neben dem bärtigen Jakob, in ihren Pelz gehüllt, sächsische Männerkleider darunter. Ihr Blick war wachsam, und sie hatte das Kinn ein wenig vorgeschoben, wie Otto medius es zu tun pflegte.

Während ich in meinem Wagen durch Furten und über Feldwege holperte, hing ich meinen Gedanken nach. Vielleicht hatten die im Westen so vielgeschmähten Sitten von Konstantinopel tatsächlich mein Gemüt zerfressen, vielleicht war es mir nicht mehr möglich, an das Gute zu glauben; ich wurde meinen Zweifel nicht los. Gewiss verstand ich den Wunsch der jungen Kaiserin, ihrem Geliebten mit allen Mitteln zu helfen, ich hätte nicht weniger getan für Daniel. Aber unsere Liebe macht die Menschen nicht besser, als sie sind, und hatte Otto medius nicht schon in Aachen versucht, die Angelegenheiten des Herzens mit denen des Reichs zu verknüpfen? Hieß es nicht, sein Vater sei durch Eigennutz zu Fall gekommen? Die grauen Gestalten erhoben sich wieder, das Vermächtnis der Toten, und ich nahm mir vor, im Vergangenen nach dem Schlüssel für die Gegenwart zu suchen.

Sie trägt das grüne Kleid, als sie am ersten Abend zum Essen erscheint. Ottos Mund ist trocken. Wie zufällig streift ihn ihre Schulter, ihre Hand ruht einen Augenblick auf seinem Arm, und als er die Tafel aufhebt, folgt sie ihm. Wie gut sich sein Körper an den ihren erinnert, und doch ist es neu, anders. Hat sie ihn früher so angefasst, so gehalten? Ihre Augen sind geschlossen, wie immer.

«Auf Fürbitte unserer geliebten Gemahlin Theophanu und unseres lieben Vetters Heinrich –»

Willigis hält inne: «Heinrich?»

«– des Herzogs von Bayern», fährt Otto fort, «schenken wir dem frommen und uns ergebenen Abraham, Bischof von Freising …»

«Ich hätte nicht gedacht, dass ich diese beiden Namen je als Fürbitter auf das gleiche Pergament schreiben würde», meint der Kanzler, als Otto fertigdiktiert hat.

«Es ist der Wunsch der Kaiserin, meiner Frau, den Bischof zu beschenken.» Auch Otto wunderte sich, als Thea ihm die Bitte vortrug.

«Die Zeit in Tilleda scheint das Wohlwollen der jungen Kaiserin gegenüber ihren bayerischen Verwandten gestärkt zu haben», meint Willigis.

Otto hat Thea im Gespräch mit Heinrich gesehen. Sie lachte, warf den Kopf zurück, wie sie es auf ihren Ausflügen in Aachen manchmal getan hat.

«Ja.»

Willigis schüttelt den Kopf. «Die Bayern können es mit den Frauen.»

Ich hatte nicht viel Zeit. Die Bände der Chronik wurden in einer verschlossenen Truhe aufbewahrt. Niemand konnte sie ohne Willigis' Wissen herausnehmen, und es hatte mich einiges gekostet, meinen ehrgeizigen Kanzlisten davon zu überzeugen, dass es möglich war, den Schlüssel für ein paar Stunden zu entwenden. Während das Kaiserpaar bei Tisch saß, schlich ich in die vollgestellte Kammer, die als Schreibstube diente.

Ich staunte über die große Zahl der in Leder gebundenen Bücher in der Truhe. Willigis musste wohl jeden Hühnerstall, den der Kaiser der Franken verschenkte, darin eintragen. Ich nahm den obersten Band heraus, blätterte. Wie Perlenschnüre liefen die Zeilen über die Seiten, nur die besten Kopisten wurden beauftragt, die Chronik nachzuführen. Es waren die Eintragungen des letzten Jahres, die Ankunft der Prinzessin, imperatoris neptim clarissimam, der hochangesehenen Nichte des Kaisers, conjunx praeclara, der hervorragenden Gattin, deren rechtmäßige Eheschenkung. Am Weihnachtsfest in Frankfurt hatten wir den Heiratsvertrag zum letzten Mal gezeigt. Wir hatten gemeint, den Platz der jungen Kaiserin am fränkischen Hof mit einer purpurnen Urkunde sichern zu können, doch Daniels Meisterwerk war nur ein erster Schritt gewesen, ein Wegweiser in den Kampf, der noch längst nicht entschieden war.

Ich nahm die Bücher aus der Truhe, reihte sie neben mir auf den Boden. Als ich in einem auf das Geburtsjahr des kleinen Ottos stieß, begann ich zu lesen, doch dann ließ ich es wieder bleiben. Ich musste weiter zurückgehen. Ich fand die Hochzeit in

Pavia, eine Abschrift von Adelheids Heiratsurkunde, überflog sie: die gleichen Beteuerungen und Versprechen wie in Theas Vertrag, und auch Adelheid hatte – zu den Ländereien, die sie bereits aus ihrer ersten Ehe besaß – von Otto dem Großen Güter zu eigenem Besitz in den verschiedenen Teilen des Reiches bekommen. Die Stimmen der Mägde vor der Kammer trieben mich zur Eile, das Essen musste bereits vorüber sein. Ich warf nur noch einen Blick auf die Jahreszahlen auf der ersten Seite der Bände. Da war es: ... und Otto der Große sprach zu dem versammelten Volk: «Ich würde es ertragen, wenn der Zorn meines Sohnes nur mich allein heimsuchte und nicht zugleich auch das ganze Christenvolk in Mitleidenschaft zöge.» Ich blätterte zurück.

Liudolf war selbst nach Italien gezogen, um Adelheid nach Lothars Tod zu Hilfe zu kommen, gegen den Willen seines Vaters. Auf Betreiben des alten Heinrichs fand der Thronfolger die Tore der italienischen Städte und Burgen verschlossen. Der große Otto, der Italien für sich wollte, dankte es dem Bruder. Liudolf verließ den Hof in Pavia ohne Abschied, nachdem sein Vater Adelheid geheiratet hatte. Zurück in Schwaben begann er, Verbündete um sich zu scharen. Als Adelheid einen Sohn, einen Rivalen gebar, lehnte Liudolf sich offen gegen den Vater auf. Er verhinderte, dass der mit seiner neuen Frau, dem neugeborenen Sohn der Tradition gemäß in Ingelheim, Mainz oder Aachen den Hof zum Osterfest versammeln konnte. Gedemütigt feierte der große Otto die Auferstehung des Herrn im unbedeutenden Dortmund und rief zu einem Gerichtstag auf. Doch Liudolf erschien nicht, und hätte sich Ulrich von Augsburg nicht zwischen Vater und Sohn gestellt, wären sie gegeneinander in die Schlacht gezogen. – Ich verstand, warum Otto der Große bereit war, dem Greis in Ingelheim zu vergeben. – Ulrich bewirkte einen Waffenstillstand, bewog die zerstrittenen Männer zum Verhandeln. «Es ginge noch an, dass mein Sohn meine Burgen wie ein Räuber überfällt, ganze Landstriche von meiner Herrschaft losreißt, wenn er sich nicht auch am Blut meiner Familie sättigen würde», klagte Otto der Große in Langenzenn den versammelten Fürsten. «Seht, ich sitze hier vor Euch, ein Vater ohne Kinder, denn mein Sohn ist mein ärgster Feind.»

Der Chronist beschrieb die Stille, die im Saal nach diesen Worten herrschte. Dann erhob sich der alte Heinrich und stimmte dem Kaiser zu. Liudolf, der rebellische Sohn, verlangte das Wort, begann sich zu verteidigen: «… so möge das ganze Volk wissen, dass ich es nicht ohne Veranlassung, sondern nur im Zwang der äußersten Not getan habe.» Liudolfs Verbündete unterwarfen sich, der Kaiser vergab ihnen. Liudolf selbst aber zog nach Regensburg, verschanzte sich in der Stadt.

Vor der Kanzleitür ertönten Schritte. Ich lauschte, der Schweiß rann mir über den Rücken trotz der Kälte in der Kammer. Während sich die Schritte wieder entfernten, überflog ich die Seiten. Otto belagerte Regensburg, ließ die ausgehungerte Stadt von Heinrich niederbrennen, die Aufständischen blenden, töten. Liudolf erhielt freien Abzug, und noch bevor er sich vor Gericht verantworten musste, warf er sich barfuß vor dem Vater nieder, bat unter Tränen um Vergebung, gelobte, dessen Willen bis zu seinem Lebensende zu gehorchen. Otto zeigte misericordia et clementia, Barmherzigkeit und Milde. Liudolf wurde begnadigt, nach Italien entsandt. Dort starb er beim Versuch, Berengar in seine Schranken zu weisen. Liudolfs Leichnam brachte man über die Alpen zurück und setzte ihn in Mainz im Kloster Sankt Alban bei, «unter den Trauerklagen vieler Völker».

Bevor ich die Kammer verließ, streifte mein Blick eine Urkunde auf dem Tisch des Kanzlers. «Auf Fürbitte der Gattin Theophanu und Herzog Heinrichs», las ich, und es dauerte einen Moment, bis ich begriff, dass weder Recht noch Anstand die junge Kaiserin diesmal zurückhalten würde. Sie hatte meinen Rat befolgt, die Taktik der Gegner studiert; sie wollte ihnen den Betrug von Aachen mit gleicher Münze heimzahlen.

Thea betrachtet ihr Gesicht im Spiegel. Ihre Augen sind geweitet, ihr Mund ist weich, sie streicht über ihre Wange. Sie hat sich noch nie so gefallen. Seit sie mit Otto me geschlafen hat, fühlt sie sich anziehend, und was sie angeht, gelingt ihr. Mit einem Lachen gewann sie den roten Heinrich, der noch vor ihr in Heiligenstadt eingetroffen war, spielte die aufreizende Fremde, für die er sie hielt, und er verriet ihr, ohne es zu merken, seine Absichten. Sogleich nach Adelheids Rückkehr aus dem Elsass wollte er sein Anrecht auf das Herzogtum Schwaben vor versammeltem Hof darlegen in der Gewissheit, mit der Kaiserwitwe, ihren Beratern eine Mehrheit der Anwesenden für sich zu haben. Die Schenkung an Abraham von Freising, fand Thea, war ein geringer Preis für diese Auskunft.

«… und weil Liudolf sich damals gegen die Ernennung ihres Sohnes zum Thronfolger wehrte, wird Adelheid nun die Ernennung seines Sohnes zum Herzog von Schwaben zu verhindern suchen.»

Thea hört Stephanos nur mit halbem Ohr zu. «Wie war das genau in Regensburg?», erkundigt sie sich, und er beginnt nochmals zu erzählen. Das Feuer, das Otto me verbrannte, war im Auftrag des alten Kaisers entfacht worden. Hatte der Enkel dem Großvater verziehen?

«So zahlen die Söhne die Schuld der Väter», schließt Stephanos.

«Und der kleine Otto war damals …» Thea rechnet, und da fällt es ihr plötzlich wie Schuppen von den Augen. Der kleine

Otto wurde erst im Dezember des Jahres geboren, in dem Regensburg niederbrannte. Der Rivale, gegen den Liudolf sich aufgelehnt hatte, musste Adelheids Erstgeborener gewesen sein, ein Säugling, der während des Kampfes um Regensburg starb – wegen des Kampfes vielleicht. Otto medius mochte seinem Großvater die Verbrennung vergeben haben, Adelheid würde den Tod ihres Kindes niemandem verzeihen. Mehr noch als den thronhungrigen Heinrich würde die Ernennung von Liudolfs Sohn zum Herzog von Schwaben ihre Schwiegermutter empören.

Mit angezogenen Beinen, die Arme um die Knie geschlungen, sitzt Thea neben ihm im Bett.

«Frierst du?», fragt der kleine Otto.

Thea schüttelt den Kopf.

«Ist dir nicht gut?» Schon bei Tisch war sie schweigsam, saß mit reglosem Gesicht vor ihrem Teller, während der rote Heinrich sie mit hochtrabenden Artigkeiten überschüttete.

«Nein.» Theas Stimme klingt gequält.

Noch etwas benommen richtet Otto sich auf. Nach einem Augenblick legt er den Arm um ihre Schultern, und sie lehnt sich an ihn. «Die Aussprache ‹ist die beste Arznei für die Wunden, das sicherste Mittel für die Gesundheit›.» Otto versucht sich an Ekkeharts Worte zu erinnern.

Thea schnupft. «Es ist meine Schuld», beginnt sie zögernd. «Ich hätte mich nicht mit ihm einlassen sollen.»

«Mit wem hast du dich eingelassen?» Otto ist plötzlich hellwach.

«Er muss es falsch verstanden haben. Die Männer sind anders hier als in Konstantinopel. Dort würde niemand wagen, eine Kaiserin zu bedrängen.»

«Wer hat dich bedrängt?»

«Wenn Irene nicht dazu gekommen wäre –»

«Wer?», unterbricht Otto sie.

«Heinrich.»

Otto schweigt. Bilder aus den letzten Tagen ziehen an ihm vorbei, der Bayer mit der lachenden Thea, wie er sie am Arm hält, ihr seinen roten, sorgfältig frisierten Kopf zuneigt.

«Hat er dich –»

«Ich kann nicht darüber reden», sagt Thea rasch. «Es ist nichts geschehen.»

Otto denkt an seinen Vater, der sich – wie hatte seine Mutter gesagt? – «mit seinen Mädchen vergnügte». Meint Heinrich, er könne sich mit Thea «vergnügen»?

«Ich wünschte, ich könnte es einfach vergessen», Thea wischt sich die Nase. «Aber jedes Mal, wenn ich ihn sehe, erinnere ich mich daran», Thea holt Luft, «und wenn er das Herzogtum Schwaben bekommt, wird er wohl noch öfter am Hof sein?»

«Wer sagt, dass Heinrich Schwaben bekommt?», fragt Otto überrascht.

«Er sagt es.»

«Da hab ich ja wohl auch noch mitzureden.»

«Und deine Mutter wird es wollen», fügt Thea hinzu.

«Aber ich bin der Kaiser. Ich werde das Herzogtum Schwaben –»

«Du könntest es deinem Vetter Otto geben.» Thea versucht das Lächeln, das an ihren Lippen zieht, zu unterdrücken. «War sein Vater nicht schon Herzog von Schwaben?»

Am Tag vor Adelheids Rückkehr fertigte der Kanzler die Urkunde für die Ernennung des neuen Herzogs von Schwaben aus. Burchards Witwe behielt nur die Eigengüter des Toten, die Schutzvogteien über das Hochstift Konstanz, die Bodenseeklöster, Reichenau. Ich war stolz auf die kleine Basileia. Sie hatte ihre Lektionen gelernt, und die von ihr gewählte Strategie war meisterhaft. Sie hatte ihre Vorteile erkannt, genutzt; sie hatte gewonnen. Als der rote Heinrich vor versammeltem Hof salbungsvoll vom herrenlosen Schwaben zu sprechen begann, unterbrach ihn Willigis und verkündete, der Kaiser habe seinen Stiefneffen, den Sohn seines verstorbenen Halbbruders, seinen Jugendfreund und Vertrauten, Prinz Otto, zum Herzog von Schwaben ernannt.

Die Kaiserwitwe erbleichte, das herablassende Lächeln von Dietrich von Metz zerfiel, das Fluchen des roten Heinrichs hallte noch während Stunden durch die Gänge des Hauses. Sein Vater, tobte er, sei bereits um den Thron geprellt worden, der ihm als Kaisersohn, als einzigem im Purpur Geborenem zugestanden habe, und nun sei das Reich in die Hände von Schwächlingen, Verrätersöhnen und ausländischen Lügnerinnen gefallen. Thea nickte ihrem Gatten zu, er lächelte. Die Sonne stand im Trigon zu Mars und Saturn, Steinbock und Widder verbündeten sich im Zeichen der Löwin.

Im Zeichen der Löwin

Quedlinburg, April 974

«Wie geht es dir?», erkundigt sich Mathilde besorgt.

«Besser», erklärt Thea. «Aber ich kann nichts essen.»

«Es ist nur eine Hühnerbrühe, und du musst etwas essen.» Mathilde stellt die dampfende Schale neben Theas Bett.

«Ich bin nicht krank.»

«Aber du wirst es, wenn du nichts isst», beharrt die Schwägerin.

Thea spürt, wie die Übelkeit erneut in ihr aufsteigt.

Die erbosten Bayern verließen den kaiserlichen Hof noch im November in Heiligenstadt. Auch Adelheid war nicht zugegen, als der neue Herzog von Schwaben in den Tagen nach Weihnachten seinen Treueeid leistete. Dafür kam Ida, die Mutter, mit Otto medius nach Utrecht, eine kleine, rundliche Frau. Mit ernstem Gesicht verfolgte sie, wie ihr Sohn vor dem Kaiser niederkniete, seine Gelübde ablegte. Erst als sich Otto medius erhob, die beiden jungen Männer sich umarmten, lächelte sie – wie ein junges Mädchen.

Die Erinnerungen überfluteten Thea, als sie Otto medius in Utrecht wiedersah: der Nachmittag in Tilleda, der Schein des Feuers, der Geruch seiner Haut. Sie dachte an den polierten Holzstab mit den vier Gesichtern, den sie im Haus von Irenes Mutter gesehen hatte. Sie konnte sich vorstellen, welcher Art von Zauber er diente.

Thea wusste nicht, was sie sagen sollte, als Ida sich bei ihr bedankte. Sie hatte sich die erste Schwiegertochter von Otto dem Großen anders vorgestellt. Die Frau trug einen Mantel aus ungefärbtem Tuch, ihre Wangen waren von einem Netz feiner Falten überzogen. Thea hatte das zimtbraune Kleid aus ihren Truhen geholt, das sie an die erste Begegnung mit Otto me erinnerte. Idas einfache Freundlichkeit machte Thea verlegen. Beschämt dachte sie an die Täuschung, mit der sie Otto medius geholfen hatte.

«Und Ihr trägt die Hoffnung des Reichs unter Eurem Herzen», sagte Ida beiläufig.

Erst in der Nacht, als Thea neben dem schlafenden Otto lag, begriff sie, was Ida gemeint hatte. Sie blickte zu dem hellen Kopf im Mondlicht auf dem Kissen neben sich.

«Ich glaube – «, Thea kann den Satz nicht zu Ende machen. Sie beugt sich über die Waschschüssel, die Mathilde ihr hinhält und erbricht sich. Gelben, bitteren Schleim. Die Schwägerin versucht sich nichts anmerken zu lassen, aber Thea sieht den Ekel in ihrem Gesicht.

«Ich glaube, ich bin schwanger», sagte Thea, als Irene am Morgen nach der Unterhaltung mit Ida in ihre Kammer kam.

«Ja», antwortete die Zofe.

«Du weißt es?»

«Ich kann zählen», grinste Irene.

«Ida erwähnte es gestern, als stünde es mir im Gesicht», berichtete Thea.

«Vielleicht tut es das für manche.»

Thea fiel ein, an wen die Frau mit dem mädchenhaften Lächeln sie erinnerte. «Meinst du, Ida hat die gleichen Gaben wie deine Schwester?», fragte sie.

«Ich glaube schon», antwortete Irene. «Ich habe das Zeichen nicht, aber ich erkenne die, die es haben.»

Behandelte der große Otto Ida deshalb einst wie eine Königin? Thea spürte eine Hitze in sich aufsteigen: Was sonst hatte Otto medius' Mutter ihr angesehen?

«Der Kaiser wird sich freuen», meinte Irene. «Dass du schwanger bist», fügte sie auf Theas fragenden Blick hinzu.

«Ich bin nicht sicher –» Thea dachte an Tilleda, das Fließen in ihrem Leib.

«Es ist nicht wichtig», entgegnete Irene.

«Was?»

«Wer der Vater ist», sagte Irene auf Griechisch. «Du bist die Mutter.»

«Danke.» Thea lehnt sich im Bett zurück. Eine von Mathildes Mägden trägt die Waschschüssel hinaus. Gleich zu Beginn des neuen Jahres brachen die beiden Ottos mit dem Heer von Utrecht auf, um den Grenzstreit in Lothringen beizulegen. Thea fand keine Gelegenheit, mit Otto zu reden, wollte keine finden.

«Ich dachte, die Übelkeit höre nach ein paar Monaten wieder auf?», wundert sich Mathilde.

Thea schweigt.

«In welchem Monat bist du denn jetzt?», fragt Mathilde weiter.

«Im vierten», antwortet Irene, die eben mit der ausgewaschenen Schüssel hereinkommt. Um Mathildes Lippen zuckt es, sie mag Theas Zofe nicht.

In der bischöflichen Residenz zu Augsburg,
zwei Tage vor Palmsonntag

Die Zeit vergeht und bringt die Saat zum Reifen. Die Empörung in Bayern über die Demütigung im letzten Winter war groß, aber sie bereitete den Grund für neues Gedeihen,

und dieser Frühling wird die längst erhoffte Blüte bringen.
Polen und Böhmen sind dem Herzog durch Eid verbunden,
Abraham von Freising und ich stehen an seinen Seiten,
und seine Mutter Judith hat uns das Einverständnis der
Kaiserwitwe gesichert. Wir sind bereit, Bruder. Nichts wird
uns von unserem Vorhaben abbringen, niemand wird es
diesmal durchkreuzen. Mit den Polen und Böhmen vereint,
wird es dem Heer des Herzogs nicht an Überzeugungskraft
fehlen, und sollte der junge Kaiser – entgegen seiner
kleinmütigen Natur – doch das Gefecht suchen, wird es
nicht länger als ein Ave Maria dauern. In ein paar Wochen
wird der Thron dem Bayern gehören. Was wir in der
Morgendämmerung am Ufer der Insel erhofften, erfüllt sich
jetzt; die Zukunft des Reiches ist unsere.

Der Brief brennt in Ottos Tasche. Er sieht den Burghügel in der
Ebene vor sich, die Türme der Stiftskirche von Quedlinburg. Von
Zweifel geplagt, verließ er Utrecht im Januar, um die aufständischen Söhne von Reginar von Hennegau zur Ordnung zu zwingen. Sie hatten die Erbgüter, die ihr Vater Jahre zuvor verloren
hatte, widerrechtlich wieder in Besitz genommen und sich auf
einer Burg an der Haine festgesetzt. Otto hätte es vorgezogen, mit
ihnen zu verhandeln, aber sie beantworteten seine Aufforderun-
gen nicht, verhöhnten seine Abgesandten. Willigis drängte. Der
neue Kaiser musste zeigen, dass er seinen Willen durchsetzen
konnte. Otto dachte an die Kampfgenossen des Vaters. Ihre Treue
würde nicht lange währen, wenn er seine Stärke nicht im Feld be-
weisen konnte, und er brauchte ihre Unterstützung, um die Grenzen zu halten. Wenigstens begleitete ihn sein Vetter, der neue Herzog von Schwaben.
Vor der besetzten Burg erwartete sie der Bischof von Cambrai

mit seinen Männern. Sie legten einen Ring von Posten um die Festung, blockierten die Zugänge. Es dauerte nur ein paar Tage, bis die Belagerten sich ergaben. Sie wurden nach Sachsen gebracht. Reginars Söhne entkamen nach Frankreich. Mit den Besitzungen wurden neue Herren belehnt. Auf dem Rückweg holte der Winter den kaiserlichen Zug ein. Meterhoch lag der Schnee, sie warteten in enge Unterkünfte zusammengepfercht. Otto merkte, wie sehr es seinen Vetter drängte, nach Schwaben zurückzukehren, und sobald die Wege wieder frei waren, ließ er ihn gehen.

Der Hof verschob sich von Pfalz zu Pfalz. In jeder warteten Bittsteller. Otto hörte ihre Klagen, ließ ihre Forderungen prüfen, entschied. Es waren kleine Anliegen, Streitigkeiten über einen Hof, einen Wald, ein Fischrecht. Ihre Beilegung würde das Reich nicht verändern, aber Otto sah die Befriedigung in den Gesichtern der Antragsteller, hörte die Dankbarkeit aus ihren Worten, und er verstand, warum sein Vater so sehr an seiner Macht gehangen hatte. Wenn auch die letzte Abrechnung der Pfalzherren und Hausmeister zu Willigis' Zufriedenheit bereinigt war, zog der Hof weiter. Sie waren bereits in Sachsen, als Otto den Brief von seiner Schwester erhielt. Er wusste, dass Thea in Quedlinburg war, aber nicht, dass sie ein Kind erwartete. Die Türme der Stiftskirche in der Ebene werden nicht größer. Auf einen Fersendruck von Otto fällt Wodan in Trab.

Als ihr Gemahl und ihr Geliebter Utrecht verlassen hatten, beschloss die junge Kaiserin, in Tilleda das Begonnene weiterzuführen. Doch Mathilde verlangte, dass sie nach Quedlinburg komme, als sie von ihrem Zustand erfuhr, und Thea fügte sich.

Diesmal gab ich mich nicht mit dem Verschlag neben der Küche zufrieden wie im Jahr zuvor. Ich war der Berater der Kaiserin nun, der Mutter des Thronfolgers, und die Kanonissinnen teilten mir eine Dachkammer zu; sie erinnerten sich, dass ich die Sterne betrachtete. Wie viele im Westen glaubten die Stiftsdamen, meine Natur hindere mich daran, das Wesen der Mutterschaft zu verstehen. Dabei sind wir den Frauen näher als irgendein Mann, und weil wir selbst keine Nachkommen haben, dienen wir den Kindern anderer mit ungeteilter Ergebenheit.

Ich sah, wie der Blick der schwangeren Kaiserin sich nach innen wandte, aber ich ließ es mir nicht nehmen, sie über das zu unterrichten, was für sie und die Zukunft des Thronfolgers von Bedeutung war. Aus den Meldungen meiner Zuträger wusste ich von Ottos Erfolg in Lothringen, der eiligen Rückkehr des Herzogs von Schwaben in sein Land. Doch erst als ich erwähnte, Adelheid werde in Quedlinburg erwartet, horchte die junge Kaiserin auf. Besorgnis, ja Furcht, dünkte es mich, überkam sie. Ich verschwieg ihr die Gerüchte, die ich aus Augsburg und Metz vernahm.

Seit ich am Hof der Franken weilte, war der Krebs im Süden noch nie so hoch gestanden; und er rückte nicht von der Stelle. Mit seinen Scheren zwingt er nicht nur die Sonne zur Umkehr, wenn sie auf seinen Wendekreis trifft, er weiß auch, einen jeden an seiner verletzlichsten Stelle zu packen. Das werdende Leben zieht den Teufel an. Einzig die Jungfrau vermag es zu schützen, Persephone, die in beiden Reichen zu Hause ist, unter den Lebenden und den Toten. Ich zögerte, ich gestehe es. Welchen Preis hatte ich für mein Wechselspiel am Hof der Cäsaren bezahlt? Und war die große Basileia zum Schluss nicht selbst zu dessen Opfer geworden? Ich zögerte, aber dann dachte ich an Daniel und dass sein Tod nicht sinnlos sein durfte.

Theas Gesicht ist voller, weicher. Otto betrachtet sie unauffällig in der Stiftskirche während der Dankesmesse für seine glückliche Ankunft in Quedlinburg. Seine Frau gleicht Irene noch mehr, und unter dem losen Kleid, das sie trägt, wölbt sich ihr Bauch. Otto pocht das Herz bis zum Hals.

«Ihr solltet ein Kissen in Euren Rücken schieben, dann drückt Euch das Kind weniger.» Otto traut seinen Ohren nicht: Seine Mutter gibt Thea Ratschläge. Sofort steht eine Zofe der Kaiserwitwe mit einem Kissen da. Thea schweigt. Sie könnte sich bedanken, findet Otto, lächeln wenigstens. Das Gesicht der Mutter ist voller Wohlwollen. Otto hat nicht gedacht, dass die Aussicht auf einen Enkel sie so verwandeln würde.

«Danke», sagt Thea nun doch noch etwas gepresst. Otto greift nach ihrer Hand, sie ist feucht und schlaff. Auch Thea hat sich verwandelt.

Sie sitzen im Refektorium. Nach dem Essen wird Otto in den Wipertihof zurückkehren, wo er und die anderen Männer einquartiert sind. Er würde gern neben Thea liegen in dieser Nacht, ihr Atmen hören, ihr Haar riechen, den Körper berühren, in dem sein Sohn wächst. Unvermittelt steht Thea auf und verlässt den Speisesaal. Otto blickt sich um, aber die anderen Frauen essen weiter. Nur Irene, die bei den Zofen sitzt, erhebt sich und folgt ihrer Herrin. Otto löffelt seine Grütze; es ist Fastenzeit. Nach einer Weile siegt die Unruhe in ihm, und er geht den Frauen nach.

«Das ist üblich», beruhigt Irene den jungen Kaiser. «Den meisten Frauen ist es schlecht in den ersten Monaten.» Sie stehen vor Theas Zimmer. Aus dem Innern ist ein Würgen zu hören.

«Gibt es kein Mittel dagegen? Du kennst dich doch aus.»

«Es wird vorübergehen», erklärt die Zofe.

«Willst du nicht zu ihr hineingehen?», schlägt Otto vor.

«Sie hat nicht gern Zuschauer, wenn sie sich erbricht. Wie die meisten Leute.» Irene senkt den Blick, und plötzlich weiß Otto, woran ihn der Augenblick mahnt.

«In Frankfurt an Weihnachten vor einem Jahr», beginnt er, seine Hände sind eiskalt. Er sieht den verschneiten Hof vor sich, die zusammengekrümmte Gestalt in der Ecke. Irene rührt sich nicht. Otto betrachtet die schwarze Strähne, die sich unter ihrem Schal hervorwellt, über ihre Stirn fällt.

«Du warst schwanger», stellt er fest.

Rasch, fast zornig hebt Irene den Kopf: «Ja.»

Otto muss nicht fragen, von wem.

«Und das Kind?»

«Tot.»

«War es ein Junge?»

Irene hebt die Schultern. «Line hat es genommen, begraben lassen, irgendwo.» Sie unterdrückt ein Schluchzen.

Otto spürt, wie der Boden unter seinen Füßen nachgibt, er hält sich am Türrahmen. «Es wäre mein erster –»

«Es wäre unmöglich gewesen», unterbricht ihn Irene. «Ich hätte nicht am Hof bleiben können. Der Kaiser hätte es nicht geduldet.»

«Mein Vater hatte selbst einen unehelichen Sohn.»

«Bevor er heiratete», erinnert ihn Irene. «Und Thea. Ich hätte nicht ihre Zofe bleiben können.» Tränen laufen ihr übers Gesicht.

«Dann warst du froh, es zu verlieren?», fragt Otto nach einer Weile leise.

«Nein, aber es musste sein.»

«Du meinst, du hast es selbst …» Auf Irenes Wangen glitzern noch die Tränen, aber ihre Augen sind trocken. «Mit deinen Kräutern?»

«Eibenrinden.»

«Gift», ergänzt Otto.

«Ich wurde ziemlich krank. Aber Thea hatte ein Öl von Stephanos gegen ihr Fieber; ich nahm davon.»

«Du hättest sterben können», meint Otto vorwurfsvoll.

«Ich dachte, ich hätte alles Gute erlebt, was einem Menschen auf Erden widerfahren kann.»

Thea sitzt im Schatten der Bäume im Stiftsgarten. Die Übelkeit hat aufgehört, wie die Frauen gesagt haben, und während der Ostermesse vor ein paar Tagen spürte sie einen kleinen Stoß in ihrem Bauch. Sie erinnerte sich an den prächtigen Hoftag vor einem Jahr, zu dem die Fürsten des ganzen Reiches, Gesandte aus aller Welt gekommen waren, doch das Osterfest, das sie nun feierte, war schöner als jedes zuvor.

Otto brach nach Mülhausen auf, und von dort ritt er nach Tilleda. Thea hätte ihn gern begleitet, aber Mathilde verbot es ihr. Reiten komme nicht in Frage in ihrem Zustand. Sie selbst werde den Bruder begleiten, ihm zeigen, was Thea in Tilleda begonnen hat. Sie fügte sich, erleichtert, dass mit dem Kaiser auch Adelheid Quedlinburg verließ.

Als Mathilde zurückkam, brachte sie Thea eine Urkunde. «Ein Geschenk deines Gatten», sagte sie. Otto hatte ihr aus seinem Eigen einen Besitz in Thüringen übertragen in der Mark von Görmar, der Grafschaft Wiggers, die Burgen und Höfe von Eschwege, Frieda, Mülhausen, Tutinsoda und Schlotheim mit allem Zubehör. Es war das erste Mal, dass Otto ihr etwas schenkte. Er nannte sie «dilectissima conjux nostra, coimperatrix augusta – unsere allerliebste Gattin, die erhabene Mitkaiserin». So nannte man die Kaiserinnen in Konstantinopel. Thea dachte an die Mosaiken von Ravenna, Theodora gegenüber von Justinian, und Willigis bestätigte ihr: Nie zuvor war die Frau eines fränkischen Kaiser mit diesem Titel ausgezeichnet worden.

Der Preis

Magdeburg, Ende Juni 974

Thea öffnet die Augen. Sie hat schon wieder geschlafen. Der Wagen rollt ruhiger, sind sie schon in der Stadt? Stephanos' mächtiger Leib schaukelt ihr gegenüber.

«Es ist nicht mehr weit», beteuert er.

Thea richtet sich auf. Sie schläft so gut, seit sie schwanger ist, sogar unterwegs auf der Bank des Wagens.

«Je rascher es der Kaiser erfährt, umso besser», meint sie. «Du hättest mir schon früher davon berichten sollen.»

«Es waren nur Gerüchte. Erst als ich Merkur in Opposition zu Saturn sah, so kurz vor Sonnwende …»

Thea gähnt. Sie war nicht unglücklich, Quedlinburg zu verlassen. Die Frauen umsorgten sie unablässig, warnten sie vor diesem, vor jenem, als wäre sie aus Glas. Sogar in den Garten sollte sie nicht mehr gehen, weil der Duft irgendeiner Blume dem Ungeboren schaden könnte. Stephanos' Verdacht kam Thea gelegen. Selbst Mathilde verstand, dass der Kaiser gewarnt werden musste, und die Schwägerin bot nicht an, selbst nach Magdeburg zu reisen, als Thea erklärte, nur ihr Berater könne dem Kaiser alle Einzelheiten der geplanten Verschwörung mitteilen. Mathilde wollte nicht in Stephanos' Begleitung am Hof erscheinen. Thea schiebt den Vorhang vor dem Wagenfenster zur Seite. Die Judenstadt zieht an ihnen vorbei. Sie wird Stoffe bestellen, solange sie in Magdeburg ist, für sich, für das Kind. Vielleicht ist es ein Mädchen. Da ist die rote Kirche. Wenn es ein Mädchen ist, wird sie der Kirche eine Schenkung machen.

Merkur in Opposition zu Saturn! Mein Meister hätte mir den Messstab um die Ohren gehauen. Aber was sollte ich der jungen Kaiserin sagen? Ich hatte tatsächlich keinen Beweis. Noch flüchtiger als die Einsichten, die uns der Himmel offenbart, sind die Worte der Menschen, und wenn Thea mir vielleicht noch geglaubt hätte, so konnte ich doch gerade ihr nicht erklären, woher ich mein Wissen hatte, und am kaiserlichen Hof hätte man die Botschaft nicht vom Boten getrennt.

Heimtücke, Arglist und Rachsucht unterstellt man unsereinem im Westen, und der gehässige Liutprand hatte uns, wie alle, die seine Eifersucht weckten, in seinem Bericht verleumdet. Als weichliche, weibische Menschen beschrieb er uns, die weite Ärmel, Hauben, Kopftücher trügen, Lügner und Faulenzer, die sich in Purpur hüllten. Wie hätte ich den Franken erklären sollen, dass gerade das, was uns fehlt, unser Vorzug ist? Seit Jahrtausenden dienen wir den Herrschern im Osten, und will man unseren Chronisten glauben, sind wir am Hof der Cäsaren so zahlreich wie die Fliegen in einem Kuhstall. Engelsgleich vereinen wir beide Geschlechter, ohne eines zu sein. Dank unserer Ergebenheit macht man uns zu Ministern und Generälen, dank unserer Vertrauenswürdigkeit wachen wir über Schätze und Frauen, und wegen unserer Enthaltsamkeit werden wir in die höchsten Kirchenämter berufen. Wir empfangen die Gäste des Kaisers, tragen für ihn seine Krone, sein Szepter, Schild und Schwert, geleiten ihn in sein Bad, und selbst die Fremden, die unseren Hof besuchen, wissen, dass man ihm nichts Kostbareres schenken kann als einen Beschnittenen. Frei von körperlichem Verlangen dienen die, die schon in der Kindheit auserwählt wurden, ihren Herren, und auch jene, die sich der Lust erinnern, missbrauchen ihre Macht nicht zugunsten von Verwandten. Wir entstammen den höchsten Familien, und denen, die den Eingriff überleben – und das sind nur wenige –, sind Ansehen und Wohlstand gewiss, denn wir übertreffen die

Bärtigen in jeder Hinsicht. Genau das aber trägt uns im Westen, wo die Menschen sich in den Grenzen des Vertrauten verschanzen, das Misstrauen ein, das alles, was aus meinem Mund kam, ins Gegenteil verkehrte. Ich musste Thea zu meiner Fürsprecherin machen, nur so hatte ich Aussicht auf Gehör.

Von ihren Frauen wie Bienen umschwärmt, hatte die schwangere Kaiserin nicht gemerkt, dass ich Quedlinburg verlassen hatte, um den Gerüchten nachzugehen. Dies ist nicht der Ort, meinen Weg zu beschreiben, doch wie einst, als ich im Dienst der großen Basileia die Mörder in das Schlafgemach ihres schweinsköpfigen Gatten führte, gelang es mir, die Trennung zwischen Mann und Frau zu überwinden, Begehren zu wecken in einem, der – selbst versehrt – sich in mir wiederfand. Mit List zuerst und dann mit Liebe verband ich mich ihm, erfuhr, was ich wissen musste, und als ich Augsburg wieder verließ, blieb ein Stück meines Herzens zurück, ihm zum Trost, mir zur Strafe. Denn, das hatte Daniel mich gelehrt, wir gewinnen die Liebe anderer nur im Tausch gegen unsere eigene, und so geleitete ich die junge Kaiserin nach Magdeburg, reicher und ärmer als zuvor.

«Es ist das Wesen einer Verschwörung, dass sie geheim ist», sagt Thea aufgebracht.

Stephanos hat dem Kaiser von den Gerüchten berichtet, die er gehört hat. Nun sind Thea und Otto allein.

«Ja, aber Mieszko von Polen und Boleslaw von Böhmen waren vor einem Jahr noch am Hoftag in Quedlinburg», wendet Otto ein. «Sie haben meinem Vater ihre Treue versichert. Warum sollten sie sich nun plötzlich gegen uns verbünden?»

«Weil dein Vater tot ist, weil die Bayern auf den Thron wollen, weil Heinrich ihnen irgendwas versprochen hat.»

Otto betrachtet Thea prüfend. Er hat gehört, dass schwangere Frauen sich seltsam verhalten können, und ihr Kammerherr steht im Ruf, sonderbare Geschichten zu erzählen. Wäre es besser, den fetten Mann von ihr fernzuhalten, wenigstens bis nach der Geburt seines Sohns?

«Weißt du nicht mehr, wie sie dich mit dem Bischof von Augsburg getäuscht haben?», fährt Thea fort.

«Das war Burchard, der ist tot.»

«Aber Heinrich lebt, seine Mutter, deine Mutter, alle sind gegen uns.»

Otto erhebt sich abrupt. «Meine Mutter hat nichts mit der Sache zu tun, wenn es diese Verschwörung überhaupt gibt. Aber ich bezweifle es sehr, auf jeden Fall hat dein ‹Berater›», er dehnt das Wort abschätzig, «keinen einzigen Beweis dafür, und bei uns braucht es nun mal Beweise, bevor wir jemanden beschuldigen.»

Theas Gesicht wird fleckig vor Zorn: «Willst du warten, bis sie dir das Messer in den Rücken stoßen?»

«Willst du behaupten, mein Onkel, meine Mutter wollen mir ein Messer in den Rücken stoßen?»

«Wenn es zu ihrem Nutzen ist.»

«Was fällt dir ein, meine Familie so zu beschimpfen? Wir haben dich aufgenommen, alle deine –»

Ein Räuspern lässt Otto innehalten. Der Kanzler hat das Zimmer betreten.

«Der Herzog von Schwaben bittet um Euer Gehör», verkündet Willigis.

Ottos Blick gleitet wieder und wieder über den Brief.

«Ich konnte ihn abfangen», erklärt der Vetter.

«‹Die längst erhoffte Blüte›», liest Otto nochmals. «‹Und sollte der junge Kaiser – entgegen seiner kleinmütigen Natur – doch das Gefecht suchen.›» Die Polen, die Böhmen, Abraham von Freising, dem er vor wenigen Wochen noch half, Güter und Jagdrechte zu-rückzuerhalten; und das alles mit dem «Einverständnis der Kai-serwitwe».

«Was tun wir jetzt?», fragt Thea, die bisher schwieg.

«Nach dem Schreiben zu schließen ist es nur eine Frage der Zeit, bis die Bayern mit ihren Verbündeten vor der Stadt stehen», meint Otto medius.

Täuscht sich Thea, oder weicht er ihrem Blick aus? Der kleine Otto geht zum Fenster. Auf dem Platz vor dem Magdeburger Pa-last steht nun die marmorne Reiterstatue, die sie aus Rom mitge-bracht haben; Otto hat sie aufstellen lassen. Im Dom gegenüber liegt sein Vater begraben. Der hatte seinen Bruder gegen sich, als er die Herrschaft antrat, seine Mutter; die gleiche Geschichte.

«Wir werden Heinrich vor ein Gericht laden», sagt Otto, «an einem Hoftag.»

«Und wenn er nicht kommt?», fragt Thea.

«Wir müssen ihn zwingen», meint Otto medius zum Fenster.

Thea spürt eine seltsame Stille in sich. Man sieht ihr an, dass sie schwanger ist, ihr Leib ist unförmig, ihr Gesicht aufgedunsen, ihr Haar strähnig. Wie lange ist es her, seit sie die Pfauenohrringe ge-tragen hat?

«Wie willst du ihn zwingen?», fragt Thea. «Mit dem Schwert? Er hat die Böhmen und Polen hinter sich.»

«Mit dem geistigen Schwert», erklärt Otto.

«Der Exkommunikation?», fragt Otto medius überrascht. «Das hätte dein Vater nie getan.»

«Ich bin nicht mein Vater», sagt Otto bestimmt. «Wir werden einen der Bischöfe nach Bayern schicken.» Otto blickt noch im-mer auf den Platz vor dem Dom. «Dem kann Heinrich nichts an-haben.»

Otto medius schweigt, sein Gesicht erscheint Thea hart. Weiß er, dass er der Vater ihres Kindes sein könnte?

«Wer hat dir diesen Brief gegeben?»

Die Nacht ist mild, und die beiden Ottos sitzen im Innenhof des Magdeburger Palastes. Thea ist schlafen gegangen.

«Niemand.»

«Woher hast du ihn dann?», wundert sich der kleine Otto.

«Ich habe eine Gelegenheit benutzt, die sich mir bot», weicht der Vetter aus.

«Du hast ihn gestohlen?»

«So könnte man es nennen.»

«Wo?», forscht Otto.

«In Augsburg.»

«Was hast du in Augsburg gemacht?»

«Ich wusste, dass Heinrich sich letztes Jahr in Quedlinburg heimlich mit Mieszko und Boleslaw traf, und als ich bei meiner Rückkehr nach Schwaben hörte, er habe die Verhandlungen mit Polen und Böhmen wiederaufgenommen, bin ich nach Augsburg gegangen.»

Otto schüttelt den Kopf. «Ich versteh es immer noch nicht.»

«Es wäre besser, nicht darüber zu reden», meint der Vetter.

«Sollte der Kaiser nicht wissen, was in seinem Reich vorgeht?», wendet Otto ein wenig verärgert ein.

«Es ist eine alte Geschichte.»

«Aber unverändert wichtig.»

Der Vetter seufzt und beginnt zu erzählen: «Bei der Belagerung von Regensburg, als der alte Heinrich die Stadt niederbrannte, fanden sich in einem Haus zufällig ein paar Männer zusammen. Es war das Haus, in dem auch meine Mutter und ich waren. Mein Vater dachte, er könne die Stadt schützen, indem er seine Familie, den Enkel des Kaisers, dort zurückließ, als man ihm freien Abzug gewährte. Aber Heinrich verschwieg es deinem Vater – unser Tod konnte ihm nur nützen – und zündete Regensburg dennoch an. Das Feuer breitete sich rascher aus als erwartet, und nach wenigen Augenblicken war unser Haus von Flammen eingekesselt. Die Männer glaubten, sie würden sterben. Manche gehörten zu den Belagerten, manche zu den Brandstiftern. Meine Mutter versprach ihnen, sie aus der Stadt zu führen, wenn sie ihre Feindschaft auf alle Zeit begruben, schworen, einander beizustehen. Meine Mutter sieht manches, was andere nicht sehen. Die Männer leisteten den Eid, und wir sind unversehrt aus dem brennenden Regensburg entkommen.»

«Bis auf deine Verletzungen», wirft Otto ein.

«Ich war ein kleines Kind, einer der Männer trug mich. In einer Gasse stürzte ein glühender Balken auf uns herab. Wenn er sich nicht über mich gebeugt hätte, wäre ich verbrannt.»

«Und er selbst war tot?»

«Nein, die andern hatten geschworen, ihm beizustehen. Irgendwie brachten sie ihn aus der Stadt. Nach dem Brand ging jeder seiner Wege.»

«Aber alle hielten den Schwur?»

«Nein. Einer brach ihn.» Der Vetter schnaubt. «Ich.»

«Du? Warum hast du den Schwur gebrochen?»

«Weil auch ich nicht mein Vater bin.»

Otto betrachtet ihn fragend.

«Ich mag ein Dieb, ein Lügner, ein Verräter sein», der Vetter spricht hastig, «aber ich werde mich nicht gegen meine eigene Familie vergehen, nicht gegen den Kaiser.»

«Du hast meinetwegen deinen Schwur gebrochen?», fragt Otto erstaunt.

Der Vetter schweigt.

«Weil du von dieser Verschwörung gegen mich erfuhrst?»

«Und weil man mich in eine Falle lockte.»

Aus dem Arkadengang im ersten Stock des Palasts dringen die Stimmen von Mägden.

«Wer hat dich in eine Falle gelockt?», forscht Otto weiter.

341

«Der, der mich aus der brennenden Stadt getragen hat.»

«Was ist aus ihm geworden?»

Der Vetter lacht auf: «Er wurde Bischof von Augsburg.»

«Deshalb warst du so entsetzt in Aachen», erinnert sich Otto, als er sich von seiner Überraschung erholt hat.

«Ich glaube, da oben stimmt etwas nicht.» Der Vetter versucht in der Dunkelheit zu erkennen, was im ersten Stock vorgeht.

«Dann hast du dem Narbigen den Brief weggenommen?»

«Ja. Er dachte, ich sei immer noch auf seiner Seite. Es war ganz einfach, er zeigte mir den Brief sogar, und bevor ich ging, steckte ich ihn ein.»

Otto versucht die neuen Nachrichten zu ordnen. «Und diese Falle, in die er dich lockte?»

«Wir hatten Glück. Einer der angeheuerten Mörder zögerte, und wir konnten sie in die Flucht schlagen», erklärt der Vetter, ohne den Blick vom Arkadengang zu lösen.

«Warum zögerten sie?»

«Das Opfer, auf das sie es abgesehen hatten, trug unser Zeichen.»

«Euer Zeichen?»

Der Vetter greift in seine Tasche und fischt einen kleinen, zu einem Löwen geschliffenen Bernstein heraus. «Ich trage immer einen davon bei mir.»

Thea fährt aus dem Schlaf, sie hat geträumt, sie sei wieder auf dem Schiff, das sie nach Italien brachte. Ihr Bett ist nass. Sie fasst zwischen ihre Beine, das Wasser sickert aus ihr heraus.

Irene kann ihren Schrecken nicht verbergen. «Wann hat es begonnen?»

«Ich weiß nicht. Es tut gar nicht weh.»

«Wir brauchen Hilfe.» Irene überlegt. «Vielleicht weiß meine Schwester Rat.»

Theas Herz sinkt. Wenn Irene ihre Schwester holen will, muss es schlimm sein.

«Schick Jakob nach ihr», bestimmt Thea. Sie will nicht, dass Irene sie alleinlässt.

«Es hat aufgehört», sagt Thea, als ihre Zofe kurz darauf mit zwei Mägden zurückkommt.

«Wir müssen warten», meint Irene. Die Mägde machen sich daran, die nassen Tücher von Theas Bett zu entfernen. Sie blicken Thea nicht an.

«Woher kommt das Wasser?», fragt Thea.

«Es ist die Flüssigkeit, in der das Kind schwimmt», erklärt Irene.

«Und wenn sie ausläuft?»

«Dann wird das Kind geboren.»

«Aber es ist noch nicht groß genug, um geboren zu werden.»

«Wir müssen warten», wiederholt Irene.

«… gratia plena» Die Stimmen der Frauen werden immer dumpfer. Adelheid kniet, von ihren Zofen umgeben, in Theas Zimmer. Sie hat ihren eigenen Marienaltar bringen lassen.

Thea liegt mit geschlossenen Augen im Bett; sie spürt nichts.

Auf dem Gang vor der Zimmertür wartet Otto, vielleicht auch Otto medius. Das ist die Strafe, denkt Thea, für die Lügen, den Ehebruch – die Liebe.

«Sie wird das Zimmer nicht betreten!»

Thea fährt zusammen, sie muss eingeschlafen sein. Die Gebete der Frauen sind verstummt.

Der Stimme des bärtigen Jakobs erklingt vor der Tür.

«Die Kaiserin hat nach ihr geschickt», wehrt sich Irene.

«Ich bin die Kaiserin.» Das ist Adelheid. Thea denkt an die Flucht durch den selbstgegrabenen Gang, die toten Kinder. Wie hart das Leben die Schwiegermutter gemacht hat.

«Wer ist sie?», fragt Otto.

«Meine Schwester», erklärt Irene auf dem Gang vor Theas Zimmer.

«Eine Quacksalberin», wirft Adelheid ein.

Otto mustert die junge Frau, so gut es in der Dunkelheit geht. Sie hat ein offenes, kindliches Gesicht.

«Sie kann Leute heilen. Manchmal», fügt Irene hinzu.

Die junge Frau schweigt.

«Sie ist eine Hexe», sagt Adelheid.

«Volla sieht Dinge, die wir nicht sehen», fährt Irene fort.

«Volla – hörst du das?», empört sich Adelheid. «Ein heidnischer Name. Vermutlich ist sie nicht mal getauft. Wir werden Messen lesen lassen im Dom, Adalbert wird die Messen lesen.»

«Messen werden das Kind nicht am Leben erhalten», sagt Irene trotzig.

«Und seine Mutter auch nicht», murmelt Otto medius.

Otto wendet sich zu seinem Vetter: «Du meinst, Thea ist auch in Gefahr?»

Die Umstehenden schweigen. Ottos Blick wandert zu Volla, zu Irene, zu seiner Mutter.

«Bring deine Schwester zu meiner Frau», befiehlt er.

Als die Wehen in der folgenden Nacht begannen, war das Kind schon tot. Ein kleiner Junge, sagte Line, mit schwarzem Haar. Jupiter stand im Hof des Mondes. Das Totgeborene wurde der jungen Kaiserin nicht gezeigt. Es war zu spät, um es zu taufen, seine Seele für immer verloren. Adelheid und ihre Frauen hörten auf zu beten. Thea hatte viel Blut verloren, lag in einem schweren Schlaf. Irenes Schwester blieb bei ihr. Nach fünf Tagen sagte sie, die Farben um den Kopf der jungen Kaiserin hätten sich geklärt, sie werde weiterleben. Der junge Kaiser weinte.

«Danke.» Otto umarmt seinen Vetter.

«Wofür?»

«Dass du gekommen bist, um mich vor der Verschwörung zu warnen, dass du geblieben bist, als mein Sohn starb.»

Schweigend drückt ihn der Vetter an sich, und für einen Augenblick glaubt Otto, der Freund werde auch zu weinen beginnen.

«Du hast gutes Wetter für deine Heimreise», meint Otto mit einem Blick zum strahlend blauen Himmel.

«Wir werden uns am Hoftag wiedersehen», sagt der Vetter, während er die Steigbügel an seinem Pferd richtet.

Otto grinst. «Heinrich wird sich wundern.»

«Es hat alles seinen Preis», meint der Vetter ernst.

«Die Falle, in die der Narbige dich lockte», fragt Otto, als der Freund schon im Sattel sitzt. «Das Opfer war Thea, nicht wahr? Sie trug deinen Bernsteinlöwen?»

Der Vetter betrachtet ihn einen Augenblick prüfend. «Die Bayern dachten, sie könnten die Griechin loswerden.»

«Da haben sie sich getäuscht», lacht Otto.

«Ja.» Der Herzog von Schwaben gibt seinem Pferd die Sporen.

«Danke!», ruft der Kaiser ihm nach.

«Wofür willst du mir danken?», fragt Irene auf Griechisch.

«Dass du deine Schwester geholt hast, dass du mich gepflegt hast.» Thea schluckt. «Dass du mich nicht verraten hast.»

Irene blickt zum Fenster hinaus. «Du hast einen hohen Preis bezahlt.»

Thea spürt die Tränen in sich hochsteigen. «Ich spür es noch in meinem Bauch, wie es sich bewegt hat.»

«Es wird vorübergehen», tröstet Irene. Thea schluchzt. «Du wirst andere Kinder haben.»

«Ja, aber dieses war das Erste», sie kann kaum sprechen. «Ich werde es nie vergessen können.»

«Du sollst es nicht vergessen. Es wird immer da sein, in deinen Gedanken, in deinem Herzen.»

«Ich wünschte, ich hätte irgendetwas», sagt Thea weinend. «Es hat nicht mal ein Grab, keinen Namen.»

Irene steht auf und verlässt die Kammer.

«Da», sagt sie, als sie zurückkommt, und streckt Thea etwas hin. Es sieht aus wie eine Handvoll Lehm. Thea erkennt Arme, Beine: Es ist eine der kleinen Puppen, die sie im Haus von Irenes Mutter sah.

Wie sich der Mond vor die Sonne schiebt, so verfinsterte sich der Himmel in diesem Sommer, und als das Licht wieder auf das Reich der Franken fiel, war es verändert. Bischof Poppo von Würzburg wurde nach Bayern entsandt, um den roten Heinrich vor Gericht zu laden. Der – im Gedenken an die Milde wohl, die seinem Vater einst zuteil geworden war – warf sich mit geziertem Kniefall vor dem Kaiser zu Boden, bat ihn, mit ihm zu machen, was ihm gefalle. Aber der kleine Otto hielt justitia höher als clementia, und statt dem zänkischen Bayern zu verzeihen, ließ er ihn gefangen nehmen, in Ingelheim in Haft setzen und wie einen Landstreicher bewachen. Abraham von Freising wurde seiner Ämter und Vollmachten enthoben und der Aufsicht der strengen Mönche von Corvey unterstellt. Judith, Heinrichs Mutter, hieß man in das Regensburger Nonnenkloster eintreten, das durch ihre Fürbitte so reich geworden war, und Adelheid verließ Sachsen, um fortan in Pavia zu leben. Es dauerte Jahre, bis wir sie wiedersahen. Auch Dietrich von Metz blieb dem Hof für lange Zeit fern.

Gleich nach dem Gerichtstag musste der junge Kaiser wieder nach Norden ziehen, denn Harald, der König der Dänen, den sie «Blauzahn» nennen, war – von den Wirren im kaiserlichen Haus angelockt – ins Grenzland jenseits der Elbe eingefallen. Thea indessen kehrte nach Tilleda zurück, sobald sie kräftig genug für die Reise war. Die Griechin hatte ihre Widersacher bezwungen, ihren Platz am Hof gefunden, coimperatrix war sie nun. Die Zukunft würde zeigen, ob sie den Schmerz, mit dem sie ihren Sieg erkauft hatte, ertragen konnte. Im Norden neigte sich der Große Bär, der Löwe versank im Westen. Ich schaute nach Süden zum schlangenbändigenden Asklepios, dessen Heilkunst so groß ist, dass er Tote ins Leben zurückholen kann. Was wir in einer Form verlieren, finden wir in anderer wieder, und die Zeit, so sagen sie hier, führt in Spiralen auf neuer Bahn immer wieder an denselben Ort zurück. Einzig Heinrich von Augsburg, der Narbige, entging jeder Strafe, mit meiner Hilfe, ich gebe es zu. Wenn unsere Liebe die Menschen auch nicht besser macht, so erlaubt sie uns doch, uns über ihre Fehler zu täuschen, und vielleicht können wir deshalb, für Augenblicke wenigstens, glücklich sein.

Historische Personen

Abraham, ab 957 Bischof von Freising, war Berater der verwitweten Herzogin Judith von Bayern und Vormund ihres Sohns Heinrich II. Er beteiligte sich 974 an dessen Verschwörung gegen Otto II. und wurde daraufhin zeitweise im Kloster Corvey gefangen gehalten. Er starb 993 oder 994.

Adalbert, um 910 in Lothringen geboren, wurde dem Wunsch Ottos I. entsprechend auf der Synode von Ravenna 968 zum ersten Erzbischof von Magdeburg ernannt. Davor war er Missionsbischof in Russland und Abt des Klosters Weißenburg im Elsass. Adalbert gründete die Magdeburger Domschule und wurde nach seinem Tod 981 im Dom von Magdeburg beigesetzt.

Adelheid wurde um 931 als Tochter von Rudolf II. von Hochburgund und Bertha, Tochter des Herzogs Burchard II. von Schwaben, geboren. Nach dem Tod Rudolfs II. wurde Adelheid 937 zusammen mit ihrer Mutter von König Hugo nach Italien gebracht und mit dessen Sohn Lothar verlobt, den sie 947 heiratete. Als Lothar 950 überraschend starb, versuchte Berengar II. von Ivrea Italien an sich zu reißen und Adelheid mit seinem Sohn zu vermählen. Da sie sich weigerte, setzte Berengar die junge Witwe in der Burg Garda gefangen. Adelheid entkam der Haft unter abenteuerlichen Umständen und nahm 951 den Heiratsantrag von Otto I. an. Bei seiner Kaiserkrönung in Rom wurde sie 962 nach oströmischem Vorbild zur Mitkaiserin gekrönt. Aus ihrer Ehe mit Lothar hatte Adelheid eine Tochter, Emma, die Königin von Frankreich wurde. Ihre ersten beiden

Söhne von Otto I., Heinrich und Brun, starben im Kindesalter. Anfang 955 kam ihre Tochter Mathilde, die spätere Äbtissin von Quedlinburg, und Ende 955 der Sohn und Thronfolger Otto II. zur Welt. Adelheid stand stets den Herzögen von Bayern nahe. Nach dem Tod von Otto II. 983 und von Theophanu 991 übernahm sie die Regentschaft für ihren Enkel Otto III. bis zu dessen Mündigkeit. Sie starb 999 in Selz im Elsass und wurde dort begraben. Adelheid unterstützte die cluniazensische Bewegung, galt als gebildet, schön und sehr fromm und übte großen politischen Einfluss aus.

Alkuin, wurde zwischen 730 und 735 in Nordengland geboren und in der Kathedralschule von York ausgebildet. 781 begegnete er in Parma Karl dem Großen, der ihn an seinen Hof holte. Dort wurde Alkuin zum Berater und Lehrer des Königs und leitete die berühmte Hofschule. Im Auftrag von Karl dem Großen nahm er sich später der Abtei Sankt Martin in Tours an und starb dort 804.

Anna, die Tochter des 963 verstorbenen oströmischen Kaisers Romanos II. und der berüchtigten Theophano, war die purpurgeborene Kaisertochter, die Liutprand von Cremona 968 auf seiner Gesandtschaft nach Konstantinopel als Braut für Otto II. zu bekommen hoffte.

Berengar von Ivrea (um 900–966) war Markgraf von Ivrea und zwischen 950 und 961 König von Italien. Nach dem Tod von König Lothar von Italien 950 versuchte er dessen Witwe Adelheid mit seinem Sohn zu verheiraten. Da sie sich weigerte, setzte er sie gefangen. Ottos I. unterwarf Berengar, nachdem er Adelheid selbst geheiratet hatte, machte ihn zeitweise zum König von Italien, sandte ihn aber – nach mehreren gescheiterten Versuchen, ihn in seine Schranken zu weisen – 964 nach Bamberg ins Exil, wo er 966 starb.

Boleslaw II. von Böhmen (um 920–999) herrschte über das Fürstentum Prag und dominierte damit Böhmen. Er nahm 973 am Hoftag von Quedlinburg teil und gehörte zusammen mit Mieszko von Polen zu den wichtigsten Verbündeten des aufständischen Heinrichs II. (dem Zänker) von Bayern.

Burchard III. wurde um 906 als Sohn von Burchard II., Herzog von Schwaben, geboren. Als Otto I. seinem Sohn Liudolf 954 das Herzogtum Schwaben wegnahm, wurde Burchard III. dessen Nachfolger. Er heiratete Hadwig von Bayern, die Tochter von Ottos I. Bruder Heinrich, und war beteiligt an der Intrige, durch die Heinrich von Greisenhausen, ein Vetter seiner Frau Hadwig, 973 zum Bischof von Augsburg ernannt wurde. Burchard starb 973 und wurde auf der Insel Reichenau begraben.

Dietrich von Metz, 930 geboren, wurde 965 von Otto I. und dessen Bruder, Erzbischof Brun von Köln, zum Bischof von Metz ernannt. Dietrich war Berater von Otto I. und Adelheid und verbrachte viel Zeit am kaiserlichen Hof. 972 empfing er Theophanu bei ihrer Ankunft in Italien, stellte sich nach dem Tod von Otto II. aber öffentlich gegen sie. Der für seine Bestechlichkeit bekannte Dietrich legte einen großen Reliquienschatz an und begann den Neubau der Kathedrale von Metz. Er starb 984.

Editha war eine Tochter des englischen Königs Eduard des Älteren von Wessex. Sie kam 929 mit ihrer Schwester Egvina nach Sachsen und heiratete dort siebzehnjährig den gleichaltrigen Otto I. in einer prunkvollen Hochzeit in Quedlinburg. Von ihrem Schwiegervater, König Heinrich I., erhielt sie die Stadt Magdeburg als Mitgift. Mit Otto I. hatte sie zwei Kinder, Liudolf (930–957) und die Tochter Liutgard (931–953). Editha starb 946 und wurde im Magdeburger Dom begraben.

Ekkehart II., genannt Palatinus, «der Höfling», gehörte zu den gelehrten Mönchen des Klosters Sankt Gallens. Er war Erzieher von Otto II. und wurde später Domprobst in Mainz.

Gero von Köln wurde um 900 in Thüringen geboren und 969 zum Erzbischof von Köln erhoben. 971/2 leitete er die Gesandtschaft nach Konstantinopel, die Theophanu als Braut für den Thronfolger Otto II. zurückbrachte. Auf der Reise erwarb er auch die Reliquien des Heiligen Pantaleon, eines griechischen Arztes und Märtyrers, für die Gero – mit Theophanus Unterstützung und nach deren Vorstellungen – die Sankt Pantaleonskirche vor den Toren Kölns neu erbauen ließ. Gero blieb Theophanu freundschaftlich verbunden bis zu seinem Tod in Köln 976.

Hadwig, Tochter von Heinrich I. und Judith von Bayern, wurde zwischen 940 und 945 geboren und sollte ursprünglich mit Kaiser Romanos II. von Konstantinopel verheiratet werden, der sie aber zugunsten der schönen Theophano zurückwies. Hadwig heiratete 955 Burchard III. von Schwaben und stand, wie auch ihr Gatte, im Einflussbereich ihres Bruders, Heinrich II. (dem Zänker). Sie galt als gebildet, lernte während ihrer Verlobungszeit mit Romanos auch Griechisch, und als sehr eigenwillig. Ihre Ehe mit Burchard blieb kinderlos. Hadwig starb 994.

Heinrich I., 876 geboren, stammte aus dem Geschlecht der Liudolfinger und war ab 912 Herzog von Sachsen. 919 wurde er zum König der Franken gewählt und setzte sich damit gegen die Herzöge von Schwaben und Bayern durch. Er hatte mit seiner zweiten Frau Mathilde, die er 909 nach Annullierung seiner ersten Ehe mit Hathaburg von Merseburg heiratete, zwei Töchter und drei Söhne: Otto, den späteren Kaiser, den er 929 zu seinem Nachfolger bestimmte und mit der Tochter des Königs von Wessex verheiratete, Heinrich, den Herzog von Bayern, und Brun (925–965), der Erzbischof von Köln und ein wichtiger Berater Ottos I. wurde. Heinrich starb 936 in Memleben und wurde in Quedlinburg begraben. Er gilt in der deutschen

Geschichtsschreibung als erster deutscher König und Begründer dessen, was ab Mitte des 13. Jahrhunderts als das Heilige Römische Reich bezeichnet wird.

Heinrich I. von Bayern, zwischen 919 und 922 als zweitältester Sohn von König Heinrich und Mathilde geboren. Da er sich im Gegensatz zu seinem Bruder Otto – bei dessen Zeugung der Vater erst Herzog war – als «echten» Königssohn betrachtete, beanspruchte Heinrich den Thron für sich. Er rebellierte mehrfach gegen Otto I. und versuchte diesen 941 am Osterfest in Quedlinburg zu ermorden. Danach unterwarf er sich Otto I. und der gab ihm zuerst das Herzogtum Lothringen, dessen Adel Heinrich aber vertrieb, dann das Herzogtum Bayern. Heinrich warb für seinen Bruder um die verwitwete Adelheid und half ihm bei der Niederwerfung seines aufständischen Sohns Liudolf 953/954. Heinrich hatte mit seiner Frau Judith einen Sohn, Heinrich II. von Bayern (den Zänker), und zwei Töchter, Gerberga, Äbtissin von Gandersheim (ca. 940–1001) und Hadwig, die Burchhard III. heiratete. Heinrich starb 955 und wurde in Regensburg begraben.

Heinrich II. von Bayern, später auch «der Zänker» genannt, wurde 951 als ältester Sohn Heinrichs I. von Bayern geboren. Als Vierjähriger folgte er, vorerst unter der Regentschaft seiner Mutter Judith und Abrahams von Freising, seinem Vater als Herzog von Bayern nach. Er heiratete Gisela von Burgund, eine Nichte der Kaiserin Adelheid. Wie schon sein Vater strebte Heinrich II. nach dem Thron und zettelte 974 mit Boleslaw von Böhmen und Mieszko von Polen eine Verschwörung gegen Otto II. an. Nach deren Scheitern wurde er in Ingelheim in Haft gesetzt, entkam aber 976, erhob sich erneut gegen Otto II. und versuchte nach dessen Tod 983 als Regent des noch unmündigen Thronfolgers Otto III. an die Macht zu kommen. Heinrich starb 995 in Gandersheim.

Heinrich von Greisenhausen wurde 973 durch eine Intrige – indem man Otto II. berichtete, die Augsburger favorisierten ihn, den Augsburgern aber, Otto II. wolle ihn – Bischof von Augsburg. Zusammen mit seinem Vetter Heinrich von Bayern (dem Zänker) und Herzog Heinrich von Kärnten rebellierte er 977 im «Aufstand der drei Heinriche» gegen Otto II. Er war in Augsburg unbeliebt und starb 982 in Italien.

Heinrich von Stade, auch «der Kahle» genannt, war ein Verwandter und Verbündeter Ottos I. und Rivale von Hermann Billung. Auf dessen Geheiß unterrichtete er Otto I. vom königlichen Auftreten Hermann Billungs in Magdeburg 972. Otto I. belohnte Heinrich und bestrafte Erzbischof Adalbert von Magdeburg. Heinrich von Stade starb um 975.

Hermann Billung, zwischen 900 und 912 geboren, war ein langjähriger Kampfgefährte und Freund Ottos I., wurde von diesem zum Markgraf und später zum Herzog ernannt und war über Jahre dessen Statthalter in Sachsen. 972 ließ Hermann sich, wohl um seine Stellung als Stellvertreter Ottos I. zu stärken, von Erzbischof Adalbert von Magdeburg wie ein König empfangen. Hermann starb 973 in Quedlinburg.

Ida, um 932 geboren, war die Erbtochter von Hermann von Schwaben und heiratete um 947 Liudolf, den Sohn Ottos I., der Herzog von Schwaben wurde. Nach dem Tod ihrer Schwiegermutter Editha übernahm Ida die Rolle der Königin am Hof, bis Otto I. sich wieder vermählte. Ida starb 986. Sie war die Mutter von Otto (medius), der ab 973 Herzog von Schwaben war.

Johannes XIII. war dank der Unterstützung von Otto I. von 965 bis 972 Papst und erlaubte auf dessen Drängen an der Synode von Ravenna 968 die Gründung des Erzbistums Magdeburg. 972 verheiratete er Otto II. mit Theophanu und krönte sie zur Mitkaiserin.

Johannes Tzimiskes, um 924 geboren, war armenischer Abstammung und wurde zum siegreichen General. 969 ermordete er mit Hilfe seiner Geliebten Theophano deren Gatten, den mit ihm verwandten Kaiser Nikephoros II. Phokas auf brutale Weise und ließ sich zu dessen Nachfolger ausrufen. Der Patriarch weigerte sich aber, Johannes mit Theophano zu vermählen, und Johannes schickte sie in ein Kloster. Um auf den Thron zu kommen, heiratete er eine ältliche Schwester von Romanos II., die ihrerseits zehn Jahre früher von Theophano ins Kloster verbannt worden war. Johannes verständigte sich mit Otto I. und übergab seine Nichte Theophanu Ottos Gesandten als Braut für dessen Sohn Otto II. Johannes war als Kaiser sehr beliebt, kümmerte sich in ungewöhnlichem Maß um Arme und Kranke und vergrößerte das Reich. Er starb 976.

Judith von Bayern (925 bis kurz nach 985) war die Frau von Herzog Heinrich I. von Bayern und regierte zusammen mit Bischof Abraham von Freising das Herzogtum nach dem Tod ihres Mannes für ihren Sohn Heinrich II. (den Zänker) bis zu dessen Mündigkeit. Ihre Tochter Hadwig heiratete Burchard III. von Schwaben. Judith unternahm als eine der ersten Frauen eine Pilgerreise nach Jerusalem. Nachdem die Verschwörung ihres Sohnes gegen Otto II. aufgedeckt wurde, zog sie sich 974 ins Kloster Niedermünster in Regensburg zurück.

Justinian, 482 als Bauernsohn geboren, stieg am Hof von Konstantinopel zum hohen Beamten auf und wurde 527 Kaiser. Seinen Feldherrn gelang es, große Teile des einstigen römischen Imperiums zurückzuerobern, unter anderem Italien, und er machte Ravenna zu seiner italienischen Hauptstadt. 532 erhoben sich im sogenannten Nika-Aufstand die in ihrem Einfluss von Justinian eingeschränkten «Zirkusparteien» (Volksparteien, die bei den Wagenrennen im Hippodrom gegeneinander kämpften, aber auch politischen Einfluss hatten) gemeinsam gegen ihn und wurden blutig niedergeschlagen. Justinian baute das während der Revolte und dann nochmals durch ein Erdbeben zerstörte Konstantinopel wieder auf, namentlich die Hagia Sophia in ihrer heutigen Form. Zu den zahlreichen Bauten, die unter seiner Herrschaft errichtet wurden, gehören auch die Sergius- und Bacchuskirche sowie die große Zisterne von Konstantinopel. Von 525 an war Justinian mit Theodora verheiratet, die großen Einfluss auf ihn ausübte und als gleichberechtigte Mitherrscherin auftrat. Justinian starb kinderlos 565. Er zählt heute zu den bedeutendsten spätrömischen Kaisern.

Konstantin VII., genannt Porphyrogenetos, wurde 905 geboren und war von 913 bis 959 Kaiser. Er war auch ein Gelehrter und verfasste neben anderen Werken das *Buch der Zeremonien*, in dem er sämtliche Hofzeremonien beschrieb. Er starb 959, dem Gerücht zufolge von seinem Sohn Romanos II. oder dessen Frau Theophano vergiftet. Seine Tochter heiratete 971 Johannes Tzimiskes.

Liudolf, 930 geboren, war der Sohn von Otto I. und Editha. Er heiratete um 947 Ida, die Tochter des Herzog Hermann I. von Schwaben und übernahm 950 das Herzogtum Schwaben. Nach dem Tod von Editha 946 bestimmte Otto I. Liudolf zu seinem Thronfolger. Als Otto I. 951 Adelheid heiratete, sah Liudolf seinen Thronanspruch gefährdet. Er erhob sich gegen seinen Vater, musste sich diesem 954 aber unterwerfen. Dabei verlor Liudolf seine Güter und seinen Herzogstitel. Nach der Versöhnung mit Otto I. wurde er 956 nach Italien geschickt, um gegen Berengar vorzugehen. Dort starb er 957. Er wurde im Kloster Sankt Alban bei Mainz beigesetzt. Liudolf hatte mit Ida einen Sohn, Otto (medius).

Liutprand, 920 geboren, wurde am Hof von Pavia ausgebildet und 961 zum Bischof von Cremona geweiht. Wie schon sein Vater reiste er mehrfach als Gesandter nach Konstantinopel, 968 im Auftrag Ottos I., um für dessen Sohn eine Kaisertochter zu erbitten. Der damalige Kaiser Nikephoros II. Phokas nahm ihn schlecht auf, und Liutprand scheiterte. In seinem Reisebericht *Relatio de legatione Constantinopolitana* – den er neben verschiedenen anderen, historischen Werken verfasste – beschrieb Liutprand seine Erlebnisse am Hof von Konstantinopel, die angeblich dort herrschenden Sitten sowie seine Auseinandersetzungen mit Nikephoros und prägte damit das Bild, das man im Westen vom oströmischen Hof hatte. Liutprand starb zwischen 970 und 972, möglicherweise während der Reise nach Konstantinopel als Mitglied der erfolgreichen Brautwerbung Geros von Köln.

Mathilde, die Mutter von Otto I., wurde um 895 als Tochter des wohlhabenden westfälischen Grafen Dietrich von Ringelheim geboren und 909 mit Heinrich I. verheiratet. Sie gebar ihm drei Söhne, den Thronfolger und späteren Kaiser Otto I., Heinrich, Herzog von Bayern, und Brun, Erzbischof von Köln, sowie zwei Töchter, Gerberga (um 913–968/9), die zuerst mit dem Herzog von Lothringen, dann mit König Ludwig IV. von Frankreich, und Hadwig (916/22–658), die mit dem Herzog von Franzien (später Frankreich) verheiratet wurde. 929 erhielt Mathilde von ihrem Gatten unter anderem Quedlinburg als Witwengut. Nach Heinrichs Tod 936 und dessen Beisetzung in Quedlinburg gründete sie dort das Kanonissinnenstift zum Gedenken an die Toten und zur Ausbildung adliger Töchter. Mathilde leitete das Stift über dreißig Jahre, bis sie es 966 ihrer Enkelin, der nach ihr benannten Tochter Ottos I., übergab. Sie nahm politisch Anteil an der Herrschaft ihres Mannes, setzte sich nach dessen Tod für eine Thronfolge ihres zweitgeborenen Sohnes, Heinrich, ein und entzweite sich deshalb für längere Zeit mit Otto I. Mathilde galt bereits zu Lebzeiten als vorbildliche Königin, große Wohltäterin und wurde schon bald nach ihrem Tod 968 in Quedlinburg als Heilige verehrt.

Mathilde, die Tochter von Otto I., wurde 955 geboren und von ihrer Großmutter im Kanonissinnenstift Quedlinburg erzogen. 966 wurde sie zur ersten Äbtissin des vornehmen und wohlhabenden Stifts geweiht, dem sie bis zu ihrem Tod 999 vorstand. Sie gehörte zu den einflussreichsten Frauen des Reiches, unterstützte ihre Schwägerin Theophanu verschiedentlich, vermittelte zwischen dieser und Adelheid, und regierte von 997 bis 999 Sachsen als Stellvertreterin ihres Neffen, Kaiser Otto III., während dieser in Italien war.

Mieszko von Polen (um 935–992) war Fürst der Polanen. Durch Einigung verschiedener Stämme und Ausweitung seines Gebiets legte er die Grundlage für das polnische Reich. Nach seiner Niederlage gegen Otto I. 963 schwur er diesem dem Treueid und herrschte in der Folge über ein dem heutigen Polen entsprechendes Gebiet. Um 965 heiratete er die Tochter von Boleslaw von Böhmen und ließ sich 966 taufen. Er nahm 973 am Hoftag von Quedlinburg teil. Nach dem Tod von Otto I. stellte er sich gemeinsam mit Boleslaw zeitweise auf die Seite von Heinrich von Bayern (dem Zänker).

Nikephoros II. Phokas (912–969) war ein erfolgreicher, oströmischer Feldherr und gewann 961 unter Kaiser Romanos II. Kreta zurück. Nach Romanos' Tod wurde er 963 mit Hilfe der Kaiserwitwe Theophano – in die er sich unsterblich verliebte – zum Kaiser gewählt und heiratete sie. Er lebte selbst äußerst asketisch und soll den Beschreibungen Liutprands von Cremona zufolge sehr hässlich gewesen sein. 969 wurde er von Johannes Tzimiskes, dem Geliebten seiner Frau, unter deren Mitwirkung brutal ermordet.

Notker II., genannt «Piperisgranum», «Pfefferkorn», war Mönch in Sankt Gallen und wurde als Lehrer, Maler, Arzt und Dichter berühmt.

Otto I. wurde 912 als ältester Sohn Heinrichs I. und Mathildes in

Wallhausen geboren und 936, nach dem Tod seines Vaters, in Aachen zum König gekrönt. Er setzte sich gegen seinen jüngeren, von der Mutter Mathilde unterstützten Bruder Heinrich und den Widerstand anderer Adliger durch, schlug den Aufstand seines Sohns Liudolf (953/4) nieder und festigte das Reich. Otto hatte – vermutlich von einer gefangenen, slawischen Fürstentochter – einen ersten Sohn, Wilhelm, der Erzbischof von Mainz wurde. Um 929 heiratete Otto Editha, die Tochter des englischen Königs, und hatte zwei Kinder mit ihr. Nach Edithas Tod heiratete er 951 die verwitwete italienische Königin Adelheid, die ihm 955 eine Tochter, Mathilde, die spätere Äbtissin von Quedlinburg, und den Thronfolger Otto II. gebar. Im gleichen Jahr besiegte Otto die Ungarn in der Schlacht auf dem Lechfeld und wurde von da an Otto der Große genannt. 962 ließ er sich zusammen mit Adelheid in Rom zum Kaiser krönen, 967 seinen Sohn Otto II. zum Mitkaiser. Er warb wiederholt um eine oströmische Kaisertochter für seinen Sohn und erhielt 972 Theophanu, die Nichte Kaisers Johannes Tzimiskes, die er reich beschenkte und mit Otto II. verheiratete. Otto I. starb 973 in Memleben und wurde im Magdeburger Dom neben seiner ersten Frau Editha begraben.

Otto II. wurde Ende 955 als Sohn und Thronfolger Ottos I. und Adelheids geboren, 961 in Aachen zum König und 967 in Rom, nach oströmischem Vorbild, zum Mitkaiser gekrönt. 972 heiratete er Theophanu und wurde 973 nach dem Tod seines Vaters alleinherrschender Kaiser. Mit Theophanus Hilfe setzte er sich gegen Heinrich II. von Bayern (den Zänker) durch und entzweite sich dabei auch mit seiner Mutter Adelheid. Otto hatte mit Theophanu drei Töchter und einen Sohn: Adelheid (977–1044), Äbtissin von Quedlinburg, Sophia (978–1039), Äbtissin von Gandersheim, die mit Pfalzgraf Ezzo vom Niederrhein verheiratete Mathilde (979–1025) und den 980 geborenen Thronfolger Otto III. Otto II. starb 983 in Italien, vermutlich an Malaria, und wurde im Petersdom begraben.

Otto (medius) wurde 954 als einziger Sohn des 957 verstorbenen Herzogs Liudolf, dem Sohn von Otto I., und Ida von Schwaben geboren. 973 wurde er von seinem Stiefonkel und Freund Otto II. zum Herzog von Schwaben und 976 nach Absetzung von Heinrich II. (dem Zänker) zum Herzog von Bayern ernannt. Er zog 980 mit Otto II. nach Italien und starb dort 982 unverheiratet. Er dürfte Theophanu, die sich mehrfach für ihn einsetzte, nahegestanden haben.

Pandulf, «der Eisenkopf» genannt, war Fürst von Benevent und unterstützte Otto I. Er nahm den aus Rom geflüchteten Papst Johannes XIII. auf, wurde auf einem Feldzug mit Otto I. in Apulien von den Leuten Nikephoros II. Phokas gefangen genommen, von Johannes Tzimikes aber wieder freigelassen und fungierte als Vermittler zwischen diesem und Otto I. Pandulf starb 981.

Romanos II., der Sohn von Konstantin VII., war ab 959 oströmischer Kaiser und galt als sehr gelehrt. Er wurde als Kind mit Bertha, der Tochter des italienischen Königs, verheiratet und sollte nach deren frühem Tod Hadwig, die Tochter Heinrichs I. von Bayern heiraten, weigerte sich aber und ehelichte gegen den Widerstand des Hofes die schöne Theophano, die ihn vollständig dominierte. Er starb 963; Gerüchte besagten, dass er von seiner Frau vergiftet worden sei. Er hatte vier Kinder mit Theophano, darunter Anna, um die Liutprand von Cremona vergeblich für Otto II. warb.

Sophia Phokaina, aus dem angesehenen oströmischen Geschlecht der Phokas, war mit dem Patrikios Konstantinos Skleros verheiratet und damit aller Wahrscheinlichkeit nach die Mutter von Theophanu.

Theodora (um 500–548) soll die Tochter eines Bärenführers und einer Zirkusartistin gewesen sein und von außerordentlicher Schönheit. Schon als Kind trat sie im Zirkus auf und wurde zu einer berüchtigten Kurtisane. Nach Aufenthalten im Orient und Nordafrika kehrte sie nach Konstantinopel zurück und heiratete 525 den späteren Kaiser Justinian. Auf seinen Wunsch wurde sie zu seiner Mitregentin und wichtigsten Beraterin.

Theophano, die Tochter eines peloponnesischen Gastwirts, galt als die schönste Frau ihrer Zeit. Sie war bis 963 mit Kaiser Romanos II. und von 963 bis 969 mit Kaiser Nikephoros II. Phokas verheiratet, zu dessen Ermordung durch ihren Geliebten Johannes Tzimiskes sie maßgeblich beitrug. Johannes musste, auf Druck des Patriarchen, um zum Kaiser gekrönt zu werden, eine Schwester von Romanos II. heiraten und zwang Theophano, in ein Kloster einzutreten.

Theophanu wurde um 960 als Tochter der Sophia Phokaina und des Patrikios Konstantinos Skleros geboren und dürfte ihre Kindheit mehrheitlich am Hof von Konstantinopel verbracht haben. Die ursprünglich aus Armenien stammenden Skleroi gehörten zu den ältesten und reichsten Geschlechtern Ostroms, und Konstantinos Schwester, Maria Sklerina, war die erste Frau des späteren Kaisers Johannes Tzimiskes, Theophanu somit dessen Nichte. 972 wurde Theophanu nach Rom gebracht, dort mit Otto II. verheiratet und zur Mitkaiserin gekrönt. In einer prachtvollen Urkunde bestätigte ihr Schwiegervater, Otto I., ihr die Güter, die sie von ihm zur eigenen Verfügung erhielt. Ab 973 erscheint Theophanu in den Urkunden Ottos II. als Fürbitterin (erstmals in Worms im Juni 973). Sie hatte drei überlebende Töchter, die 977 geborene Adelheid, später Äbtissin von Quedlinburg, Sophia, 978 geboren, Äbtissin von Gandersheim, und Mathilde, 979 geboren, die den Pfalzgrafen Ezzo vom Niederrhein heiratete, sowie einen Sohn, den 980 geborenen Thronfolger Otto III. Als Otto II. 983 starb, wurde Theophanu – kurzfristig zusammen mit Adelheid – Regentin für ihren Sohn bis zu ihrem Tod in Nimwegen 991. Sie liegt auf ihren Wunsch hin in der Kirche Sankt Pantaleon in Köln begraben.

Die in westlichen Quellen mehrheitlich als Theophanu geschriebene Prinzessin dürfte auch die Patentochter der von Johannes Tzimiskes verstoßenen Kaiserin Theophano gewesen sein. In den byzantinischen Quellen finden sie und ihre Verheiratung mit Otto II. keine Erwähnung. Theophanus Abneigung gegen ihre Schwiegermutter Adelheid ist historisch verbürgt.

Ulrich, um 890 in Augsburg geboren, wurde in Sankt Gallen ausgebildet und war von 923 bis 973 Bischof von Augsburg. Er trat 953/54 im Streit zwischen Otto I. und seinem Sohn Liudolf als Vermittler auf und trug 955 maßgeblich zu Ottos I. Sieg über die Ungarn auf dem Lechfeld bei. An der Reichssynode von Ingelheim im September 972 bat Ulrich den Kaiser, sein Amt seinem Neffen Adalbero übergeben zu dürfen. Der trug bereits den Bischofsstab, was zu Missstimmung führte, und Ulrich musste einen Eid leisten, dass er von der kanonischen Regel, die eine solche Handlungsweise verbietet, nichts gewusst habe. Ulrich starb 973 und wurde von Wolfgang von Regensburg beigesetzt. Ulrich wurde schon bald als Heiliger verehrt und 993 kanonisiert.

Wilhelm wurde um 929 als erster, unehelicher Sohn von Otto I. geboren. Seine Mutter war, je nach Darstellung, eine gefangene slawische Fürstentochter oder einfach eine slawische Geisel. Wilhelm galt als sehr gebildet und wurde 954 zum Erzbischof von Mainz gewählt. Er war für seine strengen Grundsätze bekannt, vor allem für seine Opposition gegen die Verbindung von kirchlichen und weltlichen Ämtern, und wehrte sich erfolgreich gegen die Gründung des Erzbistums Magdeburg, die erst nach seinem Tod stattfand. Während der Italienzüge von Otto I. war Wilhelm der Vormund von Otto II. und kümmerte sich um die Reichsangelegenheiten. Wilhelm starb 968 und wurde im Kloster Sankt Alban in Mainz begraben.

Willigis wurde um 940, angeblich als Sohn eines Wagners, in einem niedersächsischen Dorf geboren. Dank eines einflussreichen Mentors wurde der offenbar sehr begabte junge Mann 969 Kaplan am Hof von Otto I. und war dort zeitweise auch Lehrer von Otto II. 971 machte ihn Otto I. zum Kanzler, 975 wurde Willigis Erzbischof von Mainz. Nach dem Tod von Otto II. 983 war er zusammen mit Theophanu Regent für den unmündigen Otto III. Er diente später auch Kaiser Heinrich II. Willigis ließ in Mainz einen neuen Dom bauen, der aber 1009, am Tag seiner Weihe, bis auf die Grundmauern niederbrannte. Willigis starb 1011 in Mainz; er gilt als Patron der Wagner.

Wolfgang, Bischof von Regensburg, wurde um 924 in Nordschwaben geboren, leitete ab 956 zuerst als Laie, dann als Dekan die Domschule Trier. 965 trat er ins Kloster Einsiedeln ein, wo er 968 von Ulrich von Augsburg zum Priester geweiht wurde. Er war ein strenger Verfechter der benediktinischen Regel. 971 ging er als Missionar nach Ungarn, wurde aber von Otto I. zurückgerufen, um Bischof von Regensburg zu werden. In Regensburg gründete er eine Domschule mit Chor, die heutigen Regensburger Domspatzen. Wolfgang starb 994, wurde in Regensburg begraben und 1052 heiliggesprochen.

Gabrielle Alioth

Der prüfende Blick

Roman über Angelica Kauffmann
240 Seiten, gebunden
ISBN 978-3-312-00383-9

Schon in ihrer Jugend wurde die 1741 geborene Malerin Angelica Kauffmann als erstaunliches Talent gefeiert. Aber nicht nur ihre Kunst, ihre Porträts und historischen Gemälde erregten international Aufsehen, auch um ihre Salons und ihre Freundschaften rankten sich wilde Gerüchte. In London umwarb sie neben anderen auch der Maler Heinrich Füssli und erlitt eine Abfuhr, in Rom pflegte sie engen Kontakt zu Goethe und Herder, die sie als Inbegriff der genialen Frau verehrten. In ihr verkörperten sich die Leidenschaften einer ganzen Epoche. Die Geschichte ihrer Karriere, ihrer geschickten Selbstvermarktung und ihrer charismatischen Wirkung erzählt Gabrielle Alioth in einem fesselnden biographischen Roman.

»Ein zutiefst menschlicher Roman, der Recherche und Liebesaffären geschickt verquickt und Dichtung und Wahrheit in geistreiche Dialoge verpackt.« *Tages-Anzeiger*

N & K

Gabrielle Alioth

Die Erfindung von Liebe und Tod

Roman
192 Seiten, gebunden
ISBN 978-3-312-00322-8

Während der ersten Übernachtung der Schriftstellerin im Norden der USA stirbt im Nebenzimmer eine Frau – ob sie umgebracht wurde, bleibt vorerst ungeklärt. Während die Erzählerin noch über den Vorfall rätselt, verliebt sie sich auf der Weiterreise mehr und mehr in den Helden ihres neuen Romans, Duncan, der im 17. Jahrhundert zu den ersten britischen Einwanderern in die Neue Welt gehörte. In ihrer Phantasie wird die Schreibende zu Megan, der Geliebten Duncans, und lebt an seiner Seite in einer Siedlung an der Küste Neufundlands. Trotz der zunehmenden Vermischung von Wirklichkeit und Fiktion wird ihr bewusst, dass ihre Geschichte eine Flucht ist vor der realen Liebe – und zusehends auch vor der Polizei, die einen Mord aufklären will.

«Das Reizvolle an diesem Vexierspiel nun aber ist, dass Alioth vom Anfang bis zum Ende schlicht und präzise wirkt, der Erzählton unaufgeregt bleibt und niemals ins geheimnisvoll Raunende umschlägt. Dergestalt grenzt sich denn *Die Erfindung von Liebe und Tod* eindeutig von der phantastischen Literatur ab und bereitet ein eigenwilliges Leseerlebnis.»   Gieri Cavelty, *Neue Zürcher Zeitung*

N & K

Margrit Schriber

Die falsche Herrin

Roman
144 Seiten, gebunden
ISBN 978-3-312-00413-3

Im Jahr 1724 wurde in Schwyz eine junge Frau zum Tode ver-
urteilt – und in letzter Minute gerettet. Die bettelarme Magd hatte
sich einen berühmten adligen Namen geborgt und auf Pump ein
luxuriöses Leben geführt, indem sie Auftreten und Benehmen der
Aristokratie perfekt imitierte. Nach ihrem Erfolg *Das Lachen der
Hexe* erzählt Margrit Schriber die verbürgte Geschichte einer toll-
kühnen Frau in einem so gefühlsstarken wie amüsanten historischen Roman.

«Margrit Schriber hat ein waches Ohr für die Naturtöne in der
großen Stille. Ihre Sprache kommt schlackenlos daher, mit Glanz
und innerer Wärme.» *Neue Zürcher Zeitung*

N & K

Marcelo Figueras

Das Lied von Leben und Tod

Roman. Aus dem Spanischen von Sabine Giersberg
528 Seiten, gebunden
ISBN 978-3-312-00417-1

Pat Finnegan versteckt sich mit ihrer kleinen Tochter Miranda in einem Dorf in Patagonien vor einer mysteriösen Gefahr. Durch Zufall treffen die beiden auf Teo, einen Sprengmeister aus Buenos Aires, der sich unsterblich in Pat verliebt. Die beiden werden ein Paar, doch allmählich beginnt Teo an Pats Geschichte zu zweifeln. Ist Mirandas Vater wirklich tot, wie sie behauptet? Wovor genau ist Pat auf der Flucht? Teo entdeckt außerdem, dass Miranda über Kräfte verfügt, die eher zu einer Zauberin als zu einem kleinen Mädchen passen.
Marcelo Figueras entfaltet mit Herz, Witz und grandiosem Erzähltalent ein farbenprächtiges Panorama des Lebens, seines Glücks und seines Schreckens, und bereitet ein unvergessliches Leseerlebnis.

«Üppig, außergewöhnlich, unterhaltsam und farbenprächtig, mit Figuren, die sich gegenseitig an Eigentümlichkeiten übertreffen, schreibt der Roman sich ein in die Tradition der fantastischen argentinischen Literatur eines Borges, Bioy Casares oder Cortázar.»
El periódico de Catalunya

N & K